Zu diesem Buch

Hemingways hier vorliegender berühmter Roman «A Farewell to Arms» erschien 1929. Er ist ein dichterischer Niederschlag seiner Erlebnisse im Ersten Weltkrieg und erzählt die Geschichte einer hinter der Front aufblühenden Liebe zwischen einer Krankenschwester und einem Offizier. Die Verbindung von männlich empfundenem Fronterlebnis und zartester Verhaltenheit des Eros, die Hemingway hier gelang, schuf ein nun schon fast klassisch gewordenes Meisterwerk.

Der als Sohn eines Arztes am 21. Juli 1899 in Oak Park/Illinois geborene Nobelpreisträger der amerikanischen Literatur war ein Meister des metaphysischen Realismus, ein Pionier der Kurzgeschichte und Erneuerer des amerikanischen Romans. 1917, kurz vor dem Abitur, ließ er die Schule im Stich, um Reporter an einer Lokalzeitung in Kansas City zu werden. 1918 ging er mit einer Rote-Kreuz-Kolonne an die italienische Front und wurde schwer verwundet. 1920 lernte er Sherwood Anderson kennen, der sein literarischer Lehrmeister wurde. 1921 schickte ihn der «Toronto Star» als Sonderkorrespondenten in den Nahen Osten und in die Schweiz. Danach verbrachte Hemingway fünf Jahre in Paris. Im Kreis von Gertrude Stein und Ezra Pound erhielt er hier entscheidende Anregungen. Schon sein erster Roman «Fiesta» (1928; rororo Nr. 5) erregte literarisches Aufsehen. 1927 siedelte sich Hemingway an der Küste Floridas an. Wiederholt führten ihn Reisen nach Europa und zur Großwildjagd in die Dschungel Afrikas. Im spanischen Bürgerkrieg war er Korrespondent auf der Seite der Republikaner. 1944 flog er nach England und trat in die Royal Air Force ein. 1954 stürzte er zweimal mit einem Flugzeug, dem Tode knapp entrinnend, ab. Hemingway erschoß sich am 2. Juli 1961 bei den Vorbereitungen zu einem Jagdausflug. Sein bewegt-abenteuerliches Leben ist zu einer Art Mythos geworden, ist aber auch Ursprung seiner Werke.

Weitere Werke: «Wem die Stunde schlägt» (1948), «Über den Fluß und in die Wälder» (1951; rororo Nr. 458), «Haben und Nichthaben» (1951; rororo Nr. 605), «Der alte Mann und das Meer» (1952; rororo Nr. 328), «Die grünen Hügel Afrikas» (1954; rororo Nr. 647), «Tod am Nachmittag» (1957; rororo Nr. 920), «Die Sturmfluten des Frühlings» (1957; rororo Nr. 1716), «In unserer Zeit» (1958; rororo Nr. 278), «Männer ohne Frauen» (1958; rororo Nr. 279), «Der Sieger geht leer aus» (1958; rororo Nr. 280), «Schnee auf dem Kilimandscharo» (1961; rororo Nr. 413), «Paris – ein Fest fürs Leben» (1965; rororo Nr. 1438), «Sämtliche Erzählungen» (1966), «49 Depeschen» (1969; rororo Nr. 1533), «Inseln im Strom» (1971; rororo Nr. 4080), «Die Nick Adams Stories» (1973), «Vier Stories aus dem spanischen Bürgerkrieg» (1979) und «Die Geschichte vom lieben Löwen» (1979). 1977 erschien eine zehnbändige Ausgabe der «Gesammelten Werke» als rororo-Taschenbuch-Kassette.

In der Reihe «rowohlts monographien» erschien als Band 73 eine Darstellung Ernest Hemingways mit Selbstzeugnissen und Bilddokumenten von Georges-Albert Astre, die eine ausführliche Bibliographie enthält. Im Rowohlt Verlag erschien 1962 von Leicester Hemingway «Mein Bruder Ernest», 1967 von Carlos Baker «Ernest Hemingway. Der Schriftsteller und sein Werk» und 1977 von Mary Welsh Hemingway «Wie es war».

Ernest Hemingway

In einem andern Land

Roman

rororo

Rowohlt

Die amerikanische Originalausgabe erschien bei
Charles Scribner's Sons, New York,
unter dem Titel «A Farewell to Arms»
Einzig autorisierte Übertragung ins Deutsche
von Annemarie Horschitz-Horst
Umschlagentwurf Werner Rebhuhn

403.–410. Tausend Februar 1984

Veröffentlicht im Rowohlt Taschenbuch Verlag GmbH,
Hamburg, März 1957

Satz Garamond (Linotron 505 C)
Gesamtherstellung Clausen & Bosse, Leck
Printed in Germany
680-ISBN 3 499 10216 1

Für G. A. Pfeiffer

Barnardine: Thou hast committed – –
Barabas: Fornication: but that was in another country; and besides the wench is dead.

Christopher Marlowe:
The Jew of Malta

Erstes Buch

I

Im Spätsommer jenes Jahres lebten wir in einem Haus in einem Dorf, das über den Fluß und die Ebene zu den Bergen hinaufsah. Im Flußbett lagen Kieselsteine und Geröll trocken und weiß in der Sonne, und in den Stromrinnen war das Wasser klar und reißend und blau. Truppen marschierten an unserem Haus vorbei und die Straße hinunter, und der Staub, der von ihnen aufgewirbelt wurde, puderte die Blätter der Bäume. Auch die Stämme der Bäume waren bestaubt, und die Blätter fielen in jenem Jahr früh ab, und wir sahen die Truppen auf der Straße vorbeimarschieren und den Staub aufsteigen und die vom Wind geschüttelten Blätter abfallen und die Soldaten marschieren und die Straße nachher leer und weiß bis auf die Blätter.

Die Ebene stand in reicher Ernte; es gab viele Gärten voller Obstbäume, und jenseits der Ebene waren die Berge braun und kahl. In den Bergen wurde gekämpft, und nachts konnte man das Mündungsfeuer der Artillerie sehen. Im Dunkel sah es wie Wetterleuchten aus, aber die Nächte waren kühl, und man hatte nicht das Gefühl von einem aufziehenden Sturm.

Manchmal hörten wir in der Dunkelheit Truppen unter unserem Fenster marschieren und Kanonen vorbeikommen, die von Traktoren gezogen wurden. Nachts war viel Verkehr, und auf den Straßen eine Menge Maultiere, die auf beiden Seiten ihrer Packsättel Munitionskisten trugen, und graue Lastautos mit Soldaten beladen und andere Lastwagen voll Fracht, mit Planen bedeckt, die im Verkehr langsamer fuhren. Manchmal wurden auch tags schwere Geschütze von Traktoren vorbeigeschleppt, die langen Kanonenrohre unter grünen Zweigen verborgen und die Traktoren mit grün belaubten Zweigen und Weinreben bedeckt. Nach Norden zu konnten wir ein Tal und einen Wald aus Kastanienbäumen überblicken und dahinter einen zweiten Berg diesseits des Flusses. Auch um den Berg wurde gekämpft, aber es war nicht erfolgreich, und im Herbst, als die Regengüsse einsetzten, fielen die Blätter alle von den Kastanienbäumen, und die Zweige waren kahl und die Stämme schwarz vor Nässe. Auch die Weingärten waren dann dünn und kahlästig und das ganze Land naß und braun und tot, voller Herbst. Über dem Fluß waren Nebel und auf dem Berg Wolken, und die Lastwagen spritzten Schlamm über die Straße und die Soldaten in ihren Capes waren schlammbespritzt und naß; ihre Gewehre waren naß, und die zwei ledernen Patronentaschen vorn am Gürtel, graue, lederne Taschen, schwer von der Menge Rahmen von dünnen langen 6,5-mm-Patronen, schwellten ihre Umhänge so stark auf, daß die Soldaten, die auf der Straße vorbeimarschierten, aussahen, als ob sie im sechsten Monat schwanger gingen.

Es gab kleine graue Automobile, die sehr schnell vorbeifuhren; meistens saß ein Offizier neben dem Fahrer und auf dem Rücksitz noch ein paar Offiziere. Sie spritzten noch mehr Schlamm um sich als die großen Lastautos, und wenn einer der Offiziere auf dem Rücksitz sehr klein war und zwischen zwei Generalen saß und selbst so klein war, daß man nicht sein Gesicht, sondern nur das Oberste seiner Mütze und seinen schmalen Rücken sehen konnte, und wenn das Auto ganz besonders schnell fuhr, war es aller Wahrscheinlichkeit nach der König. Er wohnte in Udine und kam so fast jeden Tag nach vorn, um zu sehen, wie die Dinge standen, und die Dinge standen sehr schlecht.

Zu Beginn des Winters kam der Dauerregen und mit dem Regen kam die Cholera. Aber man wurde ihrer schnell Herr, und schließlich starben nur siebentausend Soldaten daran.

2

Das folgende Jahr brachte viele Siege. Der Berg jenseits des Tals und der Hügelhang, auf dem der Kastanienwald wuchs, wurden erobert, und es gab Siege jenseits der Ebene auf dem Hochplateau im Süden, und wir überquerten den Fluß im August und wohnten in einem Haus in Gorizia mit einem Springbrunnen und vielen dicken, schattigen Bäumen in einem umfriedeten Garten und einer lila Klematis an der einen Hauswand. Jetzt kämpfte man in den nächstgelegenen Bergen, eine knappe Meile entfernt. Die Stadt war sehr hübsch und unser Haus war sehr schön. Wir hatten den Fluß jetzt im Rücken; man hatte die Stadt mit sehr viel Bravour genommen, aber die Berge jenseits davon konnte man nicht erobern, und ich war sehr froh, daß die Österreicher anscheinend beabsichtigten, in einiger Zeit in die Stadt zurückzukommen, vielleicht wenn der Krieg vorbei war, denn sie bombardierten sie nicht, um sie zu zerstören, sondern nur so ein bißchen von wegen Krieg. Leute lebten weiter dort, und es gab Lazarette, Cafés und Kanonen in den Seitenstraßen und zwei Bordelle, eines für Mannschaften und eines für Offiziere, und mit dem Ende des Sommers kühle Nächte, Schießereien in den Bergen jenseits der Stadt, von Granaten gezeichnetes Eisen der Bahnbrücke, den zerstörten Tunnel am Fluß, wo die Kämpfe stattgefunden hatten, die Bäume, die den Platz umsäumten, und die lange Allee von Bäumen, die zum Platz hinführte; alles dies, und daß Mädchen im Ort waren und daß der König in seinem Auto vorbeikam und man manchmal sein kleines Gesicht und seinen kleinen, langhalsigen Körper und seinen grauen Bart – wie ein Knebelbart an einem Ziegenkinn – sah, all dies und dann die plötzlichen Innenansichten der Häuser, die durch eine Granate eine Wand verloren hatten, mit Mörtel und Bruchsteinen in den Gärten und manchmal auch auf der Straße, und daß das Ganze auf dem Carso gutging, gab diesem Herbst ein ganz anderes Gesicht als dem vorigen, im offenen Gelände. Auch der Krieg war ganz anders.

Der Eichenwald auf dem Berg jenseits der Stadt war fort. Der Wald war grün gewesen, als wir im Sommer in die Stadt eingerückt waren, und nun war nichts übrig als geborstene Stümpfe und zerspaltene Stämme und der aufgerissene Boden, und eines Tages, im Spätherbst, als ich draußen war, dort, wo einst der Eichenwald gewesen war, sah ich eine Wolke über den Berg kommen. Sie kam sehr schnell, und die Sonne wurde ein fahles Gelb, und dann war alles grau, und der Himmel bedeckte sich, und die Wolke kam den Berg hinab, und plötzlich waren wir mitten drin, und es war Schnee. Der Schnee trieb schräg vor dem Wind her, der kahle Boden war bedeckt, die Baumstümpfe ragten daraus hervor, der Schnee lag auf den Kanonen, und es liefen Wege durch den Schnee zurück zu den Latrinen hinter den Schützengräben.

Später, unten in der Stadt, beobachtete ich, wie der Schnee fiel, als ich aus dem Fenster des Offiziersbordells sah, wo ich mit einem Freund und zwei Gläsern saß und eine Flasche Asti trank, und als wir so den Schnee draußen schwer und langsam niedersinken sahen, wußten wir, daß es für dieses Jahr vorbei war. Flußaufwärts die Berge waren nicht erobert worden; keiner der Berge jenseits des Flusses war genommen worden. Das blieb alles für nächstes Jahr. Mein Freund sah den Priester unseres Kasinos unten auf der Straße vorsichtig im Schmutz watend vorübergehen und hämmerte gegen das Fenster, um seine Aufmerksamkeit zu erregen. Der Priester blickte auf. Er sah uns und lächelte. Mein Freund machte ihm ein Zeichen hereinzukommen. Der Priester schüttelte den Kopf und ging weiter. An demselben Abend im Kasino nach dem Spaghettigericht, das man sehr schnell und ernsthaft verzehrte, indem man die Spaghetti entweder mit der Gabel hochhob, bis die losen Enden klarhingen und sie dann in den Mund herabließ, oder sonst sie dauernd hochhielt und in den Mund einsaugte und sich zwischendurch aus der umflochtenen Vier-Liter-Flasche mit Wein versorgte – sie schwang in einer metallenen Wiege, und man drückte den Hals der Flasche mit dem Zeigefinger herab, und der Wein floß dann klar, rot, würzig und herrlich in das Glas, das man in derselben Hand hielt –, nach diesem Gang begann der Hauptmann den Priester aufzuziehen. Der Priester war jung und errötete leicht und trug wie wir anderen eine Uniform, jedoch mit einem Kreuz aus dunkelrotem Samt über der linken Brusttasche seiner grauen Jacke. Der Hauptmann sprach – eine sehr zweifelhafte Wohltat für mich – Idioten-Italienisch, damit ich nur ja alles verstände und mir nichts verlorenginge.

«Priester heute bei Mädchen», sagte der Hauptmann und sah den Priester und mich dabei an.

Der Priester lächelte, errötete und schüttelte den Kopf. Dieser Hauptmann zog ihn oft auf.

«Stimmt nicht?» fragte der Hauptmann. «Heute habe ich Priester mit Mädchen gesehen.»

«Nein», sagte der Priester. Die anderen Offiziere amüsierten sich über die Stichelei.

«Priester nicht mit Mädchen», fuhr der Hauptmann fort. «Priester niemals mit Mädchen», erklärte er mir. Er nahm mein Glas und füllte es. Er sah mich dabei die ganze Zeit an, ließ aber auch den Priester nicht aus den Augen.

«Priester jede Nacht fünf gegen einen.» Alle am Tisch lachten.

«Verstehen Sie? Priester jede Nacht fünf gegen einen.» Er machte eine Gebärde und lachte laut auf. Der Priester nahm es als Scherz hin.

«Der Papst will, daß die Österreicher den Krieg gewinnen», sagte der Major. «Er liebt Franz Joseph. Da kommt's Geld nämlich her. Ich bin Atheist.»

«Hast du mal *Das schwarze Schwein* gelesen?» fragte der Leutnant. «Ich besorg dir ein Exemplar. Das hat meinen Glauben erschüttert.»

«Es ist ein schmutziges und widerliches Buch», sagte der Priester. «Eigentlich gefällt es Ihnen auch nicht.»

«Es ist sehr aufschlußreich», sagte der Leutnant. «Man erfährt was von diesen Priestern. Es wird dir gefallen», sagte er zu mir.

Ich lächelte dem Priester zu, und er lächelte durch das Kerzenlicht zurück. «Lesen Sie's nicht», sagte er.

«Ich besorg's dir», sagte der Leutnant.

«Alle denkenden Menschen sind Atheisten», sagte der Major. «Aber von den Freimaurern halte ich nicht viel.»

«Ich halte was von den Freimaurern», sagte der Leutnant. «Das ist eine edle Gemeinschaft.» Jemand kam herein, und als sich die Tür öffnete, konnte ich den Schnee fallen sehen.

«Jetzt, wo es schneit, wird es keine Offensive mehr geben», sagte ich.

«Sicher nicht», sagte der Major. «Du solltest Urlaub nehmen. Du solltest nach Rom fahren, nach Sizilien –»

«Er sollte nach Amalfi fahren», sagte der Leutnant. «Ich schreib dir Empfehlungskarten an meine Familie in Amalfi. Sie werden dich wie ihren eigenen Sohn aufnehmen.»

«Er muß nach Palermo.»

«Er sollte nach Capri gehen.»

«Ich wünschte, Sie gingen in die Abruzzen und besuchten dort meine Familie in Capracotta», sagte der Priester.

«Hör ihn dir mal an, mit seinem Gerede über die Abruzzen. Dort ist ja mehr Schnee als hier. Er will doch keine Bauern sehen. Er muß mitten rein in Kultur und Zivilisation.»

«Schöne Mädchen soll er haben. Ich werde dir die richtigen Adressen in Neapel geben. Schöne junge Mädchen – von ihren Müttern begleitet. Ha! Ha! Ha!» Der Hauptmann spreizte seine Hand, den Daumen nach oben und die Finger auseinander, so wie wenn man Schattenbilder machen will. Seine Hand warf einen Schatten auf die Wand. Wieder redete er Idioten-Italienisch. «Du gehst weg so», er zeigte auf den Daumen, «und zurück kommst du so», er berührte seinen kleinen Finger. Alle lachten. «Seht her», sagte der Hauptmann. Er spreizte die Hand von neuem. Wieder warf das Kerzenlicht einen Schatten an die Wand. Er begann mit dem aufgerichteten Daumen und bezeichnete dann in der Reihenfolge den Daumen und die vier Finger: «*Sotto-tenente* (der Daumen), *tenente* (der Zeigefinger), *capitano* (der nächste Finger), *maggiore* (der Ringfinger) und *tenente-colonello* (der kleine Finger). Geh weg, *sotto-tenente!* Komm wieder, *sotto-colonello!*» Alles lachte. Der Hauptmann hatte großen Erfolg mit seinen Fingerspielen. Er sah den Priester an und rief: «Jede Nacht Priester fünf gegen einen.» Alles lachte wieder.

«Du mußt sofort auf Urlaub gehen», sagte der Major.

«Ich käme gern mit, um dir alles zu zeigen», sagte der Leutnant.

«Wenn du zurückkommst, bring ein Grammophon mit.»

«Und gute Opernplatten.»

«Was von Caruso.»

«Nur nicht Caruso, der blökt ja.»

«Du möchtest wohl nicht so blöken können wie der, nein?»

«Er blökt; ich sage, er blökt.»

«Ich wünschte, Sie gingen in die Abruzzen», sagte der Priester.

Die anderen schrien durcheinander. «Dort gibt's gute Jagd. Die Leute würden Ihnen gefallen, und wenn's auch kalt ist – es ist doch klar und trocken. Sie könnten bei meiner Familie wohnen. Mein Vater ist ein berühmter Jäger.»

«Kommt los», sagte der Hauptmann, «auf ins Bordell, bevor man schließt.»

«Gute Nacht», sagte ich zu dem Priester.

«Gute Nacht», sagte er.

3

Als ich an die Front zurückkam, lagen wir immer noch in derselben Stadt. In der Umgebung gab es jetzt viel mehr Artillerie, und der Frühling war da. Die Felder waren grün, und es gab kleine grüne Schößlinge an den Weinstöcken; die Bäume entlang den Chausseen hatten kleine Blätter, und von der See her kam eine Brise. Ich sah die Stadt mit dem Hügel und dem alten Schloß darüber in einer Einbuchtung in den Hügeln mit den Bergen dahinter, braune Berge mit ein wenig Grün auf den Abhängen. In der Stadt waren mehr Kanonen, es gab einige neue Lazarette, man traf Engländer und hin und wieder auch Engländerinnen auf der Straße, und noch ein paar Häuser waren von Granaten getroffen worden. Es war warm und frühlingshaft, und ich durchschritt die Baumallee, die durch die Sonne, die gegen die Mauer schien, erwärmt wurde, und sah, daß wir immer noch in demselben Haus wohnten und daß alles noch genauso aussah, wie ich es verlassen hatte. Die Tür war offen, ein Soldat saß draußen auf einer Bank in der Sonne, ein Sanitätsauto wartete am Nebeneingang und innen roch es, als ich hineinging, nach Marmorfußboden und Lazarett. Es war alles genauso, wie ich es verlassen hatte, nur daß es jetzt Frühling war. Ich sah in das große Zimmer hinein, in dem der Major an seinem Schreibtisch saß; das Fenster war offen, und das Sonnenlicht kam ins Zimmer. Er bemerkte mich nicht, und ich wußte nicht recht, sollte ich hineingehen und mich zurückmelden oder erst hinaufgehen und mich in Ordnung bringen. Ich beschloß hinaufzugehen.

Das Zimmer, das ich mit Leutnant Rinaldi teilte, ging auf den Hof. Das Fenster war offen, mein Bett war mit meinen Wolldecken zurechtgemacht, und meine Sachen hingen an der Wand, die Gasmaske in einer ovalen Blechbüchse, der Stahlhelm an demselben Haken. Am Fußende meines Bettes stand mein flacher Koffer, und meine Winterstiefel, deren Leder vor Fett glänzten, standen auf dem

Koffer. Meine österreichische Mauserbüchse mit ihrem brünierten achteckigen Lauf und der dem Gesäß angepaßte Jagdstock aus wunderschönem dunklem Walnußholz hingen über den Betten. Das Teleskop, das daraufpaßte, war – ich erinnerte mich – im Koffer eingeschlossen. Leutnant Rinaldi lag schlafend auf dem anderen Bett. Er wachte auf, als er mich im Zimmer hörte, und setzte sich auf.

«*Ciao*», sagte er. «Nun, wie war's?»

«Herrlich.»

Wir schüttelten einander die Hand, und er umarmte und küßte mich.

«Uff!» sagte ich.

«Schmutzig bist du», sagte er. «Du solltest dich waschen. Wo warst du und was hast du gemacht? Erzähl mir alles auf einmal.»

«Ich war überall. In Mailand, in Florenz, Rom, Neapel, Villa San Giovanni, Messina, Taormina –»

«Du redest wie ein Fahrplan. Hast du was Feines erlebt?»

«Ja!»

«Wo?»

«In Milano, Firenze, Roma, Napoli –»

«Genug, genug. Erzähl mir, was das Schönste war?»

«In Milano.»

«Klar, weil's das erste war. Wo hast du sie getroffen? Bei *Cova*? Wo wart ihr? Wie war's? Erzähl mir alles auf einmal. Bist du die ganze Nacht geblieben?»

«Ja.»

«Das ist gar nichts. Hier haben wir jetzt fabelhafte Mädchen. Neue Mädchen, die noch nie an der Front waren.»

«Wunderbar.»

«Du glaubst mir nicht? Wir gehen jetzt am Nachmittag gleich hin, da kannst du sehen. Und drinnen in der Stadt gibt es wunderschöne englische Mädchen. Ich bin jetzt in Miss Barkley verliebt. Ich nehm dich mit, da kannst du deine Aufwartung machen. Wahrscheinlich werde ich Miss Barkley heiraten.»

«Ich muß mich jetzt waschen und mich zurückmelden. Arbeitet denn hier keiner?»

«Seit du weg bist haben wir hier nur Erfrorene, Frostbeulen, Gelbsucht, Tripper, Selbstverstümmelungen, Lungenentzündungen und harten und weichen Schanker. Jede Woche wird jemand durch Felsstücke verletzt. Es gibt auch ein paar richtige Verwundete. Nächste Woche fängt der Krieg wieder an. Vielleicht fängt er wieder an. Man sagt es. Würdest du an meiner Stelle Miss Barkley heiraten – natürlich nach dem Krieg?»

«Selbstverständlich», sagte ich und goß die Schüssel voll Wasser.

«Heute abend erzählst du mir alles», sagte Rinaldi. «Jetzt muß ich weiterschlafen; ich muß für Miss Barkley frisch und schön sein.»

Ich zog meine Jacke und mein Hemd aus und wusch mich in dem kalten Wasser in der Schüssel. Während ich mich mit einem Handtuch abrubbelte, sah ich mich im Zimmer um und aus dem Fenster und auf Rinaldi, der mit geschlossenen Augen auf seinem Bett lag. Er war ein hübscher Kerl, ebenso alt wie ich und kam aus Amalfi. Er war mit Begeisterung Chirurg, und wir waren sehr befreundet. Während ich ihn noch so betrachtete, schlug er die Augen auf.

«Hast du Geld?»

«Ja.»

«Leih mir 50 Lire.»

Ich trocknete meine Hände ab und zog meine Brieftasche aus dem Innern meiner Jacke, die an der Wand hing. Rinaldi nahm den Schein, faltete ihn zusammen, ohne sich vom Bett zu erheben, und ließ ihn in die Hosentasche gleiten. Er lächelte. «Ich muß bei Miss Barkley den Eindruck eines einigermaßen wohlhabenden Mannes machen. Du bist mein großer Freund und Geldgeber.»

«Geh zum Teufel», sagte ich.

An demselben Abend saß ich im Kasino neben dem Priester, und er war enttäuscht und plötzlich gekränkt, weil ich nicht in den Abruzzen gewesen war. Er hatte seinem Vater geschrieben, daß ich kommen würde, und man hatte meinetwegen Vorbereitungen getroffen. Mir war genauso scheußlich zumute wie ihm, und ich konnte nicht verstehen, warum ich nicht hingefahren war. Gerade das hatte ich vorgehabt, und ich versuchte ihm zu erklären, wie eine Sache immer die andere nach sich gezogen hatte, und endlich sah er es auch ein und glaubte mir, daß ich wirklich die Absicht gehabt hatte hinzufahren, und es war beinahe alles wieder gut. Ich hatte viel Wein getrunken und nachher Kaffee und Strega, und ich erklärte, des Weines voll, wie wir nie die Dinge täten, die wir tun wollten; nie, nie.

Wir zwei unterhielten uns, während die anderen diskutierten. Ich hatte in die Abruzzen gewollt. Ich war nirgends gewesen, wo die Wege gefroren und hart wie Stahl waren, wo es klar-kalt und trokken war und der Schnee trocken und pudrig und Hasenspuren im Schnee und die Bauern die Hüte vor einem zogen und einen Herr Baron nannten und es gute Jagd gab. Ich war an keinem derartigen Ort gewesen, sondern in dem Rauch von Cafés und Nächten, wenn das Zimmer sich drehte und man die Wand ansehen mußte, damit es aufhörte, Nächten im Bett, betrunken, wenn man wußte, daß es außer dem nichts gab, und die seltsame Erregung, aufzuwachen und nicht zu wissen, mit wem man war, und die ganze Welt unwirklich im Dunkel und so erregend, daß man in der Nacht noch einmal anfangen muß, nicht zu wissen und sich nichts daraus zu machen, überzeugt davon, daß das alles war, alles, alles, alles, und sich nichts daraus zu machen. Und dann machte man sich plötzlich sehr viel daraus und schlief ein und wachte manchmal morgens damit auf, und all das, was gewesen war, war verschwunden und alles war scharf und hart und klar und manchmal gab es Streit um den Preis. Manchmal war es auch erfreulich und lieb und warm und Frühstück und Mittagessen. Manchmal war alles Nette weg, und man war froh, auf die Straße zu kommen, aber immer der Anfang eines neuen Tages und dann wieder eine Nacht. Ich versuchte, ihm von der Nacht zu erzählen, und dem Unterschied zwischen Tag und Nacht, und wieso die Nacht besser ist, wenn der Tag nicht besonders frisch und kalt ist, und ich konnte es ihm nicht erklären, ebensowenig, wie ich es jetzt erklären kann. Aber wenn Sie es erlebt haben, wissen Sie es. Er hatte es nicht erlebt, aber er verstand jetzt, daß ich wirklich in die Abruzzen gewollt hatte und nur nicht hingefahren war, und wir blieben Freunde mit vielen gemeinsamen Neigungen, aber dieser Unterschied blieb zwischen uns. Er hatte immer gewußt, was ich nicht gewußt hatte und was ich auch, als ich es lernte, immer wieder vergessen konnte. Aber das wußte ich damals nicht, obschon ich es später einsah. Einstweilen waren wir alle im Kasino; die Mahlzeit war beendet und die Diskussion ging weiter. Wir beide hörten auf zu sprechen, und der Hauptmann rief: «Priester nicht glücklich. Priester nicht glücklich ohne Mädchen.»

«Ich bin glücklich», sagte der Priester.

«Priester nicht glücklich. Priester will, daß Österreicher Krieg gewinnen», sagte der Hauptmann. Die anderen hörten zu. Der Priester schüttelte den Kopf.

«Nein», sagte er.

«Priester will nicht, daß wir angreifen. Nicht wahr, wir sollen nicht angreifen?»

«Doch, wenn Krieg ist, müssen wir wohl angreifen.»

«Müssen angreifen! Werden angreifen.»

Der Priester nickte.

«Laßt ihn zufrieden», sagte der Major. «Er ist in Ordnung.»

«Er kann ja sowieso nichts dagegen machen», sagte der Hauptmann. Wir standen alle auf und verließen den Tisch.

4

Die Batterie im Nachbargarten weckte mich am Morgen, und ich sah die Sonne durchs Fenster scheinen und stieg aus dem Bett. Ich ging ans Fenster und sah hinaus. Das Gras war naß vom Tau, und die Kieswege waren feucht. Die Batterie feuerte zweimal, und die Luft kam beide Male wie ein Stoß und erschütterte das Fenster und ließ die Vorderseite meines Pyjamas hin und her flattern. Ich konnte die Kanonen nicht sehen, aber sie feuerten offensichtlich genau oberhalb von uns. Es war lästig, daß sie da waren, aber es war angenehm, daß sie nicht größer waren. Während ich auf den Garten hinaussah, hörte ich, wie sich ein Lastkraftwagen auf der Straße in Bewegung setzte. Ich zog mich an, ging hinunter, trank meinen Kaffee in der Küche und ging hinaus in die Garage.

Zehn Wagen waren nebeneinander unter einem Schutzdach aufgereiht. Es waren überlastige, stumpfnasige Krankenwagen, grau gestrichen, wie Möbelwagen gebaut. Die Mechaniker arbeiteten an einem auf dem Hof. Drei waren in den Bergen oben auf verschiedenen Verbandsplätzen.

«Wird diese Batterie eigentlich je beschossen?» fragte ich einen der Mechaniker.

«Nein, Signor Tenente, sie ist durch den kleinen Hügel geschützt.»

«Wie steht alles?»

«Nicht schlecht. Diese Maschine taugt nichts, aber die anderen laufen.» Er hörte auf zu arbeiten und lächelte. «Waren Sie auf Urlaub?»

«Ja.»

Er wischte seine Hände an seiner Wollweste ab und grinste.

«Haben sich gut amüsiert?»

Alle grinsten.

«Glänzend», sagte ich. «Was ist denn mit der Maschine los?»

«Taugt nichts. Eine Sache nach der andern.»

«Was ist denn jetzt?»

«Neue Kolbenringe.»

Ich ließ sie bei der Arbeit; der Wagen sah geschändet und leer aus, mit der offenen Motorhaube und einzelnen, auf der Arbeitsbank ausgebreiteten Teilen, und ich ging unter das Schutzdach und besah mir jeden einzelnen Wagen. Sie waren ziemlich sauber, ein paar gerade gewaschen, die übrigen staubig. Ich besah mir die Reifen sorgfältig auf Schnitte und Steinbeulen. Alles schien in gutem Zustand zu sein. Es machte offensichtlich keinerlei Unterschied, ob ich da war, um mich um die Dinge zu kümmern, oder nicht. Ich hatte mir eingebildet, daß der Zustand der Wagen, ob Material beschafft werden konnte oder nicht, das glatte Funktionieren unseres Geschäfts, Verwundete und Kranke aus den Verbandsplätzen weiterzubefördern, sie von den Bergen in die Sammelplätze zu bringen und von da auf die Feldlazarette zu verteilen, die auf ihren Papieren angegeben waren, zu einem beträchtlichen Maß von mir abhing. Offensichtlich aber war es ganz gleichgültig, ob ich da war oder nicht.

«Hatten Sie Schwierigkeiten, Ersatzteile zu bekommen?» fragte ich den Obermechaniker.

«Nein, Signor Tenente.»

«Wo ist jetzt der Tankplatz?»

«Noch auf derselben Stelle.»

«Gut», sagte ich und ging ins Haus zurück und trank einen zweiten Topf Kaffee am Kasinotisch. Der Kaffee war hellgrau und mit kondensierter Milch gesüßt. Vor dem Fenster war ein herrlicher Frühlingsmorgen. Man fühlte schon ein bißchen Trockenheit in der Nase, ein sicheres Zeichen, daß es später heiß werden würde. An dem Tag besuchte ich die Stellungen in den Bergen und kam spätnachmittags in die Stadt zurück.

Alles hatte sich anscheinend während meiner Abwesenheit gebessert. Ich hörte, daß die Offensive wieder beginnen würde. Die Division, für die wir sorgten, sollte an einer Stelle flußaufwärts angreifen, und der Major sagte mir, daß ich mich während des Angriffs um unsere Sanitätsposten zu kümmern hätte. Der Angriff sollte den Fluß oberhalb der schmalen Schlucht überqueren und sich den Berghang hinauf ausbreiten. Die Sammelplätze für die Sanitätswagen mußten so dicht wie möglich am Fluß sein und dabei in Deckung liegen. Die Infanterie würde sie natürlich bestimmen, aber von uns erwartete man die Ausführung. Es war eine von den Situationen, die einem das täuschende Gefühl von Soldatsein gaben.

Ich war sehr staubig und schmutzig und ging hinauf in mein Zimmer, um mich zu waschen. Rinaldi saß auf seinem Bett mit einem Exemplar von Hugos englischer Grammatik. Er war angezogen, trug seine schwarzen Stiefel und sein Haar glänzte.

«Großartig», sagte er, als er mich sah, «du kommst mit, Miss Barkley besuchen.»

«Nein.»

«Doch, bitte komm mit, für mich einen guten Eindruck machen.»

«Schön. Warte, bis ich mich gesäubert habe.»

«Wasch dich und komm, wie du bist.»

Ich wusch mich, bürstete mir die Haare, und wir brachen auf.

«Warte einen Augenblick», sagte Rinaldi. «Vielleicht sollte man vorher einen Schluck trinken.» Er öffnete seinen Koffer und nahm eine Flasche heraus.

«Nur keinen Strega», sagte ich.

«Nein, Grappa.»

«Gut.»

Er schenkte zwei Gläser voll, und wir stießen mit ausgestreckten Zeigefingern an. Der Grappa war sehr stark.

«Noch einen?»

«Schön», sagte ich. Wir tranken einen zweiten Grappa. Rinaldi stellte die Flasche weg, und wir gingen die Treppe hinunter. Es war heiß, als wir durch die Stadt gingen, aber die Sonne war im Untergehen, und es war sehr angenehm. Das englische Lazarett lag in einer großen Villa, die von Deutschen vor dem Krieg erbaut worden war. Miss Barkley war im Garten. Eine zweite Krankenpflegerin war mit ihr. Wir sahen ihre weiße Tracht durch die Bäume hindurch und gingen auf sie zu. Rinaldi salutierte. Ich salutierte auch, aber gemäßigter.

«Guten Abend», sagte Miss Barkley. «Sie sind doch kein Italiener, nicht wahr?»

«O nein.»

Rinaldi sprach mit der anderen Schwester. Sie lachten.

«Was für eine ausgefallene Sache, im italienischen Heer zu sein.»

«Tatsächlich nicht im Heer. Nur bei der Ambulanz.»

«Trotzdem ist es sehr ausgefallen. Wie sind Sie darauf gekommen?»

«Ich weiß nicht», sagte ich. «Es gibt doch nicht für alles eine Erklärung.»

«So? Ich bin mit der Idee aufgewachsen, daß es das wohl gibt.»

«Wie schön.»

«Müssen wir uns auf diese Art und Weise unterhalten?»

«Nein», sagte ich.

«Das macht es einfacher, nicht wahr?» sagte sie.

«Was haben Sie da für einen Stock?» fragte ich. Miss Barkley war ziemlich groß. Sie trug etwas, was mir wie Schwesterntracht aussah, war blond und hatte eine gebräunte Haut und graue Augen. Ich fand sie sehr schön. Sie trug einen dünnen Rohrstock, wie eine Spielzeugreitgerte, mit Leder eingefaßt.

«Er gehörte jemand, der voriges Jahr gefallen ist.»

«Tut mir schrecklich leid.»

«Er war sehr nett. Er wollte mich heiraten, und er fiel an der Somme.»

«Grauenhaft ging's da zu.»

«Waren Sie dabei?»

«Nein.»

«Ich hab davon gehört», sagte sie. «Hier unten gibt es eigentlich keinen derartigen Krieg. Man hat mir den kleinen Stock geschickt. Seine Mutter schickte ihn mir. Sie schickten ihn mit seinen Sachen zurück.»

«Waren Sie lange verlobt?»

«Acht Jahre. Wir sind zusammen aufgewachsen.»

«Und warum haben Sie nicht geheiratet?»

«Ich weiß nicht», sagte sie. «Es war sehr dumm von mir. Das hätte ich ihm wenigstens geben können. Aber ich glaubte, es wäre schlecht für ihn.»

«Hm.»

«Haben Sie jemals jemanden geliebt?»

«Nein», sagte ich.

Wir setzten uns auf eine Bank, und ich sah sie an.

«Sie haben wunderbares Haar», sagte ich.

«Gefällt es Ihnen?»

«Sehr.»

«Ich wollte es alles abschneiden, als er fiel.»

«Nein!»

«Ich wollte etwas für ihn tun. Sehen Sie, das andere sagte mir gar nichts, und er hätte das alles haben können. Er hätte von mir haben können, was er wollte, wenn ich gewußt hätte. Ich hätte ihn geheiratet, oder auch so. Jetzt weiß ich alles darüber. Aber damals wollte er in den Krieg, und ich wußte von nichts.»

Ich sagte nichts.

«Ich wußte damals von gar nichts. Ich dachte, es würde schlimmer für ihn sein. Ich dachte, daß er es vielleicht nicht aushalten würde, und dann fiel er natürlich und damit war's aus.»

«Ich weiß nicht.»

«O ja», sagte sie. «Damit ist es aus.»

Wir sahen hinüber zu Rinaldi, der sich mit der anderen Schwester unterhielt.

«Wie heißt sie?»

«Ferguson. Helen Ferguson. Ihr Freund ist Arzt, nicht wahr?»

«Ja. Ein sehr guter.»

«Das ist großartig. Man findet selten jemand so weit vorn an der Front, der wirklich was kann. Dies ist vorn, nicht wahr?»

«Ziemlich.»

«Es ist eine dämliche Front», sagte sie. «Aber es ist wunderschön hier. Kommt eine Offensive?»

«Ja.»

«Dann gibt's wieder Arbeit. Jetzt ist nichts zu tun.»

«Pflegen Sie schon lange?»

«Seit Ende fünfzehn. Ich fing zur selben Zeit an wie er. Ich erinnere mich, daß ich die dumme Idee hatte, daß er in das Lazarett kommen könnte, in dem ich war. Mit einem Säbelhieb wahrscheinlich und einem Kopfverband. Oder durch die Schulter geschossen. Irgendwas Malerisches.»

«Dies ist die malerische Front», sagte ich.

«Ja», sagte sie. «Die Leute hier können sich nicht vorstellen, wie es in Frankreich vorgeht. Wenn sie's könnten, würde es nicht so weitergehen. Er hatte keinen Säbelhieb. Eine Granate zerfetzte ihn.»

Ich sagte nichts.

«Glauben Sie, daß es immer so weitergehen wird?»

«Nein.»

«Wodurch soll es aufhören?»

«Irgendwo wird's zum Zusammenbruch kommen.»

«Wir werden zusammenbrechen. Wir werden in Frankreich zusammenbrechen. Sie können doch nicht weiter Sachen wie die Somme machen und nicht zusammenbrechen.»

«Hier werden sie nicht zusammenbrechen», sagte ich.

«Glauben Sie nicht?»

«Nein, letzten Sommer ging's doch hier sehr gut.»

«Sie können zusammenbrechen», sagte sie. «Jeder kann zusammenbrechen.»

«Auch die Deutschen.»

«Nein», sagte sie.»Ich glaube nicht.»

Wir gingen zu Rinaldi und Miss Ferguson hinüber.

«Lieben Sie Italien?» fragte Rinaldi Miss Ferguson auf englisch.

«Es geht.»

«Nicht versteh.» Rinaldi schüttelte den Kopf.

«*Abbastanza bene*», übersetzte ich. Er schüttelte den Kopf.

«Das ist nicht viel. Lieben Sie England?»

«Nicht besonders. Sehen Sie, ich bin Schottin.»

Rinaldi sah mich verständnislos an.

«Sie ist Schottin und liebt deshalb Schottland mehr als England», sagte ich auf italienisch.

«Aber Schottland ist doch dasselbe wie England.»

Ich übersetzte dies für Miss Ferguson.

«*Pas encore*», sagte Miss Ferguson.

«Wirklich nicht?»

«Niemals. Wir lieben die Engländer nicht.»

«Die Engländer nicht lieben? Miss Barkley nicht lieben?»

«Oh, das ist was anderes. Sie hat ja auch schottisches Blut. Sie müssen nicht alles so wörtlich nehmen.»

nur eine Straße vom Paß hinunter auf die Pontonbrücke führte und sie ungefähr eine Meile lang unter Maschinengewehr- und Granatfeuer lag. Sie war auch nicht breit genug, um den ganzen für eine Offensive notwendigen Transport zu bewältigen, und die Österreicher konnten eine Schlachtbank daraus machen. Aber die Italiener hatten den Fluß überschritten und sich jenseits über eine kleine Strecke ausgedehnt, um ungefähr anderthalb Meilen auf der österreichischen Seite zu halten. Es war eine unangenehme Stelle, und die Österreicher hätten sie dort nicht Fuß fassen lassen sollen. Ich nehme an, daß es aus gegenseitiger Duldsamkeit geschah, denn die Österreicher hielten ein Stück flußaufwärts noch einen Brückenkopf. Die österreichischen Schützengräben lagen oberhalb auf dem Hügelhang nur ein paar Meter von den italienischen Linien entfernt. Dort war einmal eine kleine Stadt gewesen, aber jetzt war alles Schutt. Hier waren die Überbleibsel von einem Bahnhof und eine zerstörte feste Brücke, die nicht repariert und benutzt werden konnte, weil sie ohne Deckung lag.

Ich fuhr die schmale Straße entlang, hinunter dem Fluß zu, ließ den Wagen beim Verbandsplatz im Schutz des Hügels, überquerte die Pontonbrücke, die durch einen Bergvorsprung gedeckt war, und ging durch die Schützengräben in der zertrümmerten Stadt und dann die Böschung entlang. Alles war in den Unterständen. Man hatte Ständer mit Raketen bereitgestellt, fertig zum Abfeuern, um Hilfe von der Artillerie herbeizurufen oder zum Signalisieren, falls die Telefonleitungen durchschnitten würden. Es war ruhig, heiß und schmutzig. Ich sah über den Stacheldraht nach den österreichischen Linien. Niemand war sichtbar. In einem der Unterstände trank ich was mit einem Hauptmann, den ich kannte, und ging dann über die Brücke zurück.

Eine neue, breite Straße wurde fertiggestellt, die über die Berge und im Zickzack hinunter auf die Brücke führen sollte. Sobald die Straße fertig war, würde die Offensive beginnen. Sie lief in scharfen Kurven durch den Wald hinunter. Der Plan war, alles auf der neuen Straße hinunterzuschaffen und die leeren Traktoren, Lastautos und Sanitätswagen, überhaupt allen zurückkommenden Verkehr, über die alte, enge Straße hinaufzuleiten. Der Verbandsplatz war auf der Flußseite, die die Österreicher besetzt hielten, unter dem Hügelvorsprung, und die Krankenträger sollten die Verwundeten über die Pontonbrücke zurücktragen. Genauso sollte es sein, wenn die Offensive begann. So wie ich es beurteilte, konnte die letzte Meile ungefähr von da an, wie die neue Straße eben lief, von den Österreichern unter Feuer gehalten werden. Es sah aus, als ob es ein Schlamassel geben könnte. Aber ich fand eine Stelle, auf der die Wagen, nachdem sie das letzte, schlecht aussehende Stück überquert hatten, in Deckung waren und dort auf die Verwundeten warten konnten, die man über die Pontonbrücke bringen würde. Ich wäre gern die neue Straße entlanggefahren, sie war aber noch nicht fertig. Sie sah breit aus und schien gut angelegt zu sein, mit ordentlichem Gefälle und sehr eindrucksvollen Kurven, wenigstens sah es, wo man sie auf dem Berghang durch die Lichtungen im Wald sehen konnte, so aus. Den Wagen mit ihren schweren Stahlbremsen konnte nicht viel passieren, und beim Runterfahren waren sie ja sowieso leer. Ich fuhr die schmale Straße zurück.

Zwei Carabinieri hielten den Wagen an. Eine Granate war eingeschlagen, und während wir warteten, schlugen noch drei auf der Straße ein. Es waren Siebenundsiebziger, und sie kamen mit einem zischenden Luftstoß, einem harten, hellen Knall und Aufflammen, und dann wehte grauer Rauch über die Straße. Die Carabinieri winkten uns zu, weiterzufahren. Als ich das Stück passierte, wo die Granaten eingeschlagen waren, vermied ich die kleinen, aufgerissenen Stellen. Ich roch den Explosivstoff und den Geruch versengter Erde und Steine und frischgestreuten Schotters. Ich fuhr nach Gorizia zurück zu unserer Villa und ging, wie ich schon sagte, Miss Barkley besuchen, die Dienst hatte.

Abends aß ich sehr schnell und brach nach der Villa auf, in der die Engländer ihr Lazarett hatten. Es war wirklich sehr groß und schön, und es gab herrliche Bäume auf dem Grundstück. Miss Barkley saß auf einer Bank im Garten. Miss Ferguson war bei ihr. Offensichtlich freuten sie sich über mein Kommen, und nach kurzer Zeit verschwand Miss Ferguson mit einer Entschuldigung. «Ich laß euch beide allein», sagte sie. «Ihr werdet ja ganz gut ohne mich fertig.»

«Bleib doch, Helen», sagte Miss Barkley.

«Ich möchte wirklich lieber gehen», sagte sie. «Ich muß ein paar Briefe schreiben.»

«Gute Nacht», sagte ich.

«Gute Nacht, Mr. Henry.»

«Schreiben Sie nichts, was den Zensor beunruhigen könnte.»

«Keine Sorge. Ich schreibe nur, wie wunderschön es hier ist und wie tapfer die Italiener sind.»

«Auf die Art werden Sie einen Orden bekommen.»

«Das wäre fein. Gute Nacht, Catherine.»

«Ich komme sehr bald», sagte Miss Barkley. Miss Ferguson verschwand im Dunkeln.

«Sie ist nett», sagte ich.

«O ja, sie ist sehr nett. Sie ist Krankenschwester.»

«Sind Sie keine Schwester?»

«O nein, ich bin eine sogenannte V. A. D. Wir schuften, aber keiner traut uns recht.»

«Warum nicht?»

«Man traut uns nicht, wenn nichts los ist. Wenn's wirklich Arbeit gibt, verläßt man sich schon auf uns.»

«Was ist denn der Unterschied?»

«Eine Schwester ist wie ein Arzt. Es dauert sehr lange, bis man so weit ist. V. A. D. ist ein Abschneider.»

«Jetzt verstehe ich.»

«Die Italiener wollten keine Frauen so dicht an der Front. Deshalb sind wir alle unter besonders strenger Aufsicht. Wir dürfen nicht ausgehen.»

«Ich kann doch aber herkommen.»

«O ja, wir sind nicht im Kloster.»

«Lassen wir den Krieg.»

«Sehr schwierig, man kann ihn nie lassen.»

«Lassen wir ihn, wie dem auch sei.»

«Gut.»

Wir sahen uns im Dunkeln an. Ich fand sie sehr schön und nahm ihre Hand. Sie ließ es zu, und ich hielt sie fest und legte meinen Arm um sie.

«Nein», sagte sie. Ich ließ meinen Arm, wo er war.

«Warum nicht?»

«Nein.»

«Doch», sagte ich, «bitte.» Ich beugte mich im Dunkeln vor, um sie zu küssen, und spürte ein scharfes, brennendes Aufflammen. Sie hatte mich heftig ins Gesicht geschlagen. Ihre Hand hatte meine Nase und meine Augen getroffen, und Tränen traten mir als Reflex in die Augen.

«Es tut mir leid», sagte sie. Ich fühlte, daß ich jetzt im Vorteil war.

«Sie hatten ganz recht.»

«Es tut mir schrecklich leid», sagte sie, «ich konnte nur diese Schwester-Abend-Ausgeh-Seite der Sache nicht vertragen. Ich wollte Ihnen nicht weh tun. Ich habe Ihnen weh getan, nicht wahr?»

Sie sah mich im Dunkeln an. Ich war wütend und doch meiner Sache sicher; ich sah alles voraus, wie die Züge beim Schachspiel.

«Sie waren vollkommen im Recht», sagte ich, «es schadet gar nichts.»

«Sie Armer.»

«Sehen Sie, ich hab so eine komische Art von Leben geführt. Und ich hab fast nie Gelegenheit, englisch zu sprechen. Und dann sind Sie so sehr schön.» Ich sah sie an.

«Sie brauchen nicht so viel Unsinn zu reden. Ich hab doch gesagt, daß es mir leid tut. Wir verstehen uns doch ganz gut.»

«Ja», sagte ich, «und wir sind vom Krieg abgekommen.»

Sie lachte. Es war das erste Mal, daß ich sie lachen hörte. Ich beobachtete ihr Gesicht.

«Sie sind süß», sagte sie.

«Nein, das bin ich nicht.»

«Doch, Sie sind süß. Wenn Sie nichts dagegen haben, möchte ich Ihnen einen Kuß geben.»

Ich sah ihr in die Augen und legte meinen Arm um sie, wie ich's vorher getan hatte, und küßte sie. Ich küßte sie heftig und hielt sie eng an mich und versuchte ihre Lippen zu öffnen. Sie waren fest geschlossen. Ich war immer noch wütend, und als ich sie hielt, erzitterte sie plötzlich. Ich hielt sie eng an mich und konnte ihr Herz schlagen hören, und ihre Lippen öffneten sich, und ihr Kopf sank zurück gegen meine Hand, und dann weinte sie an meiner Schulter.

«Liebster», sagte sie, «nicht wahr, du wirst gut zu mir sein?»

Zum Teufel, dachte ich bei mir. Ich streichelte ihr Haar und tätschelte ihre Schulter. Sie weinte.

«Nicht wahr, du wirst doch?» Sie sah zu mir auf. «Weißt du, weil wir ein seltsames Leben vor uns haben.»

Nach einer Weile brachte ich sie zur Tür der Villa, und sie ging hinein, und ich ging nach Hause. In unserer Villa angelangt ging ich die Treppe hinauf in mein Zimmer. Rinaldi lag auf seinem Bett. Er sah mich an.

«Machst also Fortschritte mit Miss Barkley?»

«Wir sind gute Freunde.»

«Du hast das angenehme Aussehen eines läufigen Hundes.»

Ich verstand den Ausdruck nicht.

«Wie?»

Er erklärte.

«Und du», sagte ich, «hast das angenehme Aussehen eines Hundes, der –»

«Halt», sagte er. «Über kurz oder lang würden wir uns sonst beschimpfen.» Er lachte.

«Gute Nacht», sagte ich.

«Gute Nacht, Hundchen.»

Ich stieß sein Licht mit meinem Kissen um und kroch im Dunkeln in mein Bett.

Rinaldi hob das Licht auf, zündete es wieder an und las weiter.

6

Ich war zwei Tage lang weg bei den Sanitätsposten. Als ich zurückkam war es zu spät, und ich sah Miss Barkley erst am nächsten Abend. Sie war nicht im Garten, und ich mußte im Büro des Lazaretts warten, bis sie herunterkam. In dem Raum, der als Büro benutzt wurde, standen eine Menge Marmorbüsten auf bemalten, hölzernen Säulen an der Wand. Auch die Halle, auf die das Büro mündete, war mit ihnen umsäumt. Sie hatten die typische Marmoreigenschaft: sie sahen eine wie die andere aus. Skulpturen schienen mir immer eine langweilige Angelegenheit, aber Bronzen sahen doch irgendwie aus. Marmorbüsten dagegen sahen immer wie Kirchhof aus. Trotzdem – es gab einen wunderbaren Kirchhof – den in Pisa. Genua hingegen war der Ort, um schlechte Marmorbüsten zu sehen. Dies war die Villa eines sehr wohlhabenden Deutschen gewesen, und die Büsten hatten ihn sicherlich allerhand gekostet. Wer sie wohl gemacht hatte und wieviel er wohl bekommen hatte? Ich versuchte herauszubekommen, ob es Familienmitglieder waren, oder was sonst, aber sie waren alle, eine wie die andere, klassisch. Es ließ sich nichts über sie aussagen. Ich saß auf einem Stuhl und hielt meine Mütze in der Hand. Wir sollten eigentlich auch in Gorizia Stahlhelme tragen, aber sie waren unbequem und in einer Stadt, die von der Zivilbevölkerung nicht geräumt war, zu theatralisch. Ich trug meinen, wenn ich zu den Sanitätssammelplätzen vorging, und hatte eine englische Gasmaske bei mir. Wir bekamen gerade die ersten. Es waren wirkliche Masken. Wir sollten außerdem einen Repetierrevolver tragen, selbst die Ärzte und Sanitätsoffiziere. Ich fühlte ihn gegen die Stuhllehne. Man konnte verhaftet werden, falls man ihn nicht offen sichtbar trug. Rinaldi trug eine Pistolentasche mit Toilettenpapier ausgestopft. Ich trug einen richtigen und fühlte mich als Schütze, bis ich mich in seinem Gebrauch übte. Es war eine Astra, 7.65 Kaliber, mit einem kurzen Lauf, und sie bockte so heftig, wenn man sie abdrückte, daß an Treffen gar nicht zu denken war. Ich übte damit und zielte unter die Scheibe und versuchte, den Stoß des lächerlich kurzen Laufs zu beherrschen, bis ich auf zwanzig Schritt mein Ziel im Umkreis von einem Meter treffen konnte, und dann fand ich es lächerlich, überhaupt einen Revolver zu tragen, und bald hatte ich ihn vergessen und ließ ihn gegen mein Kreuz baumeln ohne irgendein Gefühl; nur wenn ich englisch sprechende Leute traf, empfand ich ein unbestimmtes Schamgefühl. Jetzt saß ich auf einem Stuhl und irgendso ein Ordonnanzoffizier sah mich über seinen Schreibtisch mißbilligend an, während ich den Marmorfußboden, die Säulen mit den Marmorbüsten und die Fresken an den

Wänden betrachtete und auf Miss Barkley wartete. Die Fresken waren nicht schlecht. Alle Fresken werden gut, wenn sie anfangen, sich abzuschälen und abzublättern.

Ich sah Catherine Barkley durch die Halle kommen und stand auf. Sie schien nicht groß, als sie mir entgegenkam, aber sie sah wunderschön aus.

«Guten Abend, Mr. Henry», sagte sie.

«Wie geht es Ihnen?» sagte ich. Der Ordonnanzoffizier hörte hinter seinem Schreibtisch zu.

«Wollen wir hier bleiben oder in den Garten gehen?»

«Lassen Sie uns hinausgehen, es ist viel kühler.»

Ich ging hinter ihr her, hinaus in den Garten; der Ordonnanzoffizier sah uns nach. Als wir auf der Kiesanfahrt standen, sagte sie: «Wo waren Sie?»

«Vorn bei den Sanitätsposten.»

«Sie konnten mich nicht benachrichtigen?»

«Nein», sagte ich, «nicht gut. Ich dachte, ich käme gleich wieder zurück.»

«Du hättest es mich wissen lassen müssen, Liebling.»

Wir waren von der Ausfahrt jetzt herunter und gingen unter den Bäumen. Ich nahm ihre Hände, blieb stehen und küßte sie.

«Können wir nicht irgendwohin gehen?»

«Nein», sagte sie. «Wir können nur hier auf und ab gehen. Du warst so lange weg!»

«Heute ist der dritte Tag. Aber jetzt bin ich wieder da.»

Sie sah mich an. «Und du liebst mich?»

«Ja.»

«Nicht wahr, du hast doch gesagt, daß du mich liebhast?»

«Ja», log ich. «Ich hab dich lieb.» Ich hatte es nie vorher gesagt.

«Und du sagst Catherine zu mir?»

«Catherine.» Wir gingen ein Stückchen weiter und blieben unter einem Baum stehen.

«Sag: ich bin in der Nacht zu Catherine zurückgekommen.»

«Ich bin in der Nacht zu Catherine zurückgekommen.»

«Ach, Liebling, nicht wahr, du bist zurückgekommen?»

«Ja.»

«Ich hab dich so lieb, und es war so schrecklich. Du gehst nicht weg, nicht wahr?»

«Nein, ich werd immer wiederkommen.»

«Oh, ich hab dich so lieb. Bitte tu deine Hand wieder dahin.»

«Sie war gar nicht weg.» Ich drehte sie so, daß ich ihr Gesicht sehen konnte, während ich sie küßte, und ich sah, daß sie die Augen geschlossen hielt. Ich küßte ihre beiden geschlossenen Augen. Ich dachte, daß sie vielleicht ein bißchen übergeschnappt sei. Mir sollte es recht sein. Mir war's gleich, was passierte. Dies war besser, als jeden Abend ins Offiziersbordell zu gehen, wo die Mädchen an einem raufkletterten und einem als Zeichen ihrer Zuneigung, zwischen den Ausflügen, die sie mit Offizierskameraden ins oberste Stockwerk unternahmen, die Mütze verkehrt herum aufsetzen. Ich wußte, daß ich Catherine Barkley nicht liebte und auch nicht die Absicht hatte, sie zu lieben. Dies war ein Spiel wie Bridge; man sprach, anstatt Karten zu spielen. Wie beim Bridge mußte man so tun, als ob man für Geld spielte, oder um irgendeinen Einsatz. Niemand hatte den Einsatz erwähnt. Mir war es gleich.

«Ich wünschte, wir könnten irgendwohin gehen», sagte ich. Wie jedem Mann war es mir unangenehm, im Stehen lange zärtlich zu sein.

«Man kann nirgends hingehen», sagte sie. Sie kam von weit her. «Wir könnten uns vielleicht dort einen Augenblick hinsetzen.»

Wir saßen auf einer flachen Steinbank, und ich hielt Catherine Barkleys Hand. Sie erlaubte nicht, daß ich meinen Arm um sie legte.

«Bist du sehr müde?» fragte sie.

«Nein.»

Sie sah hinunter auf den Rasen.

«Wir spielen ein niederträchtiges Spiel, nicht wahr?» sagte sie.

«Was für ein Spiel?»

«Sei nicht blöd.»

«Nicht absichtlich.»

«Du bist nett», sagte sie. «Und du spielst es so gut, wie du eben kannst. Aber es ist ein niederträchtiges Spiel.»

«Weißt du immer, was andere Leute denken?»

«Nicht immer. Aber bei dir weiß ich's. Du brauchst mir nicht vorzumachen, daß du mich liebst. Damit ist's für heute abend vorbei. Möchtest du dich über irgendwas Bestimmtes mit mir unterhalten?»

«Aber ich habe dich wirklich lieb.»

«Bitte, laß uns doch nicht lügen, wenn's nicht notwendig ist. Ich hatte eine reizende kleine Szene, und jetzt geht's mir wieder vorzüglich. Du siehst, ich bin nicht verrückt und hab auch nicht den Kopf verloren. Nur manchmal ein bißchen.»

Ich preßte ihre Hand.

«Liebe Catherine.»

«Jetzt klingt das sehr komisch – Catherine. Du sagst es ganz anders als er. Aber du bist sehr nett. Du bist ein sehr guter Junge.»

«Das hat der Priester auch gesagt.»

«Ja, du bist sehr gut, und du kommst mich wieder besuchen, ja?»

«Natürlich.»

«Und du brauchst wirklich nicht zu sagen, daß du mich liebst. Das ist alles für eine ganze Weile vorbei.» Sie stand auf und streckte mir ihre Hand entgegen. «Gute Nacht.»

Ich wollte sie küssen.

«Nicht», sagte sie. «Ich bin schrecklich müde.»

«Gib mir trotzdem einen Kuß», sagte ich.

«Ich bin schrecklich müde, Liebling.»

«Einen Kuß.»

«Willst du wirklich so gern?»

«Ja.»

Wir küßten uns und plötzlich riß sie sich los. «Nein. Gute Nacht, bitte, Liebling.» Wir gingen bis zur Tür, und ich sah, wie sie hinein- und durch die Halle ging. Ich sah gern zu, wenn sie sich bewegte. Sie ging weiter durch die Halle, und ich ging weiter nach Hause. Es war eine heiße Nacht, und oben in den Bergen ging allerhand vor. Ich beobachtete das Mündungsfeuer auf San Gabriele.

Ich blieb vor der Villa Rossa stehen. Die Fensterladen waren offen, aber drinnen war noch Betrieb. Jemand sang. Ich ging weiter, nach Hause. Rinaldi kam herein, während ich mich auszog.

«Aha», sagte er: es geht nicht so gut. Der Kleine steht vor einem Rätsel.»

«Wo warst du?»

«In der Villa Rossa. Es war sehr erbaulich, Kleiner. Wir haben alle gesungen. Und was hast du gemacht?»

«Die Engländer besucht.»

«Na, Gott sei Dank hab ich mich nicht mit den Engländern eingelassen.»

7

Am folgenden Nachmittag kam ich von unserem vordersten Gebirgsposten zurück und hielt den Wagen beim Smistamento an, wo man die Verwundeten und Kranken nach ihren Papieren einteilte und wo die Papiere mit Vermerken für die verschiedenen Lazarette versehen wurden. Ich war gefahren und blieb sitzen, und der Fahrer ging mit den Papieren hinein. Es war ein heißer Tag, und der Himmel war sehr klar und blau, und die Straße war weiß und staubig. Ich saß auf dem Führersitz unseres Fiat und döste. Ein Regiment marschierte auf der Straße an mir vorbei, und ich sah zu, wie sie vorbeikamen. Die Leute waren heiß und schwitzten. Manche trugen ihre Stahlhelme, aber bei den meisten baumelten sie vom Tornister herunter. Die meisten Helme waren zu groß und gingen den Leuten beinahe über die Ohren. Die Offiziere trugen alle Helme, besser passende Helme. Es war die halbe Brigata Basilicata. Ich erkannte sie an ihren rot und weiß gestreiften Kragenlitzen. Es kamen Nachzügler vorbei, lange nachdem das Regiment vorüber war – Leute, die nicht mit ihrem Zug Schritt halten konnten. Sie schwitzten, waren staubig und müde. Manche sahen recht jämmerlich aus. Ein Soldat kam hinter den letzten Nachzüglern her. Er humpelte beim Gehen. Er blieb stehen und setzte sich an den Straßenrand. Ich stieg aus und ging zu ihm.

«Was ist los?»

Er sah mich an und stand auf.

«Ich geh schon weiter!»

«Was ist denn los?»

«... der Krieg.»

«Was ist denn mit deinem Bein?»

«Is nicht das Bein. Ich hab einen Bruch.»

«Warum fährst du nicht mit dem Verwundetentransport?» fragte ich. «Warum gehst du nicht ins Lazarett?»

«Die lassen mich ja nicht. Der Leutnant sagt, ich hätte das Bruchband mit Absicht verloren.»

«Laß mich mal fühlen.»

«Es steht ein ganzes Stück raus.»

«Auf welcher Seite?»

«Hier.»

«Huste mal», sagte ich.

«Ich hab Angst, daß es schlimmer davon wird. Es ist doppelt so groß wie heute früh.»

«Setz dich», sagte ich. «Sobald ich die Papiere für die Verwundeten hier habe, werde ich dich mitnehmen und dich bei deinem Sanitätsoffizier abladen.»

«Er sagt bestimmt, daß ich's mit Absicht getan habe.»

«Sie können dir nichts anhaben», sagte ich. «Es ist doch keine Verletzung. Du hattest es doch schon vorher, nicht wahr?»

«Aber ich hab doch das Bruchband verloren.»

«Man wird dich in ein Lazarett schicken.»

«Kann ich nicht hierbleiben, Signor Tenente?»

«Nein, ich hab keine Papiere für dich.»

Die Fahrer kam mit den Papieren für die Verwundeten, die wir im Wagen hatten, heraus.

«Vier für 105, zwei für 132», sagte er. Es waren Lazarette jenseits des Flusses.

«Fahr du», sagte ich. Ich half dem Soldaten mit dem Bruch neben uns auf den Sitz.

«Sprechen Sie Englisch?» fragte er.

«Ja.»

«Wie gefällt Ihnen dieser Saukrieg?»

«Schweinerei.»

«Und ob das eine Schweinerei ist. Herrgott, was für eine Schweinerei!»

«Warst du drüben in den Staaten?»

«Gewiß doch. In Pittsburgh. Ich wußte gleich, daß Sie Amerikaner sind.»

«Sprech ich denn kein gutes Italienisch?»

«Trotzdem, ich wußte sofort, daß Sie Amerikaner sind.»

«Noch ein Amerikaner», sagte der Fahrer auf italienisch und sah den Mann mit dem Bruch an.

«Hören Sie mal, Lieutenant, müssen Sie mich beim Regiment abliefern?»

«Ja.»

«Nämlich weil der Stabsarzt weiß, daß ich einen Bruch habe. Ich hab das verdammte Bruchband weggeschmissen, damit's schlimmer wird und ich nicht wieder an die Front muß.»

«Ach so.»

«Können Sie mich nicht woanders einliefern?»

«Wenn's weiter vorn wäre, könnte ich dich in ein Feldlazarett bringen. Aber hier hinten brauchst du Papiere.»

«Wenn ich wieder zurückgehe, dann operieren sie mich einfach, und dann stecken sie mich die ganze Zeit über in die vorderste Linie.»

Ich dachte nach.

«Möchten Sie die ganze Zeit über im vordersten Graben liegen?» fragte er.

«Nein.»

«Himmel nein; ist das nicht ein Saukrieg?»

«Hör mal zu», sagte ich. «Steig aus und fall in den Chausseegraben und schlag dir eine Beule am Kopf, und ich hol dich dann auf dem Rückweg und bring dich in ein Lazarett. Aldo, halt mal hier.»

Wir hielten am Straßenrand. Ich half ihm herunter.

«Ich warte direkt hier, Lieutenant», sagte er.

«Also bis nachher», sagte ich. Wir fuhren weiter und passierten das Regiment ungefähr nachdem wir eine Meile gefahren waren, dann kreuzten wir den Fluß, der milchigweiß von Schneewasser war und schnell durch die Brückenpfosten floß, um auf die Straße, die durch die Ebene führte, zu kommen und die Verwundeten in den beiden Lazaretten einzuliefern. Auf dem Rückweg fuhr ich, und ich fuhr schnell mit dem leeren Wagen, um den Mann aus Pittsburgh aufzulesen. Zuerst kamen wir an dem Regiment vorbei, heißer und langsamer denn je, dann an den Nachzüglern. Dann sahen wir einen Sanitätswagen mit Pferden bespannt am Wege halten. Zwei Männer hoben den Bruchmann, um ihn einzuladen. Sie waren gekommen, um ihn zu holen. Er schüttelte den Kopf, als er mich sah. Sein Helm war ab und seine Stirn blutete etwas unterm Haaransatz. Seine Nase war abgeschürft, und die blutige Stelle sowohl wie sein Haar waren voller Staub.

«Sehen Sie sich nur meine Beule an, Lieutenant», rief er. «Hilft alles nichts. Da sind sie, um mich zu holen.»

Als ich in die Villa zurückkam war es fünf Uhr geworden, und ich ging hinaus, wo die Wagen gewaschen wurden, um mich abzubrausen. Dann arbeitete ich meinen Bericht auf meinem Zimmer aus und saß dabei in Hose und Unterhemd am offenen Fenster. In zwei Tagen war die Offensive angesetzt, und ich sollte mit den Wagen nach Plava. Es war lange her, daß ich nach Hause geschrieben hatte, und ich wußte, ich sollte schreiben, aber ich hatte es so lange nicht getan, daß es jetzt beinahe unmöglich war. Ich hatte keinen Stoff. Ich schickte ein paar Armee-Zona-di-Guerra-Postkarten weg und strich alles aus, bis auf: ich bin gesund. Das erledigte die Angelegenheit. Diese Postkarten waren sicher in Amerika sehr beliebt; fremdartig und geheimnisvoll. Dies hier war eine fremdartige und geheimnisvolle Kriegszone, aber ich nahm an, daß die Kriegführung, verglichen mit früheren Kriegen gegen Österreich, direkt gut und zielbewußt war. Die österreichische Armee war geschaffen, um Napoleon zu Siegen zu verhelfen, jedem Napoleon. Ich wünschte, wir hätten einen Napoleon gehabt, aber statt dessen hatten wir Il Generale Cadorna, dick und blühend, und Vittorio Emmanuele, den winzigen Mann mit dem langen, dünnen Hals und dem Ziegenbart. Auf dem rechten Flügel hatten sie den Herzog von Aosta. Möglich, daß er zu gut aussah, um ein großer General zu sein, aber er sah wie ein Mann aus. Viele hätten ihn gern zum König gehabt. Er sah wie ein König aus. Er war der Onkel des Königs und befehligte die dritte Armee. Wir gehörten zur zweiten Armee. Bei der dritten Armee waren einige englische Batterien. Ich hatte zwei Artilleristen von dort in Mailand getroffen. Sie waren sehr nett, und wir verbrachten einen fabelhaften Abend zusammen. Sie waren groß und schüchtern und verlegen und genossen alles, was geschah. Ich wünschte mich zu den Engländern. Es wäre so viel einfacher gewesen. Aber ich wäre vielleicht getötet worden. Nicht bei den Sanitätern. Ja, selbst bei den

Sanitätern. Englische Ambulanzfahrer wurden manchmal getötet. Nun, ich wußte, daß ich nicht getötet werden würde, nicht in diesem Krieg. Der hatte mit mir gar nichts zu tun. Er schien mir für mich nicht gefährlicher zu sein als ein Krieg auf der Filmleinwand. Trotzdem hoffte ich zu Gott auf ein schnelles Ende. Vielleicht war er im Sommer aus. Vielleicht brachen die Österreicher zusammen. Sie waren in allen früheren Kriegen zusammengebrochen. Was war denn eigentlich nur mit diesem Krieg los? Man sagte allgemein, mit den Franzosen sei es zu Ende. Rinaldi sagte, die Franzosen hätten gemeutert, und es seien Truppen im Anmarsch auf Paris. Ich fragte ihn: «Und was ist dann passiert?» – «Ach, man ist mit ihnen fertig geworden.» Ich wollte nach Österreich reisen ohne Krieg. Ich wollte in den Schwarzwald reisen. Ich wollte in den Harz reisen. Wo war denn überhaupt der Harz? Man kämpfte in den Karpaten. Dorthin wollte ich auf keinen Fall. Vielleicht war es aber auch dort schön. Wenn kein Krieg war, konnte ich nach Spanien. Die Sonne ging unter und der Tag kühlte ab. Nach dem Essen würde ich Catherine Barkley besuchen. Ich wünschte, sie wäre jetzt hier. Ich wünschte, ich wäre jetzt mit ihr in Mailand. Ich würde gern bei *Cova* essen und dann an dem heißen Abend die Via Manzoni hinuntergehen und den Damm überqueren und am Kanal abbiegen und mit Catherine Barkley ins Hotel gehen. Vielleicht würde sie das. Vielleicht würde sie sich vormachen, ich sei ihr gefallener Schatz, und wir würden vorn beim Haupteingang reingehen, und der Portier würde seine Mütze lüften, und ich würde an den Empfang gehen und den Schlüssel verlangen, und sie würde beim Lift stehen, und dann würden wir in den Lift einsteigen und der würde ganz langsam bei jeder Etage knacken, und dann käme unsere Etage, und der Junge würde die Tür öffnen und dastehen, und sie würde aussteigen, und ich würde aussteigen, und wir würden den Gang zusammen hinuntergehen, und ich würde den Schlüssel in die Tür stecken und sie öffnen und hineingehen und den Telefonhörer abnehmen und eine Flasche Capri Bianco bestellen in einem silbernen Kühler voll Eis, und man würde schon das Eis gegen den Kühler schlagen hören, wenn er den Korridor entlang getragen würde, und der Junge würde anklopfen, und ich würde sagen, bitte, stellen Sie es nur draußen hin. Weil wir keine Kleider anhaben würden, weil es so heiß war, und das Fenster ist offen, und die Schwalben fliegen über die Dächer der Häuser, und wenn es dann dunkel würde und man ans Fenster trat, jagten sehr kleine Fledermäuse über die Dächer, und über den Bäumen flogen sie ganz niedrig, und wir würden unseren Capri trinken und hätten die Tür abgeriegelt, und es ist heiß und nur ein Laken und die ganze Nacht, und wir würden uns die ganze Nacht über lieben in der heißen Nacht in Mailand. So sollte es eigentlich sein. Ich würde schnell essen und dann Catherine Barkley besuchen gehen.

Man sprach zuviel im Kasino, und ich trank Wein, weil wir uns heute abend nicht wie Brüder gefühlt hätten, wenn ich nicht auch ein bißchen getrunken und mit dem Priester über den Erzbischof Ireland gesprochen hätte, der anscheinend ein wahrer Edelmann war, und wenn ich nicht vorgegeben hätte, über die Ungerechtigkeit, die Ungerechtigkeiten, die er zu erleiden hatte und an denen ich als Amerikaner teilhatte, und von denen ich niemals gehört hatte, Bescheid zu wissen. Es wäre unhöflich gewesen, nichts darüber zu wissen, nachdem ich so fabelhafte Erklärungen für die Ursachen bekommen hatte, die schließlich anscheinend auf Mißverständnissen beruhten. Ich fand seinen Namen herrlich, und er kam aus Minnesota, Ireland von Wisconsin, Ireland von Michigan. Was es so reizvoll machte, war, daß es wie Eiland klang. Nein, das war es nicht. Es steckte mehr dahinter als das. Ja, Padre. Das stimmt, Padre. Vielleicht, Padre. Nein, Padre. Nun, es kann schon sein, Padre. Sie wissen mehr davon als ich, Padre. Der Priester war gut, aber langweilig. Er wusch einem den Schmelz von den Zähnen und ließ ihn auf dem Gaumen zurück.

«Und der Priester wurde eingelocht», sagte Rocca, «weil man die dreiprozentigen Obligationen bei ihm fand. Natürlich war's in Frankreich. Hier hätte man ihn nie im Leben festgenommen. Er leugnete und behauptete, von den dreiprozentigen Obligationen nichts zu wissen. Das ist in Béziers passiert. Ich war da und las es in der Zeitung und ging ins Gefängnis und wollte den Priester besuchen. Es war ganz klar, daß er die Obligationen gestohlen hatte.»

«Davon glaube ich kein Wort», sagte Rinaldi.

«Ganz nach Belieben», sagte Rocca. «Aber ich erzähle die Geschichte ja für unseren Priester hier. Sie ist sehr belehrend. Er ist ein Priester; er wird sie genießen.»

Der Priester lächelte. «Nur weiter», sagte er, «ich bin ganz Ohr.»

«Natürlich konnte man nicht aller Obligationen habhaft werden, aber der Priester hatte alle dreiprozentigen Obligationen und einige Pfandbriefe bei sich, ich habe vergessen, was es alles war. Ich ging also ins Gefängnis; jetzt kommt die Pointe der Geschichte, und ich stand vor seiner Zelle, und ich sprach, als ob ich in der Beichte wäre: Padre segne mich, denn du hast gesündigt.»

Alles lachte schallenden Beifall.

«Und was hat er gesagt?» fragte der Priester. Rocca überhörte dies und fuhr fort, mir den Spaß zu erklären.

«Nicht wahr, du siehst die Pointe?» Es schien ein fabelhafter Witz zu sein, man mußte ihn nur richtig verstehen. Man goß mir mehr Wein ein, und ich erzählte die Geschichte von dem englischen Rekruten, den man unter die Brause gestellt hatte. Dann erzählte der Major die Geschichte von den elf Tschechoslowaken und dem ungarischen Unteroffizier. Nachdem ich noch mehr Wein getrunken hatte, erzählte ich die Geschichte von dem Jockey, der den Groschen fand. Der Major sagte, es gäbe eine italienische Geschichte, die so ähnlich sei, von einer Herzogin, die nachts nicht schlafen konnte. Hier verließ uns der Priester, und ich erzählte die Geschichte von dem Reisenden, der um fünf Uhr früh in Marseille ankam, als der Mistral blies. Der Major sagte, er hätte gehört, daß ich so ein ausgezeichneter Trinker sei. Ich leugnete. Er sagte, es wäre so und bei Bacchus Leiche müsse festgestellt werden, ob es wahr sei oder nicht. Nicht Bacchus, sagte ich. Nicht Bacchus. Doch Bacchus, sagte er. Ich solle Glas um Glas mit Bassi Filippo Vincenza leeren. Bassi sagte, das sei keine Probe, denn er habe bereits doppelt so viel getrunken wie ich. Ich sagte, das sei eine gemeine Lüge, und Bacchus ja, oder Bacchus nein, Filippo Vincenza Bassi oder Basso Filippo Vicenza hätte den ganzen Abend über keinen Tropfen getrunken und wie er denn nun eigentlich in Wirklichkeit hieße? Er fragte, ob mein Name Frederico Enrico sei oder Enrico Frederico? Ich sagte, Bacchus hin, Bacchus her, der Tüchtigste gewinnt, und der Major gab das Zeichen zum Anfangen und startete uns mit Rotwein in steinernen Krügen. Als wir halbwegs waren, mochte ich nicht mehr. Mir fiel ein, wo ich hingehen wollte.

«Bassi gewinnt», sagte ich. «Er ist tüchtiger als ich, ich muß gehen.»

«Er muß wirklich», sagte Rinaldi. «Er hat eine Verabredung. Ich kenne die ganze Geschichte.»

«Ich muß gehen.»

«Also einen anderen Abend», sagte Bassi. «Einen anderen Abend, wenn du dich besser fühlst.» Er schlug mir auf die Schulter. Auf dem Tisch standen angezündete Kerzen. Alle Offiziere waren sehr glücklich. «Gute Nacht, meine Herren», sagte ich.

Rinaldi ging mit mir hinaus. Wir standen vor der Tür und er sagte: «Geh lieber nicht zu denen rauf, wenn du betrunken bist.»

«Ich bin nicht betrunken, Rinini», sagte ich, «wirklich nicht.»

«Kau lieber vorher eine Kaffeebohne.»

«Unsinn.»

«Ich hol dir welche, Kleiner. Geh hier inzwischen auf und ab.»

Er kam mit einer Handvoll gerösteter Kaffeebohnen zurück. «Kau die, Kleiner, und Gott sei mit dir.»

«Bacchus», sagte ich.

«Ich werde dich begleiten.»

«Ich bin wirklich ganz in Ordnung.»

Wir gingen zusammen durch die Stadt, und ich kaute den Kaffee. Am Tor der Anfahrt, die zu der britischen Villa führte, sagte Rinaldi gute Nacht.

«Gute Nacht», sagte ich. «Warum kommst du nicht mit rein?»

Er schüttelte den Kopf. «Nein», sagte er, «ich ziehe die einfacheren Freuden vor.»

«Noch besten Dank für die Kaffeebohnen.»

«Aber Kleiner, nichts zu danken.»

Ich ging die Auffahrt hinunter. Die Zypressen, die sie umsäumten, hatten scharfe, klare Umrisse. Ich blickte zurück und sah, wie Rinaldi mich beobachtete, und winkte ihm zu.

Ich saß in der Empfangshalle der Villa und wartete darauf, daß Catherine herunterkommen würde. Jemand kam den Gang herunter. Ich stand auf, aber es war nicht Catherine. Es war Miss Ferguson.

«Guten Abend», sagte sie. «Catherine läßt Ihnen durch mich sagen, daß sie leider heute abend nicht kommen kann.»

«Das tut mir schrecklich leid. Hoffentlich ist sie nicht krank.»

«Es geht ihr nicht sehr gut.»

«Wollen Sie ihr bitte sagen, wie leid es mir tut?»

«Ja, gewiß.»

«Glauben Sie, daß es Sinn hat, wenn ich morgen komme, um sie zu besuchen?»

«Ja, sicher.»

«Danke vielmals», sagte ich. «Gute Nacht.»

Ich ging zur Tür hinaus, und plötzlich fühlte ich mich einsam und leer. Meinen Besuch bei Catherine hatte ich sehr obenhin behandelt; ich hatte mich ein bißchen betrunken und ihn beinahe vergessen, aber als ich sie nicht sehen konnte, fühlte ich mich einsam und leer.

8

Am nächsten Nachmittag hörten wir, daß nachts ein Angriff flußaufwärts stattfinden würde und wir vier Autos dorthin fahren sollten. Niemand wußte etwas Genaueres, obschon alle mit großer Bestimmtheit und strategischem Wissen davon sprachen. Ich fuhr im ersten Wagen, und als wir am Eingang des britischen Lazaretts vorbeikamen, ließ ich den Fahrer anhalten. Die anderen Wagen hielten hinter uns, ich stieg aus, hieß sie weiterfahren, und falls wir sie nicht an der Kreuzung der Straße nach Cormons eingeholt hätten, dort zu warten. Ich eilte die Anfahrt hinauf in die Empfangshalle und fragte nach Miss Barkley.

«Sie hat Dienst.»

«Könnte ich sie vielleicht einen Moment sprechen?»

Man schickte einen Ordonnanzoffizier nachsehen, und sie kam mit ihm zurück.

«Ich wollte hören, ob es Ihnen besser geht. Man sagte mir, Sie hätten Dienst, und da bat ich, ob ich Sie sprechen könnte.»

«Ich bin wieder ganz in Ordnung», sagte sie. «Ich glaube, die Hitze hat mich gestern untergekriegt.»

«Ich muß gehen.»

«Ich komme eine Sekunde mit Ihnen vor die Tür.»

«Und es geht dir wirklich wieder ganz gut?» fragte ich draußen.

«Ja, Liebling. Kommst du heute abend?»

«Nein. Ich bin unterwegs nach oberhalb von Plava, wo das Theater losgeht.»

«Theater?»

«Ich glaub nicht, daß es war Ernstes ist.»

«Und wann bist du zurück?»

«Morgen.»

Sie hakte etwas von ihrem Hals los. Sie gab es mir in die Hand.

«Es ist ein heiliger St. Anton», sagte sie. «Und komm morgen abend.»

«Du bist doch keine Katholikin?»

«Nein, aber man sagt, daß ein St. Anton sehr nützlich sein kann.»

«Ich werde ihn für dich behüten. Leb wohl.»

«Nein», sagte sie, «nicht leb wohl.»

«Schön.»

«Sei ein guter Junge und nimm dich in acht. Nein, du kannst mich hier nicht küssen; ausgeschlossen.»

«Schön.»

Ich blickte zurück und sah sie auf den Stufen stehen. Sie winkte, und ich küßte meine Hand und hielt sie hoch. Sie winkte noch einmal, und dann war ich aus der Anfahrt heraus und kletterte auf den Sitz des Sanitätswagens, und wir fuhren los. Der St. Anton war in einer kleinen weißen Metallhülse. Ich öffnete die Hülse und ließ ihn in meine Hand rollen.

«St. Anton?» fragte der Fahrer.

«Ja.»

«Ich hab auch einen.» Seine Rechte ließ das Steuer los und öffnete einen Knopf an seiner Jacke und zog ihn unterm Hemd heraus.

«Sehen Sie?»

Ich legte meinen St. Anton in die Kapsel zurück, hakte die dünne goldene Kette zusammen und steckte das Ganze in meine Brusttasche.

«Tragen Sie ihn nicht?»

«Nein.»

«Es ist besser, man trägt ihn. Dazu ist er da.»

«Gut», sagte ich. Ich öffnete den Verschluß der goldenen Kette, legte sie um den Hals und drückte das Schloß zu. Der Heilige hing außen auf meiner Uniform, und ich hakte den Kragen meiner Uniform auf, knöpfte den Hemdkragen auf und ließ ihn unter mein Hemd gleiten. Ich spürte ihn in seiner Metallhülse, während wir fuhren, gegen meine Brust. Dann vergaß ich ihn. Nachdem ich verwundet worden war, konnte ich ihn nicht mehr finden. Wahrscheinlich hatte ihn mir jemand auf einem der Verbandsplätze abgenommen.

Wir fuhren schnell, nachdem wir die Brücke hinter uns hatten, und bald sahen wir den Staub der anderen Wagen vor uns auf der Straße. Die Straße machte eine Kurve, und die drei Wagen vor uns sahen ganz klein aus; der Staub erhob sich unter den Rädern und wehte über die Bäume. Wir holten sie ein und fuhren an ihnen vorbei und bogen an einem Weg ab, der in die Berge hinaufkletterte. In der Kolonne fahren ist nicht unangenehm, wenn man als erster fährt, und ich setzte mich zurück und betrachtete das Land. Wir befanden uns in den Vorbergen in der Nähe des Flusses, und als der Weg anstieg, sah man im Norden hohe Berge, deren Spitzen noch voller Schnee waren. Ich blickte zurück und sah die drei Wagen heranklettern, zwischen ihnen immer den Abstand des aufgewirbelten Staubes. Wir passierten eine lange Kolonne mit beladenen Maultieren; die Treiber, die neben den Maultieren hergingen, trugen rote Fesse. Es waren Bersaglieri. Jenseits von dem Maultierzug war die Straße leer, und wir kletterten durch die Hügel hinauf und fuhren dann über den Ausläufer eines langen Hügels in ein Flußtal hinab. An beiden Seiten der Straße waren Bäume, und durch die rechte Baumreihe hindurch sah ich den Fluß; das Wasser war klar, rauschend und seicht. Der Wasserstand war niedrig, und es gab Sand und Steinstrecken, die von einer schmalen Wasserrinne durchzogen waren, und manchmal breitete sich das Wasser wie ein Schimmer über das Kiesbett. In der Nähe des Ufers sah ich tiefe Stellen mit Wasser so blau wie der Himmel. Ich sah Steinbrücken, die sich über den Fluß wölbten, wo Wege von der Straße abzweigten, und wir kamen an niederen Steinmauern in den Feldern und an steinernen Bauernhäusern vorbei, an deren Südwänden Birnbäume wie Kandelaber ihre Äste emporreckten. Die Straße führte ein langes Stück das Tal hinauf, und dann bogen wir ab, und es ging hin und her durch

Kastanienwälder, um schließlich auf einem Grat ein Stückchen eben zu laufen. Ich konnte durch die Wälder hinunterblicken und konnte weit unten die von der Sonne beschienene Flußlinie, die die beiden Armeen voneinander trennte, sehen. Wir fuhren auf der unebenen neuen Militärstraße weiter, die am Grat entlanglief, und ich sah im Norden die beiden Bergketten, bis zur Schneegrenze grün und dunkel und dann weiß und strahlend in der Sonne liegen. Dann sah ich, als der Weg am Grat emporstieg, eine dritte Bergkette, höhere Schneeberge, kreideweiß und gefurcht mit seltsamen Ebenen, und dann waren Berge noch weit jenseits von diesen, von denen man kaum sagen konnte, ob man sie wirklich sah. Das waren alles österreichische Berge, und bei uns gab es nichts Ähnliches. Vor uns zweigte eine Straße in einer Windung nach rechts ab, und als ich durch die Bäume hinabsah, sah ich, wie die Straße bergab führte. Auf dieser Straße waren Truppen und Lastautos und Maultiere mit Gebirgsgeschützen, und als wir, immer links haltend, hinunterfuhren, konnte ich weit unten den Fluß sehen, die Reihen von Schwellen und Gleisen, die an ihm entlangliefen, die alte Brücke, auf der die Eisenbahn auf die andere Seite hinüberfuhr und drüben unter einem Hügel, jenseits des Flusses, die zerstörten Häuser der kleinen Stadt, die erobert werden sollte.

Es war beinahe dunkel, als wir herunterkamen und auf die Hauptchaussee einbogen, die am Fluß entlangführte.

9

Die Straße war überfüllt. Man hatte Schutzwälle aus Maisstengeln und Strohmatten zu beiden Seiten errichtet und Matten oben darüber gelegt, so daß sie wie der Zugang zu einem Zirkus oder einem Eingeborenendorf aussah. Wir fuhren langsam in diesen mattenbedeckten Tunnel und kamen auf einem kahlgeräumten Platz heraus, wo der Bahnhof gewesen war. Die Straße lief hier unter dem Niveau des Flußufers, und die ganz tief liegende Straße entlang hatte man Löcher in die Uferböschung gegraben, in denen Infanterie lag. Die Sonne war im Untergehen, und als ich beim Fahren längs der Uferböschung hinaufblickte, sah ich die österreichischen Beobachtungsballons über den Hügeln auf der anderen Seite dunkel gegen den Sonnenuntergang. Wir parkten die Wagen jenseits einer Ziegelei. Die Öfen und einige tiefe Löcher waren als Verbandsplatz eingerichtet. Dort waren drei Ärzte, die ich kannte. Ich sprach mit dem Stabsarzt und erfuhr, daß, wenn es losginge und unsere Wagen voll beladen wären, wir sie durch die Straße mit den Schutzwänden zurück zur Hauptstraße hinauf und am Grat entlangfahren sollten, wo ein Posten war und andere Wagen, um uns die Verwundeten abzunehmen. Er hoffte, daß es auf der Straße nicht zu einer Stokkung kommen würde. Es war eine eingleisige Angelegenheit. Die Straße war mit Schutzwällen versehen, weil die Österreicher sie vom jenseitigen Ufer sehen konnten. Hier in der Ziegelei waren wir gegen Geschütz- und Maschinengewehrfeuer durch das Flußufer gedeckt. Eine einzige zerstörte Brücke führte über den Fluß. Man wollte eine zweite Brücke hinüberschlagen, sobald die Schießerei losging, und einzelne Truppen sollten an den flachen Stellen, oberhalb der Flußbiegung, den Strom überqueren. Der Stabsarzt war ein kleiner Mann mit emporgezwirbeltem Schnurrbart. Er hatte den Krieg in Libyen mitgemacht und trug zwei Verwundetenabzeichen. Er sagte, er wolle, falls alles gutginge, dafür sorgen, daß ich einen Orden bekäme. Ich sagte, hoffentlich würde es gutgehen, aber er wäre zu gütig. Ich fragte ihn, ob es einen großen Unterstand gäbe, wo sich die Fahrer aufhalten könnten, und er gab mir einen Soldaten mit, um ihn mir zu zeigen. Ich ging mit ihm und fand den Unterstand, der sehr gut war. Die Fahrer waren zufrieden damit, und ich ließ sie dort. Der Stabsarzt lud mich ein, mit ihm und zwei anderen Offizieren etwas zu trinken. Wir tranken Rum, und es ging sehr freundschaftlich zu. Draußen wurde es dunkel. Ich fragte, wann der Angriff einsetzen würde, und sie sagten, sobald es dunkel sei. Ich ging zu den Fahrern zurück. Sie saßen schwatzend im Unterstand, und als ich hereinkam, verstummten sie. Ich gab jedem von ihnen ein Päckchen Zigaretten, Macedonia, lose gestopfte Zigaretten, aus denen Tabak herausrieselte und deren Enden man erst zusammendrehen mußte, bevor man sie rauchen konnte. Manera entzündete sein Feuerzeug und ließ es die Runde machen. Das Feuerzeug hatte die Form eines Fiat-Kühlers. Ich erzählte ihnen, was ich gehört hatte.

«Wieso haben wir den Posten beim Runterfahren nicht gesehen?» fragte Passini.

«Er steht gerade jenseits, von wo wir abbogen.»

«Die Straße wird 'ne schöne Sauerei sein», sagte Manera.

«Die wollen uns die Hucke voll schießen.»

«Wahrscheinlich.»

«Wie ist es mit Essen, Signor Tenente? Wenn die Sache erst mal angefangen hat, haben wir doch keine Aussicht mehr, was zu kriegen.»

«Ich werd mal gehen und sehen», sagte ich.

«Sollen wir hierbleiben oder können wir uns umsehen?»

«Bleibt lieber hier.»

Ich ging zum Unterstand des Stabsarztes zurück, und er sagte, daß die Feldküche gleich da sein müsse und daß die Fahrer kommen und Essen fassen könnten. Er würde ihnen Kasinonäpfe borgen, falls sie keine hätten. Ich sagte, ich glaube, sie hatten welche. Ich ging zurück und sagte den Fahrern, daß ich sie, sobald das Essen da wäre, holen würde. Manera sagte, hoffentlich kommt's, bevor die Schießerei losgeht. Sie waren still, bis ich draußen war. Es waren alles Handwerker, und sie haßten den Krieg.

Ich ging hinaus, um die Wagen zu inspizieren und um zu sehen, was vor sich ging, und kam dann zurück und saß mit den vier Fahrern zusammen im Unterstand. Wir saßen am Boden mit dem Rücken gegen die Wand und rauchten. Draußen war es beinahe dunkel.

Die Erde des Unterstandes war warm und trocken, und ich lehnte halb sitzend, halb liegend, meine Schultern gegen die Wand zurück und entspannte mich.

«Wer macht den Angriff?» fragte Guvuzzi.

«Bersaglieri.»

«Nur Bersaglieri?»

«Ich glaube.»

«Für einen richtigen Angriff sind hier nicht genug Truppen.»

«Wahrscheinlich ist es, um die Aufmerksamkeit von dem Ort abzulenken, wo der wirkliche Angriff stattfindet.»

«Wissen das die Leute, die angreifen sollen?»

«Ich glaube nicht.»

«Natürlich nicht», sagte Manera. «Wenn sie's wüßten, würden sie nicht angreifen.»

«Doch, sie würden», sagte Passini, «Bersaglieri sind Idioten.»

«Sie sind tapfer und haben eine gute Disziplin», sagte ich.

«Sie haben ein enormes Brustmaß und sind gesund. Aber Idioten sind sie trotz allem.»

«Die Granatieri sind groß», sagte Manera. Das war ein Witz. Alle lachten.

«Waren Sie dabei, Tenente, wie sie nicht angreifen wollten und jeder zehnte Mann erschossen wurde?»

«Nein.»

«Es ist die Wahrheit. Man stellte sie in Reih und Glied und erschoß jeden zehnten Mann. Carabinieri erschossen sie.»

«Carabinieri», sagte Passini und spuckte auf die Erde. «Aber diese Granatieri; alle über sechs Fuß. Sie griffen einfach nicht an.»

«Wenn keiner angreifen würde, wäre der Krieg aus», sagte Manera.

«Das war nicht der Grund bei den Granatieri. Sie hatten Angst. Die Offiziere kamen alle aus guten Familien.»

«Einige Offiziere gingen allein vor.»

«Ein Unteroffizier erschoß zwei Offiziere, die nicht vor wollten.»

«Von der Truppe gingen auch welche vor.»

«Die, die vorgingen, wurden nachher nicht mit an die Wand gestellt, als sie jeden zehnten erledigten.»

«Einer von denen, den die Carabinieri erschossen haben, war aus meiner Heimat», sagte Passini. «Er war ein großer, eleganter Junge, mußte er schon sein, um bei den Granatieri zu dienen. Immer in Rom. Immer bei den Mädchen. Immer mit den Carabinieri.» Er lachte. «Jetzt steht ein Posten mit einem Bajonett vor seinem Haus, und niemand kann rein, seine Mutter oder seinen Vater oder seine Schwester besuchen, und sein Vater verliert sein Bürgerrecht und darf nicht einmal wählen gehen. Sie sind vogelfrei, und jeder kann ihnen ihr Eigentum wegnehmen.»

«Wenn das mit ihren Familien wieder passieren würde, würde kein Mensch mehr angreifen.»

«Doch, die Alpini würden. Diese V. E.-Soldaten würden und einige Bersaglieri.»

«Auch Bersaglieri sind schon weggelaufen. Jetzt wollen sie's nicht wahrhaben.»

«Sie sollten uns nicht so reden lassen, Tenente. *Evviva l'esercito*», sagte Passini sarkastisch.

«Ich weiß, wie ihr redet», sagte ich. «Aber solange ihr fahrt und euch anständig benehmt –»

«Und so redet, daß es kein anderer Offizier hört», beendete Manera.

«Ich finde, wir müssen durchhalten», sagte ich. «Es würde den Krieg nicht beenden, wenn man auf einer Seite zu kämpfen aufhörte. Es würde nur noch schlimmer, wenn wir aufhörten.»

«Es könnte nicht schlimmer sein», sagte Passini respektvoll. «Es gibt nichts Schlimmeres als Krieg.»

«Besiegt sein ist schlimmer.»

«Ich glaube nicht», sagte Passini noch immer respektvoll. «Was bedeutet besiegt sein? Daß man nach Hause kann.»

«Sie kommen euch nach. Sie nehmen euch euer Zuhause. Sie nehmen eure Schwester.»

«Ich glaube nicht», sagte Passini. «Das können sie schließlich nicht bei allen. Jeder sollte sein Heim verteidigen. Und die Schwestern sollten eben im Haus drin bleiben.»

«Sie hängen euch. Sie kommen und ziehen euch wieder zum

Kommiß ein. Nicht zum Kraftwagen-Sanitätsdienst, sondern zur Infanterie.»

«Man kann nicht alle hängen.»

«Ein fremder Staat kann einen nicht zwingen, Soldat zu sein», sagte Manera. «In der ersten Schlacht läuft alles davon.»

«Wie die Tschechen.»

«Ich glaube, ihr habt keine Ahnung davon, wie es ist, wenn man besiegt ist, und darum meint ihr, es sei nicht so schlimm.»

«Signor Tenente», sagte Passini, «wir nehmen an, daß wir frei von der Leber weg reden dürfen. Hören Sie zu. Es gibt nichts Schlimmeres als Krieg. Wir bei den Kraftwagen-Sanitätern können uns noch gar nicht einmal vorstellen, wie schlimm es ist. Wenn es Menschen klar wird, wie furchtbar es ist, können sie nichts mehr dagegen tun, weil sie verrückt werden. Es gibt Leute, denen es nie klar wird. Es gibt auch Leute, die haben Angst vor ihren Offizieren. Und mit denen wird Krieg gemacht.»

«Ich weiß, daß es schlimm ist, aber wir müssen durchhalten.»

«Es gibt kein Ende. Für einen Krieg gibt es kein Ende.»

«Doch, das gibt es.»

Passini schüttelte den Kopf. «Kriege gewinnt man nicht durch Siege. Was ist schon, wenn wir den Carso erobern und Monfalcone und Triest? Wo sind wir dann? Haben Sie heute all die fernen Berge gesehen? Glauben Sie, daß wir auch die alle erobern werden? Nur wenn die Österreicher zu kämpfen aufhören. Auf einer Seite muß das Kämpfen aufhören. Warum hören wir nicht auf? Wenn sie runter nach Italien kommen, werden sie bald die Sache satt haben und wieder abziehen. Sie haben ihr eigenes Land. Aber nein, statt dessen ist Krieg.»

«Du bist ein Redner.»

«Wir denken. Wir lesen. Wir sind keine Bauern. Wir sind Handwerker. Aber selbst die Bauern sind nicht so dumm, sich was vom Krieg zu erwarten. Alle hassen diesen Krieg.»

«Es gibt eine Klasse, die ein Land regiert, die dämlich ist, und die niemals etwas begreifen wird, auch in Zukunft nicht. Und deshalb haben wir Krieg.»

«Außerdem verdienen sie daran.»

«Die meisten nicht», sagte Passini. «Sie sind zu dumm. Sie tun's umsonst. Aus Dummheit.»

«Wir müssen die Klappe halten», sagte Manera. «Wir reden selbst für den Tenente zuviel.»

«Er mag's gern», sagte Passini. «Wir werden ihn noch überzeugen.»

«Aber jetzt wollen wir Schluß machen», sagte Manera.

«Ob's wohl was zu essen gibt, Tenente?» fragte Guvuzzi.

«Ich werde mal nachsehen», sagte ich. Gordini stand auf und ging mit mir hinaus.

«Kann ich irgendwas tun, Tenente? Kann ich vielleicht etwas helfen?» Er war von den dreien der friedlichste. «Wenn du willst, kannst du mitkommen», sagte ich. «Wir wollen mal sehen.»

Draußen war es dunkel, und der lange Strahl der Scheinwerfer bewegte sich über den Bergen. An dieser Front gab es große Scheinwerfer, die auf Lastwagen aufmontiert waren, an denen man manchmal nachts auf der Straße dicht hinter den Linien vorbeikam; der Lastwagen hielt ein bißchen abseits von der Straße, ein Offizier dirigierte das Licht, die Mannschaft war verängstigt. Wir überquerten den Hof der Ziegelei und blieben beim Hauptverbandsplatz stehen. Über dem Eingang war ein kleines Schutzdach von grünen Zweigen, und im Dunkel raschelte der Nachtwind in den Blättern, die die Sonne ausgedörrt hatte. Drinnen war Licht. Der Major saß auf einer Kiste am Telefon. Einer der Oberärzte sagte, daß der Angriff um eine Stunde vorverlegt sei. Er bot mir ein Glas Cognac an. Ich betrachtete die Brettertische, auf denen Instrumente, Schüsseln und verstöpselte Flaschen im Licht glänzten. Gordini stand hinter mir. Der Major erhob sich vom Telefon.

«Es geht jetzt los», sagte er. «Es ist wieder umgeändert.»

Ich sah ins Freie, es war dunkel und die österreichischen Scheinwerfer bewegten sich auf den Bergen hinter uns. Es war noch alles einen Augenblick ruhig, dann begann aus allen Geschützen hinter uns die Beschießung.

«Savoia», sagte der Stabsarzt.

«Was ist mit der Suppe, Major?» sagte ich. Er hörte mich nicht. Ich wiederholte es.

«Sie ist nicht raufgekommen.»

Eine große Granate kam und explodierte draußen in der Ziegelei. Noch eine explodierte, und in dem Krach hörte man das schwächere Geräusch von Steinen und Schmutz, die herabrieselten.

«Was gibt's zu essen?»

«Wir haben noch etwas *pasta asciutta*», sagte der Major.

«Ich nehme, was Sie mir geben können.»

Der Major sprach mit einer Ordonnanz, die im Hintergrund verschwand und mit einer Metallschüssel mit kalten, gekochten Makkaroni zurückkam. Ich reichte sie Gordini.

«Haben Sie Käse?»

Der Major sprach widerstrebend mit der Ordonnanz, die wieder in dem Loch untertauchte und mit dem Viertel von einem weißen Käse herauskam.

«Vielen Dank», sagte ich.

«Sie gehen besser nicht raus.»

Draußen wurde etwas vorm Eingang abgestellt. Einer der beiden Männer, die es getragen hatten, sah herein.

«Bringt ihn rein», sagte der Major. «Was ist denn mit euch los? Sollen wir vielleicht rauskommen und ihn reinholen?»

Die beiden Krankenträger hoben den Mann unter den Armen und bei den Beinen an und brachten ihn herein.

«Die Uniform aufschneiden», sagte der Major.

Er hielt eine Pinzette mit etwas Gaze in der Hand. Die beiden Oberärzte zogen ihre Mäntel aus. «Macht, daß ihr hier rauskommt», sagte der Major zu den beiden Krankenträgern.

«Komm», sagte ich zu Gordini.

«Warten Sie lieber, bis die Schießerei vorbei ist», sagte der Major über die Schulter weg.

«Die Leute warten aufs Essen.»

«Wie Sie wollen.»

Draußen liefen wir über den Hof. Eine Granate platzte ganz dicht am Flußufer, dann kam eine, die wir bis auf ein plötzliches Sausen gar nicht hatten kommen hören. Wir warfen uns beide zu Boden, und gleichzeitig mit dem Aufblitzen und Stoß der Explosion und dem Geruch hörten wir das Wegsurren der Splitter und das Herunterprasseln fallender Ziegelsteine. Gordini stand auf und lief dem Unterstand zu; ich hinter ihm her, den Käse in der Hand, die glatte Oberfläche mit Ziegelstaub bedeckt. Drinnen im Unterstand saßen die drei Fahrer rauchend an der Wand.

«Hier, ihr Patrioten», sagte ich.

«Was machen die Wagen?» fragte Manera.

«Alles in Ordnung.»

«Haben Sie einen Schreck bekommen, Tenente?»

«Verdammt noch mal, ja», sagte ich.

Ich nahm mein Messer heraus, öffnete es, wischte die Schneide ab und schälte die schmutzige Außenfläche von dem Käse ab. Guvuzzi reichte mir die Schüssel mit Makkaroni.

«Fangen Sie an, Tenente.»

«Nein», sagte ich, «stell's auf die Erde. Wir wollen alle essen.»

«Es sind keine Gabeln da.»

«Der Teufel soll euch holen», sagte ich auf englisch. Ich schnitt den Käse in Stücke und legte sie auf die Makkaroni.

«Setzt euch dazu», sagte ich. Sie setzten sich und warteten ab. Ich steckte Daumen und Zeigefinger in die Makkaroni und hob sie hoch. Ein Teil löste sich los.

«Heben Sie's hoch, Tenente.»

Ich hob es auf Armeslänge, und die Strähnen hingen klar. Ich senkte es in den Mund, saugte und schnappte nach den Enden und kaute, dann nahm ich einen Bissen Käse, kaute, und dann einen Schluck Wein. Er schmeckte nach rostigem Metall. Ich reichte Passini die Feldflasche zurück.

«Der ist hinüber», sagte ich. «Er war zu lange da drin. Ich hatte ihn im Wagen.»

Alle aßen, hielten den Mund dicht über den Napf und beugten ihre Köpfe weit hintenüber, um die Enden herunterzulutschen. Ich nahm einen zweiten Mundvoll und etwas Käse und einen Schluck Wein. Irgendwas schlug draußen ein, daß die Erde bebte.

«Zweihundertvierziger oder Minenwerfer», sagte Guvuzzi.

«Im Gebirge gibt's keine Zweihundertvierziger», sagte ich.

«Sie haben große Škoda-Geschütze. Ich habe die Löcher gesehen.»

«Dreihundertfünfer.»

Wir aßen weiter. Es klang wie Husten, ein Geräusch, so als ob eine Lokomotive sich in Bewegung setzt, und dann eine Explosion, die wieder den Boden erschütterte.

«Dies ist kein tiefer Unterstand.»

«Das war eine schwere Mine.»

«Jawohl, Tenente.»

Ich aß das Ende meines Käsestückchens und spülte es mit Wein herunter. Durch all den anderen Lärm hindurch hörte ich ein Husten, dann kam das tschu, tschu, tschu – dann ein Aufflammen, als wenn die Tür eines Hochofens aufgerissen wird, und ein Brüllen, das weiß anfing und rot wurde und weiter und weiter anschwoll in einem sausenden Sturm. Ich versuchte zu atmen, aber mein Atem blieb weg, und ich fühlte, wie ich sausend meinen Körper verließ, raus, raus, raus, und die ganze Zeit über spürte ich deutlich meinen Körper im Wind. Ich fuhr geschwind aus mir heraus, mein ganzes Ich, und ich wußte, daß ich tot war und daß es gar nicht wahr ist, wenn man denkt, man stürbe einfach. Dann trieb ich dahin, und anstatt daß es weiterging, fühlte ich mich zurückgleiten. Ich atmete, und da war ich wieder. Der Boden war aufgerissen, und vor meinem Kopf lag ein zersplitterter Holzbalken. Durch das Dröhnen in meinem Kopf hindurch hörte ich jemand weinen. Ich dachte, da schreit jemand. Ich versuchte mich zu bewegen, aber ich konnte mich nicht bewegen. Ich hörte die Maschinengewehre und Gewehre über den Fluß und den ganzen Fluß entlang feuern. Es gab ein großes Aufspritzen, und ich sah Leuchtkugeln aufsteigen und Bomben losgehen, all dies in einem einzigen Moment, und dann hörte ich dicht neben mir jemand sagen: *«Mamma mia! O mamma mia!»* Ich zog und wand mich und bekam schließlich meine Beine frei und drehte mich um und berührte ihn. Es war Passini, und als ich ihn berührte, brüllte er auf. Seine Beine lagen mir zugekehrt, und ich sah im Dunkel und Licht, daß beide überm Knie zerschmettert waren. Ein Bein war weg, das andere nur durch einige Sehnen und einen Teil der Hose gehalten, und der Stumpf zuckte, als ob er nicht zu ihm gehörte. Er biß sich in den Arm und stöhnte: «*O mamma mia, mamma mia*», dann: «*Dio ti salvi, Maria, Dio ti salvi, Maria.* O Jesus, schieß mich tot, o Christus, schieß mich tot, *mamma mia, mamma mia,* o reinste schönste Jungfrau Maria, schieß mich tot. Halt, hör auf, hör auf, o Jesus, herrliche Maria, laß das. Oh, oh, oh, oh», dann erstickend: «*Mamma, mamma mia.*» Dann war er still, biß sich in den Arm, während der Stumpf seines Beines krampfhaft zuckte.

«*Portaferiti!*» rief ich, die Hände zu einem Sprachrohr geformt. «*Portaferiti!*» Ich versuchte näher an Passini heranzukommen, um seine Beine abzubinden, aber ich konnte mich nicht bewegen. Ich versuchte es noch einmal, und meine Beine bewegten sich ein bißchen. Ich konnte mich rückwärts mit den Armen und Ellbogen entlangziehen. Passini war jetzt still. Ich saß neben ihm, öffnete meine Uniform und versuchte die Enden meines Hemdes abzureißen. Es wollte nicht reißen, und ich zerbiß das Ende des Stoffes, um einen Anfang zu haben. Dann fielen mir seine Gamaschen ein. Ich hatte wollene Strümpfe an, aber Passini trug Wickelgamaschen. Alle Fahrer trugen Gamaschen, aber Passini hatte nur ein Bein. Ich wickelte die Gamasche ab, und während ich es tat, sah ich, daß es zwecklos war, zu versuchen, es abzubinden, weil er schon tot war. Ich vergewisserte mich, daß er tot war. Es mußten noch drei außer ihm da sein. Ich setzte mich aufrecht, und als ich es tat, bewegte sich etwas in meinem Kopf wie die Gewichte an den Augen in einem Puppenkopf, und ich spürte hinter meinen Augäpfeln einen Schlag. Meine Beine fühlten sich warm und naß an, und in meinen Schuhen war es auch warm und naß. Ich wußte, daß ich verwundet war, und ich beugte mich vornüber und faßte mit der Hand nach meinem Knie. Mein Knie war nicht da. Meine Hand ging hinein und mein Knie war unten, wo mein Schienbein war. Ich wischte meine Hand an meinem Hemd ab, und wieder kam eine Leuchtkugel sehr langsam herunter, und ich besah mir mein Bein und hatte furchtbare Angst. O Gott, sagte ich, hilf mir hier heraus. Aber ich wußte, daß außer mir noch drei dagewesen waren. Es waren vier Fahrer gewesen. Passini war tot. Da blieben noch drei. Jemand faßte mich unter den Armen und ein anderer hob mich an den Beinen in die Höhe. «Es müssen noch drei da sein», sagte ich. «Einer ist tot.»

«Ich bin's, Manera. Wir wollten eine Bahre holen, aber es gibt keine. Wie geht's Ihnen, Tenente?»

«Wo sind Gordini und Guvuzzi?»

«Gordini wird auf dem Verbandsplatz verbunden. Guvuzzi hat Ihre Beine. Halten Sie sich an meinem Hals fest, Tenente. Sind Sie schlimm verwundet?»

«Am Bein. Wie geht's Gordini?»

«Ach, nicht weiter schlimm. Es war eine schwere Mine.»

«Passini ist tot?»

«Ja, er ist tot.»

Eine Granate schlug dicht neben uns ein, und die beiden warfen sich zu Boden und ließen mich fallen. «Tut mir leid, Tenente», sagte Manera. «Halten Sie sich an meinem Hals fest.»

«Wenn Ihr mich noch mal hinschmeißt . . .»

«Nur weil wir so Angst hatten.»

«Seid ihr unverletzt?»

«Wir haben beide kleine Verwundungen.»

«Kann Gordini fahren?»

«Ich glaube nicht.»

Sie ließen mich noch einmal fallen, bevor wir den Verbandsplatz erreicht hatten.

«Ihr Scheißer», sagte ich.

«Entschuldigen Sie, Tenente», sagte Manera. «Wir lassen Sie nicht noch mal fallen.»

Draußen im Dunkel vor dem Verbandsplatz lagen eine Menge von unseren Leuten auf der Erde. Man trug Verwundete hinein und heraus. Ich konnte das Licht aus dem Verbandsraum dringen sehen, wenn der Vorhang beiseite geschoben wurde, um jemand heraus- oder hineinzutragen. Die Toten lagen alle auf einer Seite. Die Ärzte arbeiteten mit bis zu den Schultern aufgekrempelten Ärmeln und waren rot wie Schlächter. Es gab nicht genug Bahren. Manche Verwundeten lärmten, aber die meisten waren still. Der Wind blies durch die Blätter der Ranken über der Tür des Verbandsraums, und die Nacht wurde kalt. Die ganze Zeit über kamen Krankenträger, stellten ihre Bahren hin, entluden sie und gingen weg. Sobald ich am Verbandsplatz angelangt war, brachte Manera einen Hilfsarzt heraus, und er bandagierte meine beiden Beine. Er sagte, es sei so viel Schmutz in die Wunde geraten, daß die Blutung gering gewesen sei. Man würde mich so bald wie möglich drannehmen. Er ging wieder hinein. Gordini könne nicht fahren, sagte Manera. Seine Schulter sei zerschmettert und sein Kopf verletzt. Er hatte sich erst gar nicht so schlecht gefühlt, aber jetzt wurde die Schulter steif. Er saß aufrecht an eine Mauer gelehnt. Manera und Guvuzzi fuhren mit einem

Schub Verwundeter los. Sie konnten fahren. Die Engländer waren mit drei Krankenwagen gekommen. Sie hatten zwei Leute auf jedem Wagen. Einer der Fahrer kam, von Gordini geführt, der weiß und elend aussah, zu mir herüber. Der Engländer beugte sich über mich.

«Sind Sie schwer verwundet?» fragte er. Er war ein stattlicher Mann. Er trug eine Brille mit Stahlrand.

«Die Beine.»

«Hoffentlich nichts Ernsthaftes. Wollen Sie eine Zigarette?»

«Danke vielmals.»

«Man hat mir erzählt, daß Sie zwei Fahrer eingebüßt haben.»

«Ja, einer ist tot, und der Junge, der Sie hergebracht hat.»

«Was für Pech. Möchten Sie, daß wir uns um die Wagen kümmern?»

«Darum wollte ich Sie gerade bitten.»

«Wir werden sie gut betreuen und sie in der Villa abliefern. Sie sind doch 206, nicht wahr?»

«Ja.»

«Ein hübsches Fleckchen. Ich hab Sie schon in der Gegend gesehen. Man hat mir erzählt, Sie seien Amerikaner.»

«Ja.»

«Ich bin Engländer.»

«Nein!»

«Doch, Engländer. Dachten Sie, ich sei Italiener? Wir hatten ein paar Italiener bei einer unserer Abteilungen.»

«Es wäre schön, wenn Sie die Wagen übernähmen», sagte ich.

«Wir werden sie sehr sorgfältig behandeln.» Er richtete sich auf.

«Dieser Kerl von Ihnen wollte durchaus, daß ich mit Ihnen spreche. Ich konnte gar nicht schnell genug kommen.» Er klopfte Gordini auf die Schulter. Gordini zuckte zusammen und lächelte. Der Engländer brach in fließendes und perfektes Italienisch aus. «So, jetzt ist alles besprochen. Ich habe deinen Tenente gesehen. Wir werden die beiden Wagen übernehmen. Jetzt brauchst du dir keine Sorgen mehr zu machen.» Er brach ab. «Ich muß jetzt sehen, daß wir Sie hier herausschaffen. Ich werde mit den ärztlichen Bonzen reden. Wir nehmen Sie gleich mit.»

Er ging zum Verbandsraum hinüber und trat vorsichtig um die Verwundeten herum. Ich sah, wie der Vorhang sich hob, das Licht herausfiel und er hineinging.

«Der wird sich um Sie kümmern, Tenente», sagte Gordini.

«Wie geht's dir, Franco?»

«Ganz gut.» Er setzte sich neben mich. Nach einem Augenblick öffnete sich der Vorhang zum Verbandsraum wieder und zwei

Krankenträger kamen, von dem stattlichen Engländer begleitet, heraus. Er führte sie zu mir herüber.

«Hier ist der amerikanische Tenente», sagte er auf italienisch zu ihnen.

«Ich will lieber warten», sagte ich. «Es sind viele schwerer verwundet als ich. Ich bin hier ganz gut so.»

«Los, los», sagte er. «Spielen Sie nur nicht den Helden.» Dann auf italienisch: «Faßt ihn sehr vorsichtig an den Beinen an. Er hat furchtbare Schmerzen in den Beinen. Er ist der legitime Sohn des Präsidenten Wilson.» Sie hoben mich hoch und trugen mich in den Verbandsraum. Drinnen operierten sie auf allen Tischen. Der kleine Stabsarzt sah uns wütend an. Er erkannte mich und winkte mir mit einer Pinzette zu.

«Ça va bien?»

«Ça va.»

«Ich hab ihn reinbringen lassen», sagte der stattliche Engländer. «Der einzige Sohn des amerikanischen Botschafters. Er kann hier warten, bis Sie soweit sind, ihn dranzunehmen. Dann werde ich ihn mit meiner ersten Fuhre abtransportieren.» Er beugte sich über mich. «Ich gehe jetzt zum Adjutanten, damit er Ihre Papiere in Ordnung bringt, dann geht die Sache viel schneller.» Er bückte sich, um durch die Tür zu kommen, und ging hinaus. Der Stabsarzt öffnete eine Pinzette und ließ sie in eine Schüssel fallen. Ich folgte seinen Händen mit den Augen. Jetzt legte er einen Verband an. Dann nahmen die Krankenträger den Mann vom Tisch herunter.

«Ich werde den amerikanischen Tenente nehmen», sagte einer der Oberärzte. Man hob mich auf einen Tisch. Er war hart und glitschig. Es roch sehr stark nach verschiedenen Chemikalien und süßlich nach Blut. Man zog mir die Hose aus, und der Oberarzt fing an, während er arbeitete, einem Unteroffizier zu diktieren: «Verschiedene Fleischwunden an der rechten und linken Hüfte, am linken und rechten Bein und am rechten Fuß. Tiefe Wunden am rechten Knie und Fuß. Schädelverletzung.» (Er sondierte: «Tut das weh?» – «Himmel, ja!») «Möglicherweise Schädelbruch. In der Feuerlinie erhalten. Wenn ich das nicht dazuschreibe, haben Sie sich wegen Selbstverstümmelung vor dem Kriegsgericht zu verantworten», sagte er. «Wollen Sie einen Schnaps? Wie sind Sie denn überhaupt dazu gekommen? Was hatten Sie denn vor? Selbstmord begehen? Antitetanus, bitte, und markieren Sie beide Beine. Danke. Ich werde dies ein bißchen säubern, auswaschen und verbinden. Ihr Blut gerinnt herrlich.»

Der Unteroffizier sah von seiner Schreiberei auf. «Wodurch verwundet worden?»

Der Oberarzt: «Was traf Sie?»

Ich, mit geschlossenen Augen: «Eine schwere Mine.»

Der Oberarzt, indem er mir schrecklich weh tat und im Gewebe herumschnitt: «Sind Sie sicher?»

Ich, indem ich still zu liegen versuchte und fühlte, wie mein Magen sich umdrehte, während er in meinem Fleisch herumschnitt: «Ich glaube.»

Oberarzt (fand etwas, was ihn interessierte): «Splitter von feindlicher schwerer Mine. Jetzt werde ich sondieren, wenn Sie wollen, aber es ist nicht notwendig. Ich werde all das jodieren und – brennt das? Gut, na das ist nichts jetzt im Vergleich zu dem, wie sich's nachher anfühlen wird. Die Schmerzen haben noch nicht angefangen. Gib ihm ein Glas Schnaps. Der Schreck betäubt die Schmerzen; so, alles in bester Ordnung. Sie brauchen sich nicht zu ängstigen, falls es sich nicht entzündet, und das kommt jetzt eigentlich selten vor. Was macht Ihr Kopf?»

«Abscheulich», sagte ich.

«Dann trinken Sie lieber nicht zuviel Schnaps. Wenn Ihr Schädel angeknackst ist, müssen Sie sich vor Blutandrang im Gehirn hüten. Wie ist das?»

Mir lief der Schweiß aus allen Poren.

«Herrgott noch mal», sagte ich.

«Ich glaube doch, daß Sie einen Schädelbruch haben. Ich werde Sie verbinden, halten Sie den Kopf schön still.» Er verband mich, seine Hände bewegten sich schnell, und der Verband wurde steif und fest. «Also alles in bester Ordnung, viel Glück und *Vive la France.*»

«Er ist Amerikaner», erklärte einer der anderen Oberärzte.

«Ich dachte, du hättest gesagt Franzose. Er spricht doch französisch», sagte der Oberarzt. «Ich kannte ihn von früher. Ich hab immer gedacht, er sei Franzose.» Er trank ein halbes Wasserglas voll Schnaps. «So, jetzt aber was Richtiges her! Und neuen Antitetanus.» Der Oberarzt winkte mir zu. Man hob mich hoch, und der Türvorhang wischte über mein Gesicht, als man mich hinaustrug. Draußen kniete der Unteroffizier neben meiner Bahre nieder. «Name?» fragte er mild. «Mittelname? Vorname? Rang? Wo geboren? Welcher Jahrgang? Welches Korps?» und so weiter. «Es tut mir leid, wegen Ihres Kopfes, Tenente, hoffentlich geht's Ihnen bald besser. Ich gebe Sie jetzt den englischen Sanitätern mit.»

«Geht mir ganz gut», sagte ich. «Vielen Dank.» Die Schmerzen, von denen der Oberarzt geredet hatte, fingen an, und alles, was geschah, erschien mir interesse- und sinnlos. Nach einer Weile kam das englische Sanitätsauto. Man legte mich auf eine Bahre, hob die

Bahre in die Höhe des Sanitätsautos und schob mich hinein. Neben mir war eine Bahre, auf der ein Mann lag, dessen Nase ich wachsbleich aus seinem Verband herausragen sah. Er atmete schwer. Bahren wurden hochgehoben und in die Gurte über mir geschoben. Der stattliche englische Fahrer kam heran und sah hinein. «Ich werde sehr vorsichtig fahren», sagte er, «Hoffentlich fühlen Sie sich behaglich.» Ich fühlte, wie er den Motor ankurbelte, fühlte, wie er auf den Fahrersitz kletterte, fühlte, wie er die Bremse löste und den Gang einschaltete, dann ging's los. Ich lag still und ließ den Schmerzen ihren Lauf.

Das Sanitätsauto klomm die Straße hinauf; es ging im Verkehr langsam vorwärts, manchmal hielten wir, manchmal setzten wir in einer Kurve zurück, schließlich kletterte es schnell bergauf. Ich fühlte etwas tropfen. Zuerst tropfte es langsam und regelmäßig, dann pladderte es. Ich rief nach dem Fahrer. Er bremste den Wagen und sah durch das Loch hinter seinem Sitz.

«Was ist los?»

«Der Mann auf der Bahre über mir hat eine Blutung.»

«Wir sind bald oben. Ich kann die Bahre nicht allein rausnehmen.» Er setzte den Wagen wieder in Gang. Der Strom floß weiter. Im Dunkeln konnte ich nicht sehen, wo es durch die Zeltbahn über mir lief. Ich versuchte, mich auf die Seite zu wälzen, damit es nicht auf mich lief. Wo es unter meinem Hemd heruntergelaufen war, war es warm und klebrig. Ich fror, und mein Bein tat mir so weh, daß mir übel wurde. Nach einer Weile ließ der Strom von der Bahre über mir etwas nach, und es tropfte wieder, und ich hörte und spürte, wie sich die Zeltbahn über mir bewegte, als sich der Mann auf der Bahre etwas bequemer ausstreckte.

«Wie geht's ihm?» rief der Engländer nach hinten. «Wir sind beinahe oben.»

«Ich glaube, er ist tot», sagte ich.

Die Tropfen fielen jetzt sehr langsam, so wie von einem Eiszapfen, nachdem die Sonne fort ist. Nachts wurde es im Wagen kalt, als die Straße anstieg. Bei dem Posten auf der Höhe nahmen sie die Bahre heraus und schoben eine andere hinein, und wir fuhren weiter.

10

Im Feldlazarett sagte man mir, daß ich nachmittags Besuch bekommen würde. Es war ein heißer Tag, und im Zimmer waren viele Fliegen. Mein Bursche hatte Papier in Streifen geschnitten, die Streifen an einen Stock gebunden und so einen Wedel gemacht, mit dem man sie verjagen konnte. Ich beobachtete, wie sie sich an der Decke sammelten. Wenn er zu wedeln aufhörte und einschlief, kamen sie herunter, und ich blies sie weg, und schließlich deckte ich mein Gesicht mit den Händen zu und schlief auch. Es war sehr heiß, und als ich erwachte, juckten meine Beine. Ich weckte meinen Burschen, und er goß Mineralwasser auf den Verband. Das machte das Bett feucht und kühl. Wir, die wir wach waren, unterhielten uns quer durch den Krankensaal. Am Nachmittag ging es immer friedlich zu. Morgens kamen sie der Reihe nach an jedes Bett, drei Krankenpfleger und ein Arzt, und nahmen einen aus dem Bett heraus und trugen einen ins Verbandszimmer, so daß die Betten gemacht werden konnten, während man verbunden wurde. Es war kein erfreulicher Ausflug ins Verbandszimmer, und ich erfuhr erst später, daß man Betten auch machen könne, wenn jemand darinlag. Mein Bursche hatte aufgehört, mich zu begießen, und das Bett fühlte sich kühl und herrlich an, und ich erklärte ihm gerade, wo er mich an den Fußsohlen kratzen sollte, damit das Jucken an meinen Füßen aufhörte, als einer der Ärzte Rinaldi hereinbrachte. Er kam sehr schnell auf mich zu, beugte sich über mein Bett und küßte mich. Ich bemerkte, daß er Handschuhe anhatte.

«Wie geht's, Kleiner? Wie fühlst du dich? Hier, das bring ich dir mit –» Es war eine Flasche Cognac. Der Bursche brachte ihm einen Stuhl, und er setzte sich. «Und gute Neuigkeiten. Du kriegst einen Orden. Sie haben dich für die *medaglia d'argento* eingegeben, aber vielleicht gibt's auch bloß die bronzene.»

«Wofür denn?»

«Weil du schwer verwundet bist. Es heißt, daß du die silberne kriegst, wenn du beweisen kannst, daß du irgendeine Heldentat begangen hast. Sonst die bronzene. Erzähl mir genau, was passiert ist. Hast du eine Heldentat begangen?»

«Nein», sagte ich. «Es hat mich erwischt, als wir Käse aßen.»

«Nun mal im Ernst. Vor- oder nachher mußt du doch was Heldenhaftes begangen haben. Denk mal genau nach.»

«Nein, wirklich nicht.»

«Hast du niemand auf dem Rücken getragen? Gordini sagt, du hättest mehrere Verwundete auf dem Rücken getragen, aber der Oberarzt auf dem ersten Verbandsplatz hält es für ausgeschlossen. Er muß die Eingabe für die Verleihungsurkunde unterschreiben.»

«Ich habe niemanden getragen. Ich konnte mich gar nicht bewegen.»

«Das macht nichts», sagte Rinaldi.

Er zog seine Handschuhe aus.

«Ich denke, wir werden dir die silberne besorgen können. Hast du dich nicht geweigert, vor den anderen ärztliche Hilfe anzunehmen?»

«Nicht sehr standhaft.»

«Das macht nichts aus. Sieh mal, wie du verwundet bist. Sieh dir mal dein mutiges Verhalten an, immer willst du in die vorderste Linie. Außerdem war der Kampf erfolgreich.»

«Sind sie über den Fluß vorgedrungen?»

«Es war fabelhaft. Beinahe tausend Gefangene. Steht im Bericht. Hast du nicht gelesen?»

«Nein.»

«Ich werde ihn dir mitbringen. Es war ein erfolgreicher Handstreich.»

«Wie steht alles?»

«Glänzend. Es geht uns allen glänzend. Wir sind alle stolz auf dich. Erzähl mir ganz genau, wie es passiert ist. Ich bin sicher, daß du die silberne kriegst. Los, erzähl mal. Erzähl mir ganz genau.» Er hielt inne und dachte nach. «Vielleicht kriegst du auch eine englische Auszeichnung. Es war doch ein Engländer dabei. Ich werde zu ihm gehen und ihn fragen, ob er dich vorschlagen will. Er müßte doch etwas machen können. Hast du viel auszustehen? Los, trink einen Schluck. Ordonnanz, holen Sie mal einen Korkenzieher. Ach, du hättest mal sehen sollen, wie ich einen drei Meter langen Dünndarm operiert habe, besser denn je. Direkt ein Fall für *The Lancet.* Du übersetzt es mir, ja? Und ich schicke es dann an *Lancet.* Jeden Tag mach ich's besser. Mein armer Kleiner, wie geht's dir denn? Wo ist dieser verdammte Korkenzieher? Du bist so tapfer und ruhig, und ich vergesse ganz, daß du Schmerzen hast.» Er schlug mit den Handschuhen gegen den Bettrand.

«Hier ist der Korkenzieher, Signor Tenente», sagte der Bursche.

«Mach die Flasche auf. Hol ein Glas. Trink das, Kleiner. Was macht dein Kopf? Ich hab deine Krankengeschichte gelesen. Du hast keinen Schädelbruch. Der Oberarzt auf dem ersten Verbandsplatz war ein Schweineschlächter. Ich möchte dich am liebsten mitnehmen; ich würde dir bestimmt nicht weh tun. Ich tu nie jemand weh. Ich weiß, wie man's macht. Jeden Tag lerne ich, wie man die Sachen geschickter und besser machen kann. Entschuldige, Kleiner, daß ich soviel spreche. Aber ich bin so gerührt, daß ich dich schwerverwundet wiedersehe. Da, trink das. Das ist gut. Es kostet 15 Lire. Er müßte gut sein. Fünf Sterne. Von hier gehe ich zu dem Engländer, damit er dir einen Orden verschafft.»

«So einfach ist das bei denen nicht.»

«Du bist so bescheiden. Ich werde den Verbindungsoffizier schicken. Er weiß, wie man mit Engländern umgehen muß.»

«Hast du Miss Barkley gesehen?»
«Ich bring sie her. Ich geh jetzt und bring sie zu dir.»
«Geh nicht weg», sagte ich. «Erzähl mir von Gorizia. Was machen die Mädchen?»
«Es gibt keine Mädchen. Seit vierzehn Tagen hat man sie nicht ausgetauscht. Ich geh überhaupt nicht mehr hin. Es ist widerlich. Das sind keine Mädchen, das sind alte Kriegskameraden.»
«Gehst du gar nicht mehr hin?»
«Ich geh nur hin, um zu sehen, ob's was Neues gibt. Ich sah rein beim Vorbeigehen. Alle fragen sie nach dir. Es ist eine Schande, daß sie so lange bleiben, daß man sich mit ihnen anfreundet.»
«Vielleicht wollen die Mädchen nicht mehr an die Front.»
«Natürlich wollen sie. Es gibt massenhaft Mädchen. Es ist einfach schlechte Organisation. Man behält sie zum Amüsement der Drükkeberger in der Etappe.»
«Armer Rinaldi», sagte ich. «Ganz allein im Krieg und keine neuen Mädchen.»
Rinaldi goß sich noch einen Cognac ein.
«Ich glaube nicht, daß dir das schaden kann, Kleiner, trink du's.»
Ich trank den Cognac und fühlte ihn warm herunterlaufen. Rinaldi goß ein zweites Glas ein. Er war jetzt ruhiger. Er hielt das Glas hoch. «Auf deine ruhmreichen Wunden. Auf die silberne Medaille. Sag mal, Kleiner, wenn du hier so die ganze Zeit bei der Hitze liegst, macht dich das nicht wild?»
«Manchmal.»
«Ich kann mir nicht vorstellen, wie man so daliegen kann; ich würde verrückt werden.»
«Du bist verrückt.»
«Ich wünschte, du wärst wieder bei uns. Jetzt kommt niemand mehr nachts von einem Abenteuer nach Hause. Niemand mehr, den man frotzeln kann. Niemand, der mir Geld pumpt. Kein Blutsbruder, kein Zimmergenosse. Warum hast du dich nur verwunden lassen?»
«Du kannst doch den Priester frotzeln.»
«Den Priester! Ich frotzele ihn nicht. Das ist doch der Hauptmann. Ich mag ihn gern. Wenn's schon ein Priester sein muß, dann der. Er kommt dich besuchen. Er trifft große Vorbereitungen.»
«Ich hab ihn gern.»
«Ach, das hab ich ja gewußt. Manchmal glaubte ich, du und er, ihr wäret ein bißchen so, du weißt schon.»
«Ach bewahre.»
«Doch, manchmal. So ein bißchen so, wie die Nummer des ersten Regiments der Brigata Ancona.»

«Der Teufel soll dich holen.»

Er stand auf und zog seine Handschuhe an.

«Ach, ich neck dich zu gern, Kleiner. Mit deinem Priester und deinem englischen Schatz. Und bei Licht besehen bist du genauso wie ich.»

«Nein, bin ich nicht.»

«Doch, bist du. Du bist eigentlich ein Italiener. Ganz Feuer und Flamme und innen leer. Du gibst nur vor, Amerikaner zu sein. Wir sind Brüder und lieben einander.»

«Sei brav, solange ich nicht da bin», sagte ich.

«Ich werd dir Miss Barkley schicken. Du hast mehr von ihr, ohne mich. Du bist reiner und süßer.»

«Ach, geh zum Teufel.»

«Ich schick sie dir, deine schöne, kühle Göttin. Englische Göttin. Mein Gott, was soll ein Mann mit so einer Frau anders tun, als sie anbeten? Wozu kann man Engländerinnen sonst benutzen?»

«Du bist ein Lästermaul, ein ungebildeter Makkaroni.»

«Was?»

«Ein ungebildeter Makkaroni.»

«Makkaroni! Du bist ein vereister – Makkaroni.»

«Du bist dumm und ungebildet.» Ich sah, daß das Wort saß und fuhr fort: «Unwissend, unerfahren und dumm aus Unerfahrenheit.»

«Wirklich? Ich werde dir was über deine guten Frauen da sagen. Deine Göttinnen. Es gibt nur einen Unterschied zwischen einem Mädchen, das immer tugendhaft war, und einem Weib. Mit einem Mädchen ist die Sache peinlich, das ist alles, was ich weiß.» Er schlug mit den Handschuhen auf mein Bett. «Und man weiß nie, ob's dem Mädchen nachher wirklich Spaß macht.»

«Nur nicht böse werden.»

«Ich bin nicht böse. Ich sag dir nur, wie's ist, Kleiner, in deinem eigenen Interesse. Um dich vor Unannehmlichkeiten zu bewahren.»

«Ist das der einzige Unterschied?»

«Ja, aber Millionen von Idioten wie du wissen's nicht.»

«Reizend von dir, mich aufzuklären.»

«Wir wollen uns nicht zanken, Kleiner. Ich hab dich viel zu lieb. Aber sei kein Idiot.»

«Nein, ich werde so weise sein wie du.»

«Nicht böse sein, Kleiner. Lach mal. Trink noch einen. Ich muß wirklich gehen.»

«Du bist ein guter alter Junge.»

«Na, siehst du, im Innern bist du genau wie ich. Wir sind Waffenbrüder. Gib mir einen Abschiedskuß.»

«Dreckschwein.»

Einen großen Freund und Geldgeber . . .

«Nein, ich bin eben nur zärtlicher als du.»

Ich fühlte, wie sich sein Atem mir näherte. «Auf Wiedersehen, ich komm bald wieder.» Sein Atem verzog sich. «Ich küß dich doch nicht, wenn du nicht willst. Ich schick dir deinen englischen Schatz. Leb wohl, Kleiner. Der Cognac steht unterm Bett. Gute Besserung.»

Und fort war er.

11

Es dämmerte bereits, als der Priester kam. Man hatte uns unsere Suppe gebracht, dann die Näpfe fortgenommen, und ich lag da und sah die Reihe Betten an und aus dem Fenster hinaus auf den Baumwipfel, der sich im Abendwind ein wenig hin und her bewegte. Der Wind kam durchs Fenster herein, und es wurde gegen Abend kühler. Die Fliegen saßen jetzt an der Decke und an den elektrischen Birnen, die an Drähten herunterhingen. Das Licht wurde nur angedreht, wenn jemand nachts eingeliefert wurde oder wenn etwas zu tun war. Ich kam mir furchtbar jung vor, weil nach der Dämmerung das Dunkel kam und blieb. So, wie wenn man als Kind nach frühzeitigem Abendbrot ins Bett gelegt wurde. Der Ordonnanzoffizier kam zwischen den Betten hindurch und blieb stehen. Jemand war bei ihm. Es war der Priester. Er stand da, klein, braungesichtig, verlegen.

«Wie geht es Ihnen?» fragte er. Er legte ein paar Pakete neben mein Bett auf die Erde.

«Ganz gut, Padre.»

Er setzte sich auf den Stuhl, der für Rinaldi gebracht worden war, und sah verlegen aus dem Fenster. Ich bemerkte, daß er sehr müde aussah.

«Ich kann nur einen Augenblick bleiben», sagte er. «Es ist spät.»

«Es ist nicht spät. Wie geht's im Kasino?»

Er lächelte. «Ich bin immer noch die komische Figur.» Auch seine Stimme klang müde. «Gottlob geht es allen gut.»

«Ich bin so froh, daß es Ihnen gutgeht», sagte er. «Ich hoffe, Sie haben keine Schmerzen.» Er schien sehr müde zu sein. Und ich war nicht gewohnt, ihn müde zu sehen.

«Nicht mehr.»

«Ich vermisse Sie im Kasino.»

«Ich wünschte, ich wäre dort. Ich hab unsere Unterhaltungen immer sehr genossen.»

«Ich habe Ihnen ein paar Kleinigkeiten mitgebracht», sagte er. Er hob die Päckchen auf. «Dies ist ein Moskitonetz. Hier eine Flasche Wermut. Mögen Sie Wermut? Und hier englische Zeitungen.»

«Bitte machen Sie sie auf.»

Er freute sich und entfaltete sie. Ich hielt das Moskitonetz in der Hand. Er hob den Wermut hoch, damit ich ihn sehen konnte, und stellte ihn dann auf die Erde neben mein Bett. Ich hielt ein Blatt der englischen Zeitung in die Höhe. Ich konnte die Überschriften lesen, wenn ich es so drehte, daß das Zwielicht vom Fenster darauffiel. Es war *The News of the World*.

«Das andere sind Illustrierte», sagte er.

«Ich freue mich wahnsinnig darauf, sie zu lesen. Wo haben Sie die nur her?»

«Ich habe nach Mestre geschickt. Ich lasse mehr für Sie kommen.»

«Es ist sehr nett von Ihnen, mich zu besuchen, Padre. Trinken Sie ein Glas Wermut?»

«Danke, nein, behalten Sie's. Es ist für Sie.»

«Nein, trinken Sie ein Glas.»

«Gut. Ich bringe Ihnen mehr.»

Die Ordonnanz brachte Gläser und öffnete die Flasche. Dabei brach der Korken ab, und das Ende mußte in die Flasche hineingestoßen werden. Ich sah, daß der Priester enttäuscht war, aber er sagte: «Gut, gut, das macht nichts.»

«Ihr Wohl, Padre.»

«Auf schnelle Genesung.»

Danach hielt er sein Glas in der Hand, und wir sahen einander an. Manchmal sprachen wir zusammen und waren gute Freunde, aber heute abend war es schwierig.

«Was ist los, Padre? Sie scheinen sehr müde zu sein?»

«Ich bin müde, aber ohne jede Berechtigung.»

«Es ist die Hitze.»

«Nein. Wir sind ja erst im Frühling. Ich fühl mich hundselend.»

«Sie haben den Krieg satt.»

«Nein, aber ich hasse den Krieg.»

«Mir macht er auch keinen Spaß», sagte ich.

Er schüttelte den Kopf und sah zum Fenster hinaus.

«Ihnen macht's nichts aus. Sie sehen's nicht. Verzeihen Sie. Ich weiß, daß Sie verwundet sind.»

«Das ist Zufall.»

«Obwohl Sie verwundet sind, sehen Sie es nicht, das merke ich. Ich selbst sehe es auch nicht, aber ich spür's ein bißchen.»

«Als ich verwundet wurde, sprachen wir gerade davon. Passini sprach davon.»

Der Priester setzte sein Glas hin. Er dachte an etwas anderes.
«Ich kenne sie, weil ich genauso bin wie sie», sagte er.
«Trotzdem sind Sie anders.»
«Aber in Wirklichkeit bin ich wie sie.»
«Die Offiziere sehen gar nichts.»
«Manche doch. Manche sind sehr zartbesaitet und fühlen sich schlimmer als irgendeiner von uns.»
«Die meisten sind anders.»
«Es hat nichts mit Geld oder Erziehung zu tun. Es ist was anderes. Selbst mit Geld oder Bildung würden Leute, wie Passini, sich nicht wünschen, Offizier zu sein. Ich auch nicht.»
«Sie haben den Rang eines Offiziers, und ich bin Offizier.»
«Ich bin's aber eigentlich nicht, und Sie sind nicht einmal Italiener. Sie sind Ausländer, aber Sie sind den Offizieren näher als den Mannschaften.»
«Was ist der Unterschied?»
«Ich kann's nicht so einfach ausdrücken. Es gibt Leute, die immer zum Krieg bereit sind. In diesem Land gibt's eine Menge von der Sorte. Und es gibt andere Leute, die keinen Krieg wollen.»
«Aber jene zwingen sie, ihn zu führen.»
«Ja.»
«Und ich unterstütze sie.»
«Sie sind ein Ausländer. Sie sind ein Patriot.»
«Und die, die keinen Krieg wollen? Können die ihn verhindern?»
«Sie sind nicht organisiert, um etwas zu verhindern, und wenn sie sich organisieren, lassen ihre Führer sie im Stich.»
«Dann ist es also hoffnungslos?»
«Es ist niemals hoffnungslos. Aber manchmal bin ich ohne Hoffnung. Ich geb mir immer Mühe zu hoffen, aber manchmal geht's nicht.»
«Vielleicht ist der Krieg bald vorbei.»
«Hoffentlich.»
«Was werden Sie dann tun?»
«Wenn möglich gehe ich zurück in die Abruzzen.» Sein braunes Gesicht strahlte plötzlich.
«Sie lieben die Abruzzen?»
«Ja, sehr.»
«Dann sollten Sie zurückgehen.»
«Ich wäre nur zu glücklich, wenn ich da leben könnte, um Gott zu lieben und ihm zu dienen!»
«Und geachtet zu werden.»
«Ja, und geachtet zu werden. Warum nicht?»
«Es spricht nichts dagegen. Sie sollten geachtet werden.»

«Das ist gleichgültig. Aber da in meiner Heimat ist es selbstverständlich, daß man Gott liebt. Es ist kein dreckiger Witz.»

«Ich verstehe.»

Er sah mich an und lächelte.

«Sie verstehen, aber Sie lieben Gott nicht.»

«Nein.»

«Lieben Sie ihn gar nicht?» fragte er.

«Nachts hab ich manchmal vor ihm Angst.»

«Sie sollten ihn lieben.»

«Ich liebe überhaupt nicht viel.»

«Doch», sagte er. «Doch. Was Sie mir da von nachts erzählen. Aber das ist keine Liebe. Das ist nur Leidenschaft und Sinneslust. Wenn man liebt, will man etwas dafür tun. Dann will man Opfer bringen. Man will dienen.»

«Ich liebe nicht.»

«Sie werden. Ich weiß, Sie werden. Dann werden Sie glücklich sein.»

«Ich bin glücklich. Ich war immer glücklich.»

«Das ist etwas anderes. Sie können's nicht beurteilen, wenn Sie's nicht haben.»

«Nein», sagte ich, «sollte ich es je kriegen, erzähle ich's Ihnen.»

«Ich bleibe zu lange und rede zuviel!» Er war beunruhigt, daß er es wirklich tat.

«Nein, gehen Sie noch nicht. Wie ist es mit der Liebe zu Frauen? Wäre es so, wenn ich eine Frau wirklich liebte?»

«Das weiß ich nicht. Ich habe niemals eine Frau geliebt.»

«Und Ihre Mutter?»

«Doch, meine Mutter muß ich geliebt haben.»

«Haben Sie Gott immer geliebt?»

«Ja, schon als kleiner Junge.»

«So», sagte ich. Ich wußte nicht recht, was ich sagen sollte. «Sie sind ein guter Junge», sagte ich.

«Ich bin ein Junge», sagte er, «aber Sie nennen mich Padre.»

«Aus Höflichkeit.»

Er lächelte.

«Ich muß wirklich gehen», sagte er. «Sie brauchen mich nicht?» fragte er hoffnungsvoll.

«Nein, nur zum Unterhalten.»

«Ich werde im Kasino von Ihnen grüßen.»

«Noch vielen Dank für die vielen schönen Geschenke.»

«Ich bitte Sie!»

«Kommen Sie bald wieder zu Besuch.»

«Ja, auf Wiedersehen.» Er strich mir über die Hand.

«Auf bald», sagte ich im Dialekt.

«Ciao», wiederholte er.

Im Zimmer war es dunkel, und der Bursche, der am Fußende des Bettes gesessen hatte, stand auf und begleitete ihn hinaus. Ich mochte ihn sehr gern und hoffte, daß er irgendwann wieder in die Abruzzen kommen würde. Er hatte ein gräßliches Leben im Kasino und ertrug es fabelhaft, aber ich malte mir aus, wie er erst in seiner Heimat sein würde. In Capracotta – hatte er mir erzählt – gab es im Fluß unterhalb der Stadt Forellen. Nachts war es verboten, die Flöte zu spielen. Wenn die jungen Leute Ständchen brachten, war die Flöte verboten. Warum, hatte ich gefragt. Weil es für die jungen Mädchen ungesund sei, nachts die Flöte zu hören. Die Bauern nannten einen alle «Don», und wenn man einen traf, lüftete er seinen Hut. Sein Vater ging jeden Tag auf die Jagd und aß irgendwo unterwegs bei einem Bauern. Sie fühlten sich immer geehrt. Wenn man als Fremder auf die Jagd gehen wollte, mußte man einen Nachweis beibringen, daß man noch nie im Gefängnis gesessen hatte. Auf dem Gran Sasso d'Italia gab es Bären, aber bis dorthin war es weit. Aquila war eine schöne Stadt. Im Sommer war es nachts kühl, und der abruzzische Frühling war der schönste in ganz Italien. Aber was wunderbar war, war im Herbst in den Kastanienwäldern auf Jagd zu gehen. Die Vögel schmeckten alle gut, weil sie sich von Trauben ernährten, und man nahm nie was zu essen mit, weil sich die Bauern immer geehrt fühlten, wenn man bei ihnen zu Hause mitaß.

Nach einer Weile schlief ich ein.

12

Das Zimmer war lang, hatte Fenster auf der rechten Seite und eine Tür an der hinteren Schmalseite, die ins Verbandszimmer führte. Die Reihe Betten, in der meines stand, sah auf die Fenster und die Reihe unter den Fenstern sah auf die Wand. Wenn man auf der linken Seite lag, sah man die Verbandszimmertür. An der Schmalseite war noch eine Tür, durch die manchmal jemand hereinkam. Wenn einer im Sterben lag, wurde um sein Bett ein Wandschirm gestellt, damit man nicht sah, wie er starb, und man konnte unter dem Schirm nur die Schuhe und Wickelgamaschen der Ärzte und Krankenpfleger sehen, und manchmal, wenn das Ende kam, hörte man Flüstern. Dann kam der Priester hinter dem Schirm hervor, und dann verschwanden die Sanitäter wieder hinter dem Schirm und trugen den Toten mit einem Laken bedeckt den Gang entlang zwischen den Betten hinaus, und dann faltete einer den Schirm zusammen und nahm ihn weg.

An jenem Morgen fragte mich der diensttuende Oberarzt, ob ich mich so fühlte, daß ich am nächsten Tag reisen könne. Ich sagte ja. Darauf erwiderte er, daß man mich am frühen Morgen wegschaffen würde. Er sagte, es wäre für mich besser, die Reise jetzt zu machen, bevor es zu heiß würde.

Wenn man aus dem Bett gehoben wurde, um ins Verbandszimmer getragen zu werden, konnte man aus dem Fenster blicken und auf die neuen Gräber im Garten sehen. Ein Soldat saß vor der Tür, die in den Garten führte, und machte Kreuze und malte den Namen, den Rang und das Regiment von den Männern darauf, die im Garten begraben lagen. Er besorgte die Botengänge für unseren Saal, und in seiner Freizeit machte er mir einen Zigarettenanzünder aus einer leeren österreichischen Patronenhülse. Die Ärzte waren sehr nett und schienen sehr tüchtig zu sein. Sie drangen darauf, daß ich nach Mailand kam, wo es bessere Röntgenmöglichkeiten gab und wo ich nach der Operation Heilgymnastik treiben konnte. Ich wollte auch nach Mailand. Man wollte uns alle möglichst hier weghaben, und zwar so weit nach hinten, wie es ging, weil alle Betten benötigt wurden, sobald die Offensive begann.

Den Abend bevor ich das Feldlazarett verließ, kam Rinaldi mit dem Major aus unserem Kasino, um mich zu besuchen. Sie erzählten, ich käme in ein neu eingerichtetes amerikanisches Lazarett in Mailand. Ein paar amerikanische Sanitätseinheiten sollten hingeschickt werden, und dies Lazarett würde als Zentrale für sie und alle Amerikaner, die in Italien kämpften, dienen. Es gab eine Menge beim Roten Kreuz. Die Vereinigten Staaten hatten Deutschland, aber nicht Österreich den Krieg erklärt.

Die Italiener waren sicher, daß Amerika auch Österreich den Krieg erklären würde, und sie gaben schrecklich an, wenn irgendwelche Amerikaner herunterkamen, selbst wenn sie nur zum Roten Kreuz gehörten. Sie fragten mich, ob ich glaube, daß Präsident Wilson Österreich den Krieg erklären werde, und ich sagte, es sei nur eine Frage von Tagen. Ich wußte nicht, was wir gegen die Österreicher hatten, aber es schien logisch, daß man Österreich den Krieg erklärte, da man Deutschland den Krieg erklärt hatte. Sie fragten mich, ob wir der Türkei den Krieg erklären würden. Ich sagte, es sei zweifelhaft, Türkei (*turkey* = Truthahn) sei unser Nationalgericht, aber das Wortspiel ließ sich so schwer übersetzen, und sie wurden so mißtrauisch, daß ich ja sagte, wir würden wahrscheinlich auch der Türkei den Krieg erklären. Und Bulgarien? Wir hatten mehrere Schnäpse getrunken, und ich sagte, ja bei Gott, auch

Bulgarien und Japan auch. Aber, erwiderten sie, Japan sei doch Englands Verbündeter. Man kann den verdammten Engländern nicht trauen. Die Japaner wollen Hawaii, sagte ich. Wo liegt Hawaii? Im Stillen Ozean. Warum wollen die Japaner es haben? Sie wollen es in Wirklichkeit gar nicht, sagte ich. Das sei alles Gerede. Die Japaner seien reizende Leute, mögen Tanz und süßen Wein. Wie die Franzosen, sagte der Major. Wir werden den Franzosen Nizza und Savoyen abnehmen. Wir werden Korsika und die ganze adriatische Küste bekommen, sagte Rinaldi. Italien wird wieder römische Glanzzeiten erleben, sagte der Major. Ich mag Rom nicht, sagte ich. Es ist heiß und voller Flöhe. Du magst Rom nicht? Doch ich liebe Rom. Rom ist die Mutter der Völker. Ich werde niemals den Tibersäugling Romulus vergessen. Was? Nichts. Kommt, wir wollen nach Rom! Wir wollen heute abend noch nach Rom, und wir kommen niemals hierher zurück. Rom ist eine herrliche Stadt, sagte der Major. Mutter und Vater von Nationen, sagte ich. Roma ist weiblich, sagte Rinaldi. Es kann nicht der Vater sein. Wer ist dann der Vater, der Heilige Geist? Keine Gotteslästerungen, bitte. Ich lästere ja gar nicht, ich bitte um Aufklärung. Du bist betrunken, Kleiner. Wer hat mich betrunken gemacht? Ich hab dich betrunken gemacht, sagte der Major. Ich hab dich betrunken gemacht, weil ich dich liebe, und weil Amerika mit im Krieg ist. Bis an den Hals, sagte ich. Morgen früh geht's los, Kleiner, sagte Rinaldi. Nach Rom, sagte ich. Nein, nach Mailand. Nach Mailand, sagte der Major, zum *Crystal Palace*, zu *Cova*, zu *Campari*, zu *Biffi*, in die Galleria. Du Glückspilz. Ins *Gran Italia*, wo ich mir bei George Geld pumpen werde. In die Scala, sagte Rinaldi. Du wirst in die Scala gehen. Jeden Abend, sagte ich. Das wirst du dir nicht jeden Abend leisten können, sagte der Major. Die Billetts sind sehr teuer. Ich werde einen Sichtwechsel auf meinen Großvater ziehen, sagte ich. Einen was? Einen Sichtwechsel. Er muß zahlen oder ich wandere ins Gefängnis. Mr. Cunningham in der Bank macht mir das. Ich lebe von Sichtwechseln. Kann ein Großvater seinen patriotischen Enkel ins Gefängnis bringen, der zum Sterben bereit ist, damit Italien lebe? Es lebe der amerikanische Garibaldi, sagte Rinaldi. Viva die Sichtwechsel, sagte ich. Wir müssen still sein, sagte der Major. Man hat uns schon mehrere Male gebeten, still zu sein. Geht's wirklich morgen los, Frederico? Er kommt ins amerikanische Lazarett, sag ich dir doch, antwortete Rinaldi. Zu den wunderschönen Schwestern. Nicht solchen bärtigen wie hier in den Feldlazaretten. Ja, ja, sagte der Major, ich weiß, daß er ins amerikanische Lazarett kommt. Mir machen die Bärte nichts aus, sagte ich. Wenn ein Mann sich einen Bart wachsen lassen will, soll er doch. Warum lassen Sie sich keinen Bart wachsen,

Signor Maggiore? Ich könnte dann keine Gasmaske aufsetzen. Doch. Alles geht unter eine Gasmaske. Ich hab mal in 'ne Gasmaske gekotzt. Nicht so laut, Kleiner, sagte Rinaldi. Wir wissen alle, daß du an der Front warst. Ach, mein süßer Kleiner, was werde ich nur machen, wenn du weg bist? Wir müssen jetzt gehen, sagte der Major. Jetzt wird's sentimental. Hör mal, ich hab 'ne Überraschung für dich. Deine Engländerin. Weißt du? Die Engländerin, die du jeden Abend in ihrem Lazarett besucht hast? Die kommt auch nach Mailand. Sie und noch eine kommen ans amerikanische Lazarett. Es sind noch keine Schwestern aus Amerika da. Ich hab heute mit dem Chef ihres *riparto* gesprochen. Hier sind zuviel Frauen an der Front. Sie schicken ein paar zurück. Na, wie gefällt dir das, Kleiner? Schön? Ja? Du wirst in einer großen Stadt leben und deine Engländerin zum Knutschen dahaben. Warum werde ich nicht verwundet? Vielleicht werden Sie noch, sagte ich. Wir müssen gehen, sagte der Major. Wir trinken und machen Radau und regen Frederico auf. Geht noch nicht. Doch, wir müssen gehen. Auf Wiedersehn. Viel Glück. Alles Gute. *Ciao*, *ciao*, *ciao*. Komm schnell wieder, Kleiner. Rinaldi küßte mich. Du riechst nach Lysol. Leb wohl, Kleiner, leb wohl. Alles Gute. Der Major klopfte mir auf die Schulter. Sie gingen auf den Zehenspitzen raus. Ich war ganz betrunken, schlief aber ein.

Am nächsten Morgen früh ging's los nach Mailand, und wir kamen 48 Stunden später an. Es war eine schreckliche Reise. Wir warteten diesseits von Mestre ewig lange auf einem Nebengleis, und Kinder kamen heran und sahen neugierig herein. Ich schickte einen kleinen Jungen, eine Flasche Cognac kaufen; er kam aber wieder und sagte, es gäbt nur Grappa. Ich sagte, dann kauf das, und als er's brachte, ließ ich ihm das Wechselgeld, und der Mann neben mir und ich betranken uns und schliefen bis hinter Vicenza, wo ich aufwachte und auf den Boden kotzte. Es war egal, weil der Mann auf der Seite schon mehrere Male auf die Erde gekotzt hatte. Später glaubte ich den Durst nicht ertragen zu können, und auf einem Rangiergleis außerhalb von Verona rief ich einen Soldaten an, der neben dem Zug auf und ab ging, und er brachte mir etwas Wasser. Ich weckte Georgetti, den Jungen, der auch betrunken war, und bot ihm Wasser an. Er sagte, ich solle es ihm über die Schulter gießen, und dann schlief er weiter. Der Soldat wollte die Münzen, die ich ihm geben wollte, nicht nehmen und brachte mir eine matschige Apfelsine dafür. Ich lutschte daran und spuckte das Innere aus und beobachtete, wie der Soldat draußen vor einem Gepäckwagen auf und ab ging, und nach einer Weile machte der Zug einen Ruck und fuhr los.

Zweites Buch

I

Wir kamen am frühen Morgen in Mailand an, und man lud uns im Güterbahnhof aus. Ein Sanitätswagen brachte mich ins amerikanische Lazarett. Als ich auf der Bahre in dem Sanitätswagen fuhr, hatte ich keine Ahnung, welchen Teil der Stadt wir passierten, aber als sie die Bahre herausnahmen, erblickte ich einen Marktplatz und eine offene Weinhandlung und ein Mädchen, das gerade ausfegte. Die Straße wurde gesprengt, und es roch nach frühem Morgen. Sie setzten die Bahre hin und gingen hinein. Sie kamen mit dem Pförtner zurück. Er hatte einen grauen Schnurrbart, trug eine Pförtnermütze und war in Hemdsärmeln. Die Bahre ging nicht in den Lift hinein, und man beriet, ob es besser wäre, mich von der Bahre zu heben und mit dem Fahrstuhl zu fahren oder die Bahre die Treppe hinaufzutragen. Ich hörte die Diskussion mit an. Man entschied sich für den Fahrstuhl. Sie hoben mich von der Bahre. «Sachte», sagte ich. «Nehmt euch in acht.» Im Fahrstuhl war es sehr eng, und als sich meine Beine bogen, taten sie furchtbar weh. «Macht meine Beine lang», sagte ich.

«Es geht nicht, Signor Tenente, es ist kein Platz.» Der Mann, der das sagte, hatte seinen Arm um mich gelegt, und mein Arm hing um seinen Hals. Sein von Knoblauch und Rotwein metallischer Atem schlug mir ins Gesicht.

«Sei vorsichtig», sagte der andere Mann.

«Scheißkerl, wer ist denn nicht vorsichtig?»

«Ich sage, du sollst vorsichtig sein», wiederholte der Mann mit meinen Füßen. Ich sah, wie die Türen des Fahrstuhls geschlossen und das Gitter zugeschlagen wurde und wie der Pförtner auf den vierten Knopf drückte. Der Pförtner sah besorgt aus. Der Fahrstuhl stieg langsam.

«Schwer?» fragte ich den Knoblauch-Mann.

«Gar nicht», sagte er. Sein Gesicht schwitzte und er ächzte. Der Fahrstuhl stieg weiter und hielt dann. Der Mann, der meine Füße hielt, öffnete die Tür und stieg aus. Wir waren auf einem Balkon. Es gab mehrere Türen mit Messingklinken. Der Mann, der meine Füße trug, drückte auf einen Knopf und es klingelte. Wir hörten es hinter den Türen. Es kam niemand. Dann kam der Pförtner die Treppe herauf.

«Wo ist denn jemand?» fragte der Krankenträger.

«Ich weiß nicht», sagte der Pförtner. «Sie schlafen alle unten.»

«Holen Sie jemand.»

Der Pförtner klingelte, klopfte dann an eine Tür, dann öffnete er die Tür und ging hinein. Er kam mit einer ältlichen Frau, die eine Brille trug, wieder. Ihr Haar war unordentlich aufgesteckt; sie trug Schwesterntracht.

«Ich verstehe nicht», sagte sie. «Ich verstehe kein Italienisch.»

«Ich kann Englisch», sagte ich. «Sie wollen mich irgendwo einquartieren.»

«Keines der Zimmer ist fertig. Wir haben keines Patienten erwartet.» Sie nestelte an ihrem Haar und sah mich kurzsichtig an.

«Zeigen Sie ihnen irgendein Zimmer, in das man mich bringen kann.»

«Ich weiß nicht», sagte sie. «Es wird kein Patient erwartet. Ich kann Sie nicht einfach in irgendein Zimmer legen.»

«Jedes Zimmer tut's», sagte ich. Dann zu dem Pförtner auf italienisch: «Suchen Sie ein leeres Zimmer.»

«Sie sind alle leer», sagte der Pförtner. «Sie sind der erste Patient.»

Er hielt seine Mütze in der Hand und sah die ältliche Schwester an.

«Dann bringt mich um Christi Barmherzigkeit willen in irgendein Zimmer.» Der Schmerz war in den gekrümmten Beinen schlimmer und schlimmer geworden, und ich fühlte ihn in den Knochen wühlen und zerren. Der Pförtner ging von der grauhaarigen Frau gefolgt durch die Tür und kam dann eilig zurück. «Kommt mit», sagte er. Man trug mich einen langen Gang hinunter in ein Zimmer mit herabgelassenen Jalousien. Es roch nach neuen Möbeln. Drinnen war ein Bett und ein großer Schrank mit einem Spiegel. Man legte mich aufs Bett.

«Ich kann es nicht beziehen», sagte die Frau. «Die Laken sind eingeschlossen.»

Ich sprach nicht mit ihr. «In meiner Tasche ist Geld», sagte ich zu dem Pförtner. «In der zugeknöpften Tasche.» Der Pförtner nahm das Geld heraus. Die beiden Krankenträger standen neben meinem Bett, die Mützen in der Hand. «Geben Sie jedem 5 Lire und 5 Lire für Sie. Meine Papiere sind in der anderen Tasche. Sie können sie der Schwester geben.»

Die Krankenträger grüßten und bedankten sich. «Auf Wiedersehen», sagte ich, «und vielen Dank.» Sie grüßten noch einmal und gingen hinaus.

«Auf diesen Papieren», sagte ich zu der Schwester, «ist mein Fall beschrieben und die Behandlung, die ich bisher gehabt habe.»

Die Frau nahm sie hoch und besah sie durch die Brille. Es waren drei zusammengefaltete Bogen. «Ich weiß nicht, was ich machen soll», sagte sie. «Ich kann nicht Italienisch lesen. Ich kann nichts ohne die Bestimmungen des Arztes machen.» Sie begann zu weinen und steckte die Papiere in die Tasche ihrer Schürze. «Sind Sie Amerikaner?» fragte sie weinend.

«Ja. Bitte legen Sie die Papiere auf den Nachttisch.»

Es war dämmerig und kühl im Zimmer. Vom Bett aus konnte ich den großen Spiegel am anderen Ende des Zimmers sehen, aber nicht, was sich in ihm spiegelte. Der Pförtner stand am Bett. Er hatte ein nettes Gesicht und war sehr freundlich.

«Sie können gehen», sagte ich zu ihm. «Sie können auch gehen», sagte ich zu der Schwester. «Wie heißen Sie?»

«Mrs. Walker.»

«Sie können gehen, Mrs. Walker. Ich glaube, ich werde einschlafen können.»

Ich war allein im Zimmer. Es war kühl und roch nicht nach Lazarett. Die Matratze war fest und bequem; und ich lag da, ohne mich zu bewegen, kaum atmend, glücklich, weil ich fühlte, wie der Schmerz nachließ. Nach einer Weile wollte ich einen Schluck Wasser trinken und fand die Klingel an einer Schnur beim Bett und klingelte, aber es erschien niemand. Ich schlief ein.

Als ich aufwachte, sah ich mich um. Sonnenlicht kam durch die Jalousien hindurch, ich sah den großen Schrank, die kahlen Wände und zwei Stühle. Meine Beine in den schmutzigen Verbänden waren kerzengerade im Bett ausgestreckt. Ich gab mir Mühe, sie nicht zu bewegen. Ich war durstig und langte nach der Klingel und drückte auf den Knopf. Ich hörte die Tür gehen und sah auf, es war eine Schwester. Sie sah jung und hübsch aus.

«Guten Morgen», sagte ich.

«Guten Morgen», sagte sie und kam an mein Bett. «Wir konnten den Doktor noch nicht erreichen. Er ist an den Comer See gefahren. Es wußte niemand, daß ein Patient kommen würde. Was fehlt Ihnen denn überhaupt?»

«Ich bin verwundet. In den Beinen und Füßen, und mein Kopf ist verletzt.»

«Wie heißen Sie?»

«Henry, Frederic Henry.»

«Ich werde Sie waschen, aber wir können nichts an Ihren Verbänden machen, bis der Doktor kommt.»

«Ist Miss Barkley hier?»

«Nein. Hier heißt niemand so.»

«Wer war denn die Frau, die geweint hat, als ich eingeliefert wurde?»

Die Schwester lachte. «Das war Mrs. Walker. Sie hatte Nachtdienst und war eingeschlafen. Sie hatte niemand erwartet.»

Während wir uns unterhielten, zog sie mich aus, und als ich unbekleidet bis auf die Verbände dalag, wusch sie mich sehr zart und sorgfältig. Das Waschen war sehr wohltuend. Ich hatte einen Verband um den Kopf, aber sie wusch um ihn herum.

«Wo wurden Sie verwundet?»

«Am Isonzo, nördlich von Plava.»

«Wo ist das?»

«Nördlich von Gorizia.»

Ich merkte, daß keiner dieser Namen ihr irgend etwas sagte.

«Haben Sie starke Schmerzen?»

«Nein, jetzt nicht.»

Sie steckte mir ein Thermometer in den Mund.

«Die Italiener stecken es unter den Arm», sagte ich.

«Nicht sprechen.» Als sie das Thermometer herausgenommen hatte, las sie es ab und schüttelte es herunter.

«Wie ist die Temperatur?»

«Das sollen Sie eigentlich nicht wissen.»

«Sagen Sie mir wieviel.»

«Es ist beinah normal.»

«Ich hab nie Fieber. Meine Beine sind voll von Alteisen.»

«Was wollen Sie damit sagen?»

«Sie sind voll von Granatsplittern, alten Schrauben und Sprungfedern und solchen Sachen.»

Sie schüttelte den Kopf und lächelte.

«Wenn Sie Fremdkörper in Ihren Beinen hätten, würden sie sich entzünden und Sie hätten Fieber.»

«Schön», sagte ich. «Wir werden ja sehen, was rauskommt.»

Sie ging aus dem Zimmer und kam mit der alten Schwester, der vom frühen Morgen, zurück. Sie machten mein Bett zu zweit, während ich darin lag. Das war mir neu und schien bewundernswert.

«Wer hat hier die Aufsicht?»

«Miss Van Campen.»

«Wieviel Schwestern sind hier?»

«Nur wir beiden.»

«Bleiben Sie so wenig?»

«Es kommen noch welche.»

«Wann werden die hier sein?»

«Ich weiß nicht. Sie fragen ein bißchen viel für einen kranken Jungen.»

«Ich bin nicht krank», sagte ich. «Ich bin verwundet.» Sie waren mit dem Bettenmachen fertig, und ich lag mit einem zweiten Laken über mir. Mrs. Walker ging hinaus und kam mit einer Pyjama-Jacke zurück. Sie zogen sie mir an, und ich fühlte mich sehr sauber und angezogen.

«Sie sind furchtbar nett zu mir», sagte ich. Die Schwester, die Miss Gage hieß, kicherte. «Kann ich einen Schluck Wasser bekommen?» fragte ich.

«Gewiß, und dann können Sie frühstücken.»

«Ich möchte kein Frühstück. Können Sie bitte die Fensterladen aufmachen?»

Im Zimmer war gedämpftes Licht, aber als die Fensterladen geöffnet waren, war helles Sonnenlicht, und ich sah hinaus auf einen Balkon, und dahinter lagen die Schieferdächer von Häusern und Schornsteine. Ich sah hinaus über die schieferbedeckten Dächer hinweg und sah weiße Wolken und den Himmel sehr blau.

«Wissen Sie nicht, wann die anderen Schwestern ankommen?»

«Warum? Kümmern wir uns nicht genug um Sie?»

«Sie sind sehr nett.»

«Wollen Sie das Stechbecken benutzen?»

«Ich kann es mal versuchen.»

Sie halfen mir und hielten mich, aber es ging nicht. Nachher lag ich da und sah durch die offenen Türen auf den Balkon.

«Wann kommt der Doktor?»

«Sobald er zurück ist. Wir haben versucht, ihn telefonisch am Comer See zu erreichen.»

«Gibt es nicht noch andere Ärzte?»

«Er ist der Lazarettarzt.»

Miss Gage brachte einen Krug Wasser und ein Glas. Ich trank drei Glas voll, und dann ließen sie mich allein, und ich guckte eine Weile aus dem Fenster und schlief wieder ein. Ich aß etwas Mittagessen, und am Nachmittag kam Miss Van Campen, die Oberaufsicht, mich besuchen. Sie mochte mich nicht und ich mochte sie auch nicht. Sie war klein und ganz fraglos mißtrauisch und zu gut für ihre Stellung. Sie fragte mich eine Menge Dinge und schien es für irgendwie entehrend zu halten, daß ich bei den Italienern gewesen war.

«Kann ich Wein zu den Mahlzeiten haben?» fragte ich sie.

«Nur wenn's der Doktor verschreibt.»

«Kann ich keinen bekommen, bis er kommt?»

«Bestimmt nicht.»

«Haben Sie vor, ihn bei Gelegenheit kommen zu lassen?»

«Wir haben ihm nach dem Comer See telefoniert.»

Sie ging hinaus und Miss Gage kam zurück.

«Warum waren Sie gegen Miss Van Campen ungezogen?» fragte sie, nachdem sie mir etwas sehr geschickt gemacht hatte.

«Das war nicht meine Absicht, aber sie war hochnäsig.»

«Sie sagt, Sie seien tyrannisch und unhöflich.»

«War ich nicht. Aber was soll denn das, ein Lazarett ohne Arzt?»

«Er kommt ja. Man hat ihm an den Comer See nachtelefoniert.»

«Was macht er da? Schwimmt er?»

«Nein. Er hat dort ein Krankenhaus.»

«Warum holt man denn dann keinen anderen Arzt?»

«Sst, sst! Seien Sie ein guter Junge; er wird schon kommen.»

Ich schickte nach dem Pförtner, und als er kam, sagte ich ihm auf italienisch, er solle mir in der Weinhandlung eine Flasche Cinzano, ein Fiasco und die Abendzeitungen holen. Er ging weg und brachte sie in Zeitungspapier eingewickelt, packte sie aus, entkorkte sie auf meinen Wunsch und stellte den Wein und den Wermut unter mein Bett. Man ließ mich zufrieden, und ich lag im Bett und las Zeitung, die Neuigkeiten von der Front und die Liste toter Offiziere mit ihren Ehrenabzeichen, und dann langte ich runter und holte die Flasche Cinzano und hielt sie gerade auf meinem Bauch, das kühle Glas gegen meinen Bauch, und nahm kleine Schlucke, und es drückten sich Kreise auf meinem Bauch ab, weil ich die Flasche zwischen den einzelnen Schlucken dort hielt, und ich beobachtete, wie es draußen über den Dächern der Stadt dunkel wurde. Die Schwalben kreisten umher, und ich beobachtete sie und die Nachtfalken, wie sie über Dächern flogen, und trank den Cinzano. Miss Gage brachte mir ein Glas mit etwas Eierpunsch. Ich ließ die Wermutflasche auf der anderen Bettseite verschwinden, als sie hereinkam.

«Miss Van Campen ließ Cherry reinmachen», sagte sie. «Sie sollten nicht unhöflich zu ihr sein. Sie ist nicht jung, und das Lazarett bedeutete für sie eine große Verantwortung. Mrs. Walker ist zu alt und gar keine Hilfe.»

«Sie ist eine großartige Frau», sagte ich. «Danken Sie ihr vielmals.»

«Ich bringe Ihnen sofort Ihr Abendessen.»

«Das ist nicht so eilig», sagte ich. «Ich hab keinen Hunger.»

Als sie das Tablett brachte und es auf den Bettisch stellte, bedankte ich mich bei ihr und aß ein bißchen Abendbrot. Dann wurde es draußen dunkel, und ich konnte die Strahlen der Scheinwerfer am Himmel hin und her streifen sehen. Ich beobachtete das eine Zeitlang und schlief dann ein. Ich schlief fest bis auf einmal, wo ich schwitzend und erschreckt aufwachte, und dann schlief ich wieder ein und versuchte, nicht in meinen Traum hineingezogen zu werden. Ich wachte, lange bevor es hell wurde, ganz auf und hörte Hähne krähen und blieb wach, bis es hell wurde. Ich war müde, und als es richtig hell war, schlief ich wieder ein.

2

Als ich erwachte, war helles Sonnenlicht im Zimmer. Ich glaubte, ich sei zurück an der Front und streckte mich im Bett aus. Meine Beine taten mir weh, und ich sah an ihnen herunter, sah, daß sie noch immer in den schmutzigen Verbänden steckten, und als ich die sah, wußte ich, wo ich war. Ich langte nach dem Klingelzug und drückte auf den Knopf. Ich hörte es draußen surren, und dann kam jemand auf Gummisohlen den Gang entlang. Es war Miss Gage, und sie sah in dem hellen Sonnenlicht etwas älter und nicht so hübsch aus.

«Guten Morgen», sagte sie. «Haben Sie gut geschlafen?»

«Ja, danke sehr», sagte ich. «Wollen Sie mir einen Friseur bestellen?»

«Ich kam herein, um mich nach Ihnen umzusehen, und Sie schliefen, und dies hier hatten Sie im Bett.»

Sie öffnete die Schranktür und hielt die Wermutflasche hoch. Sie war beinahe leer. «Ich habe die andere Flasche, die unterm Bett stand, auch da reingestellt», sagte sie. «Warum haben Sie mich nicht um ein Glas gebeten?»

«Ich dachte, möglicherweise würden Sie's mir verbieten.»

«Ich hätte mit Ihnen getrunken.»

«Sie sind ein großartiges Mädchen.»

«Es ist nicht gut für Sie, allein zu trinken», sagte sie. «Sie sollten es nicht tun.»

«Schön.»

«Ihre Freundin Miss Barkley ist vorhin angekommen», sagte sie.

«Wirklich?»

«Ja. Ich mag sie nicht.»

«Sie werden sie mögen. Sie ist schrecklich nett.»

Sie schüttelte den Kopf. «Davon bin ich überzeugt. Könnten Sie ein bißchen zur Seite rutschen? So ist es gut. Ich werde Sie jetzt zum Frühstück zurechtmachen.» Sie wusch mich mit einem Lappen und Seife und warmem Wasser. «Halten Sie Ihre Schulter hoch», sagte sie. «So ist es gut.»

«Kann der Friseur, bitte, vor dem Frühstück kommen?»

«Ich werde den Pförtner nach ihm schicken.» Sie ging hinaus und kam dann zurück. «Er geht ihn holen», sagte sie und tauchte das Tuch, das sie hielt, in die Waschschüssel.

Der Friseur kam mit dem Pförtner. Er war ein Mann von vielleicht fünfzig Jahren, mit einem emporgezwirbelten Schnurrbart. Miss Gage war mit mir fertig und ging hinaus, und der Friseur seifte mein Gesicht ein und rasierte mich. Er war sehr steif und enthielt sich jedes Gesprächs.

«Was ist denn los?» fragte ich. «Gibt's denn keine Neuigkeiten?»

«Was für Neuigkeiten?»

«Irgendwelche Nachrichten. Was ist in der Stadt passiert?»

«Es ist Krieg», sagte er. «Die Ohren der Feinde sind überall.»

Ich sah zu ihm auf. «Bitte halten Sie den Kopf still», sagte er und rasierte weiter. «Ich erzähle nichts.»

«Was ist denn mit Ihnen los?» fragte ich.

«Ich bin Italiener, ich werde mich nicht mit dem Feind einlassen.»

Dabei ließ ich's. Wenn er verrückt war, hieß es so schnell wie möglich dem Bereich seines Rasiermessers zu entgehen. Einmal versuchte ich ihn anzusehen. «Vorsicht», sagte er. «Das Messer ist scharf.»

Ich bezahlte ihn, als es vorbei war, und gab ihm eine halbe Lira Trinkgeld. Er gab die Münzen zurück.

«Ich nehme nichts. Ich bin nicht an der Front, aber ich bin Italiener.»

«Zum Teufel, machen Sie, daß Sie hier rauskommen.»

«Sie gestatten», sagte er und wickelte sein Rasiermesser in Zeitungspapier ein. Er ging hinaus und ließ die fünf Kupfermünzen auf dem Tisch neben meinem Bett liegen.

Ich klingelte, Miss Gage kam herein. «Würden Sie mir bitte den Pförtner schicken?»

«Schön.»

Der Pförtner kam herein. Er versuchte sich das Lachen zu verbeißen.

«Ist dieser Friseur verrückt?»

«Nein, Signorino. Er hat sich geirrt. Er hört nicht sehr gut, und er dachte, ich hätte gesagt, Sie seien ein österreichischer Offizier.»

«So», sagte ich.

«Ha, ha, ha», lachte der Pförtner. «Er war komisch. Eine Bewegung von Ihnen und er hätte –» Er zog seinen Zeigefinger über die Gurgel.

«Ha, ha, ha.» Er versuchte mit Lachen aufzuhören. «Als ich ihm sagte, daß Sie kein Österreicher sind. Ha, ha, ha.»

«Ha, ha, ha», sagte ich bitter. «Wie komisch, wenn er mir die Gurgel durchgeschnitten hätte. Ha, ha, ha.»

«Nein, Signorino. Nein, nein. Er hat solche Angst vor den Österreichern! Ha, ha, ha.»

«Ha, ha, ha», sagte ich. «Machen Sie, daß Sie rauskommen.»

Er ging hinaus, und ich hörte ihn noch auf dem Gang lachen. Ich sah zur Tür. Es war Catherine Barkley.

Sie kam herein und trat an mein Bett.

«Guten Tag, Liebling», sagte sie. Sie sah frisch und jung und sehr schön aus. Ich glaubte, daß ich niemals jemand so wunderschön gesehen hatte.

«Guten Tag», sagte ich. Als ich sie sah, verliebte ich mich in sie. Alles drehte sich in mir. Sie sah nach der Tür, sah, daß niemand da war, dann setzte sie sich auf die Bettkante und beugte sich über mich und küßte mich. Ich zog sie zu mir herunter und küßte sie und hörte ihr Herz klopfen.

«Du Süße», sagte ich. «Ist das nicht fabelhaft von dir, herzukommen?»

«Das war nicht sehr schwierig. Es wird schwieriger sein, hier zu bleiben.»

«Du mußt bleiben», sagte ich. «Ach, du bist himmlisch.» Ich war verrückt nach ihr. Ich konnte es nicht glauben, daß sie wirklich da war, und preßte sie fest an mich.

«Du darfst nicht», sagte sie. «Es geht dir nicht gut.»

«Doch bitte. Komm.»

«Nein, du bist nicht kräftig genug.»

«Doch ich bin, bitte.»

«Liebst du mich?»

«Ich liebe dich wirklich. Ich bin verrückt nach dir. Bitte, komm.»

«Fühlst du, wie unsere Herzen schlagen?»

«Unsere Herzen sind mir gleichgültig. Ich will dich. Ich bin einfach wild auf dich.»

«Du hast mich wirklich lieb?»

«Sag das nicht immer wieder. Komm doch. Bitte, bitte. Catherine.»

«Schön, aber nur einen Augenblick.»

«Gut», sagte ich. «Mach die Tür zu.»

«Du kannst nicht. Du sollst nicht!»

«Komm. Sprich nicht. Bitte komm.»

Catherine saß in einem Stuhl neben meinem Bett. Die Tür zum Gang stand auf. Die Wildheit war fort, und ich fühlte mich so wunderbar wie nie zuvor.

Sie fragte: «Glaubst du jetzt, daß ich dich liebe?»

«Ach, du bist wunderbar», sagte ich. «Du mußt bleiben. Sie können dich nicht wegschicken. Ich bin wahnsinnig in dich verliebt.»

«Wir müssen schrecklich vorsichtig sein. Das vorhin war einfach Wahnsinn. Wir können das nicht tun.»

«Wir können nachts.»

«Wir müssen schrecklich vorsichtig sein. Du mußt dich in Gegenwart von anderen Leuten sehr in acht nehmen.»

«Werde ich.»

«Du mußt. Du bist süß. Nicht wahr, du hast mich lieb?»

«Sag das nicht wieder, du weißt nicht, wie das auf mich wirkt.»

«Dann werde ich mich in acht nehmen. Ich will gar nicht weiter auf dich wirken. Ich muß jetzt gehen, Liebling. Wirklich.»

«Komm gleich wieder.»

«Ich komme, sobald ich kann. Auf Wiedersehen.»

«Auf Wiedersehen, Süße.»

Sie ging hinaus. Gott weiß, ich hatte mich nicht in sie verlieben wollen. Ich hatte mich in niemanden verlieben wollen. Aber Gott weiß, es war geschehen, und ich lag auf dem Bett in meinem Zimmer in dem Lazarett in Mailand, und alle möglichen Dinge gingen mir durch den Kopf, aber ich fühlte mich fabelhaft, und schließlich kam Miss Gage herein.

«Der Doktor kommt», sagte sie. «Er hat vom Comer See telefoniert.»

«Wann wird er hier sein?»

«Er wird heute nachmittag kommen.»

3

Bis zum Nachmittag geschah nichts. Der Doktor war ein dünner, ruhiger kleiner Mann, der anscheinend durch den Krieg aus dem Gleichgewicht gebracht war. Er entfernte mit zartem, vornehmem Mißfallen eine Anzahl kleiner Eisensplitter aus meinem Oberschenkel. Er benutzte ein örtliches Betäubungsmittel, das irgend etwas mit . . . *schnee* hieß, das die Gewebe erstarren ließ und, solange die Sonde, das Messer oder die Zange nicht unter die erstarrte Schicht kamen, schmerzunempfindlich machte. Der Patient zeigte genau die Grenzen der anästhesierten Stelle an, und nach geraumer Zeit war die zarte Empfindsamkeit des Doktors erschöpft, und er sagte, es sei besser, eine Röntgenaufnahme zu machen. Sondieren ist unzulänglich, sagte er.

Die Röntgenaufnahme wurde im Ospedale Maggiore gemacht, und der Arzt, der sie machte, war leicht erregbar, tüchtig und guter Laune. Indem man mich im Rücken stützte, ermöglichte man es mir, einige der größeren Fremdkörper durch den Apparat zu sehen. Die Platten sollten später herübergeschickt werden. Der Arzt bat mich, meinen Namen, mein Regiment und etwas über mein Empfinden in sein Notizbuch zu schreiben. Er erklärte, die Fremdkörper seien häßlich, widerwärtig und brutal. Die Österreicher seien Scheißkerle. Wieviel hätte ich getötet? Ich hatte keinen getötet, aber ich war bemüht, ihm zu gefallen – und ich sagte, ich hätte eine ganze Menge getötet. Miss Gage war mit mir dort, und der Doktor legte seinen Arm um sie und sagte, sie sei schöner als Cleopatra. Ob sie verstände? Cleopatra, frühere Königin von Ägypten. Ja, bei Gott, das war sie. Wir fuhren mit dem Krankenwagen wieder in unser kleines Lazarett zurück, und nach einiger Zeit und vielem Heben war ich wieder oben und im Bett. Die Platten kamen noch am Nachmittag. Der Doktor hatte gesagt, bei Gott, er würde sie noch am selben Nachmittag haben, und so war es auch. Catherine Barkley zeigte sie mir. Sie waren in roten Umschlägen, und sie nahm sie aus den Umschlägen heraus und hielt sie gegen das Licht, und wir sahen sie uns zusammen an.

«Das ist dein rechtes Bein», sagte sie und steckte die Platte wieder in den Umschlag. «Und dies ist das linke.»

«Steck sie weg», sagte ich, «und komm her an mein Bett.»

«Ich kann nicht», sagte sie. «Ich hab sie nur einen Augenblick reingebracht, um sie dir zu zeigen.»

Sie ging hinaus, und ich lag da. Es war ein heißer Nachmittag, und ich hatte es satt, im Bett zu liegen. Ich schickte den Pförtner weg, Zeitungen zu besorgen, alle Zeitungen, die er bekommen konnte.

Bevor er zurück war, kamen drei Ärzte in mein Zimmer. Ich habe bemerkt, daß Ärzte, die keinen Erfolg in der Ausübung ihres Berufs haben, die Neigung zeigen, bei Konsultationen die Gesellschaft und den Rat ihrer Kollegen in Anspruch zu nehmen. Ein Arzt, der dir den Blinddarm nicht ordentlich rausnehmen kann, wird dir einen Doktor empfehlen, der wiederum nicht in der Lage ist, dir erfolgreich die Mandeln rauszunehmen. Dies waren drei solcher Ärzte.

«Dies ist der junge Mann», sagte der Lazarettarzt mit den zarten Fingern.

«Wie geht's?» fragte der große, hagere Arzt mit dem Bart. Der dritte Doktor, der die Röntgenaufnahmen in den roten Umschlägen trug, sagte gar nichts.

«Die Verbände abnehmen?» fragte der bärtige Doktor.

«Selbstverständlich. Bitte, Schwester, nehmen Sie die Verbände ab», sagte der Lazarettarzt zu Miss Gage. Miss Gage entfernte die Verbände. Ich sah an meinen Beinen herunter. Im Feldlazarett hatten sie wie nicht zu frische geschabte Frikadellen ausgesehen. Jetzt waren sie verschorft, und das Knie war geschwollen und farblos, und die Wade war verfallen, aber es war kein Eiter darin.

«Sehr sauber», sagte der Lazarettarzt. «Sehr sauber und schön.»

«Hm», sagte der Doktor mit dem Bart. Der dritte Arzt sah über die Schulter des Lazarettarztes.

«Bitte, bewegen Sie das Knie», sagte der bärtige Doktor.

«Ich kann nicht.»

«Wollen wir das Gelenk untersuchen?» fragte der bärtige Doktor. Er hatte drei Sterne und einen Streifen auf dem Ärmel. Dies bedeutete, daß er ein Oberstabsarzt war.

«Gewiß», sagte der Lazarettarzt. Zwei von ihnen ergriffen sehr vorsichtig mein rechtes Bein und bogen es.

«Das tut weh», sagte ich.

«Ja, ja, noch ein bißchen weiter, Doktor.»

«Das ist genug. Weiter geht's nicht», sagte ich.

«Partielle Versteifung», sagte der Oberstabsarzt. Er richtete sich auf. «Kann ich bitte noch einmal die Platten sehen, Doktor?»

Der dritte Arzt reichte ihm eine der Platten. «Nein, bitte das linke Bein.»

«Das ist das linke Bein, Doktor.»

«Sie haben recht, ich hielt es verkehrt.» Er gab die Platte zurück. Die andere Platte sah er sich lange an. «Sehen Sie, Doktor?» sagte er und zeigte auf einen Fremdkörper, der rund und klar gegen das Licht sichtbar war. Sie sahen sich eine ganze Weile lang die Platte an.

«Ich kann nur eines sagen», sagte der Oberstabsarzt mit dem Bart. «Es ist eine Frage der Zeit. Drei Monate, vielleicht auch sechs.»

«Gewiß, die Gelenkflüssigkeit muß sich erst wieder erneuern.»

«Gewiß ist es eine Frage von Zeit. Ich könnte nicht mit gutem Gewissen ein Knie aufschneiden, bevor das Geschoß sich verkapselt hat.»

«Ich bin ganz Ihrer Meinung, Doktor.»

«Sechs Monate wofür?» fragte ich.

«Sechs Monate, bis sich das Geschoß verkapselt hat, bevor das Knie ohne Gefahr geöffnet werden kann.»

«Das glaube ich einfach nicht», sagte ich.

«Wollen Sie Ihr Knie behalten, junger Mann?»

«Nein», sagte ich.

«Wie?»

«Ich will, daß man es abnimmt», sagte ich, «damit ich einen Haken daran tragen kann.»

«Was meinen Sie? Einen Haken?»

«Er scherzt», sagte der Lazarettarzt. Er klopfte mir sehr zart auf die Schulter. «Er will sein Knie behalten. Er ist ein sehr tapferer junger Mann. Er ist für die silberne Tapferkeitsmedaille eingegeben.»

«Meinen Glückwunsch», sagte der Oberstabsarzt. Er schüttelte mir die Hand. «Ich kann nur sagen, daß man, um sicherzugehen, mindestens sechs Monate warten sollte, ehe man ein solches Knie aufmacht. Sie können natürlich eine andere Meinung hören.»

«Danke sehr», sagte ich. «Ich schätze Ihre Meinung sehr.»

Der Oberstabsarzt sah auf die Uhr.

«Wir müssen gehen», sagte er. «Alles Gute.»

«Alles Gute und vielen Dank», sagte ich. Ich gab dem dritten Doktor die Hand. «Capitano Varini – Tenente Enry.» Und sie verließen alle drei das Zimmer.

«Miss Gage», rief ich. Sie kam herein. «Bitte rufen Sie den Lazarettarzt noch einen Augenblick herein.»

Er kam herein, hielt seine Mütze in der Hand und stand am Bett. «Sie wollten mich sprechen?»

«Ja, ich kann nicht sechs Monate mit der Operation warten. Mein Gott, haben Sie schon mal sechs Monate zu Bett gelegen?»

«Sie brauchen ja nicht die ganze Zeit zu liegen. Sie müssen erst die Wunden von der Sonne bestrahlen lassen. Dann können Sie auf Krücken gehen.»

«Sechs Monate und dann operiert werden?»

«Das ist die sicherste Art. Die Fremdkörper müssen Zeit haben, sich zu verkapseln, und die Gelenkflüssigkeit wird sich erneuern. Dann ist es ungefährlich, Ihr Knie zu öffnen.»

«Glauben Sie wirklich, daß ich so lange warten muß?»

«Das ist der sicherste Weg.»

«Wer ist dieser Oberstabsarzt?»

«Er ist einer der besten Chirurgen Mailands.»

«Er ist Oberstabsarzt, nicht wahr?»

«Ja, aber er ist ein ausgezeichneter Chirurg.»

«Ich will nicht, daß ein Oberstabsarzt an meinem Bein rumprobiert. Wenn er was könnte, wäre er Generaloberarzt. Ich weiß, was ein Oberstabsarzt ist, Doktor.»

«Er ist ein ausgezeichneter Chirurg, und ich würde seiner Prognose eher als jeder anderen Vertrauen schenken.»

«Könnte es wohl noch ein anderer Arzt ansehen?»

«Natürlich, wenn Sie wollen. Aber ich selbst würde auf Dr. Barellas Meinung hören.»

«Könnten Sie einen anderen Chirurgen bitten, es anzusehen?»

«Ich werde Valentini zuziehen.»

«Wer ist das?»

«Er ist Chirurg im Ospedale Maggiore.»

«Gut, ich bin Ihnen dankbar. Sie verstehen, Doktor, ich kann nicht sechs Monate im Bett liegen.»

«Sie würden ja nicht im Bett sein. Sie würden erst eine Sonnenkur machen. Dann könnten Sie leichte Übungen machen. Dann, wenn es sich verkapselt hätte, würden wir operieren.»

«Aber ich kann nicht sechs Monate warten.»

Der Doktor spreizte seine zarten Finger auf der Mütze, die er in der Hand hielt, und lächelte. «Können Sie es nicht abwarten, wieder an die Front zurückzukommen?»

«Warum nicht?»

«Das ist wunderschön», sagte er. «Sie sind ein edler junger Mann.» Er beugte sich über mich und küßte mich sehr zart auf die Stirn. «Ich schicke Ihnen Valentini. Machen Sie sich keine Sorgen und regen Sie sich nicht auf. Seien Sie ein guter Junge.»

«Trinken Sie vielleicht etwas?» fragte ich ihn.

«Nein, danke. Ich trinke nie Alkohol.»

«Nur einen Schluck.» Ich klingelte nach dem Pförtner wegen Gläsern.

«Nein, nein, danke, man wartet auf mich.»

«Auf Wiedersehen», sagte ich.

«Auf Wiedersehen.»

Zwei Stunden später kam Dr. Valentini in mein Zimmer. Er war in großer Eile, und seine Schnurrbartspitzen ragten steil in die Luft. Es war Generaloberarzt, sein Gesicht war gebräunt, und er lachte die ganze Zeit.

«Wie haben Sie das nur gemacht?» fragte er. «Lassen Sie mich mal die Aufnahmen sehen. Ja, ja, stimmt. Sie sehen so gesund aus wie ein Ziegenbock. Wer ist das hübsche Mädchen? Ist es Ihr Schatz? Dachte ich mir. Ist das nicht ein lausiger Krieg? Wie fühlt sich das an? Sie sind ein großartiger Junge. Ich werde Ihnen Beine machen, besser als neu. Tut das weh? Und ob es weh tut! Wie gern sie einem weh tun, diese Ärzte! Was hat man bis jetzt mit Ihnen gemacht? Kann das Mädchen nicht Italienisch? Sollte sie lernen. Was für ein Prachtmädchen. Ich könnte es ihr beibringen. Hier möchte ich auch Patient sein. Nein, und ich werde euch die ganze Entbindung umsonst machen. Versteht sie das? Von der kriegen Sie einen prächtigen Jungen. Einen feinen, blonden wie sie. Das ist ja großartig, das ist gut. Was für ein Prachtmädchen. Fragen Sie sie, ob sie mit mir essen will? Nein, ich werde sie Ihnen nicht entführen. Danke sehr, Schwester. Das ist alles. Mehr brauche ich nicht zu wissen.» Er klopfte mir auf die Schulter. «Lassen Sie den Verband ab.»

«Trinken Sie einen Schnaps, Dr. Valentini?»

«Einen Schnaps gewiß. Zehn Glas. Wo gibt's denn was?»

«Im Schrank. Miss Barkley wird die Flasche holen.»

«Prost, prost, Schwester! Was für ein Prachtmädchen. Ich bring Ihnen besseren Cognac als den.» Er wischte sich den Schnurrbart ab.

«Wann denken Sie, daß man operieren kann?»

«Morgen früh. Nicht früher. Ihr Magen muß leer sein. Sie müssen abführen. Ich werde unten bei der alten Dame vorsprechen und meine Anweisungen geben. Auf Wiedersehen, also bis morgen. Ich werde Ihnen besseren Cognac mitbringen als den da. Sie haben's hier sehr gemütlich. Auf Wiedersehen bis morgen. Schlafen Sie gut. Ich nehme Sie früh dran.» Er winkte mir von der Schwelle aus zu, sein Schnurrbart stand gerade in die Luft, sein braunes Gesicht lächelte. Auf seinem Ärmel war ein Stern in einem Viereck, weil er ein Generaloberarzt war.

4

In der Nacht flog eine Fledermaus ins Zimmer durch die offene Tür, die auf den Balkon führte und durch die wir die Nacht über die Dächer der Stadt betrachteten. Es war dunkel in unserem Zimmer bis auf den geringen Lichtschein der Nacht über der Stadt, und die Fledermaus hatte keine Angst, sondern jagte im Zimmer umher, als ob es im Freien wäre. Wir lagen und beobachteten sie, und ich glaubte nicht, daß sie uns sah, so still lagen wir. Nachdem sie raus war, sahen wir ein Scheinwerferlicht näher kommen und beobachteten, wie sich der Strahl über den Himmel bewegte und dann verschwand und es wieder dunkel wurde. Nachts erhob sich ein Wind, und wir hörten die Unterhaltung der Bemannung eines Fliegerabwehrgeschützes auf dem nächsten Dach. Es war kühl, und sie nahmen ihre Capes um. Ich machte mir nachts Sorgen, es könnte jemand kommen, aber Catherine sagte, es schliefen alle. Einmal in der Nacht schliefen wir ein, und als ich erwachte, war sie nicht da. Ich hörte sie den Gang entlangkommen, die Tür öffnete sich, und sie kam ins Bett zurück und sagte, es sei alles in Ordnung; sie sei unten gewesen und sie schliefen alle.

Sie war vor Miss Van Campens Tür gewesen und hatte sie im Schlaf atmen hören. Sie brachte Kekse mit, und wir aßen sie und tranken etwas Wermut. Wir waren sehr hungrig, aber sie sagte, das müsse alles am Morgen wieder aus mir herausbefördert werden. Morgens, als es hell wurde, schlief ich wieder ein, und als ich wieder aufwachte, merkte ich, daß sie wieder verschwunden war. Sie kam herein und sah frisch und wunderschön aus und saß auf meinem Bett, und die Sonne ging auf, während ich das Thermometer im

Mund hielt, und wir rochen den Tau auf den Dächern und dann den Kaffee von den Leuten der Abwehrkanone auf dem nächsten Dach.

«Ich wünschte, wir könnten einen Spaziergang machen», sagte Catherine. «Ich würde dich schieben, wenn wir einen Stuhl hätten.»

«Wie würde ich in den Stuhl reinkommen?»

«Das würden wir schon schaffen.»

«Wir könnten in den Park raus und im Freien frühstücken.» Ich sah durch die offene Tür.

«Was wir in Wirklichkeit tun werden, ist, dich für deinen Freund Dr. Valentini fertig machen», sagte sie.

«Ich fand ihn großartig.»

«Ich mochte ihn nicht so sehr wie du. Aber ich glaub schon, daß er ausgezeichnet ist.»

«Bitte, komm noch mal ins Bett, Catherine», sagte ich.

«Ich kann nicht. Aber es war herrlich heute nacht, nicht?»

«Und kannst du heute nacht wieder Nachtdienst haben?»

«Vielleicht, aber heute nacht wirst du mich nicht wollen.»

«Doch, sicher.»

«Nein, sicher nicht. Du bist noch nie operiert worden. Du weißt nicht, wie du dich fühlen wirst.»

«Es wird mir schon gutgehen.»

«Dir wird übel sein, und ich werde dir gar nichts bedeuten.»

«Dann komm jetzt noch mal.»

«Nein, Liebling», sagte sie. «Ich muß die Tabelle machen und dich zurechtmachen.»

«Du liebst mich nicht wirklich, sonst würdest du noch mal kommen.»

«Du bist so ein dummer Junge.» Sie küßte mich. «So, das mit der Tabelle ist in Ordnung. Deine Temperatur ist immer normal. Du hast eine herrliche Temperatur.»

«Du hast alles herrlich.»

«Aber nein, die herrliche Temperatur hast du. Ich bin furchtbar stolz auf deine herrliche Temperatur.»

«Vielleicht werden alle unsere Kinder herrliche Temperaturen haben.»

«Unsere Kinder werden vielleicht widerliche Temperaturen haben.»

«Was mußt du mit mir machen für Valentini?»

«Nicht viel. Aber es ist unangenehm.»

«Ich wünschte, daß du's nicht machen müßtest.»

«Aber ich nicht. Ich will nicht, daß irgend jemand anderer dich anfaßt. Ich bin dumm. Ich werde wütend, wenn sie dich anfassen.»

«Selbst Ferguson?»

«Besonders Ferguson und Gage und die andere. Wie heißt sie?»

«Walker?»

«Ja. Sie haben hier zuviel Schwestern. Er müssen Patienten kommen oder wir werden weggeschickt. Es sind vier Schwestern hier.»

«Vielleicht gibt es bald welche. Sie brauchen soviel Schwestern. Es ist doch ein ziemlich großes Lazarett.»

«Ich hoffe, daß welche kommen. Was soll ich denn machen, wenn sie mich wegschicken, und sie werden es tun, wenn es nicht mehr Patienten gibt.»

«Dann geh ich auch.»

«Sei nicht kindisch. Du kannst doch noch nicht weg. Aber werde schnell gesund, Liebling, und wir gehen zusammen irgendwohin.»

«Und was dann?»

«Vielleicht ist dann der Krieg vorbei. Es kann doch nicht immer weitergehen.»

«Ich werde gesund werden», sagte ich. «Valentini wird mich zusammenflicken.»

«Das sollte er, mit dem Schnurrbart. Und, Liebling, wenn du anfängst, bei der Narkose einzuduseln, denk an irgendwas anderes – nicht an uns. Weil die meisten Leute in der Narkose sehr geschwätzig sind.»

«An was soll ich denken?»

«Irgendwas. Alles, nur nicht an uns. Denk an deine Familie. Oder selbst an irgendein anderes Mädchen.»

«Nein.»

«Dann bete. Das wird einen hervorragenden Eindruck machen.»

«Vielleicht sprech ich gar nicht.»

«Das kann sein. Viele Leute reden auch nicht.»

«Ich werde nicht reden.»

«Gib nicht an, Liebling. Bitte, gib nicht an. Du bist so süß und du brauchst wirklich nicht anzugeben.»

«Ich werde kein Wort sprechen.»

«Jetzt gibst du an, Liebling. Du weißt, du brauchst nicht anzugeben. Fang einfach an zu beten, oder sag ein Gedicht auf, wenn sie dir sagen, daß du tief atmen sollst. Das wird großartig gehen, und ich werde stolz auf dich sein. Ich bin sowieso auf dich stolz. Du hast solch eine herrliche Temperatur, und du schläfst wie ein kleiner Junge mit einem Arm um das Kissen und denkst, ich sei es. Oder ist es irgendein anderes Mädchen? Ein italienisches Mädchen?»

«Du bist es.»

«Natürlich bin ich's. Ach, ich hab dich so lieb, und Valentini wird dir ein großartiges Bein machen. Ich bin froh, daß ich nicht zusehen muß.»

«Und wirst du heute Nachtdienst machen?»

«Ja, aber es wird dir ganz egal sein.»

«Wart nur ab.»

«So, Liebling. Jetzt bist du innen und außen schön sauber. Sag mir, wieviel Menschen hast du schon geliebt?»

«Keinen.»

«Nicht mal mich?»

«Doch, dich.»

«Wie viele andere wirklich?»

«Keine.»

«Mit wie vielen bist du – wie sagt man? – zusammengewesen?»

«Keiner.»

«Du lügst.»

«Ja.»

«Schon gut. Lüg mich nur weiter an. Ich will, daß du das tust. Waren sie hübsch?»

«Ich bin mit keiner zusammengewesen.»

«Gut so. Waren sie sehr reizvoll?»

«Kann ich dir nicht sagen.»

«Du gehörst mir allein. Das ist die Wahrheit, und du hast nie jemand anderem gehört. Aber es ist mir auch gleich, wenn! Ich hab keine Angst vor ihnen. Aber erzähl mir nicht von ihnen. Wenn ein Mann bei einem Mädchen bleibt, wann sagt sie, wieviel es kostet?»

«Ich weiß nicht.»

«Natürlich nicht. Sagt sie, daß sie ihn liebt? Sag mir das. Das möchte ich wissen.»

«Ja, wenn er will.»

«Sagt er ihr, daß er sie liebt? Antworte mir bitte. Das ist wichtig.»

«Er tut's, wenn er gern möchte.»

«Aber du hast es nie getan? Wirklich nicht?»

«Nein.»

«Wirklich nicht? Sag mir die Wahrheit.»

«Nein», log ich.

«Nein, das würdest du nicht», sagte sie. «Ich wußte, daß du das nicht tun würdest. Ach, ich hab dich lieb, Liebling.»

Draußen stand die Sonne über den Dächern, und ich sah die Spitzen des Doms, vom Sonnenlicht bestrahlt. Ich war innen und außen sauber und wartete auf den Doktor.

«Und das ist wirklich so?» sagte Catherine. «Sie sagt gerade das, was er von ihr hören will?»

«Nicht immer.»

«Aber ich werd's. Ich werde gerade das sagen, was du magst, und ich werde tun, was du willst, und dann wirst du nie andere Frauen haben wollen, nicht wahr?» Sie sah mich sehr glücklich an. «Ich tu, was du willst, und sag, was du willst, und dann werde ich ein Bombenerfolg sein. Nicht wahr?»

«Ja.»

«Was soll ich jetzt tun, wo du fix und fertig bist?»

«Komm noch mal ins Bett.»

«Schön, ich komme.»

«O Liebling, Liebling, Liebling», sagte ich.

«Du siehst», sagte sie, «ich tu alles, was du willst.»

«Du bist so wunderbar.»

«Ich fürchte, ich mach's noch nicht sehr gut.»

«Du bist wunderbar.»

«Ich will das, was du willst. Es gibt gar kein Ich mehr. Nur was du willst.»

«Du Süße.»

«Ich mach's gut? Nicht wahr, ich mach's gut? Du willst keine anderen Frauen, nicht wahr?»

«Nein.»

«Siehst du? Ich mach's gut. Ich mach, was du willst.»

5

Als ich nach der Operation aufwachte, war ich gar nicht weggewesen. Man ist gar nicht weg. Sie ersticken einen nur. Es ist nicht wie Sterben, es ist einfach ein Ersticken, so daß man nichts fühlt, und nachher kann man genausogut betrunken gewesen sein, nur eines ist anders, nämlich wenn's einem hochkommt, bricht man nichts aus als Galle, und man fühlt sich nicht besser danach. Am Ende des Bettes sah ich Sandsäcke. Sie hingen an Röhren, die aus dem Gips herauskamen. Nach einiger Zeit sah ich Miss Gage, und sie sagte: «Nun, wie geht's jetzt?»

«Besser», sagte ich.

«Ihr Knie ist einfach ein Meisterstück.»

«Wie lange hat's gedauert?»

«Zweieinhalb Stunden.»

«Hab ich irgendwas Dummes gesagt?»

«Überhaupt nichts. Nicht sprechen. Seien Sie ganz still.»

Mir war übel, und Catherine hatte recht gehabt. Es war ganz gleich, wer Nachtdienst machte.

Jetzt waren noch drei Patienten im Lazarett, ein magerer Junge mit Malaria, vom Roten Kreuz aus Georgia, ein netter Junge, auch dünn, aus New York, mit Malaria und Gelbsucht, und ein famoser Junge, der versucht hatte, den Zeitzünder eines Schrapnells als Andenken abzuschrauben. Dies waren Schrapnells, die von den Österreichern in den Bergen benutzt wurden und einen Zeitzünder hatten, der nach der Explosion weiterflog und beim Aufschlag explodierte.

Catherine Barkley war bei den Schwestern sehr beliebt, weil sie unentwegt Nachtdienst machte. Sie hatte mit den Malariakranken ziemlich viel Arbeit; der Junge, der die Zündkappe abgeschraubt hatte, war mit uns befreundet und klingelte niemals nachts, wenn es nicht notwendig war; zwischendurch waren wir zusammen. Ich liebte sie sehr und sie liebte mich. Ich schlief tagsüber, und wenn wir tags wach waren, schrieben wir einander und ließen es durch Ferguson befördern. Ferguson war ein Prachtkerl. Ich wußte nichts weiter über sie, als daß sie einen Bruder in der 52. Division und einen zweiten Bruder in Mesopotamien hatte und daß sie sehr gut zu Catherine Barkley war.

«Wollen Sie zu unserer Hochzeit kommen, Fergy?» sagte ich einmal zu ihr.

«Ihr werdet nie heiraten.»

«Selbstverständlich.»

«Nein. Ihr werdet nicht heiraten.»

«Warum nicht?»

«Ihr werdet euch zanken, bevor ihr heiratet.»

«Wir zanken uns nie.»

«Das kann noch kommen.»

«Wir zanken uns nicht.»

«Dann werdet ihr sterben. Zanken oder sterben. Das tun die Menschen. Aber heiraten? Nein.»

Ich langte nach ihrer Hand. «Nicht mich anfassen», sagte sie. «Ich wein ja nicht. Vielleicht wird's mit euch zweien wirklich gut ausgehen. Aber passen Sie auf, daß Sie sie nicht in andere Umstände bringen. Wenn Sie sie in andere Umstände bringen, werde ich Sie umbringen.»

«Ich werde sie nicht in andere Umstände bringen.»

«Gut, dann passen Sie auf. Hoffentlich geht bei euch alles glatt. Ihr habt's jetzt fein.»

«Wir haben's herrlich.»

«Also zankt euch nicht und bringen Sie sie nicht in andere Umstände.»

«Bestimmt nicht.»

«Denken Sie daran und seien Sie vorsichtig. Ich will nicht, daß sie so ein Kriegsbaby kriegt.»

«Sie sind ein feiner Kerl, Fergy.»

«Gar nicht. Geben Sie sich keine Mühe, mir zu schmeicheln. Was macht Ihr Bein?»

«Großartig.»

«Was macht Ihr Kopf?»

Sie berührte ihn mit den Fingern. Er war empfindlich wie ein eingeschlafener Fuß.

«Hat mich noch nie gestört.»

«So eine Beule könnte einen verrückt machen. Und Sie stört's überhaupt nicht?»

«Nein.»

«Sie sind ein glücklicher junger Mann. Ist der Brief fertig? Ich geh jetzt runter.»

«Hier ist er», sagte ich.

«Sie sollten sie bitten, eine Zeitlang keinen Nachtdienst zu machen. Es ermüdet sie sehr.»

«Schön. Das werde ich tun.»

«Ich möcht's ihr abnehmen, aber sie will nicht. Die anderen freuen sich, daß sie es macht. Sie könnten ihr schon ein bißchen Ruhe gönnen.»

«Schön.»

«Miss Van Campen sprach davon, daß Sie den ganzen Vormittag über immer schlafen.»

«Nun, natürlich.»

«Es wäre besser, Sie ließen sie eine Zeitlang nachts frei.»

«Will ich ja.»

«Sie wollen nicht. Aber wenn Sie's bei ihr durchsetzen, werde ich allen Respekt vor Ihnen haben.»

«Bestimmt.»

«Ich glaub's nicht.» Sie nahm den Zettel und ging hinaus. Ich klingelte und nach kurzem erschien Miss Gage.

«Was ist los?»

«Ich möcht nur etwas mit Ihnen besprechen. Finden Sie nicht, daß Miss Barkley für einige Zeit den Nachtdienst abgeben müßte? Sie sieht schrecklich müde aus. Warum macht sie's so lange hintereinander?»

Miss Gage sah mich an.

«Ich mein's doch gut mit Ihnen», sagte sie. «Mit mir brauchen Sie doch nicht so zu reden.»

«Was meinen Sie damit?»

«Seien Sie doch nicht so kindisch. War das alles, was Sie wollten?»

«Trinken Sie einen Wermut?»

«Schön, und dann muß ich gehen.» Sie nahm die Flasche aus dem Schrank und brachte ein Glas.

«Nehmen Sie das Glas, ich trinke aus der Flasche.»

«Ihr Wohl», sagte Miss Gage.

«Was hat Miss Van Campen über mein langes Schlafen morgens gesagt?»

«Sie hat nur so darüber geschimpft. Sie nennt Sie unser Hätschelkind.»

«Der Teufel soll sie holen.»

«Es ist nicht Niedertracht bei ihr», sagte Miss Gage. Sie ist einfach alt und verdreht, und sie hat Sie nie leiden können.»

«Nein.»

«Na, aber ich! Ich mein's gut mit Ihnen. Vergessen Sie das nicht.»

«Sie sind wahnsinnig nett.»

«Nein. Ich weiß, wen Sie nett finden. Aber ich mein's gut mit Ihnen. Was macht Ihr Bein?»

«Großartig.»

«Ich werde kaltes Mineralwasser holen und es darüber gießen. Es muß ja unter dem Gips jucken. Es ist draußen heiß.»

«Sie sind schrecklich nett.»

«Juckt es nicht sehr?»

«Nein. Es geht glänzend.»

«Ich werde die Sandsäcke besser befestigen.» Sie beugte sich darüber. «Ich mein's gut mit Ihnen.»

«Das weiß ich.»

«Nein, Sie wissen's nicht. Aber eines Tages werden Sie's wissen.»

Catherine Barkley gab drei Nächte lang den Nachtdienst ab, und dann übernahm sie ihn wieder. Es war so, als ob wir uns wiedertrafen, nachdem jeder von uns auf einer langen Reise gewesen war.

6

Wir hatten einen herrlichen Sommer. Als ich ausgehen konnte, fuhren wir in einem Wagen im Park spazieren. Ich erinnere mich an den Wagen, das Pferd davor ging langsam und hoch vor uns der Rücken des Kutschers mit seinem Lackzylinder, und Catherine Barkley saß neben mir. Wenn unsere Hände sich berührten, gerade nur die Seite meiner Hand ihre Hand berührte, waren wir erregt. Später, als ich mich auf Krücken fortbewegen konnte, gingen wir zum Abendessen zu *Biffi* oder ins *Gran Italia* und saßen draußen an einem Tisch in der Galleria. Die Kellner gingen rein und raus, und

Menschen gingen vorbei, und Lichter mit Schirmchen standen auf den Tischtüchern, und nachdem wir sicher waren, daß wir das *Gran Italia* am liebsten hatten, reservierte uns George, der Oberkellner, einen Tisch. Er war ein großartiger Kellner, und wir überließen ihm, das Essen zu bestellen, während wir uns die Leute betrachteten und die große Galleria in der Dämmerung und einander. Wir tranken herben weißen, eisgekühlten Capri, obschon wir viele andere Weine kosteten, Fresa, Barbera und die süßen weißen Weine. Wegen des Krieges gab es keinen Weinkeller, und George lächelte beschämt, wenn ich ihn über einen Wein wie Fresa befragte.

«Stellen Sie sich ein Land vor, das einen Wein macht, weil er wie Erdbeeren schmeckt», sagte er.

«Warum denn nicht?» fragte Catherine. «Es klingt ausgezeichnet.»

«Vielleicht versucht's die Dame», sagte George, «wenn sie's wünscht. Aber lassen Sie mich für den Tenente eine kleine Flasche Margaux bringen.»

«Ich will's auch kosten, George.»

«Sir, ich kann Ihnen nicht dazu raten. Er schmeckt noch nicht einmal nach Erdbeeren.»

«Vielleicht doch», sagte Catherine. «Und wenn, wär's doch herrlich.»

«Ich werde ihn bringen», sagte George. «Und wenn die Dame befriedigt ist, nehm ich ihn weg.»

Es war kein besonderer Wein. Wie er gesagt hatte, er schmeckte nicht einmal nach Erdbeeren. Wir kehrten zu unserem Capri zurück. Eines Abends war ich knapp mit Geld, und George borgte mir 100 Lire. «Das macht nichts, Tenente», sagte er. «Ich weiß, wie's ist. Ich weiß, wie einem Mann das Geld ausgehen kann. Falls Sie oder die Dame Geld brauchen, ich hab immer was.»

Nach dem Essen gingen wir durch die Galleria an den anderen Restaurants und den Geschäften mit ihren herabgelassenen eisernen Laden vorbei und blieben an dem kleinen Stand stehen, an dem belegte Brötchen verkauft wurden, Schinken und Salat und Anchovis-Sandwiches aus sehr winzigen braunen, glasierten Brötchen gemacht und nicht länger als ein Finger. Die aßen wir nachts, wenn wir hungrig waren. Dann stiegen wir von der Galleria, dem Dom gegenüber, in einen offenen Wagen und fuhren zum Lazarett zurück. An der Tür des Lazaretts kam uns der Pförtner entgegen, um mir mit den Krücken zu helfen. Ich bezahlte den Kutscher, und dann fuhren wir mit dem Fahrstuhl hinauf. Catherine stieg in der dritten Etage aus, wo die Schwestern wohnten, und ich fuhr weiter und ging auf meinen Krücken den Gang entlang bis in mein Zimmer. Manchmal zog ich mich ganz aus und ging zu Bett, und manchmal saß ich draußen auf dem Balkon mit meinem Bein auf einem zweiten Stuhl und beobachtete die Schwalben über den Dächern und wartete auf Catherine. Wenn sie dann kam, war es, als ob sie einen langen, langen Ausflug gemacht hätte, und ich ging mit ihr auf meinen Krücken den Gang entlang und hielt ihr die Schüsseln und wartete vor den Türen, oder ging auch mit ihr hinein; das hing davon ab, ob es Freunde von uns waren oder nicht, und wenn sie alles erledigt hatte, was zu erledigen war, setzten wir uns draußen auf den Balkon vor meinem Zimmer. Später ging ich ins Bett, und wenn alles schlief, und wenn sie sicher war, daß niemand sie rufen würde, kam sie herein. Ich machte schrecklich gern ihr Haar auf, und sie saß auf dem Bett und hielt ganz still, außer sie beugte sich plötzlich herab, um mich zu küssen, während ich es tat, und ich zog die Nadeln heraus und legte sie auf das Laken, und ihr Haar hing herunter, und ich betrachtete sie, wie sie sehr still hielt, und dann nahm ich die beiden letzten Nadeln heraus, und es fiel alles herab, und sie senkte den Kopf, und wir waren beide darin eingehüllt, und man hatte das Gefühl, in einem Zelt oder hinter einem Wasserfall zu sein.

Sie hatte wunderbares, herrliches Haar, und manchmal lag ich so da und betrachtete sie, wie sie es im Licht, das durch die offene Tür fiel, aufsteckte, und es glänzte sogar in der Nacht, so wie Wasser manchmal glänzt, bevor es wirklich taghell ist. Sie hatte ein wunderschönes Gesicht auf einem wunderschönen Körper und eine wunderschöne glatte Haut. Wir lagen beieinander, und ich berührte ihre Wangen und ihre Stirn und die Stellen unter ihren Augen und ihr Kinn und ihren Hals mit meinen Fingerspitzen und sagte: «Weich wie Klaviertasten.» Und sie fuhr streichelnd mit ihren Fingern über mein Kinn und sagte: «Weich wie Schmirgelpapier und sehr rauh auf Klaviertasten.»

«Ist es rauh?»

«Nein, Liebling. Ich machte nur Spaß.»

Es war herrlich nachts, und wenn wir uns berühren konnten, waren wir glücklich. Außer all den großen Umarmungen hatten wir viele kleine Arten zärtlich zu sein, und wir versuchten, wenn wir in getrennten Zimmern waren, uns unsere Gedanken zu übermitteln. Manchmal schien es zu funktionieren, aber das kam vielleicht deshalb, weil wir sowieso dasselbe dachten.

Wir sagten einander, daß wir vom ersten Tag an, an dem sie ins Lazarett gekommen war, verheiratet gewesen seien, und wir zählten die Monate von unserem Hochzeitstag an. Ich wollte richtig heiraten, aber Catherine sagte, daß man sie dann sofort wegschicken würde, und wenn wir auch nur mit der Erledigung der Formalitäten begännen, würden sie anfangen, uns zu beobachten und uns auseinanderzubringen. Wir hätten unter italienischem Gesetz heiraten müssen, und die Formalitäten waren furchtbar. Ich wäre lieber richtig verheiratet gewesen, weil ich mir, wenn ich daran dachte, Sorge machte, daß sie ein Kind bekommen könnte, aber wir machten uns selbst vor, daß wir verheiratet waren, und machten uns nicht viele Gedanken, und ich glaube, daß ich es eigentlich genoß, daß wir nicht verheiratet waren. Ich weiß noch, eine Nacht sprachen wir davon, und Catherine sagte: «Aber Liebling, man würde mich fortschicken.»

«Vielleicht auch nicht.»

«Selbstverständlich würde man mich nach Hause schicken, und dann wären wir bis Kriegsende getrennt.»

«Ich würde auf Urlaub kommen.»

«Du könntest nicht auf Urlaub bis nach Schottland hin- und zurückkommen. Ich will nicht von dir weg. Was hätte es für einen Sinn, jetzt zu heiraten? Wir sind doch in Wirklichkeit verheiratet. Ich könnte gar nicht noch verheirateter sein.»

«Ich möcht's ja nur deinetwegen.»

«Es gibt gar kein Ich. Ich bin du. Erfinde nicht ein Sonder-Ich.»

«Ich dachte, Mädchen wollen immer verheiratet sein.»

«Wollen sie auch. Aber Liebling, ich bin doch verheiratet. Ich bin doch mit dir verheiratet. Bin ich nicht eine gute Frau?»

«Du bist eine wunderbare Frau.»

«Weißt du, Liebling, die Erfahrung mit dem aufs Heiraten warten hab ich gehabt.»

«Davon will ich nichts hören.»

«Du weißt doch, daß ich niemand außer dir liebhabe. Das sollte dir gleichgültig sein, daß jemand mich früher mal geliebt hat.»

«Nein.»

«Du solltest nicht auf jemand eifersüchtig sein, der tot ist, wenn du alles hast.»

«Nein, aber ich will nichts davon hören.»

«Mein armer Liebling. Und ich weiß, daß du mit so vielen Mädchen zusammengewesen bist, und es ist mir ganz egal.»

«Können wir uns nicht irgendwie heimlich trauen lassen? Denn wenn mir etwas zustößt oder du kriegst ein Kind?»

«Man kann sich nur staatlich oder kirchlich trauen lassen. Heimlich sind wir getraut. Siehst du, Liebling, es würde mir viel bedeuten, wenn ich religiös wäre, aber ich bin religionslos.»

«Du hast mir den heiligen St. Anton gegeben.»

«Das war ein Glückspfand. Mir hat's auch jemand gegeben.»

«Du machst dir wirklich um nichts Sorgen?»

«Nein, nur von dir weggeschickt zu werden. Du bist meine Religion. Du bist alles, was ich habe.»

«Schön, aber wir heiraten an dem Tag, an dem du Lust hast.»

«Red nicht so, als ob du eine anständige Frau aus mir machen müßtest, Liebling. Ich bin eine sehr anständige Frau. Man kann sich doch nicht einer Sache schämen, die einen stolz und glücklich macht. Bist du nicht glücklich?»

«Aber wirst du mich auch nicht wegen irgend eines anderen verlassen?»

«Nein, Liebling. Ich werde dich nie wegen eines anderen verlassen. Ich fürchte, daß uns alle möglichen schrecklichen Dinge zustoßen werden. Aber darum brauchst du dir keine Gedanken zu machen.»

«Tu ich auch nicht. Aber ich hab dich so lieb, und du hast vor mir schon jemand anders liebgehabt.»

«Und was ist aus ihm geworden?»

«Er fiel.»

«Ja, und wenn das nicht passiert wäre, dann hätte ich dich nie getroffen, Liebling. Ich bin nicht treulos, Liebling. Ich hab genug andere Fehler, aber treulos bin ich nicht. Du wirst mich überkriegen, so treu bin ich.»

«Ich werde sehr bald wieder an die Front müssen.»

«Wir wollen nicht daran denken, bevor's soweit ist. Siehst du, Liebling, ich bin so glücklich; wir haben's doch wirklich herrlich. Ich bin so lange nicht glücklich gewesen, und als ich dich traf, war ich vielleicht beinahe verrückt. Vielleicht war ich verrückt. Aber jetzt sind wir glücklich, und wir haben uns lieb. Bitte, laß uns einfach nur glücklich sein. Du bist doch glücklich, nicht wahr? Tu ich irgendwas, was du nicht magst? Kann ich irgendwas tun, um dir zu gefallen? Soll ich mein Haar aufmachen? Willst du spielen?»

«Ja, und komm ins Bett.»

«Gut, ich will nur gehen und die Patienten versorgen.»

7

So ging der Sommer hin. Von den Tagen weiß ich eigentlich nicht viel, nur daß sie sehr heiß waren, und daß die Zeitungen von vielen Siegen berichteten. Ich war sehr gesund, und meine Beine heilten schnell, so daß es nicht sehr lange dauerte – nachdem ich das erste Mal auf Krücken ging –, bis ich sie auch schon los war und am Stock gehen konnte. Dann begann ich die Behandlung im Ospedale Maggiore, um mein Knie wieder gelenkig zu machen. Mechanische Behandlung, in einem Spiegelkasten unter violetten Strahlen braten, Massage und Bäder. Ich ging nachmittags hin und machte im Café Station, trank was und las die Zeitungen. Ich streifte nicht in der Stadt umher, sondern ging vom Café aus nach Hause, ins Lazarett. Ich wollte nichts als Catherine sehen. Die übrige Zeit schlug ich tot, so gut es ging. Meistens schlief ich vormittags, und nachmittags ging ich manchmal zum Rennen und spät nachmittags zu der mechanisch-therapeutischen Behandlung. Manchmal blieb ich im Anglo-Amerikanischen Club und saß in einem tiefen, ledernen Clubsessel vor dem Fenster und las die Zeitschriften. Man ließ uns nicht mehr zusammen ausgehen, seitdem ich die Krücken los war, weil es sich nicht schickte, daß man eine Schwester mit einem Patienten unbeaufsichtigt antraf, der nicht so aussah, als ob er Beistand brauchte. So waren wir nachmittags nicht viel zusammen. Doch manchmal konnten wir zusammen zum Essen ausgehen, wenn Ferguson mitkam. Miss Van Campen ließ die Tatsache, daß wir sehr befreundet waren, gelten, weil sie eine Unmasse Arbeit aus Catherine herausholen konnte. Sie glaubte, daß Catherine aus sehr guter Familie war, und das beeinflußte sie endgültig zu ihren Gunsten. Miss Van Campen hielt große Stücke auf Familie und kam selbst aus einer erstklassigen Familie. Im Lazarett war jetzt allerhand zu tun, und das hielt sie beschäftigt. Es war ein heißer Sommer, und ich kannte viele Leute in Mailand, war aber immer bedacht, sobald der Nachmittag vorbei war, wieder nach Hause ins Lazarett zurückzukommen. An der Front gingen sie am Carso vor; man hatte Kuk gegenüber von Plava genommen und war dabei, das Bainsizza-Plateau zu erobern. Von der Westfront schienen die Nachrichten weniger günstig. Es sah aus, als ob der Krieg noch eine Zeit andauern würde. Wir waren jetzt auch im Krieg, aber ich dachte, wir würden ein Jahr brauchen, um eine größere Anzahl von Soldaten herüberzuschaffen und sie ordentlich auszubilden. Nächstes Jahr war sicher ein schlechtes Jahr, aber vielleicht auch ein gutes. Die Italiener verbrauchten eine Unmenge Soldaten. Ich sah nicht, wie das weitergehen sollte. Selbst wenn sie die ganze Bainsizza und den Monte San Gabriele nahmen, gab es noch reichlich viele Berge dahinter, die den Österreichern gehörten. Ich hatte sie gesehen. All die ganz hohen Berge lagen noch jenseits. Auf dem Carso ging es vorwärts, aber unten am Meer gab es Marsch- und Sumpfland. Napoleon hätte die Österreicher in der Ebene geschlagen. Nie hätte er sie in den Bergen bekämpft. Er hätte sie herabkommen lassen und sie in der Gegend von Verona besiegt. Immerhin besiegte niemand irgendwen an der Westfront. Vielleicht wurden Kriege nicht mehr gewonnen. Vielleicht dauerten sie ewig.

Vielleicht war es ein zweiter Hundertjähriger Krieg. Ich hängte die Zeitung wieder an den Haken und verließ den Club. Ich ging vorsichtig die Stufen hinunter und die Via Manzoni hinauf. Vor dem *Gran Hotel* traf ich den alten Meyers und seine Frau, als sie aus einer Droschke stiegen. Sie kamen vom Rennen zurück. Sie war eine vollbusige Frau in schwarzer Seide. Er war untersetzt und alt, mit einem weißen Schnurrbart und ging plattfüßig an einem Stock.

«Wie geht's? Wie geht's?» Sie schüttelte mir die Hand. «Tag, Tag», sagte Meyers.

«Wie war's beim Rennen?»

«Fein, einfach herrlich. Ich hab drei Siege gehabt.»

«Und Sie?» fragte ich Meyers.

«Ganz gut. Einen.»

«Ich weiß nie, was er macht», sagte Mrs. Meyers. «Er erzählt mir nie was.»

«Ich mach meine Sache schon», sagte Meyers. Er versuchte freundschaftlich zu sein. «Sie sollten mal rauskommen.» Während er sprach hatte man den Eindruck, daß er einen nicht ansah oder daß er einen für jemand anderes hielt.

«Das tu ich», sagte ich.

«Ich komme Sie bald im Lazarett besuchen», sagte Mrs. Meyers. «Ich hab allerhand für meine Jungens. Ihr seid alle meine Jungens. Sicher, und ob ihr meine lieben Jungens seid!»

«Man freut sich sicher, wenn Sie kommen.»

«Diese lieben Jungens. Auch Sie. Sie gehören mit dazu.»

«Ich muß zurück», sagte ich.

«Grüßen Sie all die lieben Jungens von mir. Ich hab eine Menge zum Mitbringen. Ich hab ausgezeichnete Marsala und Kuchen.»

«Auf Wiedersehen», sagte ich. «Man wird sich sehr über Ihren Besuch freuen.»

«Auf Wiedersehen», sagte Meyers. «Kommen Sie mal in die Galleria. Sie wissen ja, wo mein Tisch ist. Wir sind alle jeden Nachmittag da.» Ich ging weiter die Straße hinauf. Ich wollte bei *Cova* etwas kaufen, um es Catherine mitzubringen. Drinnen bei *Cova* kaufte ich eine Schachtel Schokolade, und während die Verkäuferin sie einpackte, ging ich rüber an die Bar. Dort standen ein paar Engländer und einige Flieger. Ich trank einen Martini und bezahlte, nahm meine Schachtel Schokolade an der äußeren Kasse in Empfang und ging nach Hause, lazarettwärts. Draußen vor der kleinen Bar – wenn man von der Scala aus die Straße raufgeht – standen ein paar Bekannte, ein Vizekonsul, zwei Leute, die Gesang studierten, und Ettore Moretti, ein Italiener aus San Francisco, der in der italienischen Armee war. Ich trank einen Schnaps mit ihnen. Einer der Sänger hieß Ralph Simmons und sang unter dem Namen Enrico del Credo. Ich habe niemals erfahren, wie gut er sang, aber er stand immer gerade vor dem ganz großen Ereignis. Er war fett und sah um Nase und Mund schäbig aus, wie vom langen Liegen, so als ob er Heuschnupfen hätte. Er war aus Piacenza, wo er aufgetreten war, zurückgekommen. Er hatte *Tosca* gesungen, und es war wunderbar gewesen.

«Natürlich haben Sie mich noch nie singen hören», sagte er.

«Wann werden Sie hier singen?»

«Im Herbst an der Scala.»

«Ich wette, daß man mit Bänken nach dir werfen wird», sagte Ettore. «Haben Sie davon gehört, wie sie in Modena mit Bänken nach ihm geworfen haben?»

«Das ist eine verdammte Lüge.»

«Man hat mit Bänken nach ihm geworfen», sagte Ettore. «Ich war dabei. Ich habe selbst sechs Bänke geworfen.»

«Du Makkaronifresser aus Frisco!»

«Er hat eine unmögliche italienische Aussprache», sagte Ettore. «Überall, wo er hinkommt, wirft man mit Bänken nach ihm.»

«Piacenza hat das schwierigste Publikum in ganz Norditalien», sagte der andere Tenor. «Du kannst mir glauben, das ist das schwierigste kleine Publikum, das es gibt.» Der Name dieses Tenors war Edgar Saunders, und er sang unter dem Namen Eduardo Giovanni.

«Ich würde gern zusehen, wenn sie mit Bänken nach dir schmeißen», sagte Ettore. «Ihr könnt nicht italienisch singen.»

«Der hat eine Meise», sagte Edgar Saunders. «Alles, was ihm einfällt, ist Bänkeschmeißen.»

«Das ist alles, was dem Publikum einfällt, wenn ihr beiden singt», sagte Ettore. «Und wenn ihr dann nach Amerika zurückkommt, erzählt ihr von euren Triumphen an der Scala. An der Scala würden sie euch nicht die erste Note durchlassen.»

«Ich werde an der Scala singen», sagte Simmons. «Ich werde im Oktober an der Scala *Tosca* singen.»

«Wir gehen hin, nicht, Mac?» sagte Ettore zum Vizekonsul. «Sie werden jemand brauchen, der sie beschützt.»

«Vielleicht wird die amerikanische Armee hier sein, um sie zu beschützen», sagte der Vizekonsul. «Wollen Sie noch was trinken, Simmons? Wollen Sie was, Saunders?»

«Schön», sagte Saunders.

«Ich höre, Sie sollen die silberne Medaille bekommen», sagte Ettore zu mir. «Was wird auf der Verleihungsurkunde stehen?»

«Ich weiß nicht. Ich weiß gar nicht, daß ich sie bekomme.»

«Sie kriegen sie. Junge, Junge, die Mädchen bei *Cova* werden Sie dann fabelhaft finden. Die werden alle glauben, daß Sie zweihundert Österreicher getötet haben oder einen ganzen Schützengraben allein gestürmt haben. Das können Sie mir glauben, ich muß für meine Orden arbeiten.»

«Wie viele haben Sie, Ettore?» fragte der Vizekonsul.

«Er hat alle», sagte Simmons. «Er ist der Junge, um dessentwillen der Krieg geführt wird.»

«Ich hab die bronzene zweimal und drei silberne Medaillen», sagte Ettore. «Aber bisher habe ich die Verleihungsurkunde nur für eine bekommen.»

«Was ist denn mit den andern los?» fragte Simmons.

«Das Gefecht war nicht erfolgreich», sagte Ettore. «Wenn das Gefecht nicht erfolgreich ist, halten sie alle Orden zurück.»

«Wie oft waren Sie verwundet, Ettore?»

«Dreimal schwer. Ich habe drei Verwundetenabzeichen, sehen Sie?» Er zog seinen Ärmel rum. Die Streifen waren parallellaufende silberne Linien auf einem schwarzen Untergrund, ungefähr zehn Zentimeter unterhalb der Schulter auf das Ärmeltuch aufgenäht.

«Sie haben auch einen», sagte Ettore zu mir. «Sie können mir glauben, es ist großartig, wenn man die hat. Die sind mir lieber als Orden. Glauben Sie mir, mein Sohn, wenn Sie drei davon haben, haben Sie wirklich was. Man kriegt sie nur für eine Verwundung, für die man drei Monate ins Lazarett muß.»

«Wo sind Sie verwundet, Ettore?» fragte der Vizekonsul.

Ettore streifte seinen Ärmel hoch. «Hier», er zeigte eine tiefe, glatte, rote Narbe. «Hier am Bein, die kann ich euch nicht zeigen, weil ich Wickelgamaschen anhabe, und im Fuß. In meinem Fuß ist ein toter Knochen, der stinkt jetzt. Jeden Morgen nehme ich neue kleine Stücke raus, und stinken tut es die ganze Zeit.»

«Wie bist du verwundet worden?» fragte Simmons.

«Durch eine Handgranate. Eine von diesen Kartoffelquetschern. Sie riß einfach die ganze Seite meines Fußes ab. Sie kennen diese Kartoffelquetscher, nicht?» Er wandte sich an mich.

«Gewiß.»

«Ich sah, wie einer von diesen Scheißkerlen sie warf», sagte Ettore. «Sie schmiß mich um, und ich dachte, ich sei tot, aber diese verdammten Kartoffelquetscher haben ja nichts in sich. Ich schoß den Kerl mit meinem Gewehr tot. Ich trage immer ein Gewehr, damit sie mich nicht als Offizier erkennen.»

«Wie sah er aus?» fragte Simmons. «Das war die einzige, die er hatte», sagte Ettore. «Ich weiß nicht, warum er sie warf. Vielleicht wollte er immer schon mal eine werfen. Er hatte vielleicht noch keine richtigen Kämpfe mitgemacht. Ich hab den Scheißkerl aber erledigt.»

«Wie sah er aus, als du ihn umgelegt hast?» fragte Simmons.

«Zum Teufel, woher soll ich das wissen?» sagte Ettore. «Ich schoß ihn in den Bauch. Ich hatte Angst, ich könne ihn verfehlen, wenn ich auf seinen Kopf zielte.»

«Wie lange sind Sie schon Offizier, Ettore?» fragte ich.

«Zwei Jahre, ich werde jetzt Hauptmann. Wie lange sind Sie schon Leutnant?»

«Beinahe drei Jahre.»

«Sie können nicht Hauptmann werden, weil sie die italienische Sprache nicht ausreichend beherrschen», sagte Ettore. «Sie können sprechen, aber Sie können nicht gut genug lesen und schreiben. Man muß eine gewisse Bildung besitzen, um Hauptmann zu werden. Warum treten Sie nicht bei der amerikanischen Armee ein?»

«Vielleicht tu ich's.»

«Ich wünschte bei Gott, ich könnt's. Junge, Junge! Wieviel kriegt ein Hauptmann, Mac?»

«Ich weiß nicht genau. Ich glaube ungefähr 250 Dollar.»

«Jesus Christus, was ich mit 250 Dollar alles machen würde! Sieh nur zu, Fred, daß du schnell in die amerikanische Armee kommst. Sieh zu, ob du mich nicht reinkriegen kannst.»

«Gut.»

«Ich kann eine Kompanie auf italienisch befehligen. Ich könnte bestimmt schnell lernen, wie das auf englisch heißt.»

«Du würdest General werden», sagte Simmons.

«Vielleicht kommst du auch noch daran, wenn sie euch Drückeberger alle einziehen. Junge, Junge, ich hätt euch beide zu gern in meinem Zug, Mac, dich auch. Ich würde dich zu meinem Burschen machen, Mac.»

«Du bist ein großer Kerl, Ettore», sagte Mac. «Aber ich fürchte, du bist ein Militarist.»

«Ich bin Oberst, bevor der Krieg aus ist.»

«Falls sie dich nicht totschießen.»

«Die werden mich nicht totschießen.» Er berührte mit dem Zeigefinger und Daumen die Sterne auf seinem Kragen. «Gesehen, was ich mache? Wir berühren immer unsere Sterne, wenn jemand vom Totschießen spricht.»

«Laß uns gehen, Sim», sagte Saunders und stand auf.

«Schön.»

«Wiedersehen», sagte ich. «Ich muß auch gehen.» Es war Viertel vor sechs auf der Uhr drinnen in der Bar. *«Ciao, Ettore.»*

«Ciao, Fred», sagte Ettore. «Das freut mich, daß du die silberne Medaille bekommst.»

«Ich weiß nicht, ob ich sie bekomme.»

«Du kriegst sie bestimmt, Fred. Ich hab gehört, daß du sie todsicher kriegst.»

«Na, dann auf bald», sagte ich. «Kommen Sie nicht in Teufels Küche, Ettore.»

«Keine Sorge um mich. Ich trink nicht und bummle nicht herum. Ich bin kein Prahlhans und kein Schürzenjäger. Ich weiß, was gut für mich ist.»

«Auf Wiedersehen», sagte ich. «Ich freu mich, daß Sie zum Hauptmann befördert werden.»

«Ich brauch nicht zu warten, bis ich befördert werde. Ich werde Hauptmann für Verdienste vorm Feind. Wissen Sie, drei Sterne mit gekreuzten Säbeln und darüber eine Krone, das bin ich.»

«Viel Glück.»

«Viel Glück. Wann geht's wieder an die Front?»

«Sehr bald.»

«Na, ich seh Sie noch vorher.»

«Auf bald.»

«Auf bald, und lassen Sie sich nicht reinlegen.»

Ich ging durch eine Hinterstraße, die auf dem schnellsten Weg zum Lazarett führte. Ettore war dreiundzwanzig. Er war bei einem Onkel in San Francisco erzogen worden und war auf Besuch bei seinen Eltern in Turin, als der Krieg ausbrach. Er hatte eine Schwester, die mit ihm gemeinsam nach Amerika geschickt worden war, um bei dem Onkel zu leben, die dieses Jahr von der Schule abging. Er war der geborene Held, der alle, die er traf, anödete. Catherine konnte ihn nicht leiden.

«Bei uns gibt es auch Helden», sagte sie, «aber gewöhnlich, Liebling, machen sie nicht soviel Aufhebens von sich.»

«Ich find ihn nicht so schlimm.»

«Ich fände ihn auch ganz nett, wenn er nicht so eingebildet wäre und wenn er mich nicht so anödete, anödete, anödete.»

«Mich ödet er auch an.»

«Es ist süß von dir, daß du das sagst, Liebling. Aber du brauchst nicht. Du kannst ihn dir an der Front vorstellen, und du weißt, daß er da brauchbar ist. Aber er ist so ganz der Typ von Mann, den ich nicht mag.»

«Ich weiß.»

«Das ist schrecklich nett von dir, daß du's weißt, und ich werde versuchen, ihn nett zu finden, aber er ist wirklich ein entsetzlicher, ein ganz entsetzlicher Junge.»

«Heute nachmittag hat er erzählt, daß er Hauptmann wird.»

«Das freut mich», sagte Catherine. «Das muß ihm doch in den Kram passen.»

«Würdest du nicht auch lieber sehen, wenn ich einen höheren Rang hätte?»

«Nein, Liebling, nur so viel Rang, daß wir in die besseren Restaurants reingelassen werden.»

«Das ist gerade der Rang, den ich habe.»

«Du hast einen ausgezeichneten Rang. Ich möchte gar nicht, daß du einen höheren Rang hättest. Es könnte dir zu Kopf steigen. Weißt du, Liebling, ich bin schrecklich froh, daß du nicht eingebildet bist. Ich hätte dich auch geheiratet, wenn du eingebildet wärst, aber es ist sehr beruhigend, einen Mann zu haben, der nicht eingebildet ist.»

Wir unterhielten uns leise draußen auf dem Balkon. Der Mond sollte eigentlich aufgehen, aber es lag Dunst über der Stadt, und er kam nicht durch, und nach kurzem fing es an zu nieseln, und wir gingen hinein. Draußen verwandelte sich der Dunst in Regen, und nach geraumer Zeit regnete es heftig, und wir hörten es aufs Dach trommeln. Ich stand auf und stand an der Tür, um zu sehen, ob es reinregnete, aber es regnete nicht rein, und so ließ ich die Tür offen.

«Wen hast du noch gesehen?» fragte Catherine.

«Mr. und Mrs. Meyers.»

«Das sind komische Leute.»

«Er soll zu Hause im Zuchthaus gesessen haben. Man hat ihn freigelassen, damit er in Frieden sterben kann.»

«Und danach lebte er noch lange, lange glücklich in Mailand.»

«Ich weiß nicht, wie glücklich.»

«Glücklich genug nach dem Zuchthaus, sollte ich meinen.»

«Sie will allerlei herbringen.»

«Sie bringt immer großartige Sachen. Warst du ihr lieber Junge?»

«Einer von ihnen.»

«Ihr seid alle ihre lieben Jungens», sagte Catherine. «Sie verzieht die lieben Jungens gern. Hörst du, wie es regnet?»

«Es regnet stark.»

«Und du wirst mich immer liebhaben, nicht wahr?»

«Ja.»

«Und der Regen hat damit nichts zu tun?»

«Nein.»

«Das ist gut. Weil ich Angst vor dem Regen habe.»

«Warum?» Ich war schläfrig. Draußen regnete es unentwegt.

«Ich weiß nicht, Liebling. Ich hab mich immer vorm Regen gefürchtet.»

«Ich hab ihn gern.»

«Ich geh gern im Regen spazieren. Aber er stellt die Liebe auf eine harte Probe.»

«Ich werde dich immer liebhaben.»

«Ich lieb dich im Regen und im Schnee und bei Hagel und – was gibt es sonst noch?»

«Ich weiß nicht. Ich bin furchtbar schläfrig.»

«Schlaf, Liebling, und ich werde dich liebhaben, was auch geschieht.»

«Du hast doch nicht ernstlich vor dem Regen Angst?»

«Nicht, wenn ich bei dir bin.»

«Warum hast du Angst davor?»

«Ich weiß nicht.»

«Sag's mir.»

«Zwing mich nicht dazu.»

«Sag's mir.»

«Nein.»

«Sag's mir.»

«Schön. Ich hab Angst davor, weil ich mich manchmal tot im Regen liegen sehe.»

«Nein.»

«Und manchmal seh ich dich tot im Regen liegen.»

«Das ist schon wahrscheinlicher.»

«Nein, Liebling, das stimmt nicht. Weil ich dich beschützen kann. Ich weiß, ich kann es. Aber niemand kann sich selbst helfen.»

«Bitte, hör auf. Ich will nicht, daß du heute nacht die verrückte Schottin rauskehrst. Wir sind nicht mehr lange zusammen.»

«Nein, aber ich bin Schottin, und ich bin verrückt. Aber ich hör schon auf. Es ist alles Unsinn.»

«Ja, es ist alles Unsinn.»

«Es ist alles Unsinn. Es ist nichts wie Unsinn. Ich hab keine Angst vor dem Regen. Ich hab keine Angst vor dem Regen. O Gott, ich wünschte, ich hätte keine Angst.» Sie weinte. Ich tröstete sie, und sie hörte auf zu weinen. Aber draußen regnete es weiter.

8

An einem Tag gingen wir nachmittags zum Rennen. Ferguson ging mit und Crowell Rodgers, der Junge, der sich die Augenverletzung durch die Explosion des Schrapnell-Zünders zugezogen hatte. Die Mädchen zogen sich an, um nach dem Essen wegzugehen, während Crowell und ich auf dem Bett in seinem Zimmer saßen und die bisherigen Leistungen der Pferde und die Voraussagen im Sportblatt lasen. Crowells Kopf war verbunden, und er machte sich nicht viel aus diesen Rennen, aber er las ständig die Sportblätter und verfolgte alle Pferde, um sich zu beschäftigen. Er sagte, die Pferde taugten gar nichts, aber sie waren die einzigen, die überhaupt da waren. Der alte Meyers mochte ihn gern und gab ihm Tips. Meyers gewann bei fast allen Rennen, aber er gab ungern Tips, weil es dann weniger Geld gab. Bei den Rennen war viel Schiebung. Leute, die überall auf dem grünen Rasen unmöglich waren, ritten in Italien. Meyers' Informationen waren gut, aber ich verabscheute es, ihn zu fragen, weil er einem manchmal nicht antwortete und man immer sah, wie weh es ihm tat, es einem zu sagen, und es war ihm weniger unangenehm, es Crowell zu sagen. Crowells Augen waren verletzt, eines sehr schlimm, und Meyers machten seine Augen auch zu schaffen, und deshalb hatte er Crowell gern. Meyers sagte niemals seiner Frau, auf welche Pferde er setzte, und sie gewann oder verlor, verlor meistens und redete die ganze Zeit.

Wir vier fuhren in einem offenen Wagen hinaus nach San Siro. Es war ein herrlicher Tag, und wir fuhren durch den Park und an der Straßenbahn entlang und zur Stadt hinaus, wo die Straße staubig war, an Villen vorbei mit eisernen Gittern und großen, zugewachsenen Gärten und Gräben, durch die Wasser floß, und grünen Gemüsegärten mit Staub auf den Blättern. Wir konnten die Ebene überblicken und Bauernhäuser sehen und reiche Ländereien mit Bewässerungsgräben und die Gebirge im Norden. Es fuhren viele Wagen zum Rennen, und die Leute am Tor ließen uns ohne Eintrittskarten durch, weil wir in Uniform waren. Wir stiegen aus, kauften Programme und gingen über das Innenfeld und dann über den dicken, glatten Rasen des Platzes zum Stall. Die großen Tribünen waren alt und aus Holz gemacht und die Wettschalter waren unter den Tribünen in einer Reihe draußen in der Nähe der Ställe. Ein Haufen Soldaten stand am Zaun im Innenfeld. Der Sattelplatz war ziemlich mit Leuten gefüllt, und die Pferde wurden draußen unter den Bäumen hinter den großen Tribünen im Kreis herumgeführt. Wir trafen Bekannte und holten Stühle für Ferguson und Catherine und besahen uns die Pferde.

Sie gingen eins hinter dem andern, in der Runde mit gesenkten Köpfen von den Stalljungen geführt. Bei einem Pferd von blauschwarzer Farbe schwor Crowell, daß es gefärbt sei. Wir beobachteten es, und es schien möglich. Es war gerade erst, bevor die Glocke zum Satteln ertönte, herausgekommen. Wir suchten es auf dem Programm nach der Nummer, die der Stalljunge auf dem Ärmel hatte, und es war als schwarzer Wallach eingetragen und hieß Japalac. Das Rennen war für Pferde ausgeschrieben, die nie in einem Rennen 1000 Lire oder mehr gewonnen hatten. Catherine war überzeugt, daß es gefärbt war. Ferguson meinte, sie könne nichts sagen. Mir sah es verdächtig aus. Wir waren uns alle einig, daß wir auf ihn setzen sollten und setzten 100 Lire. Die Buchmacher legten ihn fünfunddreißig zu eins. Crowell ging rüber und kaufte die Tickets, während wir zusahen, wie die Jockeys noch einmal rumritten und dann unter die Bäume auf die Bahn und langsam bis zur Kurve galoppierten, wo der Start sein sollte.

Wir gingen auf die große Tribüne hinauf, um das Rennen zu sehen. Es gab damals in San Siro noch keine Startmaschine, und so reihte der Starter alle Pferde erst einmal auf. Sie sahen sehr klein aus, weit weg auf der Bahn, und dann ließ er sie mit einem Knall seiner langen Peitsche ab. Sie kamen an uns vorbei, der Rappe gut in Front, und an der Biegung lief er den anderen davon. Ich beobachtete sie auf der entfernten Seite durch mein Glas und sah, wie der Jockey sich mühte, ihn zurückzuhalten, aber er konnte ihn nicht halten, und als sie um die Ecke in die Gerade bogen, war das schwarze Pferd den anderen um fünfzehn Längen voraus. Es lief noch nach dem Finish ein ganzes Stück weiter und um die Kurve.

«Ist er nicht fabelhaft?» sagte Catherine. «Wir bekommen über 3000 Lire. Das muß ein ausgezeichnetes Pferd sein.»

«Hoffentlich läuft ihm nicht die Farbe runter, bevor ausgezahlt wird», sagte Crowell.

«Er ist wirklich ein Prachtpferd», sagte Catherine. «Ich möchte wissen, ob Mr. Meyers auf ihn gesetzt hat.»

«Hatten Sie den Sieger?» rief ich Meyers zu.

Er nickte.

«Ich nicht», sagte Mrs. Meyers. «Auf wen habt ihr Kinder gesetzt?»

«Japalac.»

«Wirklich? Es gibt fünfunddreißig zu eins.»

«Wir mochten seine Farbe.»

«Ich nicht. Ich fand, er sah elend aus. Man warnte mich, auf ihn zu setzen.»

«Er wird nicht viel geben», sagte Meyers.

«Die Buchmacher legten ihn fünfunddreißig zu eins», sagte ich.

«Er bringt nicht viel. Im letzten Moment hat man eine Menge Geld auf ihn gesetzt», sagte Meyers.

«Wer?»

«Kempton und die ganzen Jungens. Sie werden sehen. Er bringt nicht mal zwei zu eins.»

«Dann werden wir keine 3000 Lire bekommen», sagte Catherine. «Ich mag diese Schiebungen beim Rennen nicht.»

«Wir werden 200 Lire kriegen.»

«Das ist nichts. Das hilft uns gar nichts. Ich dachte, wir würden dreitausend bekommen.»

«Es ist Schiebung und widerlich», sagte Ferguson.

«Natürlich», sagte Catherine, «wenn's keine Schiebung gewesen wäre, hätten wir ihn aber auch nie gesetzt. Aber die 3000 Lire hätte ich gern gehabt.»

«Wir wollen runtergehen und was trinken und sehen, was er bringt, ja?» sagte Crowell. Wir gingen dahin, wo sie die Nummern aufzogen, und die Klingel rief zur Auszahlung, und hinter Japalac Sieger steckten sie 18,50. Das bedeutet, daß er weniger als den Einsatz auf eine Zehn-Lire-Wette brachte.

Wir gingen zur Bar und der großen Tribüne und tranken jeder einen Whiskey-Soda. Wir liefen einer Gesellschaft von Italienern, die wir kannten, und MacAdams, dem Vizekonsul, in die Arme, und sie kamen mit uns hinauf, als wir wieder zu den Mädchen zurückgingen. Die Italiener waren voller Wohlerzogenheit, und MacAdams unterhielt sich mit Catherine, als wir wieder zum Wettschalter runtergingen. Mr. Meyers stand dicht neben dem *parimutuel.*

«Frag ihn, worauf er gesetzt hat», sagte ich zu Crowell.

«Was haben Sie gemacht, Mr. Meyers?» fragte Crowell. Meyers nahm sein Programm heraus und zeigte mit seinem Bleistift auf Nummer fünf.

«Haben Sie was dagegen, wenn wir ihn auch setzen?» fragte Crowell.

«Nur los, nur los. Aber sagen Sie's nicht meiner Frau, daß ich Ihnen den Tip gegeben habe.»

«Trinken Sie was?» fragte ich.

«Nein, danke, ich trinke nie.»

Wir setzten auf Nummer fünf hundert Lire Sieg und hundert Platz und tranken dann noch jeder einen Whisky-Soda. Ich war sehr vergnügt, und wir trafen noch eine Bande Italiener, die mit uns was tranken, und dann gingen wir wieder zu den Mädchen zurück. Diese Italiener waren auch sehr wohlerzogen und suchten die anderen zwei, die wir vorher aufgelesen hatten, an Wohlerzogenheit noch zu überbieten. Eine ganze Zeit über konnte sich niemand setzen. Ich gab Catherine die Tickets.

«Welches Pferd ist es?»

«Ich weiß nicht. Mr. Meyers' Wahl.»

«Weißt du nicht mal den Namen?»

«Nein. Sieh mal auf dem Programm nach. Ich glaube Nummer fünf.»

«Du hast rührendes Vertrauen», sagte sie. Nummer fünf war Sieger, aber zahlte nichts aus. Mr. Meyers war ärgerlich.

«Man muß zweihundert Lire riskieren, um zwanzig zu gewinnen», sagte er. «Zwölf Lire für zehn. Das lohnt nicht. Meine Frau hat zwanzig Lire verloren.»

«Ich geh mit dir runter», sagte Catherine. Die Italiener standen alle auf. Wir gingen hinunter zum Sattelplatz.

«Gefällt's dir?» fragte Catherine.

«Ja. Ich finde, es macht Spaß.»

«Wahrscheinlich ist es ganz nett», sagte sie. «Aber Liebling, ich kann die vielen Leute nicht aushalten.»

«Es sind doch gar nicht viele.»

«Nein, aber diese Meyers und der Mann von der Bank mit seiner Frau und seinen Töchtern –»

«Er löst meine Sichtwechsel ein», sagte ich.

«Ja, aber wenn er es nicht täte, würde es ein anderer tun. Diese letzten vier Jungens waren schrecklich.»

«Wir können ja hierbleiben und das Rennen vom Zaun aus ansehen.»

«Das wäre herrlich. Und, Liebling, wir wollen auf ein Pferd setzen, von dem wir noch nie was gehört haben und auf das Mr. Meyers nicht setzt.»

«Schön.»

Wir setzten auf ein Pferd, das «Leicht für mich» hieß, das als viertes in einem Feld von fünfen endete. Wir lehnten am Zaun und sahen die Pferde vorbeikommen. Ihre Hufe dröhnten, als sie vorbeikamen, und wir sahen die Berge in der Ferne und Mailand jenseits der Bäume und Felder.

«Ich fühl mich so viel sauberer», sagte Catherine. Die Pferde kamen durch das Gatter naß und schwitzend zurück, die Jockeys beruhigten sie und ritten zu den Bäumen hinauf, um dort abzusteigen. «Möchtest du nicht was trinken? Wir könnten hier was trinken und dabei die Pferde sehen.»

«Ich werde was holen», sagte ich.

«Der Junge wird's herbringen», sagte Catherine. Sie hielt die Hand hoch, und der Junge kam aus der *Pagoda Bar* neben den Ställen heraus. Wir setzten uns an einen runden, eisernen Tisch.

«Findest du's nicht viel netter, wenn wir allein sind?»

«Ja», sagte ich.

«Ich fühlte mich so einsam, als all die Leute da waren.»

«Hier ist es herrlich», sagte ich.

«Ja, es ist wirklich ein hübscher Rennplatz.»

«Es ist hübsch.»

«Ich will dir aber den Spaß nicht verderben, Liebling. Ich geh mit dir zurück, wenn du willst.»

«Nein», sagte ich. «Wir wollen hier bleiben und trinken. Dann wollen wir runtergehen und bei der Steeplechase am Wassergraben stehen.»

«Du bist schrecklich gut zu mir», sagte sie.

Nachdem wir eine Zeitlang allein gewesen waren, freuten wir uns, die anderen wiederzusehen. Wir genossen die Tage.

9

Im September kamen die ersten kühlen Nächte, dann wurden die Tage kühl, und die Blätter auf den Bäumen im Park fingen an, die Farbe zu wechseln, und wir wußten, der Sommer war vorbei. An der Front stand es schlecht, und San Gabriele wurde nicht erobert. Die Kämpfe auf dem Bainsizza-Plateau waren vorbei, und Mitte des Monats waren auch die Kämpfe um San Gabriele so gut wie beendet. Man konnte es nicht nehmen. Ettore war an die Front zurückgegangen. Die Pferde waren nach Rom gebracht worden, und es gab keine Rennen mehr. Crowell war auch nach Rom gefahren, um sich nach Amerika zurückschicken zu lassen. Zweimal gab es in der Stadt Meutereien gegen den Krieg und ernste Meutereien in Turin. Ein englischer Major erzählte mir im Club, daß die Italiener auf dem Bainsizza-Plateau und bei San Gabriele hundertundfünfzigtausend Mann verloren hätten. Er sagte, daß sie außerdem noch vierzigtausend auf dem Carso eingebüßt hätten. Wir tranken zusammen, und er erzählte. Er sagte, daß in diesem Jahr hier unten nicht mehr gekämpft würde und daß die Italiener sich mehr vorgenommen hatten, als sie verkraften konnten. Er sagte, die Offensive in Flandern wende sich zum Schlechten, und wenn es weiter so viele Tote gäbe wie in diesem Herbst, würden die Alliierten im nächsten Jahr erledigt sein. Er sagte, wir wären alle erledigt, aber solange wir es nicht wüßten, wäre es gut. Wir wären alle erledigt. Man durfte es nur nicht bemerken. Das Land, das als letztes merken würde, daß es erledigt sei, würde den Krieg gewinnen. Wir tranken noch einen. Ob ich bei irgendeinem Stab sei? Nein. Er ja. Es sei alles Mist. Wir waren allein im Club und saßen zurückgelehnt in einem der großen Ledersofas. Seine Stiefel waren aus blank geputztem, stumpfem Leder. Es waren herrliche Stiefel. Er sagte, es sei Mist. Sie dachten nur in Divisionen und Menschenmaterial. Sie rauften sich alle um Divisionen und trieben sie nur in den Tod, wenn sie sie bekamen. Sie waren alle erledigt. Die Deutschen gewannen die Siege. Bei Gott, das waren Soldaten. Der alte Hunne, das war ein Soldat. Aber auch sie waren erledigt. Wir waren alle erledigt. Ich fragte ihn, was er von Rußland hielte. Er sagte, das sei bereits erledigt. Ich würde es schon bald sehen, daß es erledigt sei. Und die Österreicher seien auch erledigt. Wenn sie ein paar Hunnendivisionen bekämen, könnten sie es schaffen. Ob er glaubte, daß sie diesen Herbst angreifen würden? Natürlich würden sie. Die Italiener seien erledigt. Jeder wüßte, daß sie erledigt wären. Der alte Hunne würde durchs Trentino hereinbrechen und die Eisenbahnlinie bei Vicenza abschneiden, und was würde dann aus den Italienern werden? Das haben sie schon 1916 versucht, sagte ich. Nicht die Deutschen. Doch, sagte ich. Aber vielleicht würden sie das auch nicht machen, sagte er. Das sei zu einfach. Man würde etwas Kompliziertes versuchen und damit herrlich hereinfallen. Ich müßte gehen, sagte ich. Ich müßte ins Hospital zurück. «Auf Wiedersehen», sagte er, und dann aufgekratzt: «Und alles erdenkliche Glück!» Es war ein großer Kontrast zwischen seinem Weltpessimismus und seiner persönlichen Aufgekratztheit.

Ich machte an einem Friseurladen halt und ließ mich rasieren und ging ins Lazarett zurück. Mein Bein war jetzt so gut, wie es wohl lange sein würde. Ich war vor drei Tagen untersucht worden. Ich mußte noch eine kurze Behandlung durchmachen, bevor mein Kursus im Ospedale Maggiore beendet war, und ich ging den Bürgersteig entlang und übte mich im Nicht-Hinken. Ein alter Mann schnitt unter einer Arkade Silhouetten. Ich blieb stehen, um ihm zuzusehen. Zwei Mädchen standen Modell, und er schnitt ihre beiden Silhouetten, schnippelte sehr schnell und sah sie hin und wieder an, den Kopf zur Seite geneigt. Die Mädchen kicherten. Er zeigte mir die Silhouette, bevor er sie auf weißes Papier aufklebte und sie den Mädchen reichte.

«Schön, nicht wahr?» sagte er. «Wie ist es mit Ihnen, Tenente?»

Die Mädchen gingen weg, besahen sich ihre Silhouetten und lachten. Es waren gutaussehende Mädchen. Eine von ihnen arbeitete in der Weinhandlung gegenüber vom Lazarett.

«Gut», sagte ich.

«Nehmen Sie die Mütze ab.»

«Nein, mit Mütze.»

«Es wird nicht so schön werden», sagte der alte Mann, «aber», und sein Gesicht klärte sich auf, «es wird militärischer.»

Er schnippelte auf das schwarze Papier los, dann trennte er die beiden Schichten und klebte die Profile auf eine Karte und reichte sie mir.

«Wieviel macht's?»

«Ist gut so.» Er winkte mit der Hand. «Ich hab sie so für Sie gemacht.»

«Bitte», sagte ich. Ich brachte ein paar Kupfermünzen zum Vorschein. *«Per piacere.»*

«Nein, ich hab sie zum Vergnügen gemacht. Schenken Sie sie Ihrem Mädchen.»

«Vielen Dank und auf Wiedersehen.»

«Auf Wiedersehen.»

Ich ging weiter, ins Lazarett. Es waren Briefe für mich angekommen, ein offizieller und einige andere. Ich sollte drei Wochen Rekonvaleszentenurlaub bekommen und dann wieder an die Front zurückgehen. Ich las es sorgfältig durch. Na, das war das. Der Erholungsurlaub begann am 4. Oktober, wenn mein Kursus beendet war. Drei Wochen waren 21 Tage. Das war der 25. Oktober. Ich sagte Bescheid, daß ich nicht zum Abendessen da sein würde, und ging vom Lazarett die Straße ein Stückchen hinauf ins Restaurant, um dort meine Briefe und den *Corriere della Sera* beim Essen zu lesen. Ein Brief war von meinem Großvater, er enthielt Familiennachrichten, patriotische Ermutigungen, einen Scheck auf 200 Dollar und ein paar Zeitungsausschnitte; ein langweiliger Brief war vom Priester aus unserem Kasino, ein Brief von einem Bekannten, der als Flieger bei den Franzosen war und der in eine wilde Gesellschaft geraten schien und mir davon berichtete, und einige Zeilen von Rinaldi mit der Anfrage, wie lange ich denn noch in Mailand herumlungern würde und was es Neues gäbe. Ich sollte Grammophonplatten mitbringen; er fügte eine Liste bei. Ich trank zum Essen eine kleine Flasche Chianti und nachher einen Kaffee und einen Cognac, las die Zeitung, steckte meine Briefe in die Tasche, ließ die Zeitungen mit dem Trinkgeld auf dem Tisch zurück und ging hinaus. In meinem Zimmer, im Lazarett, zog ich mich aus, zog Pyjama und einen Schlafrock an, zog die Gardinen vor der Tür, die sich auf den Balkon öffnete, herunter, und las im Bett sitzend Bostoner Zeitungen von einem Haufen, den Mrs. Meyers für ihre Jungens im Lazarett gelassen hatte. Die White Sox aus Chicago gewannen den amerikanischen Liga-Pokal und die New Yorker Giants führten in der National-Liga. Babe Ruth spielte damals noch für Boston. Die Zeitungen waren langweilig und die Kriegsberichte alt. Die amerikanischen Neuigkeiten drehten sich alle um die Ausbildungslager. Ich war froh, daß ich nicht in einem Ausbildungslager war. Die Baseballnachrichten waren die einzigen, die man lesen konnte, und sie interessierten mich nicht im geringsten. Ein Haufen Zeitungen, und es war unmöglich, sie mit Interesse zu lesen. Sie waren veraltet, trotzdem las ich eine ganze Weile. Ich überlegte, wenn Amerika wirklich in den Krieg eingreifen würde, ob sie wohl die Oberligen schließen würden. Vielleicht nicht. In Mailand gab es noch Rennen, obschon es mit dem Krieg nicht viel schlimmer stehen konnte. In Frankreich hatte man Pferderennen verboten. Von dort kam unser Pferd Japalac. Catherines Dienst begann nicht vor neun. Ich hörte, wie sie vorbeiging, als ihr Dienst begann, und sah sie einmal durch den Korridor gehen. Sie ging in verschiedene andere Zimmer und kam endlich in meines.

«Ich komm spät, Liebling», sagte sie. «Es gab 'ne Menge zu tun. Wie geht's dir?»

Ich erzählte ihr von den Papieren und dem Urlaub.

«Das ist herrlich», sagte sie. «Wo willst du hinfahren?»

«Nirgends, ich möchte hierbleiben.»

«Das ist dumm. Wähl irgendeinen Ort aus, und ich komme auch hin.»

«Wie kannst du das machen?»

«Ich weiß noch nicht, aber es wird schon gehen.»

«Du bist einfach wunderbar.»

«Nein, bin ich nicht. Aber das Leben läßt sich ganz gut einrichten, wenn man nichts zu verlieren hat.»

«Was meinst du damit?»

«Gar nichts. Ich dachte nur, wie klein die Hindernisse sind, die einem mal so groß vorkamen.»

«Ich sollte denken, daß es sich sehr schwer bewerkstelligen ließe.»

«Nein, gewiß nicht, Liebling. Wenn es nicht anders geht, nehme ich meinen Abschied. Aber dazu wird's nicht kommen.»

«Wo wollen wir hinfahren?»

«Mir ist es gleich. Wo du hinwillst. Irgendwohin, wo wir niemand kennen.»

«Ist es dir denn gleichgültig, wohin wir fahren?»

«Ja, mir gefällt jeder Ort.»

Sie schien erregt und nervös.

«Was ist denn los, Catherine?»

«Nichts, nichts ist los.»

«Doch, bestimmt.»

«Nein, nichts, wirklich nichts.»

«Ich weiß, es ist was. Sag's mir, Liebling, du kannst es mir doch sagen.»

«Es ist nichts.»

«Sag's mir.»

«Ich will nicht. Ich hab Angst, daß ich dich unglücklich mache und daß du dir Sorgen machen wirst.»

«Nein, sicher nicht.»

«Bist du sicher? Ich mach mir keine Gedanken, aber vielleicht sorgst du dich.»

«Nicht, wenn's dich nicht quält.»

«Ich möcht's nicht sagen.»

«Sag's.»

«Muß ich?»

«Ja.»

«Ich bekomm ein Baby, Liebling. Es ist beinahe drei Monate. Nicht wahr, du sorgst dich nicht? Bitte, bitte nicht, du darfst dir keine Sorgen machen.»

«Gut.»

«Ist es wirklich gut?»

«Natürlich.»

«Ich hab alles gemacht. Ich hab alles mögliche eingenommen, aber es hat nichts geholfen.»

«Ich mach mir keine Sorgen.»

«Ich kann nichts dafür, Liebling, und ich mach mir auch keine Gedanken darüber, und du darfst dich nicht quälen oder dich unglücklich fühlen.»

«Ich sorg mich nur um dich.»

«Das sollst du ja gerade nicht. Alle Leute kriegen immerfort Kinder. Alle haben Kinder. Es ist eine ganz natürliche Sache.»

«Du bist einfach fabelhaft.»

«Nein, bin ich nicht. Aber du darfst dir keine Sorgen machen, Liebling. Ich werd mir Mühe geben und keine Scherereien machen. Ich weiß, daß du dich jetzt quälst. Aber bin ich nicht bis jetzt ein gutes Mädchen gewesen? Du hast es doch gar nicht bemerkt, nicht?»

«Nein.»

«Und so wird's bleiben. Du darfst dich nur nicht sorgen. Ich seh, daß du dich sorgst. Laß das. Laß das auf der Stelle. Willst du was trinken, Liebling? Ich weiß, trinken macht dich immer vergnügt.»

«Nein, ich bin vergnügt. Und du bist einfach fabelhaft.»

«Nein, bin ich nicht. Aber wenn du einen Ort aussuchst, wo wir hinfahren können, werd ich's schon deichseln, daß wir zusammen sein können. Es muß herrlich sein im Oktober. Wir werden ein paar herrliche Wochen verleben, Liebling, und ich werde dir jeden Tag schreiben, wenn du erst wieder an der Front bist.»

«Wo wirst du denn dann sein?»

«Das weiß ich noch nicht. Aber irgendwo, wo's wundervoll ist. Das nehm ich schon alles in die Hand.»

Wir waren eine Weile still und sprachen gar nicht. Catherine saß auf dem Bett, und ich sah sie an, aber wir berührten einander nicht. Wir waren weit voneinander entfernt, so wie wenn plötzlich jemand ins Zimmer kommt und man befangen ist. Sie streckte ihre Hand aus und ergriff meine.

«Du bist nicht böse, nicht wahr, Liebling?»

«Nein.»

«Und du fühlst dich nicht wie in einer Falle?»

«Vielleicht ein bißchen. Aber nicht durch dich.»

«Ich hab nicht gemeint durch mich. Du mußt nicht so dumm sein. Ich meinte in einer Falle gefangen.»

«Man fühlt sich immer biologisch gefangen.»

Sie ging weit weg, ohne sich zu bewegen oder ihre Hand wegzuziehen.

«Immer ist kein hübsches Wort.»

«Verzeih.»

«Schon gut. Aber siehst du, ich hab noch nie ein Baby gehabt, und ich hab sogar noch nie vorher jemand liebgehabt. Und ich hab versucht, so zu sein, wie du willst, und dann redest du von ‹immer›.»

«Ich könnte mir die Zunge abschneiden», bot ich an.

«Ach, Liebling.» Sie kam von weit her zurück. «Du mußt nicht auf mich hören.» Wir gehörten wieder zusammen und die Befangenheit war verschwunden. «Wir sind doch wirklich eins, und wir müssen einander nicht absichtlich mißverstehen.»

«Werden wir auch nicht.»

«Aber die Menschen tun's. Sie lieben sich und mißverstehen einander mit Absicht und zanken sich, und plötzlich sind sie nicht mehr eins.»

«Wir werden uns nicht zanken.»

«Wir dürfen nicht. Weil's auf der ganzen Welt nur uns zwei gibt und außer uns all die anderen. Wenn irgendwas zwischen uns kommt, sind wir verloren, und dann haben sie uns.»

«Sie werden uns nicht bekommen», sagte ich. «Weil du zu tapfer bist. Dem Tapferen passiert nichts.»

«Sterben tut er auch.»

«Aber nur einmal.»

«Ich weiß nicht. Wer sagt das?»

«Der Feigling stirbt tausend Tode, der Mutige nur einen?»

«Ja, natürlich. Wer sagt das?»

«Ich weiß nicht.»

«Wahrscheinlich war er ein Feigling», sagte sie. «Er wußte viel über Feiglinge und nichts über die Mutigen. Der Mutige stirbt vielleicht zweitausend Tode, wenn er intelligent ist. Er spricht nur nicht davon.»

«Ich weiß nicht. Es ist schwierig, in den Kopf den Mutigen hineinzusehen.»

«Ja, und so behält er sein Renommee.»

«Du bist eine Autorität.»

«Du hast recht, Liebling. Das hab ich verdient.»
«Du bist mutig.»
«Nein», sagte sie. «Aber ich möchte es gern sein.»
«Ich bin's nicht», sagte ich. «Ich kenne mich. Ich war lange genug draußen, um es zu beurteilen. Ich bin wie ein Ballspieler, der zweihundertdreißig schlägt und weiß, daß er nicht mehr machen kann.»
«Was ist ein Ballspieler, der zweihundertdreißig schlägt? Es klingt sehr imponierend.»
«Ist es aber nicht. Das ist ein mittelmäßiger Schläger beim Baseball.»
«Aber doch ein Schläger», stichelte sie.
«Ich glaube, wir sind beide ungebildet», sagte ich, «aber du bist mutig.»
«Nein, aber ich hoffe, ich werde es sein.»
«Wir sind beide tapfer», sagte ich, «und ich bin sogar sehr tapfer, wenn ich was getrunken habe.»
«Wir sind großartige Leute», sagte Catherine. Sie ging hinüber an den Schrank und brachte mir den Cognac und ein Glas. «Trink nur, Liebling», sagte sie. «Du bist wirklich sehr brav gewesen.»
«Ich will eigentlich gar nicht.»
«Trink doch.»
«Schön.» Ich goß das Wasserglas ein Drittel voll Cognac und trank es runter.
«Das war sehr viel», sagte sie. «Ich weiß: Schnaps dem Helden, aber du solltest nicht übertreiben.»
«Wo wollen wir leben, wenn der Krieg aus ist?»
«Wahrscheinlich in einem Altersheim», sagte sie. «Seit drei Jahren hab ich ganz kindisch gehofft, daß der Krieg zu Weihnachten vorbei sein wird. Aber jetzt denk ich nur an die Zeit, wo unser Sohn Lieutenant-Commander sein wird.»
«Vielleicht wird er General.»
«Wenn's ein hundertjähriger Krieg wird, kann er ja Marine und Heer kennenlernen. Trinkst du nichts?»
«Nein. Dich macht es immer glücklich, Liebling, und mich nur schwindlig.»
«Hast du nie Cognac getrunken?»
«Nein, Liebling, ich bin eine furchtbar altmodische Frau.»
Ich langte auf den Boden nach der Flasche und schenkte mir noch mal ein.
«Ich werde lieber jetzt gehen und mir deine Landsleute ansehen», sagte Catherine. «Vielleicht liest du die Zeitung, bis ich wiederkomme.»
«Mußt du gehen?»

«Jetzt oder später.»
«Schön, jetzt.»
«Ich komm nachher wieder.»
«Dann werd ich die Zeitungen ausgelesen haben», sagte ich.

10

In der Nacht schlug das Wetter um; es wurde kalt und regnete am nächsten Tag. Als ich vom Ospedale Maggiore nach Hause ging, goß es, und ich war durchnäßt, als ich reinkam. Oben in meinem Zimmer hörte ich den Regen schwer auf den Balkon aufschlagen, und der Wind blies ihn gegen die Glastüren. Ich zog mich um und trank etwas Schnaps, aber der Schnaps schmeckte mir nicht. Nachts war mir schlecht, und morgens nach dem Frühstück empfand ich einen starken Brechreiz.

«Es besteht gar kein Zweifel», sagte der Lazarettchirurg. «Sehen Sie sich das Weiße seiner Augen an, Miss.»

Miss Gage sah hin. Sie zeigten es mir im Spiegel. Das Weiße meiner Augen war gelb, es war die Gelbsucht. Ich hatte sie vierzehn Tage. Aus dem Grund verbrachten wir den Rekonvaleszentenurlaub nicht zusammen. Wir hatten geplant, nach Pallanza am Lago Maggiore zu fahren. Es ist schön dort im Herbst, wenn die Blätter rot werden. Man kann spazierengehen und im See Forellen angeln. Es wäre schöner als Stresa gewesen, weil weniger Menschen in Pallanza sind. Stresa ist von Mailand aus so leicht zu erreichen, daß dort immer Leute sind, die man kennt. Pallanza ist ein hübsches Dorf, und man kann auf die Inseln rudern, wo die Fischer leben, und auf der größten Insel liegt ein Restaurant. Aber wir fuhren nicht hin.

Eines Tages, als ich mit Gelbsucht im Bett lag, kam Miss Van Campen ins Zimmer, öffnete die Schranktür und sah dort die leeren Flaschen stehen. Ich hatte eine Ladung durch den Pförtner wegschaffen lassen, und wahrscheinlich hatte sie gesehen, wie man sie wegschaffte, und war heraufgekommen, um noch mehr zu finden. Die meisten waren Wermutflaschen, Marsalaflaschen, Capriflaschen, leere Chiantiflaschen und ein paar Cognacflaschen. Der Pförtner hatte die großen Flaschen, die Wermut enthalten hatten, und die geflochtenen Chiantiflaschen weggeschafft und sich die Schnapsflaschen bis zuletzt gelassen. Es waren die Schnapsflaschen und eine wie ein Bär geformte Flasche, die Kümmel enthalten hatte, die Miss Van Campen fand. Die wie ein Bär geformte Flasche reizte sie zu besonderer Wut. Sie hielt sie hoch; der Bär saß auf seinem Hinterteil, die Vorderpranken erhoben, er hatte einen Korken in seinem Glaskopf und unten am Boden ein paar klebrige Kristalle. Ich lachte.

«Das war Kümmel», sagte ich. «Der beste Kümmel kommt in diesen Bärenflaschen. Er kommt aus Rußland.»

«Das sind alles Schnapsflaschen, nicht wahr?» sagte Miss Van Campen.

«Ich kann sie nicht alle sehen», sagte ich. «Aber wahrscheinlich.»

«Wie lange geht das hier schon so?»

«Ich habe sie gekauft und selbst heraufgebracht», sagte ich. «Ich habe häufig italienische Offiziere zu Besuch gehabt und habe mir Schnaps gehalten, um ihn ihnen anzubieten.»

«Sie haben ihn nicht selbst getrunken?» sagte sie.

«Ich habe auch getrunken.»

«Schnaps», sagte sie, «elf leere Schnapsflaschen und die Bärenflüssigkeit.»

«Kümmel.»

«Ich werde jemand schicken, der sie wegbefördert. Sind das alle leeren Flaschen, die Sie haben?»

«Im Augenblick ja.»

«Und ich habe Sie wegen Ihrer Gelbsucht bemitleidet. Jedes Mitleid mit Ihnen war die reinste Verschwendung.»

«Danke.»

«Ich nehme an, daß man Ihnen keinen Vorwurf daraus machen kann, daß Sie nicht wieder an die Front wollen. Aber ich sollte denken, daß Sie etwas Klügeres hätten tun können, als sich durch Alkohol die Gelbsucht zu holen.»

«Womit?»

«Mit Alkohol. Sie hörten doch, was ich sagte.» Ich sagte nichts. «Falls Ihnen nichts anderes einfällt, fürchte ich, daß Sie an die Front kommen werden, sobald Ihre Gelbsucht vorbei ist. Ich glaube nicht, daß eine Gelbsucht, die Sie sich willkürlich zugezogen haben, Sie zu einem Rekonvaleszentenurlaub berechtigt.»

«So, glauben Sie nicht?»

«Nein.»

«Haben Sie je Gelbsucht gehabt, Miss Van Campen?»

«Nein, aber eine Menge davon gesehen.»

«Haben Sie bemerkt, welchen Genuß die Patienten davon hatten?»

«Ich nehme an, es ist besser als an der Front.»

«Miss Van Campen», sagte ich, «haben Sie jemals von einem Mann gehört, der versucht hat, sich kriegsuntauglich zu machen, indem er sich am Hodensack verstümmelte?»

Miss Van Campen ignorierte meine letzte Frage. Sie mußte sie ignorieren oder das Zimmer verlassen. Sie war noch nicht bereit, das Zimmer zu verlassen, weil sie mich seit langem nicht leiden konnte und jetzt mit mir abrechnete.

«Ich habe viele Leute gesehen, die durch Selbstverstümmelungen dem Schützengraben entgehen wollten.»

«Davon war nicht die Rede. Ich hab auch Selbstverstümmelungen gesehen. Ich hab Sie aber gefragt, ob Sie je einen Mann gesehen haben, der sich kriegsuntauglich gemacht hat, indem er sich selbst am Hodensack verstümmelte? Das ist nämlich das Gefühl, dem Gelbsucht am nächsten kommt, und es ist ein Gefühl, das, glaube ich, nur wenige Frauen kennengelernt haben. Aus dem Grund fragte ich Sie, ob Sie je die Gelbsucht gehabt hätten, Miss Van Campen, weil –» Miss Van Campen verließ das Zimmer. Später kam Miss Gage rein.

«Was haben Sie nur zu Miss Van Campen gesagt? Sie war wütend.»

«Wir verglichen Gefühle. Ich war dabei, ihr vorzuhalten, daß sie niemals Geburtswehen verspürt hätte.»

«Sie sind ein Idiot», sagte Gage. «Sie trachtet Ihnen nach dem Leben.»

«Sie hat mein Leben», sagte ich. «Sie hat mich um meinen Urlaub gebracht, und vielleicht bringt sie mich vors Kriegsgericht. Gemein genug wäre sie.»

«Sie konnte Sie nie leiden», sagte Gage. «Worum ging's denn?»

«Sie sagte, ich hätte mir die Gelbsucht angetrunken, damit ich nicht wieder an die Front müsse.»

«Pah», sagte Gage. «Ich bin bereit, zu schwören, daß Sie niemals einen Tropfen getrunken haben. Alle werden schwören, daß Sie nie etwas getrunken haben.»

«Sie hat die Flaschen gefunden.»

«Ich hab Ihnen hundertmal gesagt, Sie sollen die Flaschen forträumen. Wo sind sie jetzt?»

«Im Schrank.»

«Haben Sie eine Reisetasche?»

«Nein. Stecken Sie sie hier in den Rucksack.»

Miss Gage packte die Flaschen in den Rucksack. «Ich werde sie dem Pförtner geben», sagte sie und wandte sich der Tür zu.

«Einen Augenblick», sagte Miss Van Campen. «Ich werde diese Flaschen an mich nehmen.» Der Pförtner stand neben ihr. «Bitte nehmen Sie sie», sagte sie. «Ich möchte sie dem Doktor zeigen, wenn ich meinen Bericht mache.»

Sie ging den Gang hinunter. Der Pförtner trug den Rucksack. Er wußte, was darin war.

Es passierte nichts weiter, als daß ich um meinen Urlaub kam.

11

An dem Abend, an dem ich an die Front zurück mußte, schickte ich den Pförtner an die Bahn, um einen Platz für mich zu belegen, sobald der Zug aus Turin einlief. Der Zug sollte um Mitternacht weiterfahren. Er wurde in Turin zusammengestellt und traf ungefähr um halb elf in Mailand ein und wartete im Bahnhof, bis es Zeit zum Weiterfahren war. Man mußte da sein, wenn er einlief, um einen Sitzplatz zu bekommen. Der Pförtner nahm einen Freund mit, einen Maschinengewehrschützen auf Urlaub, der bei einem Schneider arbeitete, und war sicher, daß es ihnen gemeinsam gelingen würde, einen Platz für mich freizuhalten. Ich gab ihnen Geld für die Bahnsteigkarten und ließ sie mein Gepäck mitnehmen. Ich hatte einen großen Rucksack und zwei Taschen.

Ich verabschiedete mich ungefähr um fünf Uhr im Lazarett und ging weg. Der Pförtner hatte mein Gepäck in seiner Loge, und ich sagte ihm, daß ich etwas vor Mitternacht auf dem Bahnsteig sein würde. Seine Frau sagte «Signorino» zu mir und weinte. Sie wischte sich die Augen und drückte mir beide Hände und weinte dann wieder. Ich klopfte ihr auf den Rücken, und sie weinte von neuem. Sie hatte meine Sachen für mich geflickt und war eine sehr kleine, gedrungene Frau mit einem fröhlichen Gesicht und weißen Haaren. Wenn sie weinte ging ihr ganzes Gesicht in die Brüche. Ich ging runter an die Ecke in die Weinhandlung, wartete drinnen und sah aus dem Fenster. Draußen war es dunkel, kalt und dunstig. Ich bezahlte meinen Kaffee und Grappa und beobachtete die vorbeigehenden Leute im Lichtschein der Scheibe. Ich sah Catherine und klopfte gegen die Scheibe. Sie guckte auf, sah mich und lächelte, und ich ging zu ihr hinaus. Sie trug ein dunkelblaues Cape und einen weichen Filzhut. Wir gingen nebeneinander her auf dem Bürgersteig an den Weinhandlungen vorbei, dann über den Marktplatz und die Straße hinauf und durch den Torbogen auf dem Domplatz. Vor uns waren Straßenbahngleise, jenseits von diesen lag der Dom. Er war weiß und feucht in dem Dunst. Wir überquerten die Straßenbahnschienen. Zur Linken waren die Läden mit ihren erleuchteten Fenstern und der Eingang zur Galleria. Auf dem Platz war es neblig, und als wir dicht vor der Front des Doms standen, war er sehr groß und der Stein war naß.

«Möchtest du reingehen?»

«Nein», sagte Catherine. Wir gingen weiter. Im Schatten eines steinernen Strebepfeilers vor uns stand ein Soldat mit seinem Schatz, und wir gingen vorbei. Sie standen dicht an den Stein gelehnt, und er hatte sein Cape um sie geschlagen.

«Wie wir», sagte ich.

«Niemand ist wie wir», sagte Catherine. Es war nicht glücklich gemeint.

«Ich wünschte, sie hätten einen Ort, wo sie hingehen könnten.»

«Vielleicht täte es ihnen gar nicht gut.»

«Ich weiß nicht. Jeder sollte ein Fleckchen haben, wo er hingehen kann.»

«Sie haben den Dom», sagte Catherine. Wir waren jetzt vorüber. Wir kreuzten das andere Ende des Platzes und sahen auf den Dom zurück. Er sah im Dunst schön aus. Wir standen vor den Lederwarengeschäften. Im Fenster lagen Reitstiefel, ein Rucksack und Skistiefel. Jeder Artikel war wie ein Ausstellungsstück gesondert aufgestellt. Der Rucksack in der Mitte, die Reitstiefel auf der einen, die Skistiefel auf der anderen Seite. Das Leder war dunkel und glatt geölt wie ein gebrauchter Sattel. Das elektrische Licht machte Glanzlichter auf dem stumpfen, geölten Leder.

«Irgendwann laufen wir zusammen Ski.»

«In zwei Monaten kann man in Mürren Ski laufen», sagte Catherine.

«Da wollen wir hinfahren.»

«Schön», sagte sie. Wir gingen an anderen Auslagen vorbei und bogen in eine Seitenstraße ein.

«Hier bin ich noch nie gewesen.»

«Diesen Weg geh ich immer ins Lazarett», sagte ich. Es war eine enge Straße, und wir blieben auf der rechten Seite. Viele Leute gingen im Nebel an uns vorbei. Es gab viele Läden, und alle Fenster waren erleuchtet. Wir sahen in ein Schaufenster auf einen Berg Käse. Ich blieb vor einer Waffenhandlung stehen.

«Komm einen Moment rein. Ich muß eine Waffe kaufen.»

«Was für eine Waffe?»

«Eine Pistole.»

Wir gingen hinein, und ich knöpfte mein Koppel ab und legte es mit der leeren Pistolentasche auf den Ladentisch. Die Frauen brachten mehrere Pistolen zum Vorschein.

«Sie muß hier reinpassen», sagte ich und öffnete die Tasche. Es war eine graulederne Tasche. Ich hatte sie alt gekauft, um sie in der Stadt zu tragen.

«Sind das gute Pistolen?» fragte Catherine.

«Sie sind alle ungefähr gleich. Kann ich die mal probieren?» fragte ich eine Frau.

«Ich hab jetzt kleinen Platz, wo Sie schießen können», sagte sie. «Aber sie ist sehr gut. Sie werden's nicht bereuen.»

Ich drückte ab und zog den Abzug zurück. Die Feder war ziemlich stark, aber es ging ohne Widerstand. Ich visierte und drückte noch einmal los.

«Sie ist schon gebraucht», sagte die Frau. «Sie gehörte einem Offizier, der ein ausgezeichneter Schütze war.»

«Haben Sie sie ihm verkauft?»

«Ja.»

«Wie haben Sie sie zurückbekommen?»

«Von seinem Burschen.»

«Vielleicht haben Sie meine auch», sagte ich. «Was kostet die?»

«50 Lire. Sie ist sehr billig.»

«Schön. Ich möchte außerdem zwei Reservemagazine und eine Schachtel Patronen.»

Sie holte sie unter dem Ladentisch hervor.

«Können Sie vielleicht einen Säbel gebrauchen?» fragte sie. «Ich habe ein paar gebrauchte Säbel billig abzugeben.»

«Ich gehe an die Front», sagte ich.

«Na ja, dann brauchen Sie keinen Säbel», sagte sie.

Ich bezahlte die Patronen und die Pistole, lud das Magazin, schob es ein, steckte die Pistole in meine leere Tasche, füllte die Reservemagazine mit Patronen, steckte sie in die ledernen Seitenschlitze meiner Tasche und schloß dann mein Koppel. Die Pistole hing schwer am Koppel. Aber ich fand es gut, eine Armeepistole zu haben; man konnte immer Patronen bekommen.

«Jetzt sind wir schwerbewaffnet», sagte ich. «Das war das einzige, was ich noch machen mußte. Jemand hat mir meine auf dem Weg ins Lazarett abgenommen.»

«Hoffentlich ist es eine gute Pistole», sagte Catherine.

«Vielleicht sonst noch was gefällig?» fragte die Frau.

«Ich glaube nicht.»

«Die Pistole hat einen Riemen», sagte sie.

«Ich habe es gesehen.» Die Frau wollte uns noch etwas verkaufen.

«Sie brauchen keine Pfeife?»

«Ich glaube nicht.»

Die Frau sagte auf Wiedersehen, und wir gingen hinaus auf den Bürgersteig. Catherine guckte ins Schaufenster. Die Frau sah hinaus und grüßte.

«Wozu sind denn die kleinen Spiegel in den Holzrahmen?»

«Um Vögel anzulocken. Man wirbelt sie auf den Feldern, bis die Lerchen sie sehen und hervorkommen. Dann schießen die Italiener sie ab.»

«Das ist ein erfindungsreiches Volk», sagte Catherine. «Nicht wahr, ihr in Amerika schießt doch keine Lerchen, Liebling?»

«Nicht vorsätzlich.»

Wir gingen über den Damm und auf der anderen Seite weiter.
«Es geht mir jetzt besser», sagte Catherine. «Ich fühlte mich unbeschreiblich, als wir aufbrachen.»
«Wir fühlen uns doch immer wohl, wenn wir zusammen sind.»
«Wir werden immer zusammenbleiben.»
«Ja. Nur daß ich um Mitternacht fort muß.»
«Denk nicht daran, Liebling.»
Wir gingen die Straße hinauf. Der Nebel machte die Lichter gelb.
«Bist du nicht müde?» fragte Catherine.
«Wie steht's mit dir?»
«Ich nicht. Ich gehe gern.»
«Aber nicht zu lange.»
«Nein.»
Wir bogen in eine Seitenstraße ein, die nicht beleuchtet war, und gingen auf der Straße. Ich blieb stehen und küßte Catherine. Während ich sie küßte, fühlte ich ihre Hand auf meiner Schulter. Sie hatte mein Cape um sich gezogen, so daß es uns beide bedeckte. Wir standen auf der Straße gegen eine hohe Mauer gelehnt.
«Komm, wir gehen irgendwohin», sagte ich.
«Gut», sagte Catherine. Wir gingen die Straße weiter, bis sie auf eine größere Straße, die an einem Kanal entlanglief, mündete. Auf der anderen Seite waren eine Steinmauer und Gebäude. Vor uns am Ende der Straße sah ich einen Straßenbahnwagen die Brücke überqueren.
«Wir können dort oben auf der Brücke eine Droschke bekommen», sagte ich. Wir standen im Nebel auf der Brücke und warteten auf eine Droschke. Mehrere Straßenbahnen kamen vorbei, voll mit Leuten, die nach Hause fuhren. Dann kam ein Wagen, aber es war jemand darin. Der Nebel wurde zu Regen.
«Wir wollen lieber gehen oder eine Straßenbahn nehmen», sagte Catherine.
«Es wird hier gleich einer kommen», sagte ich. «Sie kommen hier vorbei.»
«Hier kommt einer», sagte sie. Der Kutscher hielt das Pferd an und klappte die Metallfahne an seinem Taxameter herunter. Das Verdeck des Wagens war hochgeschlagen, und Wassertropfen standen auf dem Mantel des Kutschers. Sein lackierter Zylinder glänzte in der Nässe. Wir drückten uns zusammen auf den Rücksitz, und das Verdeck des Wagens machte es dunkel.
«Wohin hast du ihm gesagt?»
«Nach dem Bahnhof. Gegenüber vom Bahnhof ist ein Hotel, wo wir hingehen können.»
«Können wir da hingehen, so wie wir sind, ohne Gepäck?»

«Ja», sagte ich.

Es war ein langer Weg bis zum Bahnhof durch Seitenstraßen im Regen.

«Wollen wir nichts essen?» fragte Catherine. «Ich fürchte, ich werde hungrig werden.»

«Wir essen auf unserem Zimmer, ja?»

«Ich hab gar nichts anzuziehen. Ich habe nicht einmal ein Nachthemd.»

«Wir wollen eines besorgen», sagte ich und rief dem Kutscher zu: «Fahren Sie die Via Manzoni hinauf.» Er nickte und bog an der nächsten Ecke links ab. Auf der großen Straße sah sich Catherine nach einem Geschäft um.

«Hier ist ein Laden», sagte sie. Ich ließ den Kutscher anhalten, und Catherine stieg aus, ging über den Bürgersteig und in den Laden hinein. Ich setzte mich im Wagen zurück und wartete auf sie. Es regnete, und ich konnte die nasse Straße und das dampfende Pferd im Regen riechen. Sie kam mit einem Paket zurück und stieg ein, und wir fuhren weiter.

«Ich war furchtbar verschwenderisch, Liebling», sagte sie, «aber es ist ein reizendes Nachthemd.»

Vorm Hotel bat ich Catherine, im Wagen zu warten, während ich reinging und mit dem Direktor sprach. Es gab Zimmer im Überfluß. Dann ging ich hinaus zum Wagen, bezahlte den Kutscher, und Catherine und ich gingen hinein. Der Page trug das Paket. Der Direktor dienerte uns bis zum Lift. Es gab viel roten Plüsch und viel Messing. Der Direktor fuhr mit uns im Lift hinauf.

«Monsieur und Madame wünschen auf dem Zimmer zu speisen?»

«Ja. Wollen Sie bitte das Menü raufschicken?» sagte ich.

«Vielleicht wünschen Sie etwas Besonderes zum Abendessen, Wild oder einen Auflauf?»

Der Lift zog an drei Stockwerken vorbei, jedesmal mit einem Schnappen, dann schnappte es und er hielt an.

«Was gibt's für Wild?»

«Ich kann Ihnen einen Fasan oder eine Schnepfe besorgen.»

«Eine Schnepfe», sagte ich. Wir gingen den Korridor entlang. Der Teppich war abgetreten. Es gab viele Türen. Der Direktor blieb stehen, schloß eine Tür auf und öffnete sie.

«Hier, bitte sehr. Ein herrliches Zimmer.»

Der Page legte das Paket auf den Tisch in der Mitte des Zimmers. Der Direktor zog die Gardinen auf.

«Es ist neblig draußen», sagte er. Das Zimmer war mit rotem Plüsch eingerichtet. Es gab viele Spiegel, zwei Stühle und ein großes Bett mit einer seidenen Decke. Eine Tür führte ins Badezimmer.

«Ich werde Ihnen das Menü raufschicken», sagte der Direktor. Er verbeugte sich und verschwand.

Ich ging ans Fenster und sah hinaus, dann zog ich an einer Schnur, so daß die dicken Plüschgardinen fest zu waren. Catherine saß auf dem Bett und betrachtete den gläsernen Kronleuchter. Sie hatte den Hut abgenommen, und ihr Haar glänzte unter dem Licht. Sie sah sich in einem der Spiegel und führte die Hände zum Haar. Ich sah sie in drei weiteren Spiegeln. Sie sah nicht glücklich aus. Sie ließ ihr Cape aufs Bett gleiten.

«Was ist los, Liebling?»

«Ich hab mich noch nie wie eine Nutte gefühlt», sagte sie.

Ich ging zum Fenster und zog die Gardine zurück und sah hinaus. Ich hatte nicht gedacht, daß es so sein würde.

«Du bist doch keine Nutte.»

«Ich weiß, Liebling. Aber es ist unangenehm, sich so wie eine zu fühlen.» Ihre Stimme war trocken und niedergeschlagen.

«Dies war das beste Hotel, in das wir so gehen konnten», sagte ich. Ich sah aus dem Fenster. Jenseits des Platzes waren die Lichter des Bahnhofs. Auf der Straße fuhren Wagen vorbei, und ich sah die Bäume im Park. Die Lichter des Hotels glänzten auf dem nassen Pflaster. Zum Teufel, dachte ich; müssen wir uns jetzt zanken?

«Komm her, bitte», sagte Catherine. Die Niedergeschlagenheit war vollständig aus ihrer Stimme verschwunden. «Komm her, bitte. Ich bin wieder ein gutes Mädchen.» Ich sah zum Bett hinüber. Sie lächelte.

Ich ging hinüber, setzte mich neben sie aufs Bett und küßte sie.

«Du bist mein gutes Mädchen.»

«Bestimmt deins», sagte sie.

Nachdem wir gegessen hatten, fühlten wir uns großartig, und dann waren wir sehr glücklich, und nach einer kurzen Zeit war das Zimmer unser eigenes Heim. Mein Zimmer im Lazarett war auch unser Heim gewesen, und dies Zimmer war unser Heim im gleichen Sinne.

Während wir aßen trug Catherine meine Uniformjacke um die Schultern. Wir waren sehr hungrig, und das Essen war gut, und wir tranken eine Flasche Capri und eine Flasche St. Estèphe. Ich trank das meiste, aber Catherine trank auch etwas, und sie fühlte sich großartig danach. Zum Essen gab es eine Schnepfe mit Kartoffelsoufflé und Maronenpüree und Salat und Zabaione als Nachtisch.

«Es ist ein hübsches Zimmer», sagte Catherine. «Es ist ein herrliches Zimmer. Wir hätten die ganze Zeit, die wir in Mailand waren, hier zubringen sollen.»

«Es ist ein komisches Zimmer, aber es ist nett.»

«Laster ist doch was Herrliches», sagte Catherine. «Die Leute, die sich ihm hingeben, scheinen einen guten Geschmack zu haben. Der rote Plüsch ist wirklich großartig. Gerade richtig. Und die Spiegel sind entzückend.»

«Du bist ein fabelhaftes Mädchen.»

«Ich weiß nicht, wie solch ein Zimmer ist, um morgens darin aufzuwachen. Aber es ist ein fabelhaftes Zimmer.» Ich goß ihr noch ein Glas St. Estèphe ein.

«Ich wünschte, wir könnten etwas schrecklich Lasterhaftes tun», sagte Catherine. «Alles, was wir machen, scheint so unschuldig und natürlich. Ich kann mir nicht vorstellen, daß wir irgendwas Unrechtes tun.»

«Du bist ein fabelhaftes Mädchen.»

«Ich hab nur Hunger. Ich werde schrecklich hungrig.»

«Du bist ein großartiges, natürliches Mädchen», sagte ich.

«Ich bin eine ganz natürliche Frau. Niemand außer dir hat das je kapiert.»

«Einmal, zu Anfang unserer Bekanntschaft, habe ich mir einen ganzen Nachmittag lang ausgemalt, daß wir zusammen ins Hotel *Cavour* gehen würden, und wie es dann sein würde.»

«Das war furchtbar frech von dir. Dies ist nicht das *Cavour*, nicht wahr?»

«Nein. Da hätten sie uns nicht reingelassen.»

«Später werden sie uns schon reinlassen. Aber das ist der Unterschied zwischen uns, Liebling. Ich habe überhaupt an nichts gedacht.»

«Niemals? Überhaupt nicht?»

«Ein bißchen doch», sagte sie.

«Ach, du bist einfach wunderbar.» Ich goß noch ein Glas Wein ein.

«Ich bin ein sehr einfaches Mädchen», sagte Catherine.

«Das dachte ich zuerst gar nicht. Ich hielt dich für verrückt.»

«Ich war ein bißchen verrückt. Aber nicht verrückt in einer komplizierten Art. Nicht wahr, ich hab dich doch nicht verwirrt, Liebling?»

«Wein ist was Herrliches», sagte ich. «Man vergißt alles Schlimme.»

«Ja, Wein ist herrlich», sagte Catherine. «Aber mein Vater hat furchtbare Gicht davon bekommen.»

«Hast du einen Vater?»

«Ja», sagte Catherine. «Er hat Gicht. Du brauchst ihn nie kennenzulernen. Hast du keinen Vater?»

«Nein», sagte ich, «einen Stiefvater.»

«Werde ich ihn nett finden?»

«Du brauchst ihn nicht kennenzulernen.»

«Wir haben's doch herrlich», sagte Catherine. «Mich interessiert überhaupt nichts mehr außer dir. Ich bin so sehr glücklich mit dir verheiratet.»

Der Kellner kam und nahm die Sachen fort. Nach einer Weile waren wir sehr still und konnten den Regen hören. Unten auf der Straße hupte ein Auto.

«Doch stets im Rücken hör ich unverweilt der Zeit beschwingten Wagen, der mir näher eilt», sagte ich.

«Ich kenne das Gedicht», sagte Catherine. «Es ist von Marvell. Aber es handelt von einem Mädchen, das nichts mit einem Mann zu tun haben will.»

Mein Kopf war sehr klar und kühl, und ich wollte über Tatsachen reden.

«Wo wirst du das Baby bekommen?»

«Ich weiß nicht. Aber ich werde mich nach dem geeignetsten Ort erkundigen.»

«Wie willst du das alles ordnen?»

«So gut ich kann. Sorg dich nicht, Liebling. Wir können viele Babies bekommen, ehe der Krieg aus ist.»

«Es ist beinahe Zeit zum Gehen.»

«Ich weiß. Das hängt ja ganz von dir ab.»

«Nein.»

«Dann sorg dich nicht, Liebling. Bis jetzt warst du fabelhaft, und jetzt machst du dir Gedanken.»

«Nein, nein. Wie oft wirst du mir schreiben?»

«Jeden Tag. Werden deine Briefe gelesen?»

«So viel Englisch können sie nicht, daß das was schadet.»

«Ich schreib ganz durcheinander und unverständlich», sagte Catherine.

«Nicht zu durcheinander.»

«Nein, nur ein bißchen.»

«Ich fürchte, wir müssen gehen.»

«Schön, Liebling.»

«Ich geh so ungern aus unserem schönen Heim weg.»

«Ich auch.»

«Aber wir müssen gehen.»

«Ja. Aber wir sind nie sehr lange in unserem Heim.»

«Aber später.»

«Ich werde ein schönes Zuhause für dich haben, wenn du zurückkommst.»

«Vielleicht bin ich gleich wieder da.»

«Vielleicht wirst du ganz leicht am Fuß verwundet.»
«Oder am Ohrläppchen.»
«Nein. Ich will deine Ohren so wie sie sind.»
«Und meine Füße nicht?»
«Deine Füße waren schon mal verwundet.»
«Wir müssen gehen, Liebling. Wirklich.»
«Schön. Geh du vor.»

12

Wir gingen die Treppe hinunter, anstatt den Lift zu benutzen. Der Teppich auf den Stufen war abgetreten. Ich hatte fürs Essen bezahlt, als es heraufkam, und der Kellner, der es gebracht hatte, saß auf einem Stuhl neben der Tür. Er sprang auf und dienerte, und ich ging mit ihm in ein Nebenzimmer und bezahlte die Zimmerrechnung. Der Direktor hatte mich als einen Freund erkannt und Vorausbezahlung abgelehnt, aber als er sich zurückzog, hatte er daran gedacht, den Kellner an der Tür zu postieren, damit ich nicht etwa ohne zu zahlen wegginge. Ich nehme an, daß ihm das selbst bei Freunden schon passiert war. Im Krieg hatte man so viele Freunde.

Ich schickte den Kellner nach einem Wagen, und er nahm Catherines Päckchen, das ich in der Hand hielt, und ging mit einem Schirm hinaus. Durchs Fenster sahen wir, wie er draußen im Regen die Straße überquerte. Wir standen im Nebenzimmer und sahen aus dem Fenster.

«Wie fühlst du dich, Cat?»

«Schläfrig.»

«Ich fühl mich leer und hungrig.»

«Hast du was zu essen mit?»

«Ja. In der einen Tasche.»

Ich sah den Wagen kommen. Er hielt; der Kopf des Pferdes hing im Regen, und der Kellner stieg aus und spannte den Schirm auf und kam aufs Hotel zu. Wir begegneten ihm an der Tür und gingen unter dem Schirm hinaus über den nassen Bürgersteig bis zur Droschke an der Bordschwelle. Im Rinnstein lief das Wasser.

«Ihr Paket liegt auf dem Sitz», sagte der Kellner. Er stand mit dem Schirm da, bis wir eingestiegen waren und ich ihm ein Trinkgeld gegeben hatte.

«Vielen Dank. Angenehme Reise», sagte er. Der Kutscher ruckte an den Zügeln, und das Pferd setzte sich in Bewegung. Der Kellner drehte unter seinem Schirm um und ging ins Hotel zurück. Wir fuhren die Straße hinunter und bogen links ein und kamen mit einer Rechtswendung am Bahnhof heraus. Im Hellen standen zwei Carabinieri eben noch vor dem Regen geschützt. Das Licht schien auf ihre Hüte. Man sah den Regen klar und durchsichtig gegen den erleuchteten Bahnhof.

Ein Träger kam unter dem schützenden Bahnhofsdach hervor, die Schultern gegen den Regen hochgezogen.

«Nein», sagte ich. «Danke, ich brauche niemand.»

Er kehrte in den Schutz des Torbogens zurück. Ich wandte mich zu Catherine. Ihr Gesicht war durch das Verdeck der Droschke beschattet.

«Wir können uns eigentlich hier auf Wiedersehen sagen.»

«Kann ich nicht mit rein?»

«Nein. – Auf Wiedersehen, Cat.»

«Willst du ihm sagen, zum Lazarett?»

«Ja.»

Ich sagte dem Kutscher die Adresse, wo er hinfahren sollte. Er nickte.

«Auf Wiedersehen», sagte ich. «Paß gut auf dich und die kleine Catherine auf.»

«Auf Wiedersehen, Liebling.»

«Auf Wiedersehen», sagte ich. Ich trat in den Regen hinaus, und die Droschke setzte sich in Bewegung. Catherine beugte sich hinaus, und ich sah ihr Gesicht im Licht. Sie lächelte und winkte. Die Droschke fuhr die Straße hinauf. Catherine zeigte in den Torbogen. Ich sah hin, da waren nur die beiden Carabinieri und der Torbogen. Aha, sie wollte, daß ich aus dem Regen ginge. Ich ging hinein und stand und sah der Droschke nach, bis sie um die Ecke bog. Dann ging ich durch den Bahnhof und die Unterführung hinunter zum Zug.

Der Pförtner stand auf dem Bahnsteig und sah sich nach mir um. Ich folgte ihm in den Zug, drängelte mich an Soldaten vorbei durch den Gang und durch eine Tür in ein vollbesetztes Abteil, in dem der Maschinengewehrschütze in einer Ecke saß. Mein Rucksack und meine Taschen lagen über seinem Kopf im Gepäcknetz. Es standen eine Menge Soldaten im Korridor, und die Soldaten im Abteil sahen uns alle an, als wir reinkamen. Es gab nicht genug Plätze im Zug, und jeder einzige war feindselig. Der Maschinengewehrschütze stand auf, um mir Platz zu machen. Jemand tippte mir auf die Schulter. Ich blickte mich um. Es war ein sehr großer, hagerer Artillerie-Hauptmann mit einer roten Narbe über dem Kiefer. Er hatte durchs Korridorfenster gesehen und war dann hereingekommen.

«Was sagen Sie?» fragte ich. Ich hatte mich umgedreht und stand ihm gegenüber. Er war größer als ich, und sein Gesicht sah unter dem beschatteten Mützenschirm sehr dünn aus, und die Narbe war neu und flammend. Alle im Abteil sahen mich an.

«Das kann man nicht», sagte er. «Man kann sich nicht von einem Soldaten einen Platz reservieren lassen.»

«Ich hab's aber getan.»

Er schluckte, und ich sah seinen Adamsapfel auf und nieder gehen. Der Maschinengewehrschütze stand vor dem Platz. Ein paar Soldaten sahen durch die Scheibe herein. Niemand im Abteil sagte ein Wort.

«Sie haben kein Recht, das zu tun; ich war zwei Stunden vor Ihnen hier.»

«Was wollen Sie?»

«Den Platz.»

«Ich auch.»

Ich beobachtete sein Gesicht und fühlte, wie das ganze Abteil gegen mich Partei nahm. Ich konnte es ihnen nicht verübeln. Er hatte recht. Aber ich wollte den Platz. Immer noch sprach niemand ein Wort.

Zum Teufel, dachte ich.

«Setzen Sie sich, Signor Capitano», sagte ich. Der Maschinengewehrschütze machte Platz, und der lange Hauptmann setzte sich hin. Er sah mich an. Sein Gesicht zeigte einen verschnupften Ausdruck. Aber er hatte den Platz. «Nimm meine Sachen», sagte ich zu dem Maschinengewehrschützen. Wir gingen raus auf den Gang. Der Zug war voll, und ich wußte, es war keine Möglichkeit, einen Platz zu finden. Ich gab dem Pförtner und dem Maschinengewehrschützen je 10 Lire. Sie gingen den Gang hinunter und draußen auf dem Bahnsteig entlang und sahen durch die Fenster, aber es gab keinen Platz.

«Vielleicht steigt jemand in Brescia aus», sagte der Pförtner.

«In Brescia steigen noch welche zu», sagte der Maschinengewehrschütze. Ich verabschiedete mich von ihnen, sie schüttelten mir die Hand und gingen weg. Sie fühlten sich beide gräßlich. Wir standen alle im Gang, als der Zug sich in Bewegung setzte. Ich betrachtete die Lichter auf dem Bahnhof und auf den Höfen, als wir hinausfuhren. Es regnete noch immer, und bald waren die Fenster naß und man konnte nicht raussehen. Später schlief ich auf der Erde im Gang, nachdem ich meine Brieftasche mit meinem Geld und meinen Papieren zwischen Hemd und Hose gesteckt hatte, so daß sie sich im Bein meiner Reithose befand. Ich schlief die ganze Nacht, wachte in Brescia und Verona auf, als noch mehr Leute einstiegen, schlief aber gleich wieder ein. Meinen Kopf hatte ich auf eine meiner Taschen gelegt und meine Arme um die andere, und ich fühlte den Rucksack, und sie konnten alle über mich wegklettern, wenn sie nicht auf mich treten wollten. Den ganzen Korridor entlang schliefen Männer auf der Erde. Andere standen und hielten sich an den Fenstergurten fest oder lehnten gegen die Türen. Dieser Zug war immer überfüllt.

Drittes Buch

I

Jetzt im Herbst waren die Bäume alle kahl, und die Straßen waren schlammig. Ich fuhr auf einem Lastauto von Udine nach Gorizia. Wir kamen an anderen Lastwagen vorbei, und ich betrachtete das Land. Die Maulbeerbäume waren kahl und die Felder braun. Auf der Straße lagen nasse, tote Blätter von den Reihen kahler Bäume und Männer arbeiteten auf der Straße und stopften die Furchen mit Steinen zu, die sie von den Haufen zerkleinerter Steine nahmen, die auf der Chaussee zwischen den Bäumen angehäuft waren. Wir sahen die Stadt vor uns, mit Dunst darüber, der die Berge fortschnitt. Wir kreuzten den Fluß, und ich sah, daß er hoch stand. Es hatte in den Bergen geregnet. Wir kamen an den Fabriken vorbei, in die Stadt und dann an den Häusern und Villen vorbei, und ich sah, daß noch eine ganze Anzahl Häuser zerstört worden war. Auf einer schmalen Straße kamen wir an einem englischen Rote-Kreuz-Transport vorbei. Der Fahrer trug eine Mütze, und sein Gesicht war dünn und sehr gebräunt. Ich kannte ihn nicht. Ich kletterte auf dem großen Platz vor dem Rathaus von dem Lastauto herunter, der Fahrer reichte mir meinen Rucksack, ich nahm ihn auf den Rücken, packte meine beiden Taschen und machte mich auf den Weg nach unserer Villa. Ich hatte nicht das Gefühl von Nach-Hause-Kommen.

Ich ging die feuchte Kiesanfahrt entlang und sah die Villa durch die Bäume hindurch. Die Fenster waren alle geschlossen, aber die Tür stand offen. Ich ging hinein und fand den Major vor einem Tisch in dem leeren Zimmer sitzen, Landkarten und mit Maschinenschrift bedeckte Bogen an der Wand.

«Hallo», sagte er. «Wie geht's?» Er sah älter und lederner aus.

«Mir geht's gut», sagte ich. «Wie steht alles?»

«Es ist alles vorbei», sagte er. «Nehmen Sie Ihren Krempel ab und setzen Sie sich.»

Ich stellte meinen Rucksack und meine Taschen auf die Erde und legte meine Mütze auf den Rucksack. Ich holte mir einen Stuhl, der an der Wand stand, und setzte mich neben seinen Schreibtisch.

«Es war ein schlechter Sommer», sagte der Major. «Sind Sie wieder ganz in Ordnung?»

«Ja.»

«Haben Sie je die Auszeichnungen bekommen?»

«Ja, ich bekam sie umgehend. Vielen Dank.»

«Zeigen Sie mal her.»

Ich öffnete mein Cape, so daß er die beiden Bändchen sehen konnte.

«Haben Sie die Schachteln mit den Orden bekommen?»

«Nein, nur die Patente.»

«Die Schachteln kommen später. Das dauert länger.»

«Was wünschen Sie, daß ich tue?»

«Die Wagen sind alle weg. Es sind sechs oben nördlich von Caporetto. Kennen Sie Caporetto?»

«Ja», sagte ich. In meiner Erinnerung war es eine kleine weiße Stadt in einem Tal mit einem Campanile. Es war ein sauberes kleines Städtchen und hatte einen schönen Brunnen auf dem Marktplatz.

«Sie arbeiten von da aus. Es gibt jetzt viele Kranke. Die Kämpfe sind vorbei.»

«Wo sind die anderen?»

«Zwei sind oben in den Bergen und vier noch auf dem Bainsizza. Die anderen beiden Sanitätsabteilungen sind im Carso mit der III. Armee.»

«Was wünschen Sie, daß ich jetzt tue?»

«Sie können, wenn Sie wollen, die vier Wagen auf dem Bainsizza übernehmen. Gino war lange Zeit dort oben. Sie waren noch nicht oben, nicht wahr?»

«Nein.»

«Es war sehr schlimm. Wir haben drei Wagen verloren.»

«Ich habe davon gehört.»

«Ja. Rinaldi hat Ihnen geschrieben.»

«Wo ist Rinaldi?»

«Er ist hier im Lazarett. Er hat allerhand in diesem Sommer und Herbst gehabt.»

«Das glaub ich.»

«Es war schon schlimm», sagte der Major. «Sie können sich nicht vorstellen, wie schlimm es war. Ich hab oft gedacht, daß Sie Glück hatten, daß Sie gerade damals verwundet wurden.»

«Ja, ich fand es auch.»

«Nächstes Jahr wird's noch schlimmer», sagte der Major. «Vielleicht werden sie jetzt angreifen. Man sagt, sie seien zum Angriff bereit, aber ich kann's mir nicht vorstellen. Es ist zu spät. Haben Sie den Fluß gesehen?»

«Ja. Er steht jetzt schon hoch.»

«Ich glaube nicht, daß sie jetzt angreifen werden, wo die Regengüsse eingesetzt haben. Wir werden bald Schnee bekommen. Was ist denn mit Ihren Landsleuten los? Kommen noch mehr Amerikaner außer Ihnen?»

«Man bildet eine Armee von zehn Millionen aus.»

«Ich hoffe, daß wir ein paar davon hierherbekommen, aber die Franzosen werden sie wohl alle abfangen. Wir werden hier nie welche bekommen. Na gut. Also bleiben Sie heute nacht hier, und fahren Sie morgen früh mit dem kleinen Wagen raus und schicken Sie Gino zurück. Ich gebe Ihnen jemand mit, der den Wagen kennt. Gino wird Ihnen über alles Bescheid sagen. Sie schießen noch ein bißchen, aber es ist eigentlich alles vorbei. Sie werden sich sicher gern die Bainsizza ansehen.»

«Ja, gern. Ich freue mich darauf, und ich freue mich auch, daß ich wieder hier bei Ihnen bin, Signor Maggiore.»

Er lächelte. «Es ist nett von Ihnen, so was zu sagen. Ich habe diesen Krieg sehr satt. Wenn ich einmal hier weg wäre, glaube ich nicht, daß ich wiederkäme.»

«Ist es so schlimm?»

«Ja, es ist so schlimm und schlimmer. Gehen Sie und säubern Sie sich erst mal und suchen Sie Ihren Freund Rinaldi.»

Ich ging hinaus und trug meine Taschen die Treppe hinauf. Rinaldi war nicht im Zimmer, aber seine Sachen waren da, und ich setzte mich auf mein Bett und wickelte meine Gamaschen ab und zog den Schuh von meinem rechten Fuß. Dann legte ich mich auf dem Bett zurück. Ich war müde, und mein rechter Fuß tat mir weh. Ich fand es dumm, mit einem ausgezogenen Schuh auf dem Bett zu liegen, darum setzte ich mich wieder aufrecht hin und band den anderen Schuh auch auf und ließ ihn zu Boden fallen und legte mich dann wieder auf die Decke. Es war muffig mit dem geschlossenen Fenster, aber ich war zu müde, um aufzustehen und es aufzumachen. Ich sah, daß alle meine Sachen in einer Ecke des Zimmers waren. Draußen wurde es dunkel. Ich lag auf dem Bett und dachte an Catherine und wartete auf Rinaldi. Ich wollte versuchen, bis abends vor dem Einschlafen nicht an Catherine zu denken. Aber ich war jetzt müde, und es gab nichts zu tun, und so lag ich da und dachte an sie. Ich dachte an sie, als Rinaldi hereinkam. Er sah wie immer aus. Vielleicht war er ein bißchen dünner.

«Nun, Kleiner», sagte er. Ich setzte mich auf. Er kam herüber, setzte sich und legte seinen Arm um mich. «Guter alter Kleiner.» Er schlug mich auf den Rücken und ich hielt seine beiden Arme fest.

«Alter Kleiner», sagte er, «laß mich mal dein Knie ansehen.»

«Dazu muß ich aber meine Hose ausziehen.»

«Zieh deine Hose aus, Kleiner. Wir sind doch hier alle befreundet. Ich will mal sehen, was sie da für Arbeit geleistet haben.» Ich stand auf, zog die Reithose aus und den Knieschützer ab. Rinaldi saß auf der Erde und bog das Knie vorsichtig hin und her. Er fuhr mit dem Finger die Narbe entlang, legte die Daumen über meiner Kniescheibe zusammen und wiegte das Knie vorsichtig mit den Fingern.

«Ist das die ganze Beweglichkeit, die du hast?»

«Ja.»

«Es ist ein Verbrechen, dich zurückzuschicken. Sie müssen vollkommene Beweglichkeit erzielen.»

«Es ist viel besser, als es war. Es war steif wie ein Brett.»

Rinaldi bog es stärker. Ich beobachtete seine Hände. Er hatte feine Chirurgenhände. Ich sah auf seinen Kopf, sein Haar glänzte und war glatt gescheitelt. Er bog das Knie zu weit.

«Au», sagte ich.

«Du müßtest noch eine orthopädische Behandlung durchmachen», sagte Rinaldi.

«Es ist besser, als es war.»

«Das seh ich, Kleiner. Hiervon versteh ich mehr als du.» Er stand auf und setzte sich auf mein Bett. «Das Knie selbst ist gut gemacht.» Mein Knie war jetzt für ihn erledigt. «Erzähl mir mal jetzt von allem.»

«Es gibt nicht viel zu erzählen», sagte ich, «ich hab ein sehr ruhiges Leben geführt.»

«Du bist ja wie ein verheirateter Mann», sagte er. «Was ist denn mit dir los?»

«Nichts», sagte ich. «Was ist denn mit dir los?»

«Dieser Krieg bringt mich um», sagte Rinaldi. «Er deprimiert mich.» Er faltete die Hände über seinem Knie.

«Ach!» sagte ich.

«Was ist denn los? Darf ich nicht auch einmal menschliche Regungen haben?»

«Nein, ich sehe doch, daß du eine großartige Zeit hinter dir hast. Los, erzähle.»

«Den ganzen Sommer und Herbst hab ich operiert. Ich arbeite die ganze Zeit. Ich mach die Arbeit von allen. Alle schwierigen Sachen überlassen sie mir. Bei Gott, Kleiner, ich werde ein großartiger Chirurg.»

«Das klingt besser.»

«Ich denke nie. Nein, bei Gott, ich denke nicht, ich operiere.»

«Das ist recht.»

«Aber jetzt, Kleiner, ist alles vorbei. Ich operiere jetzt und fühl mich sauelend. Dies ist ein schrecklicher Krieg, Kleiner. Du kannst es mir schon glauben. Jetzt tröste mich mal ein bißchen. Hast du die Grammophonplatten mitgebracht?»

«Ja.»

Sie waren in Papier eingewickelt in einer Pappschachtel in meinem Rucksack. Ich war zu müde, um sie rauszuholen.

«Fühlst du dich denn auch nicht gut, Kleiner?»

«Ich fühle mich sauelend.»

«Dieser Krieg ist furchtbar», sagte Rinaldi. «Komm, komm, wir wollen uns beide betrinken und vergnügt sein. Dann wollen wir ausgehen, und danach geht's uns wieder glänzend.»

«Ich hab die Gelbsucht gehabt», sagte ich. «Und kann mich nicht betrinken.»

«Ach, Kleiner, wie bist du mir wiedergegeben worden! Du kommst totenernst und mit einer Leber behaftet zurück. Ich sag dir, dieser Krieg ist etwas Gräßliches. Warum führen wir ihn überhaupt?»

«Wir wollen was trinken. Ich will mich nicht betrinken, aber trinken können wir schon.»

Rinaldi ging durchs Zimmer zum Waschtisch und brachte zwei Gläser und eine Flasche Cognac an.

«Es ist österreichischer Cognac», sagte er. «Sieben Sterne. Das ist alles, was sie auf San Gabriele erobert haben.»

«Warst du da oben?»

«Nein, ich war nirgends. Ich war die ganze Zeit über hier und hab operiert. Sieh mal, Kleiner, hier ist dein altes Zahnputzglas. Ich hab's die ganze Zeit über als Erinnerung an dich aufgehoben, um dich nicht zu vergessen.»

«Um nicht zu vergessen, dir die Zähne zu putzen.»

«Nein, ich hab mein eigenes. Dies hab ich behalten, um nicht zu vergessen, wie du morgens versucht hast, dir die Villa Rossa von den Zähnen zu bürsten, fluchend und Aspirin fressend und die Nutten verwünschend. Jedesmal wenn ich das Glas sehe, muß ich daran denken, wie du versucht hast, mit einer Zahnbürste dein Gewissen zu reinigen.» Er kam herüber an mein Bett. «Gib mir einen Kuß und sag, daß du nicht seriös geworden bist.»

«Ich werde dich nie im Leben küssen. Du bist ein Affe.»

«Ich weiß, daß du der feine, brave Angelsachse bist. Ich weiß. Du bist der Knabe mit Gewissensbissen, ich weiß. Ich werde warten, bis der Angelsachse sich wieder die Hurerei mit einer Zahnbürste wegputzt.»

«Gieß mir ein bißchen Cognac ein.»

Wir stießen an und tranken. Rinaldi lachte mich an.

«Ich werde dich unter Alkohol setzen und deine Leber rausnehmen und dir eine gute italienische Leber einsetzen und wieder einen Mann aus dir machen.»

Ich hielt ihm das Glas zum Einschenken hin. Draußen war es jetzt dunkel. Mit dem Cognacglas in der Hand ging ich hinüber ans Fenster und öffnete es. Es hatte aufgehört zu regnen. Es war kälter draußen und Nebel lag auf den Bäumen.

«Gieß den Cognac nicht zum Fenster raus», sagte Rinaldi. «Wenn du ihn nicht trinken kannst, gib ihn mir.»

«Geh doch zum Teufel», sagte ich. Ich war froh, Rinaldi wiederzusehen. Er hatte mich zwei Jahre lang aufgezogen, und ich hatte es immer gern gehabt. Wir verstanden einander ausgezeichnet.

«Bist du verheiratet?» fragte er vom Bett aus.

Ich lehnte gegen die Wand am Fenster.

«Noch nicht.»

«Liebst du jemand?»

«Ja.»

«Die Engländerin?»

«Ja.»

«Armes Kindchen. Ist sie dir gut?»

«Natürlich.»

«Ich meine, ist sie gut zu dir, praktisch gesprochen?»

«Halt die Klappe.»

«Werde ich ja. Du wirst sehen, ich bin ein Mann von ausgesuchter Feinfühligkeit. Ist sie . . .»

«Rinin», sagte ich, «bitte halt die Klappe. Wenn du mein Freund sein willst, halt die Klappe.»

«Ich *will* gar nicht dein Freund sein, Kleiner, ich *bin* dein Freund.»

«Dann halt die Klappe.»

«Schön.»

Ich ging zum Bett hinüber und setzte mich neben Rinaldi. Er hielt sein Glas und sah zu Boden.

«Kannst du verstehen, Rinin?»

«O ja, mein ganzes Leben lang begegne ich heiligen Dingen. Aber bei dir eigentlich selten. Ich nehme an, daß du sie auch brauchst . . .» Er sah zu Boden.

«Du nicht?»

«Nein.»

«Gar nicht?»

«Nein.»

«Ich könnte also wirklich über deine Mutter dies und jenes sagen und dies und jenes über deine Schwester?»

«Und jenes über *deine* Schwester», sagte Rinaldi flink. Wir lachten beide.

«Der alte Übermensch», sagte ich.

«Vielleicht bin ich eifersüchtig», sagte Rinaldi.

«Nein, das bist du nicht.»

«Ich meine nicht so. Ich meine was anderes. Hast du verheiratete Freunde?»

«Ja», sagte ich.

«Ich habe keine», sagte Rinaldi, «wenigstens nicht solche, die sich lieben.»

«Warum nicht?»

«Sie mögen mich nicht.»

«Warum nicht?»

«Ich bin die Schlange. Ich bin die Schlange der Vernunft.»

«Du bringst alles durcheinander. Der Apfel ist die Vernunft.»

«Nein, es war die Schlange.» Er war jetzt aufgekratzter.

«Dir geht's besser, wenn du nicht so tief nachgrübelst», sagte ich.

«Ich liebe dich, Kleiner», sagte er. «Piek mir nur die Luft raus, wenn ich ein großer italienischer Denker werde. Aber ich weiß viele Dinge, die ich nicht sagen kann. Ich weiß mehr als du.»

«Ja, das stimmt.»

«Aber du wirst dein Leben mehr genießen. Selbst mit Gewissensbissen wirst du dein Leben mehr genießen.»

«Das glaube ich nicht.»

«O ja. Das ist sicher. Ich bin ja jetzt schon nur glücklich, wenn ich arbeite.» Er sah wieder zu Boden.

«Darüber kommst du hinweg.»

«Nein. Ich mach mir nur noch was aus zwei anderen Dingen; eines ist schlecht für meine Arbeit und das andere ist in einer halben Stunde oder zehn Minuten vorbei. Manchmal noch kürzer.»

«Manchmal sehr viel kürzer.»

«Vielleicht hab ich mich gebessert, Kleiner. Du weißt es nur nicht. Aber es gibt nur die zwei Sachen für mich und meine Arbeit.»

«Es wird auch wieder andere Sachen geben.»

«Nein, wir bekommen niemals was. Wir werden mit allem, was wir je haben, geboren und wir lernen nichts. Wir bekommen nie was Neues hinzu. Im Anfang ist alles fix und fertig. Du kannst froh sein, daß du kein Romane bist.»

«So was wie Romanen gibt's überhaupt nicht. Das ist die romanische Art zu denken. Ihr seid so stolz auf eure Mängel.»

Rinaldi sah auf und lachte.

«Schluß damit, Kleiner. Ich bin müde vom vielen Denken.»

Er hatte müde ausgesehen, als er hereinkam. «Es ist beinahe Zeit zum Essen. Ich bin froh, daß du wieder da bist. Du bist mein Waffenbruder und mein bester Freund.»

«Wann essen die Waffenbrüder?» fragte ich.

«Sehr bald. Wir wollen noch einen deiner Leber zuliebe trinken.»

«Wie St. Paul.»

«Du bist ungenau. Das war Wein und der Magen. Trink ein bißchen Wein deinem Magen zuliebe.»

«Was auch immer in der Flasche ist», sagte ich, «und aus welchem Grunde du willst.»

«Gut.»

«Ich werde nie irgendeine Schweinerei über sie sagen.»

«Übernimm dich nur nicht.»

Er trank etwas Cognac. «Ich hab ein reines Kindergemüt», sagte er. «Ich bin wie du, Kleiner, ich werde mir auch einen englischen Schatz zulegen. Tatsächlich kannte ich ja deinen Schatz lange vor dir, aber sie war ein bißchen groß für mich. Ein großes Mädchen als Schwester», zitierte er.

«Du hast ein wunderbar reines Gemüt.»

«Nicht wahr? Darum nennt man mich auch allgemein Rinaldo Purissimo.»

«Rinaldo Sporchissimo.»

«Komm los, Kleiner, wir wollen runter gehen essen, während mein Gemüt noch rein ist.»

Ich wusch mich, kämmte mir die Haare, und wir gingen die Treppe hinunter. Rinaldi war ein bißchen betrunken. Als wir herunterkamen, war das Essen noch nicht ganz fertig.

«Ich geh und hol den Schnaps», sagte Rinaldi. Er ging wieder hinauf. Ich saß am Tisch, und er kam mit der Flasche zurück und schenkte jedem ein halbes Wasserglas Cognac ein.

«Zuviel», sagte ich und hielt das Glas hoch und visierte die Lampe auf dem Tisch.

«Nicht für einen leeren Magen. Es ist was Herrliches. Es brennt den Magen vollkommen aus. Es gibt nichts Schlechteres für dich.»

«Schön.»

«Selbstzerstörung, Tag für Tag», sagte Rinaldi. «Es ruiniert den Magen und macht die Hand zittrig. Die gegebene Sache für einen Chirurgen.»

«Du empfiehlst es?»

«Von Herzen. Ich nehme sonst nichts. Trink's runter, Kleiner, und freu dich aufs Kotzen.»

Ich trank das halbe Glas aus. Im Gang hörte ich die Ordonnanz «Essen» rufen. «Das Essen ist fertig.»

Der Major kam rein, nickte uns zu und setzte sich. Er schien bei Tisch sehr klein.

«Sind wir nicht mehr?» fragte er. Die Ordonnanz stellte die Suppenterrine hin, und er teilte die Suppe aus.

«Das sind alle», sagte Rinaldi, «wenn der Priester nicht kommt. Wenn er wüßte, daß Frederico hier ist, würde er kommen.»

«Wo ist er?» fragte ich.

«Er ist bei 307», sagte der Major. Er war mit seiner Suppe beschäftigt. Er wischte sich den Mund ab, indem er sich seine hochstehenden grauen Schnurrbartspitzen vorsichtig abtupfte. «Ich denke, er wird kommen. Ich hab hintelefoniert und ihm ausrichten lassen, daß Sie wieder da sind.»

«Mir fehlt der Kasinokrach», sagte ich.

«Ja, es ist still», sagte der Major.

«Ich werde Radau machen», sagte Rinaldi.

«Trinken Sie ein Glas Wein, Enrico», sagte der Major. Er füllte mein Glas. Die Spaghetti kamen herein, und wir waren alle beschäftigt. Wir waren gerade mit den Spaghetti fertig, als der Priester erschien. Er war wie immer, klein und braun und vierschrötig. Ich stand auf, und wir schüttelten einander die Hände. Er legte seinen Arm um meine Schulter.

«Ich bin sofort gekommen, als ich es erfuhr», sagte er.

«Setzen Sie sich», sagte der Major. «Sie haben sich verspätet.»

«Guten Abend, Priester», sagte Rinaldi, das englische Wort benutzend. Alle hatten das von dem Englisch radebrechenden Hauptmann, der den Priester immer aufzog, übernommen. «Guten Abend, Rinaldi», sagte der Priester. Die Ordonnanz brachte ihm die Suppe, aber er sagte, er wolle mit den Spaghetti anfangen.

«Wie geht's Ihnen?» fragte er mich.

«Ausgezeichnet», sagte ich. «Wie ist alles gegangen?»

«Trinken Sie etwas Wein, Priester», sagte Rinaldi. «Trinken Sie, etwas Wein wird Ihrem Magen guttun. Das sagt schon St. Paul, wie Sie ja wissen.»

«Ja, ich weiß», sagte der Priester höflich. Rinaldi füllte sein Glas.

«Dieser St. Paul», sagte Rinaldi. «Er ist derjenige, der die ganzen Schwierigkeiten macht.»

Der Priester blickte mich an und lächelte. Ich sah, daß ihm die ganze Neckerei nichts mehr ausmachte.

«Dieser St. Paul», sagte Rinaldi, «er war ein Herumtreiber und Schürzenjäger, und als er sich die Hörner abgelaufen hatte, sagte er, das tauge alles nichts. Als er abgewirtschaftet hatte, stellte er die Gesetze für uns auf, die wir uns noch nicht die Hörner abgelaufen haben. Ist es nicht so, Frederico?»

Der Major lächelte. Wir aßen jetzt Gulasch.

«Ich streite mich nie über einen Heiligen nach Anbruch der Dunkelheit», sagte ich.

Der Priester sah von seinem Gulasch auf und lächelte mir zu.

«Da, jetzt ist er zum Priester übergelaufen», sagte Rinaldi. «Wo sind alle die guten alten Priesterfresser hin? Wo ist Calvacanti? Wo ist Brundi? Wo ist Cesare? Muß ich diesen Priester hier allein ganz ohne Unterstützung aufziehen?»

«Er ist ein guter Priester», sagte der Major.

«Er ist ein guter Priester», sagte Rinaldi, «aber doch ein Priester. Ich gebe mir Mühe, den alten Kasinoton wiederaufleben zu lassen. Ich will, daß Frederico zufrieden ist. Zum Teufel mit dir, Priester.»

Ich sah, wie der Major ihn anblickte und bemerkte, daß er betrunken war. Sein schmales Gesicht war weiß. Sein Haaransatz hob sich sehr schwarz gegen das Weiße seiner Stirn ab.

«Schon gut, Rinaldi», sagte der Priester. «Schon gut.»

«Zum Teufel mit Ihnen», sagte Rinaldi. «Zum Teufel mit der ganzen Schweinerei.» Er setzte sich tief in seinen Stuhl zurück.

«Er hat sich überarbeitet und ist müde», sagte der Major zu mir. Er aß sein Fleisch auf und tunkte die Sauce mit einem Stückchen Brot auf.

«Mir ist es scheißegal», sagte Rinaldi zu uns. «Zum Teufel mit der ganzen Schweinerei.» Er sah verächtlich um den Tisch, mit leeren Augen und blassem Gesicht.

«Gut», sagte ich, «zum Teufel mit der ganzen Schweinerei.»

«Nein, nein», sagte Rinaldi. «Das kannst du nicht. Das kannst du nicht. Ich sage dir, das kannst du nicht. Du bist nüchtern und du bist leer und sonst gar nichts. Es gibt sonst gar nichts, sage ich dir. Nichts. Ich weiß es, sobald ich zu arbeiten aufhöre.»

Der Priester schüttelte den Kopf. Die Ordonnanz nahm die Gulaschschüssel fort.

«Warum ißt du Fleisch?» wandte sich Rinaldi an den Priester. «Weißt du nicht, daß heute Freitag ist?»

«Es ist Donnerstag», sagte der Priester.

«Das ist gelogen. Es ist Freitag. Du ißt den Körper unseres Herrn. Es ist Gottes Fleisch. Ich weiß. Es ist toter Österreicher, und das ißt du.»

«Das weiße Fleisch ist von einem Offizier», sagte ich, den alten Witz ausbauend.

Rinaldi lachte. Er füllte sein Glas.

«Nehmt's mir nicht übel», sagte er. «Ich bin nur ein bißchen verrückt.»

«Sie sollten auf Urlaub gehen», sagte der Priester.

Der Major winkte ihm ab. Rinaldi sah den Priester an.

«Sie finden, daß ich auf Urlaub gehen soll?»

Der Major winkte dem Priester ab. Rinaldi sah den Priester an.

«Ganz wie Sie wollen, natürlich», sagte der Priester. «Nicht, wenn Sie nicht wollen.»

«Zum Teufel mit euch», sagte Rinaldi. «Man versucht mich loszuwerden. Jeden Abend versuchen sie mich loszuwerden. Ich krieg euch aber alle unter. Was ist schon, wenn ich's habe? Alle haben's. Die ganze Welt hat's. Zuerst», und er nahm die Haltung eines Vortragenden an, «ist es ein kleiner Pickel. Dann beobachten wir einen Ausschlag zwischen den Schultern. Dann bemerken wir gar nichts. Wir setzen unsere Zuversicht in Quecksilber.»

«Oder Salvarsan», unterbrach ihn der Major ruhig.

«Ein Quecksilberprodukt», sagte Rinaldi. Er war jetzt sehr munter. «Ich kenne was, was doppelt so gut ist. Guter alter Priester», sagte er, «du wirst es nie kriegen. Unser Kleiner da wird's kriegen. Es ist ein Betriebsunfall. Es ist ein einfacher Betriebsunfall.»

Die Ordonnanz brachte die Nachspeise und den Kaffee. Die Speise war eine Art von schwarzem Brotpudding mit einer Sauce aus Zucker und Butter. Die Lampe blakte. Der schwarze Rauch ging geradewegs in den Schornstein.

«Bring zwei Lichter und nimm die Lampe weg», sagte der Major. Die Ordonnanz brachte zwei brennende Kerzen, jede in einer Untertasse, nahm die Lampe hoch und blies sie aus. Rinaldi war jetzt still. Er schien sich wieder beruhigt zu haben. Wir unterhielten uns, und nach dem Kaffee gingen wir alle hinaus in die Halle.

«Du willst dich mit dem Priester unterhalten. Ich muß in die Stadt», sagte Rinaldi. «Gute Nacht, Priester.»

«Gute Nacht, Rinaldi», sagte der Priester.

«Ich seh dich doch noch, Fredi», sagte Rinaldi.

«Ja», sagte ich. «Komm früh nach Hause.» Er schnitt ein Gesicht und ging zur Tür hinaus. Der Major stand bei uns. «Er ist sehr müde und überarbeitet», sagte er. «Außerdem glaubt er, daß er die Syphilis hat. Ich glaube es nicht, aber es kann natürlich sein. Er behandelt sich dagegen. Gute Nacht. Werden Sie vor Tagesanbruch aufbrechen, Enrico?»

«Ja.»

«Dann auf Wiedersehen», sagte er. «Viel Glück. Peduzzi wird Sie wecken und mit Ihnen fahren.»

«Auf Wiedersehen, Signor Maggiore.»

«Auf Wiedersehen. Man spricht von einer österreichischen Offensive, aber ich glaub's nicht. Ich hoffe es nicht. Aber auf keinen Fall wird sie ja hier einsetzen. Gino wird Ihnen alles erzählen. Das Telefon funktioniert jetzt gut.»

«Ich rufe Sie regelmäßig an.»

«Bitte ja. Gute Nacht. Lassen Sie Rinaldi nicht soviel Schnaps trinken.»

«Ich werde mir Mühe geben.»

«Gute Nacht, Priester.»
«Gute Nacht, Signor Maggiore.»
Er ging in sein Arbeitszimmer.

2

Ich ging an die Tür und sah hinaus. Es hatte aufgehört zu regnen, aber es war dunstig.

«Wollen wir hinaufgehen?» fragte ich den Priester.

«Ich kann nicht lange bleiben.»

«Kommen Sie hinauf.»

Wir gingen die Treppe hinauf und in mein Zimmer. Ich legte mich auf Rinaldis Bett. Der Priester saß auf meinem Lager, das der Bursche zurechtgemacht hatte. Es war dunkel im Zimmer. «Nun», sagte er, «wie geht's Ihnen wirklich?»

«Es geht mir ganz gut. Heute abend bin ich müde.»

«Ich bin auch müde, aber ohne Grund.»

«Was ist mit dem Krieg?»

«Ich glaube, er ist bald vorbei. Ich weiß nicht warum, aber ich fühle es.»

«Was fühlen Sie?»

«Wissen Sie, wie Ihr Major ist? Friedfertig. Viele Leute sind jetzt so.»

«Das spür ich auch», sagte ich.

«Es war ein schrecklicher Sommer», sagte der Priester. Er war jetzt selbstsicherer als damals, als ich fortgegangen war. «Sie können sich nicht vorstellen, wie's gewesen ist. Vielleicht doch, weil Sie früher hier gewesen sind und wissen, wie es sein kann. Viele Leute haben diesen Sommer gemerkt, was Krieg ist. Offiziere, von denen ich glaubte, sie würden es nie wissen, wissen es jetzt.»

«Und was wird werden?» Ich streichelte über die Decke.

«Ich weiß es nicht, aber ich kann mir nicht denken, daß es lange so weitergehen wird.»

«Was wird passieren?»

«Man wird aufhören zu kämpfen.»

«Wer?»

«Beide Seiten.»

«Hoffentlich», sagte ich.

«Glauben Sie's nicht?»

«Ich glaube nicht, daß beide Seiten gleichzeitig aufhören werden.»

«Wahrscheinlich nicht. Das hieße zuviel erwarten. Aber wenn ich sehe, wie sich die Leute verändert haben, kann ich mir nicht vorstellen, daß es noch lange dauern wird.»

«Wer hat bei den Kämpfen in diesem Sommer gesiegt?»

«Niemand.»

«Die Österreicher haben gesiegt», sagte ich. «Sie haben die Eroberung des San Gabriele verhindert. Sie haben gewonnen. Die werden nicht aufhören.»

«Wenn sie sich so fühlen, wie wir uns fühlen, könnten sie doch aufhören. Sie haben dasselbe durchgemacht.»

«Niemand hört auf, wenn er gerade siegt.»

«Sie entmutigen mich.»

«Ich kann nur sagen, was ich denke.»

«Dann glauben Sie also, daß es weiter und weiter geht und nichts geschehen wird?»

«Ich weiß nicht. Ich glaube nur, daß die Österreicher nicht gerade aufhören werden, nachdem sie einen Sieg errungen haben. Niederlagen machen uns zu Christen.»

«Die Österreicher sind Christen – bis auf die Bosnier.»

«Ich meine nicht der Technik nach Christen. Ich meine wie unser Heiland.»

Er sagte nichts.

«Wir sind jetzt alle viel friedfertiger, weil wir besiegt worden sind. Wie wäre unser Heiland wohl gewesen, wenn ihm Petrus aus dem Garten herausgeholfen hätte?»

«Es wäre genauso gewesen.»

«Ich glaube nicht», sagte ich.

«Sie entmutigen mich», sagte er. «Ich glaube und bete, daß etwas geschehen möge. Ich fühle es sehr nahe.»

«Es kann schon etwas geschehen», sagte ich. «Aber es wird nur uns geschehen. Wenn sich die anderen ebenso fühlen wie wir, dann wär's gut. Aber sie haben uns besiegt und fühlen sich dementsprechend anders.»

«Viele Soldaten haben immer so gedacht. Nicht erst weil sie besiegt sind.»

«Sie fühlten sich von Anfang an verloren. Sie fühlten sich verloren, als man sie von ihren Höfen wegholte und sie in die Armee steckte. Darum ist der Bauer voll Weisheit, weil er sich von Anfang an verloren fühlt. Geben Sie ihm Macht, und Sie werden sehen, wie weise er ist.»

Er sagte nichts. Er dachte nach.

«Jetzt bin ich selbst niedergeschlagen», sagte ich. «Deshalb denke ich nie über diese Dinge nach. Ich denke niemals nach, und doch, wenn ich dann spreche, sage ich Dinge, die mein Verstand ohne Denken gefunden hat.»

«Ich hatte auf etwas gehofft.»

«Niederlage?»

«Nein. Etwas mehr.»

«Es gibt nicht mehr. Außer Sieg, und das kann schlimmer sein.»

«Ich habe lange Zeit auf Sieg gehofft.»

«Ich auch.»

«Jetzt weiß ich nicht.»

«Es gibt nur eins oder das andere.»

«Ich glaube nicht mehr an Sieg.»

«Ich auch nicht. Aber ich glaube auch nicht an Niederlage. Obschon es besser sein mag.»

«Woran glauben Sie?»

«An Schlaf», sagte ich.

Er stand auf.

«Es tut mir sehr leid, daß ich so lange geblieben bin. Aber ich unterhalte mich so gern mit Ihnen.»

«Es ist sehr schön, wieder einmal zu sprechen. Ich hab das über Schlaf so gesagt, ganz ohne mir etwas dabei zu denken.»

Wir standen auf und schüttelten einander im Dunkeln die Hände.

«Ich schlafe jetzt bei 307», sagte er.

«Ich gehe morgen sehr früh in Stellung.»

«Ich besuche Sie, wenn Sie zurück sind.»

«Wir machen dann einen Spaziergang und unterhalten uns.»

Ich begleitete ihn an die Tür.

«Bleiben Sie oben», sagte er. «Es ist sehr nett, daß Sie wieder da sind. Obschon es für Sie nicht so nett ist.» Er legte mir die Hand auf die Schulter.

«Mir ist es schon recht», sagte ich. «Gute Nacht.»

«Gute Nacht. *Ciao!*»

«Ciao», sagte ich. Ich war todmüde.

3

Ich wachte auf, als Rinaldi hereinkam, aber er sprach nicht, und ich schlief wieder ein. Am nächsten Morgen war ich angezogen und weg, ehe es hell war. Rinaldi wachte nicht auf, als ich aufbrach.

Ich hatte die Bainsizza nie vorher gesehen, und es war ein eigentümliches Gefühl, den Abhang hinaufzufahren, den die Österreicher besetzt gehabt hatten über dem Flecken am Fluß, wo ich verwundet worden war. Es gab eine steile neue Straße und viele Lastwagen. Dahinter wurde die Straße eben, und ich sah Wälder und steile Berge im Dunst. Es gab Wälder, die schnell erobert und nicht zerstört worden waren. Dann, dort wo der Weg nicht durch die Hügel geschützt war, hatte man ihn mit Matten zu beiden Seiten und oben darüber abgedeckt. Die Straße endete in einem zerstörten Dorf. Die Gräben waren weiter oben. Es gab viel Artillerie ringsum. Die Häuser waren sehr zerstört, aber alles war gut organisiert und es gab überall Wegweiser. Wir fanden Gino, und er holte uns Kaffee, und nachher ging ich mit ihm und traf alle möglichen Leute und besah die Stellungen. Gino erzählte, daß die englischen Wagen in der Bainsizza weiter unten bei Ravne arbeiteten. Er bewunderte die Engländer sehr. Es wurde noch allerhand geschossen, sagte er, aber es gab wenig Verwundete. Jetzt, wo die Regengüsse einsetzten, würde es viele Kranke geben. Man erwartete einen Angriff der Österreicher, aber er glaubte nicht daran. Von uns erwartete man auch einen Angriff, aber man hatte keine neuen Truppen herbeför- dert, und er glaubte, daß daraus auch nichts werden würde. Das Essen war spärlich, und er freute sich auf eine anständige Mahlzeit in Gorizia. Was ich zum Abendessen bekommen hätte? Ich erzählte es ihm, und er sagte, das wäre ja herrlich. Er war besonders von dem *dolce* beeindruckt. Ich beschrieb es ihm nicht im einzelnen, sondern sagte nur, es wäre ein *dolce* gewesen, und ich glaube, er dachte an etwas Ausschweifenderes als Brotpudding.

Ob ich wohl wüßte, wo er hinkommen würde? Ich sagte, ich wüßte es nicht, aber ein paar Wagen seien in Caporetto. Er hoffte da hinaufzukommen. Es war ein hübscher kleiner Ort, und er mochte den hohen Berg, der sich dahinter emporzog. Er war ein netter Junge und alle hatten ihn anscheinend gern. Er sagte, wirklich grauenhaft sei es auf dem San Gabriele und bei dem mißlungenen Angriff jenseits von Lom zugegangen. Er sagte, die Österreicher hätten eine Menge Artillerie in den Wäldern entlang dem Ternova-Grat jenseits und über uns und belegten die Straßen nachts mit schweren Granaten. Da war eine Batterie von Schiffsgeschützen, die ihm auf die Nerven gegangen war. Ich würde sie an ihrer flachen Flugbahn erkennen. Man hörte den Knall, und das Kreischen ging beinahe gleichzeitig los. Meistens feuerten sie zwei Geschütze hintereinander ab, eins direkt nach dem andern, und die Splitter von der Explosion waren ungeheuerlich. Er zeigte mir einen, ein glatt geschnittenes Stück Metall über einen Fuß lang. Es sah wie Kolbenbelag aus.

«Ich glaube nicht, daß sie soviel Schaden anrichten», sagte Gino, «aber sie machen mich nervös. Es klingt immer so, als ob sie direkt für einen persönlich bestimmt sind. Zuerst das Dröhnen, dann sofort das Kreischen und die Explosion. Was nutzt es schon, wenn man nicht verwundet wird, wenn sie einen zu Tode ängstigen?»

Er sagte, daß uns Kroaten und Ungarn gegenüberlägen. Unsere Truppen waren noch in Angriffsstellungen. Es gab kaum nennenswerten Stacheldraht und keine Stellungen, in die man sich im Falle eines österreichischen Angriffs zurückziehen konnte. An den niedrigen Bergen, die aus dem Plateau emporragten, gab es ausgezeichnete Verteidigungsstellen, aber man hatte nichts getan, um sie für eine Verteidigung herzurichten. Was hielt ich von der Bainsizza?

Ich hatte sie mir flacher vorgestellt, mehr wie ein Hochplateau. Ich hatte nicht gedacht, daß sie so zerklüftet sei.

«Alto piano», sagte Gino, «aber nicht *piano.*»

Wir gingen in den Keller des Hauses zurück, in dem er wohnte. Ich sagte, ich glaubte, ein Kamm, der sich oben verbreiterte und etwas Tiefe besaß, sei leichter zu verteidigen als eine Aufeinanderfolge kleiner Berge. Es sei nicht schwieriger, einen Berg hinauf anzugreifen, als auf der Ebene, begründete ich.

«Das hängt von den Bergen ab», sagte er. «Sieh dir den San Gabriele an.»

«Ja», sagte ich, «aber die Schwierigkeiten fingen oben an, wo er flach war. Bis rauf sind sie leicht genug gekommen.»

«Nicht so leicht», sagte er.

«Ja», sagte ich, «aber das ist ein besonderer Fall gewesen, weil es mehr eine Festung als ein Berg war. Die Österreicher haben ihn seit Jahren befestigt.» Ich meinte, taktisch gesprochen sei in einem Bewegungskrieg eine Reihe von Bergen als Linie nicht zu halten, weil man sie zu leicht umgehen könne. Man solle Bewegungsmöglichkeiten haben, und ein Berg sei nicht sehr beweglich. Außerdem schösse man bergab immer zu weit. Wenn die Flanke umgangen würde, blieben die besten Soldaten auf den höchsten Bergen. Ich hielt nicht viel von einem Gebirgskrieg. Ich hatte viel darüber nachgedacht, sagte ich. Man zwackte einem einen Berg ab, und der andere zwackte einem einen anderen Berg ab, aber wenn's wirklich Ernst wurde, mußten alle von den Bergen hinabsteigen.

«Was sollte man aber machen, wenn man eine Gebirgsgrenze hat?» fragte er.

«Das habe ich mir noch nicht überlegt», sagte ich, und wir lachten beide. «Aber», sagte ich, «in früheren Zeiten wurden die Österreicher immer in der viereckigen Ebene um Verona herum geschlagen. Man ließ sie in die Ebene herunterkommen und schlug sie dort.»

«Ja», sagte Gino, «aber das waren Franzosen, und man kann

militärische Probleme leicht lösen, wenn man auf fremdem Boden kämpft.»

«Ja», gab ich zu. «Das eigene Land kann man nicht so wissenschaftlich auswerten.»

«Die Russen taten's, um Napoleon in die Falle zu locken.»

«Ja, aber sie hatten viel Land. Wenn ihr zurückweichen wolltet, um Napoleon in Italien in die Falle zu locken, würdet ihr in Brindisi sein.»

«Eine entsetzliche Stadt», sagte Gino. «Warst du jemals dort?»

«Nicht für länger.»

«Ich bin ein Patriot», sagte Gino, «Aber ich kann weder Brindisi noch Tarent lieben.»

«Liebst du Bainsizza?» fragte ich.

«Der Boden ist heilig», sagte er. «Aber ich wünschte, er erzeugte mehr Kartoffeln. Weißt du, als wir herkamen, fanden wir ganze Kartoffelsäcke, die die Österreicher gesetzt hatten.»

«Ist das Essen wirklich knapp?»

«Ich selbst bin nie satt geworden, aber ich bin ein starker Esser und bin schließlich nicht verhungert. Das Kasino ist mittelmäßig. Die Regimenter ganz vorn bekommen recht gutes Essen, aber die Ersatztruppen kriegen nicht soviel. Irgendwo stimmt was nicht. Es müßte reichlich zu essen da sein.»

«Die Schieber verkaufen es woanders.»

«Ja. Man gibt den Bataillonen in der vordersten Linie so viel man kann, aber die, die weiter zurückliegen, sind sehr knapp daran. Alle österreichischen Kartoffeln und die Kastanien aus den Wäldern sind aufgefuttert. Man sollte uns besser ernähren. Wir sind starke Esser. Ich bin davon überzeugt, daß es genug Nahrungsmittel gibt. Es ist sehr schlecht für die Soldaten, zu wenig zu essen zu haben. Hast du je den Unterschied bemerkt, den es in der Gesinnung ausmacht?»

«Ja», sagte ich. «Es gewinnt keinen Krieg, aber es kann einen verlieren.»

«Wir wollen nicht über verlieren reden. Es wird genug über verlieren gesprochen. Was diesen Sommer geschehen ist, kann nicht umsonst gewesen sein.»

Ich sagte nichts. Mich verwirrten immer Worte wie heilig, ruhmreich und Opfer und der Ausdruck umsonst. Wir hatten sie manchmal im Regen stehend beinahe außer Hörweite vernommen, so daß nur die lautesten Worte durchdrangen, und hatten sie auf Proklamationen gelesen, die von Zettelanklebern über andere Proklamationen angeklebt wurden, noch und noch, und ich hatte nichts Heiliges gesehen und die ruhmreichen Dinge waren ohne Ruhm und die Blutopfer waren wie die Schlachthöfe in Chicago, wenn das Fleisch zu nichts benutzt, sondern nur begraben wurde. Es gab viele Worte, die man nicht mit anhören konnte, und schließlich hatten nur noch Ortsnamen Würde. Mit gewissen Zahlen war es dasselbe, und mit gewissen Daten, und diese mit den Ortsnamen zusammen war alles, was man sagen konnte, so daß es etwas bedeutete. Abstrakte Worte wie Ruhm, Ehre, Mut oder heilig waren obszön neben konkreten Namen von Dörfern, Nummern von Straßen, Namen von Flüssen, Nummern von Regimentern und Daten. Gino war Patriot, darum sagte er manchmal Dinge, die uns trennten, aber er war auch ein netter Junge, und ich verstand, daß er patriotisch war. Er war so geboren. Er fuhr mit Peduzzi im Auto nach Gorizia zurück.

Diesen ganzen Tag über stürmte es. Der Wind jagte den Regen herunter und überall stand Wasser und Schlamm. Der Mörtel der zerstörten Häuser war grau und naß. Spät am Nachmittag hörte es auf zu regnen, und von der Stellung Nummer zwei sah ich das kahle, nasse, herbstliche Land mit Wolken über den Spitzen der Berge und den nassen, triefenden Strohbelag über der Straße. Die Sonne kam einmal durch, bevor sie unterging, und schien auf die kahlen Wälder jenseits des Kammes. Es gab viele österreichische Geschütze in den Wäldern auf jenem Kamm, aber es feuerten nur wenige. Ich beobachtete die plötzlichen runden Wölkchen von Schrapnellrauch am Himmel über einem zerstörten Bauernhof dicht an der vordersten Linie; weiche Wölkchen mit einem gelbweißen Flammenkern. Man sah das Aufflammen, hörte dann das Bersten und sah dann den Rauchball verzogen und dünn im Wind. In den Trümmern der Häuser und auf der Straße neben dem zerstörten Haus, in dem wir stationiert waren, gab es viele eiserne Schrapnellkugeln, aber an jenem Nachmittag wurde unsere Station nicht beschossen. Wir beluden zwei Wagen und fuhren die mit nassen Matten abgedeckte Straße hinunter, und die letzten Strahlen der Sonne fielen durch die Ritzen zwischen den Matten. Bevor wir hinter dem Berg auf der offenen Straße ankamen war die Sonne untergegangen. Wir fuhren die offene Straße entlang, und als sie bei einer Biegung ungeschützt dalag und wir in den viereckigen, gewölbten Mattentunnel einbogen, begann es wieder zu regnen. In der Nacht erhob sich ein starker Wind, und um drei Uhr morgens bei strömendem Regen wurden wir beschossen, und die Kroaten kamen über die Bergwiesen und durch kleine Waldungen und in die vordersten Gräben. Sie kämpften im Dunkeln im Regen, und ein Gegenangriff von verängstigten Soldaten der zweiten Linie warf sie zurück. Es wurde viel geschossen, viele Raketen im Regen und Maschinengewehr- und Gewehrfeuer die ganze Linie entlang. Sie kamen nicht wieder, und es wurde ruhiger, und zwischen den Windstößen und Regenböen konnten wir den Lärm einer großen Schießerei weit weg im Norden hören. Die Verwundeten wurden eingeliefert, manche wurden auf Bahren getragen, manche gingen und manche wurden von Männern auf dem Rücken über das Feld gebracht. Sie waren naß bis auf die Haut und alle verängstigt. Wir füllten zwei Wagen mit Schwerverwundeten, so wie sie der Reihe nach aus dem Keller unserer Station heraufkamen, und als ich die Tür des zweiten Wagens schloß und befestigte, fühlte ich den Regen auf meinem Gesicht sich in Schnee verwandeln. Die Flocken fielen schwer und schnell im Regen.

Als es Tag wurde blies der Sturm immer noch, aber es hatte aufgehört zu schneien. Der Schnee war geschmolzen, als er auf den nassen Boden gesunken war, und jetzt regnete es wieder. Gleich nach Tagesanbruch gab es einen zweiten Angriff, aber er war erfolglos. Wir erwarteten den ganzen Tag über einen Angriff, aber er kam erst, als die Sonne unterging. Die Schießerei begann im Süden unter dem langen, bewaldeten Kamm, wo die österreichischen Geschütze zusammengezogen waren. Wir erwarteten eine Beschießung, aber sie kam nicht. Es wurde dunkel. Kanonen feuerten von dem Feld hinter dem Dorf, und die wegsausenden Granaten hatten einen gemütlichen Ton.

Wir hörten, daß der Angriff weiter südlich erfolglos gewesen sei. Sie griffen in jener Nacht nicht an, aber wir hörten, daß sie im Norden durchgebrochen waren. In der Nacht kam der Befehl, daß wir uns auf den Rückzug vorbereiten sollten. Der Hauptmann unserer Station sagte es mir. Er wußte es von der Brigade. Etwas später kam er ans Telefon und sagte, es wäre alles gelogen gewesen. Die Brigade hätte Befehl bekommen, die Linie der Bainsizza unter allen Umständen zu halten. Ich fragte wegen des Durchbruchs, und er sagte, er hätte bei der Brigade gehört, daß die Österreicher durch das 27. Armeekorps in der Richtung auf Caporetto durchgebrochen seien. Im Norden sei den ganzen Tag über eine große Schlacht gewesen. «Wenn diese Scheißkerle sie durchlassen, sind wir geliefert», sagte er.

«Es sind Deutsche, die angreifen», sagte einer der Sanitätsoffiziere. Das Wort Deutsche war etwas, was einem Angst machte. Wir wollten nichts mit den Deutschen zu tun haben.

«Es sind fünfzehn Divisionen Deutsche», sagte der Sanitätsoffizier. «Sie sind durchgebrochen, und wir sind abgeschnitten.»

«Bei der Brigade sagt man, daß diese Stellung gehalten werden soll. Sie sagen, der Durchbruch sei nicht schlimm gewesen, und daß wir vom Monte Maggiore eine Linie über die Berge halten würden.»

«Wo haben Sie das gehört?»

«Von der Division.»

«Der Befehl, daß wir zurückgehen sollen, kam von der Division.»

«Wir unterstehen dem Armeekorps», sagte ich. «Aber hier unterstehe ich Ihnen. Selbstverständlich werde ich gehen, wenn Sie es mir sagen. Aber sorgen Sie für einen eindeutigen Befehl.»

«Der Befehl sagt, daß wir hierbleiben sollen. Sie transportieren die Verwundeten von hier in die Sammelplätze ab.»

«Manchmal räumen wir auch von den Sammelplätzen in die Feldlazarette», sagte ich. «Sagen Sie mir, ich habe noch nie einen Rückzug gesehen – wenn es einen Rückzug gibt, wie werden alle die Verwundeten abtransportiert?»

«Werden sie nicht. Man nimmt so viele, wie's geht und die übrigen läßt man da.»

«Was soll ich in den Wagen mitnehmen?»

«Lazaretteinrichtungen.»

«Schön», sagte ich.

Am nächsten Abend begann der Rückzug. Wir hörten, daß die Österreicher und Deutschen im Norden durchgebrochen waren und durch die Bergtäler nach Cividale und Udine herunterkamen. Der Rückzug war geordnet, naß und trübe. Nachts auf den überfüllten Straßen fuhren wir langsam im Regen an marschierenden Truppen, Geschützen, Wagen ziehenden Pferden, Maultieren und motorisierten Lastwagen vorbei, die sich alle von der Front wegbewegten. Es war nicht mehr Unordnung als bei einem Vormarsch.

In jener Nacht halfen wir die Feldlazarette leeren, die in den am wenigsten zerstörten Dörfern des Hochplateaus eingerichtet worden waren, und brachten die Verwundeten nach Plava am Flußbett, und am nächsten Tag fuhren wir den ganzen Tag im Regen, um die Lazarette und Sammelplätze in Plava zu räumen. Es regnete ohne aufzuhören, und die Armee der Bainsizza bewegte sich in dem Oktoberregen von der Hochebene hinab und über den Fluß, wo die großen Siege im Frühling dieses Jahres begonnen hatten. Wir kamen Mitte des nächsten Tages nach Gorizia. Es hatte aufgehört zu regnen und die Stadt war beinahe leer. Als wir die Straße heraufkamen, lud man gerade die Mädchen vom Mannschaftsbordell auf einen Lastwagen. Es waren sieben Mädchen, und sie hatten ihre Hüte und Mäntel an und kleine Reisetaschen in der Hand. Zwei von ihnen weinten. Von den anderen lächelte uns eine an und streckte die Zunge heraus und bewegte sie auf und ab. Sie hatte dicke, volle Lippen und schwarze Augen.

Ich hielt den Wagen an und sprach mit der Puffmutter. Die Mädchen aus dem Offiziersbordell waren früh am Morgen weggebracht worden, sagte sie. Wo fuhren sie hin? Nach Conegliano, sagte sie. Der Lastwagen fuhr los. Das Mädchen mit den dicken

Lippen streckte uns von neuem die Zunge heraus. Die Puffmutter winkte. Die zwei Mädchen weinten weiter. Der anderen sahen sich interessiert in der Stadt um. Ich stieg wieder auf.

«Wir sollten uns denen anschließen», sagte Bonello. «Das wär 'ne feine Fahrt.»

«Es wird schon eine tolle Fahrt werden», sagte ich.

«Eine tolle Scheißfahrt.»

«Das meinte ich», sagte ich. Wir kamen die Anfahrt zur Villa hinauf.

«Ich wäre gern dabei, wenn ein paar von diesen kessen Jungens reinklettern und was riskieren.»

«Glaubst du, die werden?»

«Sicher. Jeder in der zweiten Armee kennt die Puffmutter da.» Wir waren draußen vor der Villa.

«Man nennt sie die Äbtissin», sagte Bonello. «Die Mädchen sind neu, aber die Alte kennt jeder. Die müssen gerade vorm Rückzug angekommen sein.»

«Die werden was erleben.»

«Und ob die was erleben werden! Ich hätte gern eine kleine Kostprobe von denen umsonst gehabt. In dem Puff da kostet es auf jeden Fall viel zuviel. Die Regierung nimmt uns aus.»

«Nehmt den Wagen und laßt ihn von den Mechanikern nachsehen», sagte ich. «Wechselt Öl und seht die Differentiale nach. Füllt Öl auf und dann schlaft ein bißchen.»

«Ja, Signor Tenente.»

Die Villa war leer. Rinaldi war mit dem Lazarett weg. Der Major war weg und hatte Lazarettpersonal in seinem Stabsauto mitgenommen. Auf dem Fenster lag ein Zettel für mich, ich solle die Wagen mit allem, was im Gang stand, beladen und nach Pordenone folgen. Die Mechaniker waren schon fort. Ich ging wieder raus in die Garage. Die anderen beiden Wagen kamen an, während ich da war, und die Fahrer kletterten herunter. Es fing wieder an zu regnen.

«Ich bin so schläfrig; ich bin dreimal auf dem Weg von Plava hier herunter eingeschlafen», sagte Piani. «Was sollen wir jetzt machen, Tenente?»

«Öl wechseln, abschmieren, nachfüllen, vorfahren und den Krempel aufpacken, den sie dagelassen haben.»

«Dann fahren wir los?»

«Nein, wir wollen drei Stunden schlafen.»

«Himmel, freu ich mich aufs Schlafen», sagte Bonello. «Ich konnte beim Fahren kaum wach bleiben.»

«Wie ist dein Wagen, Aymo?» fragte ich.

«Ganz in Ordnung.»

«Hol mir einen Monteurkittel, und ich helf dir mit dem Öl.»

«Lassen Sie man, Tenente», sagte Aymo. «Ist ja nicht der Rede wert. Gehen Sie man und packen Sie Ihre Sachen.»

«Meine Sachen sind alle gepackt», sagte ich. «Ich werde gehen und den Krempel, den sie für uns zurückgelassen haben, raustragen. Bringt die Wagen, sobald ihr sie fertig habt.»

Sie fuhren die Wagen vor der Villa vor, und wir beluden sie mit der Lazaretteinrichtung, die aufgetürmt im Gang stand. Als alles darin war, standen die drei Wagen hintereinander in der Anfahrt unter den Bäumen im Regen. Wir gingen hinein.

«Macht Feuer in der Küche und trocknet eure Sachen», sagte ich.

«Ich mach mir nichts aus trockenen Kleidern», sagte Piani. «Ich will schlafen.»

«Ich werde auf dem Bett vom Major schlafen», sagte Bonello. «Ich werde da schlafen, wo der Alte einduselt.»

«Mir ist es egal, wo ich schlafe», sagte Piani.

«Hier drin sind zwei Betten.» Ich öffnete die Tür.

«Ich wußte nie, was in dem Zimmer war», sagte Bonello.

«Das war das Zimmer von dem alten Fischgesicht», sagte Piani.

«Ihr beiden könnt hier schlafen», sagte ich. «Ich werde euch wecken.»

«Die Österreicher werden uns wecken, falls Sie zu lange schlafen, Tenente», sagte Bonello.

«Ich werde nicht verschlafen», sagte ich. «Wo ist Aymo?»

«Er ist in die Küche gegangen.»

«Jetzt schlaft man», sagte ich.

«Ich werde schlafen», sagte Piani. «Ich hab den ganzen Tag schon im Sitzen geschlafen. Mein Schädel fiel mir immer über die Augen.»

«Zieh deine Stiefel aus», sagte Bonello. «Das ist das Bett vom alten Fischgesicht.»

«Das Fischgesicht soll mir den Buckel runterrutschen.»

Piani lag auf dem Bett, seine schlammigen Stiefel von sich gestreckt, seinen Kopf auf dem Arm. Ich ging in die Küche. Aymo hatte ein Feuer gemacht und einen Kessel Wasser aufgesetzt.

«Ich dachte, ich setze etwas *pasta asciutta* auf», sagte er, «wir werden Hunger haben, wenn wir aufwachen.»

«Bist du denn nicht schläfrig, Bartolomeo?»

«Nicht so sehr. Wenn's Wasser kocht, laß ich's. Das Feuer wird runterbrennen.»

«Du solltest lieber schlafen», sagte ich. «Wir können doch Käse und gehackten Affen essen.»

«Dies ist besser», sagte er. «Etwas Heißes wird den beiden Anarchisten gut tun. Gehen Sie schlafen, Tenente.»

«Im Zimmer vom Major ist ein Bett.»

«Schlafen Sie da.»

«Nein, ich gehe rauf in mein altes Zimmer. Willst du einen Schluck trinken, Bartolomeo?»

«Bevor wir abfahren, Tenente. Jetzt würde es mir nichts helfen.»

«Wenn du in drei Stunden aufwachst, und ich dich nicht geweckt habe, weck mich, ja?»

«Ich habe keine Uhr, Tenente.»

«Im Zimmer vom Major ist eine Uhr an der Wand.»

«Schön.»

Dann ging ich durchs Eßzimmer und die Halle und die Marmortreppe hinauf in mein Zimmer, wo ich mit Rinaldi gehaust hatte. Draußen regnete es. Ich ging ans Fenster und sah hinaus. Es wurde dunkel, und ich sah die drei Wagen in einer Reihe unter den Bäumen stehen. Die Bäume tropften im Regen. Es war kalt, und die Tropfen hingen an den Zweigen. Ich ging zu Rinaldis Bett und legte mich hin und überließ mich dem Schlaf.

Wir aßen in der Küche, bevor wir aufbrachen. Aymo hatte in eine Schüssel Spaghetti, Zwiebel und Büchsenfleisch reingeschnitten. Wir saßen um den Tisch und tranken zwei Flaschen Wein, der in dem Keller der Villa zurückgeblieben war. Draußen war es dunkel, und es regnete noch immer. Piani saß sehr schläfrig am Tisch.

«Mir ist ein Rückzug lieber als ein Vormarsch», sagte Bonello.

«Auf dem Rückzug trinken wir Barbera.»

«Das trinken wir jetzt. Vielleicht trinken wir aber morgen Regenwasser», sagte Aymo.

«Morgen sind wir in Udine. Da trinken wir Champagner. Da haben die Etappenschweine gelebt. Wach auf, Piani. Wir werden morgen in Udine Champagner trinken.»

«Ich bin wach», sagte Piani. Er füllte seinen Teller mit Spaghetti und Fleisch. «Konntest du keine Tomatensauce finden, Barto?»

«Es gab keine», sagte Aymo.

«Wir werden in Udine Champagner trinken», sagte Bonello. Er füllte sein Glas mit dem klaren roten Barbera.

«Wir trinken möglicherweise Scheiße vor Udine», sagte Piani.

«Haben Sie genug gegessen, Tenente?» fragte Aymo.

«Ich hab reichlich. Gib mir die Flasche, Bartolomeo.»

«Ich hab für jeden noch eine Flasche für unterwegs», sagte Aymo.

«Hast du etwas geschlafen?»

«Ich brauche nicht viel Schlaf. Ich hab ein bißchen geschlafen.»

«Morgen schlafen wir im Bett vom König», sagte Bonello. Er war sehr aufgekratzt.

«Vielleicht schlafen wir morgen in Scheiße», sagte Piani.

«Ich schlafe bei der Königin», sagte Bonello. Er blickte mich an, um zu sehen, wie ich den Scherz aufnahm.

«Du schläfst mit Scheiße», sagte Piani schläfrig.

«Das ist Majestätsbeleidigung, Tenente», sagte Bonello. «Ist das nicht Majestätsbeleidigung?»

«Halt's Maul», sagte ich. «Ihr werdet zu komisch mit einem bißchen Wein.» Draußen regnete es schwer. Ich sah auf meine Uhr. Es war halb zehn.

«Es ist Zeit zum Fahren», sagte ich und stand auf.

«Mit wem fahren Sie, Tenente?» fragte Bonello.

«Mit Aymo. Dann kommst du, dann Piani. Wir nehmen die Straße nach Cormons.»

«Ich hab Angst, daß ich einschlafen werde», sagte Piani.

«Gut, also fahr ich mit dir. Dann Bonello, dann Aymo.»

«Das ist das Beste», sagte Piani. «Weil ich so schläfrig bin.»

«Ich werde fahren und du schläfst eine Weile.»

«Nein, ich kann ganz gut fahren, solange ich weiß, daß jemand neben mir sitzt und mich aufweckt, wenn ich einschlafe.»

«Ich werde dich wecken. Mach's Licht aus, Barto.»

«Kannst es genausogut anlassen», sagte Bonello. «Für diesen Ort haben wir keine Verwendung mehr.»

«Ich habe einen kleinen Koffer in meinem Zimmer», sagte ich. «Willst du mir helfen, ihn runterholen, Piani?»

«Wir holen ihn», sagte Piani. «Los, Aldo.» Er ging mit Bonello über den Vorplatz. Ich hörte sie hinaufgehen.

«Das hier war ein feiner Ort», sagte Bartolomeo Aymo. Er steckte zwei Flaschen Wein und einen halben Käse in seinen Brotbeutel. «So einen Ort wie diesen finden wir nicht wieder. Wohin geht der Rückzug, Tenente?»

«Über den Tagliamento, sagt man. Das Lazarett und das Ortskommando kommen nach Pordenone.»

«Hier ist es besser als in Pordenone.»

«Ich kenne Pordenone nicht», sagte ich. «Ich bin nur mal durchgekommen.»

«Ist nicht viel von 'ner Stadt», sagte Aymo.

4

Als wir in Regen und Dunkelheit durch die Stadt hinausfuhren, war wie leer bis auf Truppen und Geschütze, die durch die Hauptstraße kamen. Viele Lastautos und einige Pferdewagen passierten Nebenstraßen und stießen dann wieder auf der Chaussee dazu. Nachdem wir die Gerbereien hinter uns hatten und uns auf der Chaussee befanden, bildeten die Truppen, die Lastautos, die von Pferden gezogenen Wagen und die Kanonen eine breite, sich langsam fortbewegende Kolonne. Wir kamen langsam, aber stetig im Regen vorwärts; die Kühlerhaube unseres Wagens stieß beinah an die Rückwand eines Lastautos, das hoch beladen war und dessen Ladung nasse Planen bedeckten. Dann hielt das Lastauto. Die ganze Kolonne hielt. Es fuhr wieder an, und wir fuhren ein bißchen weiter, dann hielten wir wieder. Ich stieg aus und ging vor, ging zwischen Lastautos und Wagen und unter den nassen Hälsen der Pferde durch. Die Stockung war weiter vorn. Ich verließ die Straße, überquerte den Graben auf einem Brett und ging jenseits des Grabens das Feld entlang. Ich konnte die steckengebliebene Kolonne zwischen den Bäumen im Regen sehen, als ich vorwärts quer über das Feld ging. Ich ging ungefähr anderthalb Kilometer. Die Kolonne bewegte sich nicht, obschon ich auf der anderen Seite der steckengebliebenen Fahrzeuge Truppen sah. Ich ging zu den Autos zurück. Diese Stockung konnte sich bis Udine ausdehnen. Piani war über dem Steuerrad eingeschlafen. Ich kletterte zu ihm hinauf und schlief auch ein. Mehrere Stunden später hörte ich den Lastwagen vor uns im Getriebe knirschen. Ich weckte Piani, und wir fuhren ein paar Meter weiter und hielten wieder und fuhren dann wieder. Es regnete immer noch.

Nachts steckte die Kolonne wieder fest und es ging nicht weiter. Ich stieg ab, um mich nach Aymo und Bonello umzusehen. Bonello hatte zwei Pionier-Unteroffiziere neben sich auf dem Sitz seines Wagens. Sie nahmen Haltung an, als ich herankam.

«Man hatte sie an einer Brücke zurückgelassen, um da was zu machen», sagte Bonello. «Sie können ihren Truppenteil nicht finden, und da hab ich sie mitfahren lassen.»

«Mit Signor Tenentes Erlaubnis.»

«Mit Erlaubnis», sagte ich.

«Der Leutnant ist Amerikaner», sagte Bonello, «der läßt jeden mitfahren.»

Einer der Unteroffiziere lächelte. Der andere fragte Bonello, ob ich ein Italiener aus Süd- oder Nordamerika sei?

«Er ist kein Italiener. Er ist ein englischer Nordamerikaner.»

Die Unteroffiziere waren höflich, aber glaubten es nicht. Ich verließ sie und ging zu Aymo. Er hatte zwei Mädchen auf dem Sitz neben sich und lehnte in seiner Ecke und rauchte.

«Barto, Barto», sagte ich. Er lachte.

«Sprechen Sie mit ihnen, Tenente», sagte er. «Ich kann sie nicht verstehen. He!» Er legte seine Hand auf den Oberschenkel des einen Mädchens und drückte ihn auf freundschaftliche Art und Weise. Das Mädchen zog ihren Schal fest um sich und stieß seine Hand weg. «He», sagte er. «Sagt dem Tenente, wie ihr heißt und was ihr hier tut.»

Das Mädchen sah mich zornig an. Das andere Mädchen hielt die Augen gesenkt. Das Mädchen, das mich ansah, sagte etwas in einem Dialekt, von dem ich kein Wort verstand. Sie war plump und dunkel und sah wie sechzehn aus.

«Sorella?» fragte ich und zeigte auf das andere Mädchen.

Sie nickte mit dem Kopf und lächelte.

«Na gut», sagte ich und streichelte ihr Knie. Ich fühlte, wie sie zusammenzuckte, als ich sie berührte. Die Schwester sah nicht auf. Sie war vielleicht ein Jahr jünger. Aymo legte seine Hand auf den Oberschenkel des älteren Mädchens, und sie stieß ihn weg. Er lachte.

«Guter Mann», er zeigte auf sich. «Guter Mann», er zeigte auf mich. «Nur keine Bange.» Das Mädchen sah ihn zornig an. Die beiden waren wie ein Paar wilder Vögel.

«Warum fährt sie denn mit mir, wenn sie mich nicht mag?» fragte Aymo. «Sie sind sofort in den Wagen geklettert, als ich ihnen zuwinkte.» Er wandte sich an das Mädchen. «Nur keine Bange», sagte er. «Keine Furcht vor –» Er benutzte den ordinären Ausdruck. «Kein Ort, um zu –» Ich sah, daß sie das Wort verstand, und das war alles. Ihre Augen sahen ihn verängstigt an. Sie zog den Schal fest um sich. «Wagen ganz voll», sagte Aymo. «Keine Gefahr zu – kein Platz, um zu –»

Jedesmal wenn er das Wort benutzte, zuckte das Mädchen ein bißchen zusammen. Sie saß steif da und sah ihn an und fing an zu weinen. Ich sah, wie ihre Lippen zuckten, und dann liefen Tränen über ihre plumpen Backen. Ihre Schwester nahm ohne aufzusehen ihre Hand, und so saßen sie da nebeneinander. Die Ältere, die so zornig gewesen war, begann zu schluchzen.

«Ich glaube, ich hab ihr Angst gemacht», sagte Aymo, «ich wollte ihr keine Angst machen.»

Bartolomeo nahm seinen Brotbeutel heraus und schnitt zwei Stück Käse ab. «Hier», sagte er, «laß die Weinerei.»

Das ältere Mädchen schüttelte den Kopf und weinte weiter, aber die Jüngere nahm den Käse und begann zu essen. Nach einer Weile gab die Jüngere der Älteren das zweite Stück Käse, und dann aßen sie alle beide. Die ältere Schwester schluchzte noch ein bißchen.

«Sie wird sich schon nach und nach beruhigen», sagte Aymo.

Ihm kam eine Idee. «Jungfrau?» fragte er das Mädchen, das neben ihm saß. Sie nickte heftig mit dem Kopf. «Auch Jungfrau?» Er zeigte auf ihre Schwester. Beide Mädchen nickten mit dem Kopf, und die Ältere sagte etwas im Dialekt.

«Is ja gut», sagte Bartolomeo. «Is ja gut.»

Beide Mädchen schienen getröstet.

Ich ließ sie bei Aymo zurück, der sich in seine Ecke lehnte, und ging wieder zu Pianis Wagen. Die Kolonne von Fahrzeugen bewegte sich nicht, aber unaufhörlich marschierten Truppen vorbei. Es regnete immer noch heftig, und ich dachte, daß manche Stockungen in der Kolonne vielleicht von Wagen mit nassen elektrischen Kabeln herrühren mochten. Noch wahrscheinlicher rührten sie von Soldaten oder Pferden her, die eingeschlafen waren. Aber es gab ja selbst in Städten, wo alles wach war, Verkehrsstaungen. Es war die Kombination von Auto und Pferdefahrzeugen. Sie halfen sich gegenseitig nicht. Die Bauernwagen halfen auch nicht weiter. Das waren ja zwei feine Mädchen bei Barto. Ein Rückzug war nicht der geeignete Ort für zwei Jungfrauen. Wirkliche Jungfrauen. Vielleicht sehr fromm. Wenn kein Krieg wäre, lägen wir wahrscheinlich alle jetzt im Bett. Im Bett streck ich die müden Füße. Bett und Tisch. Steif wie ein Brett im Bett. Catherine lag jetzt in einem Bett zwischen zwei Laken, eines über und eines unter sich. Auf welcher Seite schlief sie? Vielleicht schlief sie auch nicht. Vielleicht lag sie da und dachte an mich. Wehe, wehe, westlicher Wind. Na, er blies, und es war kein Sprühregen, sondern Platzregen. Es regnete die ganze Nacht. Man wußte, es goß, was es goß. Sieh nur mal hin. Jesus Maria, daß ich meine Liebste wieder im Arm hätte und in meinem Bett läge. Daß meine liebste Catherine, daß meine süße, liebste Catherine herabregnete. Blas sie wieder in meine Arme. Na, wir saßen schön drin. Alle waren wir darin gefangen, und kein Sprühregen konnte da abkühlen. «Gute Nacht, Catherine», sagte ich laut. «Hoffentlich schläfst du gut. Es ist zu unbequem, Liebste, lieg auf der anderen Seite», sagte ich. «Ich bring dir ein bißchen kaltes Wasser. Es ist bald Morgen und dann wird es besser sein. Es tut mir so leid, daß er dich so quält. Versuch einzuschlafen, Süße.»

«Ich hab die ganze Zeit über geschlafen», sagte sie. «Du hast im Schlaf gesprochen. Dir fehlt doch nichts?»

«Bist du wirklich da?»

«Natürlich bin ich da. Ich werde doch nicht weggehen. Das hier ändert doch nichts zwischen uns.»

«Du bist einfach wunderbar und süß. Du würdest mich nachts nicht verlassen, nicht wahr?»

«Natürlich nicht. Ich bin immer da. Ich komme, wann immer du mich willst.»

«Scheiße», sagte Piani. «Es geht wieder los.»

«Ich war eingeduselt», sagte ich. Ich sah auf meine Uhr. Es war drei Uhr morgens. Ich langte hinter meinen Sitz nach einer Flasche Barbera.

«Sie haben laut gesprochen», sagte Piani.

«Ich hab auf englisch geträumt», sagte ich.

Der Regen ließ nach, und wir fuhren vorwärts. Bevor es Tag wurde saßen wir wieder fest, und als es Tag wurde waren wir auf einer kleinen Bodenerhöhung, und ich sah die Rückzugsstraße weit vor mir ausgedehnt; alles stand, nur die Infanterie sickerte durch. Wir setzten uns wieder in Bewegung, aber als ich bei Tageslicht das bißchen Fortschritt sah, das wir machten, wußte ich, daß wir die Chaussee auf irgendeine Art verlassen und über Land fahren mußten, wenn wir die Hoffnung, Udine zu erreichen, nicht aufgeben wollten.

In der Nacht hatten sich viele Bauern von den Feldwegen aus der Kolonne angeschlossen, und in der Kolonne sah man Wagen, die mit Hausrat beladen waren; Spiegel reflektierten zwischen Matratzen, und Hühner und Enten waren an Handwagen angebunden. Auf dem Wagen vor uns im Regen war eine Nähmaschine. Man hatte das Wertvollste gerettet. Auf einigen Wagen saßen Frauen zusammengedrängt von dem Regen, und andere gingen neben den Wagen her und hielten sich so dicht daran, wie sie konnten. Hunde waren in der Kolonne und hielten sich beim Laufen unter den Wagen. Die Straße war schlammig, die Gräben an den Seiten hoch mit Wasser gefüllt, und jenseits der Bäume, die die Straße einrahmten, sahen die Felder naß und zu durchweicht aus, um den Versuch zu lohnen, sie zu überqueren. Ich stieg vom Wagen hinunter und arbeitete mich ein Stück die Straße rauf und hielt nach einem Ort Umschau, von dem aus ich einen Seitenweg finden konnte, den wir benutzen konnten. Ich wußte, daß es viele Seitenwege gab, aber ich wollte keinen, der dann im Nichts endete. Ich konnte mich an keinen erinnern, weil wir immer nur auf der Chaussee mit unseren Wagen vorübergerollt waren und sie alle ziemlich gleich aussahen. Ich wußte, es hieß einen finden, wenn wir durchzukommen hofften. Niemand wußte, wo die Österreicher waren, noch wie alles stand, aber ich war sicher, daß, sobald der Regen aufhörte und Flugzeuge rüberkommen und ihre Arbeit über der Kolonne verrichten würden, alles aus war. Alles, was nötig war, um die Bewegung auf der Chaussee vollkommen zum Stocken zu bringen, war, daß ein paar Leute die Lastautos verließen oder ein paar Pferde getötet wurden. Der Regen fiel jetzt nicht so schwer, und ich dachte, es könne sich aufklaren. Ich ging voran am Rand der Chaussee entlang, und als ich einen kleinen Weg sah, der zwischen zwei Feldern mit Baumhecken zu beiden Seiten nordwärts führte, fand ich, daß wir ihn einschlagen sollten, und eilte zu den Wagen zurück. Ich ließ Piani abbiegen und ging nach hinten, um es Bonello und Aymo zu sagen.

«Wenn er nirgends hinaufführt, können wir wieder umkehren», sagte ich.

«Was soll mit denen?» fragte Bonello. Seine zwei Unteroffiziere saßen neben ihm auf dem Sitz. Sie waren zwar unrasiert, sahen aber doch in der Frühe des Morgens militärisch aus.

«Die werden wir gut zum Schieben gebrauchen können», sagte ich. Ich ging zu Aymo zurück und sagte ihm, daß wir es querfeldein versuchen wollten.

«Was soll aus meiner jungfräulichen Familie werden?» fragte Aymo.

Die beiden Mädchen schliefen.

«Die werden uns nicht viel helfen», sagte ich. «Du solltest jemand finden, der schieben kann.»

«Sie könnten sich hinten in den Wagen setzen», sagte er. «Es ist Platz im Wagen.»

«Schön, wenn du sie behalten willst», sagte ich, «such dir aber noch jemand mit einem breiten Rücken zum Schieben.»

«Bersaglieri», sagte Aymo, «die haben den breitesten Rücken. Werden alle gemessen. Wie geht's Ihnen, Tenente?»

«Gut, und dir?»

«Gut, aber sehr hungrig.»

«Irgendwohin wird der Weg schon führen. Dann halten wir und essen.»

«Was macht Ihr Bein, Tenente?»

«Es geht ihm gut», sagte ich. Ich stand auf dem Trittbrett und blickte vorwärts und konnte Pianis Wagen sehen, wie er sich den kleinen Seitenweg hinaufarbeitete und sich durch die Hecke kahler Zweige Bahn brach. Bonello bog ab und folgte ihm, und dann arbeitete sich Piani aus der Kolonne heraus, und wir folgten den zwei Krankenwagen vor uns den schmalen Weg zwischen den Hekken entlang. Er führte zu einem Bauernhaus. Bonello und Piani hielten im Bauernhof. Das Haus war niedrig, mit einem Weintraubenspalier über der Tür. Auf dem Hof war ein Brunnen, und Piani holte Wasser, um den Kühler zu füllen. Soviel fahren mit niedriger Übersetzung, und es war alles verdampft. Der Bauernhof war verlassen. Ich sah zurück und ging den Weg entlang, das Bauernhaus war auf einer winzigen Erhebung über der Ebene, und wir konnten über das Land sehen und sahen den Weg, die Hecken, die Felder und die Baumreihen längs der Chaussee, auf der der Rückzug vor sich ging. Die beiden Unteroffiziere stöberten durchs Haus. Die Mädchen waren wach und besahen sich den Hof, den Brunnen und die beiden großen Krankenwagen vor dem Bauernhaus und die drei Fahrer am Brunnen. Einer der Unteroffiziere kam mit einer Uhr in der Hand aus dem Haus.

«Trag sie zurück», sagte ich. Er sah mich an, ging zurück und kam ohne Uhr wieder.

«Wo ist dein Kumpan?» fragte ich.

«Auf der Latrine.» Er kletterte auf seinen Sitz auf dem Krankenwagen. Er hatte Angst, daß wir ihn zurücklassen würden.

«Was ist mit Frühstücken, Tenente?» fragte Bonello.

«Wir könnten was essen. Es dauert nicht lange.»

«Glaubst du, daß dieser Weg, der nach der anderen Seite bergab führt, irgendwohin geht?»

«Sicher.»

«Schön. Wir wollen essen.» Piani und Bonello gingen ins Haus. «Kommt», sagte Aymo zu den Mädchen. Er hielt ihnen die Hand hin, um ihnen herunterzuhelfen. Die ältere Schwester schüttelte den Kopf. Sie gingen in kein verlassenes Haus. Sie sahen uns nach. «Die sind schwierig», sagte Aymo. Wir gingen zusammen ins Haus. Es war groß und dunkel – ein Gefühl von Verlassenheit. Bonello und Piani waren in der Küche.

«Es gibt nicht viel zu essen», sagte Piani. «Die haben alles ausgeleert.» Bonello zerschnitt einen großen Käse auf dem schweren Küchentisch.

«Wo war der Käse?»

«Im Keller. Piani hat auch Wein und Äpfel gefunden.»

«Das ist ein gutes Frühstück.»

Piani nahm den hölzernen Korken aus einer großen, korbumflochtenen Weinflasche. Er kippte sie ein wenig und goß einen kupfernen Topf voll.

«Er riecht gut», sagte er. «Hol ein paar Becher, Barto.»

Die beiden Unteroffiziere kamen herein.

«Hier, eßt Käse», sagte Bonello.

«Wir sollten weiter», sagte einer der Unteroffiziere beim Essen und trank einen Becher Wein.

«Werden schon gehen, nur keine Sorge», sagte Bonello.

«Jede Armee reist auf ihrem Bauch», sagte ich.

«Was?» fragte der Unteroffizier.

«Es ist besser, was zu essen.»

«Ja, aber die Zeit drängt.»

«Ich glaube, die Schweine haben schon gegessen», sagte Piani. Die Unteroffiziere sahen ihn an. Sie haßten uns alle.

«Kennen Sie den Weg?» fragte mich der eine.
«Nein», sagte ich. Sie sahen einander an.
«Wir wollen lieber aufbrechen», sagte der erste.
«Wir brechen auf», sagte ich. Ich trank noch einen Becher von dem Rotwein. Er schmeckte sehr gut nach dem Käse und dem Apfel.
«Nimm den Käse», sagte ich und ging hinaus. Bonello kam heraus und trug die große Kanne Wein.
«Die ist zu groß», sagte ich. Er sah sie mit Bedauern an.
«Ich fürchte auch», sagte er. «Geben Sie mir die Feldflaschen zum Füllen.» Er füllte die Feldflaschen, und etwas vom Wein floß auf das Steinpflaster des Hofs. Dann nahm er den Weinkrug hoch und stellte ihn direkt an die Haustür.
«Den können die Österreicher finden, ohne die Tür einzuschlagen», sagte er.
«Wir wollen aufbrechen», sagte ich. «Piani und ich fahren als erste.» Die beiden Unteroffiziere waren bereits auf dem Sitz neben Bonello. Die Mädchen aßen Käse und Äpfel. Aymo rauchte. Wir fuhren los, den schmalen Weg entlang. Ich sah zurück nach den beiden Wagen hinter uns und dem Bauernhaus. Es war ein schönes, niedriges, massives Steinhaus, und die Eisenarbeit am Brunnen war sehr gut. Vor uns war eine hohe Hecke. Hinter uns folgten die Wagen in kleinen Abständen.

5

Mittags blieben wir auf einem schlammigen Weg ungefähr – soweit wir das berechnen konnten – zehn Kilometer vor Udine stecken. Es hatte im Laufe des Vormittags aufgehört zu regnen, und dreimal hatten wir Flugzeuge kommen hören, sie über uns fliegen sehen, beobachtet, wie sie weit nach Süden hielten und über der Chaussee Bomben abwarfen. Wir hatten uns durch ein Netz von Nebenstraßen durchgearbeitet, hatten mehrere Wege genommen, die Sackgassen waren, waren aber durch Umkehren und Finden eines neuen Weges ständig näher an Udine herangekommen. Jetzt war Aymos Wagen, als er rückwärts fuhr, um aus einer Sackgasse herauszukommen, in die weiche Erde an der Seite geraten, und die Räder gruben sich leer drehend tiefer und tiefer ein, bis der Wagen auf seinem Differential lag. Wir mußten jetzt vor den Rädern ausgraben, Reisigbündel hinlegen, damit die Ketten faßten, und dann schieben, bis der Wagen wieder auf der Straße war. Wir standen alle auf der Straße um den Wagen herum. Die beiden Unteroffiziere betrachteten den

Wagen und untersuchten die Räder. Dann entfernten sie sich auf der Straße, ohne ein Wort zu sagen. Ich ging ihnen nach.

«Los», sagte ich. «Schneidet Äste ab.»

«Wir müssen gehen», sagte der eine.

«An die Arbeit», sagte ich. «Äste abbrechen.»

«Wir müssen gehen», sagte der eine. Der andere sagte nichts. Sie hatten es eilig mit dem Aufbruch. Sie sahen mich nicht an.

«Ich befehle euch, zu den Wagen zurückzugehen und Holz zu sammeln», sagte ich. Der eine Unteroffizier wandte sich mir zu. «Wir müssen gehen. In kurzem werden Sie abgeschnitten sein. Sie können uns nichts befehlen. Sie sind nicht unser Vorgesetzter.»

«Ich befehle euch, Holz zu holen», sagte ich. Sie machten kehrt und gingen den Weg entlang.

«Halt», sagte ich. Sie gingen auf dem schlammigen Weg weiter, die Hecke zu beiden Seiten. «Ich befehle euch, stehenzubleiben!» rief ich. Sie gingen ein bißchen schneller. Ich öffnete meine Tasche, nahm den Revolver heraus, zielte auf den einen, der am meisten gesprochen hatte, und feuerte. Ich verfehlte ihn, und sie begannen beide zu laufen. Ich feuerte dreimal und brachte einen zur Strecke. Der andere brach durch die Hecke und war außer Sicht. Ich feuerte auf ihn durch die Hecke hindurch, als er über das Feld lief. Der Revolver knackte leer, und ich tat ein neues Magazin hinein. Ich sah, daß es zu weit war, um auf den anderen Unteroffizier zu schießen. Er lief mit eingezogenem Kopf über das Feld. Ich füllte den leeren Rahmen nach. Bonello kam heran. «Lassen Sie mich gehen, ihn erledigen», sagte er. Ich reichte ihm den Revolver, und er ging an die Stelle, wo der Pionier-Unteroffizier mit dem Gesicht nach unten auf der Straße lag. Bonello beugte sich vornüber, hielt den Revolver an die Schläfe des Mannes und drückte ab. Der Revolver feuerte nicht.

«Du mußt den Hahn spannen», sagte ich. Er spannte und feuerte zweimal. Er faßte den Unteroffizier an den Beinen und zog ihn an den Straßenrand, so daß er neben der Hecke lag. Er kam zurück und reichte mir den Revolver.

«Der Scheißkerl», sagte er. Er sah in die Richtung des Unteroffiziers. «Haben Sie gesehen, wie ich ihn erledigt habe, Tenente?»

«Wir müssen schnell Reisig holen», sagte ich. «Hab ich den andern gar nicht getroffen?»

«Ich glaube nicht», sagte Aymo. «Es war zu weit weg, um ihn mit einem Revolver zu treffen.»

«Dieser Dreckskerl», sagte Piani. Wir schnitten alle Zweige und Äste. Wir hatten alles aus dem Wagen herausgenommen. Bonello grub vor den Vorderrädern aus. Als wir fertig waren, ließ Aymo die

Maschine anspringen. Die Räder drehten sich und warfen Äste und Schlamm auf. Bonello und ich schoben, bis wir unsere Gelenke krachen hörten. Der Wagen rührte sich nicht.

«Zurück und wieder vor und mit Schwung raus, Barto», sagte ich. Er ließ die Räder rückwärts mahlen und fuhr dann an. Die Räder gruben sich nur tiefer ein. Dann lag der Wagen wieder auf dem Differential, und die Räder drehten sich frei in den Löchern, die sie gegraben hatten. Ich richtete mich auf.

«Wir wollen's mit einem Seil versuchen», sagte ich.

«Ich glaub nicht, daß es Sinn hat, Tenente. Man kriegt keinen Vorwärtszug.»

«Wir müssen's versuchen», sagte ich. «Er kommt auf keine andere Weise wieder raus.»

Pianis und Bonellos Wagen konnten auf dem schmalen Weg nur stracks geradeaus fahren. Wir banden beide Wagen aneinander und zogen. Die Räder zogen nur seitwärts gegen die Furchen.

«Hat keinen Zweck», sagte ich. «Laßt es.»

Piani und Bonello stiegen von ihren Wagen runter und kamen zurück. Aymo stieg ab. Die Mädchen saßen ungefähr vierzig Meter entfernt auf einer Steinmauer.

«Was meinen Sie, Tenente?» fragte Bonello.

«Wir werden graben und dann noch mal mit Zweigen darunter probieren», sagte ich. Ich sah die Straße entlang. Es war meine Schuld. Ich hatte sie hierhergeführt. Die Sonne war beinahe zwischen den Wolken hervorgebrochen, und der Körper des Unteroffiziers lag neben der Hecke.

«Wir wollen ein Cape und seine Uniform unterlegen», sagte ich. Bonello ging sie holen. Ich schnitt Reisig, und Aymo und Piani gruben vor und zwischen den Rädern. Ich schnitt das Cape ein, und dann riß ich es entzwei und legte es unter das Rad in den Schlamm, dann häufte ich Holz darauf, damit die Räder fassen konnten. Wir waren startbereit, und Aymo stieg auf den Sitz und schaltete den Gang ein. Die Räder drehten sich, und wir schoben und schoben. Aber es nutzte nichts.

«Verdammt», sagte ich. «Ist irgendwas im Wagen, was du brauchst, Barto?»

Aymo kletterte mit seinem Käse, zwei Flaschen Wein und seinem Cape zu Bonello hinauf. Bonello, der hinter dem Steuerrad saß, stöberte die Uniformtaschen des Unteroffiziers durch.

«Wirf lieber die Uniform weg», sagte ich. «Was wird aus Bartos Jungfrauen?»

«Sie können hinten einsteigen», sagte Piani. «Ich glaube nicht, daß wir weit kommen.»

Ich öffnete die hintere Tür des Krankenwagens.

«Kommt», sagte ich. «Steigt ein.» Die beiden Mädchen kletterten hinein und setzten sich in eine Ecke. Sie schienen von dem Schießen keine Notiz genommen zu haben. Ich sah den Weg zurück. Der Unteroffizier lag in seiner schmutzigen, langärmeligen Unterwäsche da. Ich setzte mich neben Piani, und es ging los. Wir wollten versuchen, das Feld zu überqueren. Als der Weg ins Feld mündete, stieg ich aus und ging voraus. Wenn wir rüberkamen . . . auf der anderen Seite war eine Straße. Wir konnten nicht rüber. Es war zu weich und schlammig für die Wagen. Als sie endgültig und vollkommen festgefahren waren, die Räder bis zu den Naben eingegraben, ließen wir sie stehen und machten uns zu Fuß nach Udine auf.

Als wir auf einen Weg kamen, der zu der Chaussee zurückführte, zeigte ich hinunter und sagte zu den beiden Mädchen:

«Geht da hinunter. Da trefft ihr Leute.» Sie sahen mich an. Ich nahm meine Brieftasche heraus und gab jeder einen Zehn-Lire-Schein. «Geht da runter», sagte ich und zeigte mit dem Finger: «Freunde, Familie.»

Sie verstanden nicht, aber sie hielten das Geld fest und gingen den Weg entlang. Sie blickten zurück, so als ob sie Angst hätten, ich könnte ihnen das Geld wieder wegnehmen. Ich beobachtete, wie sie eng in ihre Tücher gewickelt den Weg entlanggingen und sich hin und wieder besorgt nach uns umsahen. Die drei Fahrer lachten.

«Wieviel geben Sie mir, wenn ich in die Richtung gehe, Tenente?» fragte Bonello.

«Sie sind besser daran, wenn sie nicht allein sind, falls man sie gefangennimmt», sagte ich.

«Geben Sie mir 200 Lire, und ich gehe direkt nach Österreich zurück», sagte Bonello.

«Das nehmen sie dir ja nur wieder ab», sagte Piani.

«Vielleicht ist der Krieg vorher aus», sagte Aymo. Wir gingen auf der Straße, so schnell wir konnten. Die Sonne versuchte durchzubrechen. Am Straßenrand wuchsen Maulbeerbäume. Durch die Bäume hindurch konnte ich unsere beiden großen Möbelwagen von Wagen auf dem Feld festgefahren sehen. Piani sah auch zurück.

«Um die rauszuholen muß man eine Chaussee bauen», sagte er.

«Himmel, nein, wenn wir nur Räder hätten», sagte Bonello.

«Fährt man in Amerika Rad?» fragte Aymo.

«Zu meiner Zeit ja.»

«Hier ist es was Großartiges», sagte Aymo. «Ein Rad ist eine großartige Sache.»

«Himmel, nein, wenn wir nur Räder hätten», sagte Bonello. «Ich bin schlecht zu Fuß.»

«Ist das Schießen?» fragte ich. Ich glaubte weit weg Schüsse zu hören.

«Ich weiß nicht», sagte Aymo. Er lauschte.

«Ich glaube ja», sagte ich.

«Das erste, was wir sehen werden, wird die Kavallerie sein», sagte Piani.

«Ich glaube nicht, daß sie Kavallerie hier haben.»

«Himmel, nein, hoffentlich nicht», sagte Bonello. «Ich möchte nicht auf so einer Lanze von einem Kavalleristen aufgespießt werden.»

«Donnerwetter, wie Sie den Unteroffizier erledigt haben, Tenente», sagte Piani. Wir gingen schnell.

«Ich hab ihn totgemacht», sagte Bonello. «In diesem ganzen Krieg habe ich niemand getötet, und mein ganzes Leben lang wollte ich immer schon mal einen Unteroffizier töten.»

«Du hast ihn sitzenderweise getötet, das stimmt. Er floh nicht sehr schnell, als du ihn erledigt hast.»

«Schadet nichts. An die Sache werde ich mich immer erinnern können. Ich hab dies Schwein von einem Unteroffizier getötet.»

«Was wirst du bei der Beichte sagen?» fragte Aymo.

«Ich werde sagen, segne mich, Vater, ich hab einen Unteroffizier getötet.» Alle lachten.

«Er ist ein Anarchist», sagte Piani. «Er geht nicht in die Kirche.»

«Piani ist auch ein Anarchist», sagte Bonello.

«Seid ihr wirklich Anarchisten?» fragte ich.

«Nein, Tenente. Wir sind Sozialisten. Wir sind aus Imola. Sind Sie nie dagewesen?»

«Nein.»

«Donnerwetter noch mal, Tenente, das ist ein toller Ort. Kommen Sie nach dem Krieg hin, und wir werden Ihnen vielleicht was zeigen!»

«Seid ihr alle Sozialisten?»

«Alle.»

«Ist das eine schöne Stadt?»

«Wundervoll. So eine Stadt haben Sie überhaupt noch nicht gesehen.»

«Wieso seid ihr Sozialisten geworden?»

«Wir sind alle Sozialisten. Alle sind Sozialisten. Wir sind immer Sozialisten gewesen.»

«Kommen Sie nur, Tenente. Wir machen aus Ihnen auch einen Sozialisten.»

Vor uns bog die Straße nach links und da lag ein kleiner Hügel und hinter einer Steinmauer ein Apfelgarten. Als die Straße bergauf führte, hörten sie auf zu sprechen. Wir gingen alle zusammen schnell gegen die Zeit an.

6

Später befanden wir uns auf einer Straße, die an einen Fluß führte. Auf der Straße, die auf die Brücke führte, stand eine lange Reihe verlassener Lastautos und Wagen. Es war niemand zu sehen. Der Fluß stand hoch, und die Brücke war in der Mitte gesprengt worden; der steinerne Bogen war in den Fluß gefallen, und das braune Wasser floß darüber hinweg. Wir gingen am Flußufer entlang und suchten einen Ort, an dem wir hinüber konnten. Ich wußte, daß weiter oben eine Eisenbahnbrücke war, und ich dachte, daß wir möglicherweise dort hinüber könnten. Der Weg war naß und schlammig. Wir sahen keine Truppen, nur verlassene Lastautos und Vorräte. Am Flußufer war bis auf nasses Schilf und schlammigen Boden niemand und nichts. Wir gingen die Böschung hinauf und schließlich sahen wir die Eisenbahnbrücke.

«Was für eine herrliche Brücke», sagte Aymo. Es war eine lange, einfache eiserne Brücke über das, was gewöhnlich ein ausgetrocknetes Flußbett war.

«Wir machen besser schnell und gehen rüber, bevor sie sie in die Luft sprengen», sagte ich.

«Ist niemand da, um sie zu sprengen», sagte Piani. «Sie sind alle weg.»

«Vielleicht ist sie vermint», sagte Bonello. «Gehen Sie zuerst, Tenente.»

«Hört mal den Anarchisten an», sagte Aymo. «Er soll zuerst gehen.»

«Ich werde gehen», sagte ich. «Sie wird schon nicht so vermint sein, daß sie mit einem Mann darauf in die Luft fliegt.»

«Siehst du», sagte Piani. «Das nenn ich Verstand. Wieso hast du keinen Verstand, Anarchist?»

«Wenn ich Verstand hätte, wäre ich nicht hier», sagte Bonello.

«Das ist nicht schlecht, Tenente», sagte Aymò.

«Das ist nicht schlecht», sagte ich. Wir waren jetzt dicht an der Brücke. Der Himmel hatte sich neu bedeckt und es regnete etwas. Die Brücke sah lang und vertrauenerweckend aus. Wir kletterten die Böschung hinauf.

«Immer einer auf einmal», sagte ich und begann über die Brücke zu gehen. Ich betrachtete die Schwellen und Schienen auf irgendwelche Zündschnüre oder Zeichen von Sprengstoffen hin, aber ich sah nichts. Tief unter den Zwischenräumen der Schwellen strömte der Fluß schlammig und schnell dahin. Vor mir jenseits der nassen Landschaft konnte ich Udine im Regen liegen sehen. Als ich drüben war, sah ich zurück. Gerade ein Stückchen den Fluß weiter hinauf war eine zweite Brücke. Während ich sie beobachtete, überquerte sie gerade ein gelbes, lehmfarbenes Auto. Die Brüstung der Brücke war hoch, und das Auto, nachdem es einmal darauf war, nicht mehr zu sehen. Aber ich sah die Köpfe von dem Fahrer, von dem Mann, der neben ihm saß, und den beiden auf dem Rücksitz. Sie trugen alle deutsche Helme. Dann war der Wagen über die Brücke rüber und außer Sicht hinter den Bäumen und den verlassenen Fahrzeugen. Ich winkte Aymo, der gerade rüberging, und den anderen zu, weiterzugehen. Ich kletterte hinunter und hockte mich neben dem Eisenbahndamm hin. Aymo kam zu mir herunter.

«Hast du das Auto gesehen?» fragte ich.

«Nein, wir haben Sie beobachtet.»

«Ein deutsches Stabsauto hat die obere Brücke passiert.»

«Ein Stabsauto?»

«Ja.»

«Heilige Jungfrau.»

Die anderen kamen, und wir hockten uns alle im Schlamm hinter den Damm hin und blickten über die Gleise auf die Brücke, die Baumreihe, den Graben und die Straße. «Glauben Sie, daß wir abgeschnitten sind, Tenente?»

«Ich weiß nicht. Alles, was ich weiß, ist, daß ein deutsches Stabsauto da raufgefahren ist.»

«Sie fühlen sich nicht komisch, Tenente? Sie haben nicht vielleicht so ein seltsames Gefühl im Kopf?»

«Versuch nicht komisch zu sein, Bonello.»

«Wie wär's mit einem Schlückchen?» fragte Piani. «Wenn wir schon abgeschnitten sind, können wir doch ruhig einen trinken.» Er hakte seine Feldflasche ab und entkorkte sie.

«Seht mal, seht mal», sagte Aymo und zeigte auf die Straße. Über der steinernen Brüstung konnten wir deutsche Helme sich bewegen sehen. Sie waren nach vorn geneigt und bewegten sich fließend, beinahe übernatürlich, vorwärts. Als sie die Brücke verließen, sahen wir sie. Es war eine Radfahrerkolonne. Ich sah die Gesichter der beiden ersten. Sie sahen rot und gesund aus. Ihre Helme gingen ihnen tief über die Stirn und die Seiten ihres Gesichts. Ihre Karabiner hatten sie an der Räderrahmen festgemacht, Handgranaten hingen mit dem Stiel nach unten von ihren Koppeln. Ihre Helme und grauen Uniformen waren naß, und sie fuhren ohne Anstrengung und sahen sich nach beiden Seiten um. Es waren zwei – dann vier in einer Reihe, dann zwei, dann beinahe ein Dutzend; dann noch ein Dutzend ... dann einer allein. Sie sprachen nicht, aber wir hätten sie auch nicht hören können, wegen des Lärms, den der Fluß machte. Sie fuhren die Straße hinauf außer Sicht.

«Heilige Jungfrau», sagte Aymo.

«Das waren Deutsche», sagte Piani. «Das waren keine Österreicher.»

«Warum ist denn hier niemand, der sie aufhält?» sagte ich. «Wieso hat man nicht die Brücke gesprengt? Wieso sind an dieser Uferböschung keine Maschinengewehre?»

«Das fragen wir Sie, Tenente», sagte Bonello.

Ich war wütend.

«Die ganze Sauerei ist beschissen. Da unten sprengen sie eine kleine Brücke in die Luft. Hier auf der Hauptstraße lassen sie die Brücke. Wo sind denn alle? Versucht man denn überhaupt nicht, sie aufzuhalten?»

«Das fragen wir Sie, Tenente», sagte Bonello. Ich hielt die Klappe. Es ging mich ja nichts an; alles, was mich anging, war, mit drei Sanitätsautos Pordenone zu erreichen, und das war mir nicht gelungen. Alles, was ich jetzt zu tun hatte, war, Pordenone zu erreichen. Ich konnte vielleicht nicht einmal bis Udine kommen. Teufel noch mal, und ob! Jetzt hieß es Ruhe bewahren und nicht erschossen oder gefangengenommen zu werden.

«Hattest du nicht eine Feldflasche auf?» fragte ich Piani. Er reichte sie mir. Ich nahm einen langen Schluck. «Wir könnten ebensogut aufbrechen», sagte ich. «Aber es hat auch keine Eile. Wollt ihr was essen?»

«Hier kann man nicht bleiben», sagte Bonello.

«Schön. Brechen wir auf.»

«Sollen wir auf dieser Seite bleiben – in Deckung?»

«Oben ist es günstiger für uns. Sie können auch an dieser Brücke vorbeikommen. Wir können sie nicht über uns brauchen, bevor wir sie überhaupt sehen.»

Wir gingen auf den Eisenbahngleisen entlang. Auf beiden Seiten dehnte sich die nasse Ebene aus. Vor uns, jenseits der Ebene, war der Hügel von Udine. Unter dem Schloß auf dem Hügel fielen die Dächer schräg ab. Wir konnten den Campanile und den Schloßturm sehen. Auf den Feldern gab es viele Maulbeerbäume. Vor uns sah ich eine Stelle, an der die Gleise aufgerissen waren. Auch die Schwellen waren ausgegraben und den Damm hinabgeworfen worden.

«Hinlegen, hinlegen», sagte Aymo. Wir warfen uns neben der Uferböschung zu Boden. Eine zweite Radfahrerkolonne fuhr auf der Straße vorbei. Ich sah über den Rand hinweg und sah sie weiterfahren.

«Sie haben uns gesehen, aber sie sind weitergefahren», sagte Aymo.

«Wir werden hier oben abgeschossen werden, Tenente», sagte Bonello.

«Die wollen uns nicht», sagte ich. «Die sind hinter jemand anderem her. Wir sind viel gefährdeter, wenn sie plötzlich auf uns stoßen.»

«Ich gehe lieber in Deckung», sagte Bonello.

«Schön. Wir wollen neben den Gleisen gehen.»

«Glauben Sie, daß wir durchkommen werden?» fragte Aymo.

«Sicher. Bis jetzt sind's ja noch nicht viele. Wir gehen im Dunkeln durch.»

«Was hatte nur dies Stabsauto zu bedeuten?»

«Soll Gott wissen», sagte ich. Wir marschierten weiter auf den Gleisen. Bonello bekam es satt im Schlamm der Uferböschung zu waten und kam rauf zu uns anderen. Die Eisenbahn nahm jetzt ihren Kurs nach Süden von der Chaussee fort, und wir konnten nicht mehr sehen, was auf der Straße vorbeikam. Eine kurze Brücke über einen Kanal war gesprengt, aber wir kletterten auf dem, was noch vom Spannbogen übrig war, hinüber. Wir hörten vor uns schießen.

Wir stießen auf die Eisenbahn jenseits des Kanals. Sie führte gerade durch die tiefliegenden Felder zur Stadt. Wir konnten die Gleise der anderen Eisenbahn vor uns sehen. Nördlich lag die Chaussee, wo wir die Radfahrer gesehen hatten, südlich führte ein kleiner Nebenweg mit dicken Bäumen zu beiden Seiten ab über die Felder. Ich dachte, es sei besser, nach Süden zu halten und uns so um die Stadt querfeldein, in Richtung auf Campoformio und die Chaussee nach Tagliamento durchzuarbeiten. Wir konnten die Hauptlinie des Rückzugs vermeiden, indem wir uns hinter Udine auf den Nebenstraßen hielten. Ich wußte, daß genug Seitenstraßen durch die Ebene führten. Ich fing an, den Damm hinunterzuklettern.

«Kommt», sagte ich. Wir wollten versuchen, die Seitenstraße zu erreichen, um uns südlich an die Stadt heranzuarbeiten. Wir gingen alle die Uferböschung hinunter. Ein Schuß wurde von der Seitenstraße auf uns abgegeben. Die Kugel ging in den Schlamm der Uferböschung.

«Zurück», schrie ich. Ich versuchte die Böschung wieder raufzuklettern und rutschte im Schlamm aus. Die Fahrer waren vor mir. Ich kletterte die Böschung rauf, so schnell ich konnte. Zwei weitere Schüsse kamen aus dem dichten Unterholz, und Aymo wankte, stolperte und fiel mit dem Gesicht zu Boden, als er über die Gleise ging. Wir zogen ihn nach der anderen Seite runter und drehten ihn um. «Er muß mit dem Kopf bergan liegen», sagte ich. Piani drehte ihn um. Er lag im Schlamm an der Seite der Uferboschung, seine Füße zeigten bergab, er atmete unregelmäßig Blut. Wir drei hockten im Regen um ihn herum. Er war tief unten am Hals getroffen, und die Kugel war nach oben gegangen und unter dem rechten Auge herausgekommen. Er starb, während ich die beiden Löcher verband. Piani legte seinen Kopf zurück, rieb an seinem Gesicht mit einem Stückchen Notverband herum, dann ließ er's.

«Die Schweinehunde», sagte er.

«Das waren keine Deutschen», sagte ich. «Da drüben können keine Deutschen sein.»

«Italiener», sagte Piani und benutzte das Wort als Eigenschaftswort: *«Italiani!»* Bonello sagte nichts. Er saß neben Aymo und sah ihn nicht an. Piani hob Aymos Mütze auf, sie war die Böschung hinuntergerollt, und deckte sie über sein Gesicht. Er zog seine Feldflasche heraus.

«Willst du einen Schluck trinken?» Piani hielt Bonello die Flasche hin.

«Nein», sagte Bonello. Er wandte sich zu mir. «Das hätte uns auf den Eisenbahnschienen die ganze Zeit über passieren können.»

«Nein», sagte ich. «Das kam, weil wir das Feld betreten haben.»

Bonello schüttelte den Kopf. «Aymo ist tot», sagte er. «Wer kommt jetzt dran, Tenente? Wo gehen wir jetzt lang?»

«Das waren Italiener, die auf uns schossen», sagte ich. «Das waren keine Deutschen.»

«Ich nehme auch an, daß sie uns alle erledigt hätten, wenn's Deutsche gewesen wären», sagte Bonello.

«Die größere Gefahr droht uns von den Italienern und nicht von den Deutschen», sagte ich. «Die Nachhut hat vor allem Angst. Die Deutschen wissen, hinter wem sie her sind.»

«Zerbrechen Sie sich den Kopf darüber, Tenente», sagte Bonello.

«Wo gehen wir jetzt hin?» fragte Piani.

«Wir legen uns wohl besser irgendwo hin, bis es dunkel ist. Wenn wir nach Süden durchkämen, wären wir gerettet.»

«Sie müßten uns alle erschießen, um sich zu beweisen, daß sie das erste Mal recht hatten», sagte Bonello. «Ich will sie nicht in Versuchung führen.»

«Wie müssen so dicht von Udine wie möglich ein Versteck finden, und dann, wenn's dunkel ist, durchschleichen.»

«Also los», sagte Bonello. Wir gingen den Nordhang der Uferböschung hinunter. Ich sah zurück. Aymo lag im Schlamm rechtwinklig zur Uferböschung hin. Er war sehr klein, seine Arme hingen seitwärts herunter, seine Wickelgamaschenbeine und schlammigen Stiefel lagen aneinander, seine Mütze bedeckte sein Gesicht. Er sah sehr tot aus. Es regnete. Ich hatte ihn so gern gehabt wie nur irgendeinen, den ich je gekannt hatte. Ich hatte seine Papiere in der Tasche und würde seiner Familie schreiben. Vor uns jenseits des Feldes war ein Bauernhof. Es standen Bäume darum herum, und die Wirtschaftsgebäude waren ans Haus angebaut. In der zweiten Etage war ein Balkon, der von Säulen getragen wurde.

«Wir wollen lieber nicht so dicht nebeneinander gehen», sagte ich. «Ich werde vorgehen.» Ich ging auf das Bauerngehöft zu. Es lief ein Weg übers Feld.

Als ich über das Feld ging, glaubte ich mit Bestimmtheit, daß jemand auf uns aus den Bäumen des nahen Bauernhofes oder aus dem Haus selbst schießen würde. Ich ging darauf zu und sah es deutlich vor mir. Der Balkon der zweiten Etage verschmolz mit der Scheune, und zwischen den Säulen sah Heu hervor. Der Hof war aus Steinblöcken, und alle Bäume tropften vom Regen. Ein großer, leerer, zweirädriger Karren stand da, die Deichseln ragten hoch in den Regen empor. Ich kam auf den Hof, überquerte ihn und stand im Schutz des Balkons. Die Tür des Hauses war offen, und ich ging hinein. Bonello und Piani kamen hinter mir her. Drinnen war es dunkel. Ich ging in die Küche zurück. Auf dem großen, offenen Herd lag Asche von einem Feuer. Die Töpfe hingen über der Asche, aber sie waren leer. Ich sah mich um, aber ich konnte nichts Eßbares finden.

«Wir sollten uns in die Scheune legen», sagte ich. «Piani, glaubst du, daß du was zu essen finden und es raufbringen kannst?»

«Ich werde suchen», sagte Piani.

«Ich werde auch suchen», sagte Bonello.

«Schön», sagte ich. «Ich werde raufgehen und mir die Scheune ansehen.» Ich fand eine Steintreppe, die vom Stall, der darunter lag, hinaufführte. Der Stall roch trocken und angenehm in dem Regen. Das Vieh war alles fort, wahrscheinlich weggetrieben, als sie flüchteten. Die Scheune war halbvoll mit Heu. Das Dach hatte zwei Fenster, eines war mit Brettern vernagelt, das andere war ein schmales Bodenfenster an der Nordseite. Es gab eine Rutsche, um das Heu zum Vieh hinunterzustoßen. Balken kreuzten die Öffnung zur Tenne, wo die Heuwagen reinfuhren, wenn das Heu eingefahren wurde, um hinaufgegabelt zu werden. Ich hörte den Regen auf dem Dach und roch das Heu, und als ich hinunterging den sauberen Geruch von getrocknetem Dung im Stall. Man konnte ein Brett losstemmen und durch das Südfenster auf den Hof hinuntersehen. Das andere Fenster sah aufs Feld hinaus nach Norden. Wir konnten von beiden

Fenstern aufs Dach steigen und runter oder die Heurutsche runter, wenn die Treppe nicht empfehlenswert schien. Es war eine große Scheune, und wir konnten uns im Heu verstecken, wenn wir jemand hörten. Es schien mir eine gute Bleibe zu sein. Ich war überzeugt davon, daß wir nach Süden hätten durchkommen können, wenn man nicht auf uns gefeuert hätte. Es war ausgeschlossen, daß da Deutsche waren. Sie kamen von Norden und die Straße von Cividale herab. Sie konnten nicht von Süden durchgekommen sein. Die Italiener waren bei weitem gefährlicher. Sie hatten Angst und feuerten auf alles, was sie sahen. Vergangene Nacht auf dem Rückzug hatten wir gehört, daß sich im Norden viele Deutsche in italienischen Uniformen in den Rückzug gemischt hätten. Ich glaubte es nicht. Das war eines von den Märchen, das man immer im Krieg hörte. Das tat der Feind einem regelmäßig an. Man kannte selbst keinen, der in deutscher Uniform rüberging, um die anderen zu verwirren. Möglicherweise taten sie es; aber es hörte sich sehr kompliziert an. Ich glaubte nicht, daß die Deutschen es taten. Sie hatten es meiner Meinung nach gar nicht nötig. Es war gar nicht notwendig, unseren Rückzug zu verwirren. Die Größe der Armee und die wenigen Straßen sorgten dafür. Niemand gab Befehle, geschweige die Deutschen. Trotzdem feuerten sie auf uns in der Annahme, wir seien Deutsche. Sie hatten Aymo erschossen. Das Heu roch gut, und in einer Scheune im Heu liegen ließ all die Jahre zwischendurch vergessen. Wir hatten im Heu gelegen und uns unterhalten und Spatzen mit einem Luftgewehr geschossen, wenn sie in dem Dreieck, das sich hoch oben in der Scheunenwand befand, aufflogen. Die Scheune existierte nicht mehr, und eines Tages hatte man die Tannenwälder abgeholzt, und es gab nur noch Stümpfe, vertrocknete Baumwipfel, Äste und Kreuzwurz, wo die Wälder gewesen waren. Man konnte nicht dahin zurückkehren. Wenn man nicht vorwärts ging, was passierte dann? Ich lauschte auf die Schießerei im Norden, in der Richtung von Udine. Ich konnte Maschinengewehrfeuer hören. Keine Granaten. Das war etwas. Wahrscheinlich hatten sie einige Truppen auf der Straße erwischt. Ich sah im Halbdunkel des Heuschobers hinunter und sah Piani auf der Tenne stehen. Er trug eine lange Wurst, einen Krug mit irgend etwas und zwei Weinflaschen unterm Arm.

«Komm rauf», sagte ich. «Da ist die Leiter.» Dann fand ich, daß ich ihm doch lieber helfen sollte, die Sachen raufzubringen, und ging hinunter. Mein Kopf drehte sich ein bißchen vom Im-Heu-Liegen. Ich war beinahe eingeschlafen.

«Wo ist Bonello?» fragte ich.

«Ich werd's Ihnen sagen», sagte Piani, wir gingen die Leiter hinauf. Oben auf dem Heu stellten wir die Sachen hin. Piani nahm sein Messer mit dem Korkenzieher heraus und zog den Korken aus einer der Weinflaschen.

«Die sind versiegelt», sagte er. «Der muß gut sein.» Er lächelte.

«Wo ist Bonello?» fragte ich.

Piani sah mich an.

«Er ist weg, Tenente», sagte er. «Er will sich gefangennehmen lassen.»

Ich sagte nichts.

«Er hatte Angst, daß man uns töten würde.»

Ich hielt die Weinflasche in der Hand und sagte nichts.

«Sehen Sie, Tenente, wir haben sowieso nichts vom Krieg.»

«Warum bist du nicht auch gegangen?»

«Ich wollte Sie nicht verlassen.»

«Wo ist er hingegangen?»

«Ich weiß nicht, Tenente. Er ist weggegangen.»

«Gut», sagte ich. «Willst du die Wurst schneiden?»

Piani sah mich im Zwielicht an.

«Ich hab sie doch geschnitten, während wir sprachen», sagte er. Wir saßen im Heu und aßen Wurst und tranken den Wein. Den Wein hatte man wahrscheinlich für eine Hochzeit aufgespart. Er war so alt, daß er bereits die Farbe verlor.

«Sieh du aus dem Fenster, Luigi», sagte ich. «Ich werde aus dem andern sehen.»

Wir hatten jeder von uns aus einer Flasche getrunken, und ich nahm meine Flasche mit mir und ging hinüber und legte mich flach aufs Heu und sah durch das enge Fenster auf das nasse Land. Ich weiß nicht, was ich zu sehen erwartete, aber ich sah nichts außer den Feldern und den kahlen Maulbeerbäumen und dem fallenden Regen. Ich trank den Wein, und ich fühlte mich schlecht danach. Man hatte ihn zu lange aufgehoben, er war hinüber und hatte seine Farbe und Güte verloren. Ich beobachtete, wie es draußen dunkel wurde; die Dunkelheit kam sehr schnell. Durch den Regen würden wir eine schwarze Nacht haben. Als es dunkel war hatte es keinen Sinn weiter aufzupassen, darum ging ich hinüber zu Piani. Er lag schlafend da, und ich weckte ihn nicht, sondern setzte mich eine Weile neben ihn. Er war ein großer Mann und er schlief fest. Nach einer Weile weckte ich ihn, und wir brachen auf.

Das war eine sehr seltsame Nacht. Ich weiß nicht, was ich erwartet hatte, den Tod vielleicht und Schießen im Dunkeln und Rennen, aber es geschah nichts. Wir warteten, flach am Boden liegend, jenseits des Chausseegrabens der Hauptstraße, während ein deutsches Bataillon vorüberzog, dann, als sie vorbei waren, kreuzten wir die Straße und gingen weiter nach Norden zu. Zweimal waren wir im Regen sehr dicht an den Deutschen, aber sie sahen uns nicht. Wir gelangten, ohne einen Italiener zu sehen, nördlich an der Stadt vorbei; dann nach einer Weile kamen wir auf die Hauptrückzugsstraßen und gingen die ganze Nacht über dem Tagliamento zu. Ich hatte mir nicht vorgestellt, wie gigantisch dieser Rückzug war. Das ganze Land war in Bewegung, nicht nur die Armee. Wir gingen die ganze Nacht und gingen schneller als die Fahrzeuge. Mein Bein tat mir weh, und ich war müde, aber wir kamen gut voran. Es kam uns so dumm vor, daß Bonello beschlossen hatte, sich gefangennehmen zu lassen. Es war keine Gefahr. Wir hatten zwei Armeen ohne Zwischenfall passiert. Wenn Aymo nicht getötet worden wäre, hätte man überhaupt niemals an eine Gefahr gedacht. Niemand hatte uns belästigt, als wir deckungslos neben der Eisenbahn hergegangen waren. Das Totschießen kam plötzlich und sinnlos. Ich überlegte, wo Bonello wohl sein mochte.

«Wie geht's Ihnen, Tenente?» fragte Piani. Wir gingen am Rande einer Straße entlang, die von Truppen und Fahrzeugen überfüllt war.

«Glänzend.»

«Ich hab das Gehen satt.»

«Na, alles, was wir jetzt zu tun haben, ist Gehen. Wir brauchen uns keine Gedanken zu machen.»

«Bonello war ein Dummkopf.»

«Und ob er ein Dummkopf war!»

«Was werden Sie gegen ihn machen, Tenente?»

«Ich weiß nicht.»

«Können Sie nicht einfach schreiben: gefangengenommen?»

«Ich weiß nicht.»

«Sehen Sie, wenn der Krieg weitergeht, würde man seine Familie ins Unglück stürzen.»

«Der Krieg geht nicht weiter», sagte ein Soldat. «Wir gehen nach Hause. Der Krieg ist vorbei.»

«Alle gehen nach Hause.»

«Wir gehen alle nach Hause.»

«Kommen Sie, Tenente», sagte Piani. Er wollte an ihnen vorbei.

«Tenente? Wer ist hier ein Tenente? *A basso gli ufficiali!* Nieder mit den Offizieren.»

Piani nahm mich beim Arm. «Ich nenne Sie lieber beim Namen», sagte er. «Es gibt sonst womöglich Unannehmlichkeiten. Man hat einige Offiziere erschossen.» Wir arbeiteten uns an ihnen vorbei.

«Ich werde nichts schreiben, was eine Familie in Ungelegenheiten bringen wird», setzte ich unsere Unterhaltung fort.

«Wenn der Krieg vorbei ist, ist es ganz egal», sagte Piani. «Aber ich glaub nicht, daß er vorbei ist. Es klingt zu schön, um wahr zu sein.»

«Wir werden's bald wissen», sagte ich.

«Ich glaube nicht, daß er vorbei ist. Alle meinen, daß es vorbei ist, aber ich glaub's nicht.»

«Viva la pace!» schrie ein Soldat. «Wir gehen nach Hause.»

«Es wäre herrlich, wenn wir alle nach Hause könnten», sagte Piani. «Würden Sie nicht gern nach Hause gehen?»

«Doch.»

«Wir werden's nie erleben», sagte Piani. «Ich glaub nicht, daß es vorbei ist.»

«Andiamo a casa!» schrie ein Soldat.

«Sie werfen ihre Gewehre weg», sagte Piani. «Sie nehmen sie ab und lassen sie fallen, während sie weitermarschieren. Dann schreien sie.»

«Sie sollten ihre Gewehre behalten.»

«Sie denken, wenn sie ihre Gewehre wegwerfen, kann man sie nicht zum Kampf zwingen.»

Als wir uns im Dunkeln und im Regen unseren Weg neben der Straße bahnten, sah ich, daß viele Soldaten ihre Gewehre noch behalten hatten. Sie ragten über die Capes hinaus.

«Welche Brigade seid ihr?» rief ein Offizier.

«Brigata di pace», rief jemand zurück, «Friedensbrigade.» Der Offizier sagte nichts.

«Was sagt er? Was sagt der Offizier?»

«Nieder mit dem Offizier. *Viva la pace.*»

«Kommen Sie», sagte Piani. Wir kamen an zwei englischen Sanitätsautos vorbei, die in dem Block von Fahrzeugen stehen gelassen waren.

«Die sind aus Gorizia», sagte Piani. «Ich kenne die Wagen.»

«Die sind weiter gekommen als wir.»

«Sie sind früher aufgebrochen.»

«Wo wohl die Fahrer sein mögen?»

«Wahrscheinlich vor uns.»

«Die Deutschen haben vor Udine haltgemacht», sagte ich. «Die Leute hier werden alle über den Fluß kommen.»

«Ja», sagte Piani. «Darum glaube ich ja auch, daß der Krieg weitergehen wird.»

«Die Deutschen könnten weiter vorrücken», sagte ich. «Warum sie das wohl nicht tun?»

«Ich weiß nicht. In dieser Art Krieg kenne ich mich nicht aus.»

«Ich nehme an, daß sie auf ihren Nachschub warten müssen.»

«Ich weiß nicht», sagte Piani. So allein war er viel sanfter. Wenn er mit den anderen zusammen war, war er ein wüster Redner.

«Bist du verheiratet, Luigi?»

«Sie wissen doch, daß ich verheiratet bin.»

«Wolltest du dich darum nicht gefangennehmen lassen?»

«Das ist einer der Gründe. Sind Sie verheiratet, Tenente?»

«Nein.»

«Bonello auch nicht.»

«Daraus, daß ein Mann verheiratet ist, läßt sich nichts schließen. Aber ich glaube, jeder verheiratete Mann will nach Hause zu seiner Frau», sagte ich. Ich hätte gern über Ehefrauen gesprochen.

«Ja.»

«Wie sind deine Füße?»

«Reichlich wund.»

Vor Tagesanbruch erreichten wir die Ufer des Tagliamento und folgten dem übergetretenen Ufer bis zur Brücke, wo der ganze Verkehr hinüberging.

«Man müßte sich hier am Fluß halten können», sagte Piani. Im Dunkeln sahen die Fluten hoch aus. Das Wasser wirbelte; der Fluß war breit. Die hölzerne Brücke war beinahe anderthalb Kilometer lang, und das Wasser, das gewöhnlich in schmalen Kanälen in dem weiten Steinbett tief unter der Brücke floß, war dicht unter den hölzernen Planken. Wir gingen am Ufer entlang und arbeiteten uns dann in die Menge hinein, die die Brücke überquerte. Wie wir so langsam im Regen ein paar Fuß über der Flut, eng gepreßt in der Menge, den Kasten eines Munitionswagens dicht vor uns, hinübergingen, sah ich die Brüstung und beobachtete den Fluß. Jetzt, wo wir nicht unser eigenes Tempo gehen konnten, fühlte ich mich sehr müde. Es war kein Vergnügen, die Brücke zu überqueren. Ich malte mir aus, wie es wohl wäre, wenn ein Flugzeug sie am Tage mit Bomben belegen würde.

«Piani», sagte ich.

«Ich bin hier, Tenente.» Er war etwas vor mir in dem Gedränge. Niemand sprach. Alle suchten, so schnell sie konnten, hinüberzugelangen und dachten an nichts sonst. Wir waren beinahe drüben. Am anderen Ende der Brücke standen an beiden Seiten Offiziere und Carabinieri und ließen ihre Taschenlampen aufflammen. Sie hoben sich dunkel gegen den Himmel ab. Als wir uns ihnen näherten, sah ich, wie ein Offizier auf einen Mann in der Reihe zeigte. Ein Carabiniere ging auf ihn zu und zog ihn am Arm aus dem Gedränge. Er holte ihn von der Straße weg. Wir waren beinahe auf gleicher Höhe. Die Offiziere sahen jeden in der Reihe forschend an, manchmal sprachen sie zusammen oder traten vor, um jemandem ins Gesicht zu leuchten. Sie holten einen zweiten heraus, gerade bevor wir ihnen gegenüber waren. Ich sah den Mann. Es war ein Oberstleutnant. Ich sah die Sterne in der Einfassung auf seinem Ärmel, als sie ihn anleuchteten. Sein Haar war grau; er war klein und dick. Die Carabinieri zogen ihn hinter die Reihe von Offizieren. Als wir ihnen gegenüber waren, sah ich, wie ein oder zwei mich ansahen. Dann zeigte einer auf mich und sprach mit einem Carabiniere. Ich sah, wie der Carabiniere auf mich zukam, die Reihe durchbrach, und fühlte, wie er mich am Kragen packte.

«Was ist denn mit dir los?» sagte ich und schlug ihm ins Gesicht. Ich sah sein Gesicht unter dem Hut, hochgedrehter Schnurrbart, Blut lief ihm die Backe hinunter. Ein zweiter schoß auf uns zu.

«Was ist denn mit dir los?» sagte ich. Er antwortete nicht. Er wartete auf eine Gelegenheit, um mich zu packen. Ich nahm den Arm nach hinten, um meine Pistole zu lockern.

«Weißt du nicht, daß du einen Offizier nicht anfassen darfst?» Der andere packte mich von hinten und riß meinen Arm hoch, so daß er sich beinahe auskugelte. Ich drehte mich mit und der andere packte mich am Hals. Ich stieß gegen sein Schienbein und mit dem linken Bein in seine Leistengegend.

«Knall ihn nieder, wenn er Widerstand leistet», hörte ich jemand sagen.

«Was soll denn das bedeuten?» versuchte ich zu schreien, aber meine Stimme war nicht sehr laut. Sie hatten mich jetzt am Straßenrand.

«Knall ihn nieder, wenn er Widerstand leistet», sagte ein Offizier. «Führ ihn ab.»

«Wer seid ihr denn?»

«Wirst du schon noch merken.»

«Wer seid ihr?»

«Feldpolizei», sagte ein anderer Offizier.

«Warum sagen Sie mir nicht, daß ich vortreten soll, warum lassen Sie mich von einem ‹Aeroplan› anpacken?»

Sie antworteten nicht. Sie brauchten nicht zu antworten. Sie waren Feldpolizei.

«Führt ihn dort hinten hin zu den anderen», sagte der erste Offizier. «Seht ihr, er spricht Italienisch mit einem Akzent.»

«Du wohl nicht, du Arschloch», sagte ich.

«Führt ihn weg mit den anderen», sagte der erste Offizier. Man führte mich hinter die Reihe von Offizieren unterhalb der Straße zu einer Gruppe von Leuten auf einem Feld dicht am Flußufer. Während wir auf sie zugingen, wurden Schüsse abgegeben. Ich sah das Aufblitzen von Gewehren und hörte den Knall. Wir näherten uns der Gruppe. Vier Offiziere standen zusammen, ein Mann vor ihnen, zu jeder Seite ein Carabiniere. Eine Gruppe stand zusammen, von Carabinieri bewacht. Weitere vier Carabinieri standen bei dem verhörenden Offizier und lehnten auf ihren Karabinern. Es waren Carabinieri mit breiten Hüten. Die beiden, die mich führten, schubsten mich in die Gruppe, die verhört werden sollte. Ich sah auf den Mann, den die Offiziere gerade verhörten. Es war der fette, grauhaarige kleine Oberstleutnant, den sie aus der Reihe geholt hatten. Die Verhörenden hatten alle die Tüchtigkeit, Kühle und Selbstbeherrschung von Italienern, die selbst schießen und auf die nicht geschossen wird.

«Ihre Brigade?»

Er sagte es ihnen.

«Regiment?»

Er sagte es ihnen.

«Wieso sind Sie nicht bei Ihrem Regiment?»

Er sagte es ihnen.

«Wissen Sie nicht, daß ein Offizier bei seiner Truppe sein muß?»

Er wußte es.

Das war alles. Ein zweiter Offizier sprach.

«Sie und Ihresgleichen sind es, die die Barbaren den heiligen Boden des Vaterlandes betreten ließen.»

«Ich bitte um Verzeihung», sagte der Oberstleutnant.

«Durch Verrat wie den Ihren sind wir um die Früchte des Sieges gebracht worden.»

«Waren Sie jemals auf dem Rückzug?» fragte der Oberstleutnant.

«Italien sollte sich nie auf dem Rückzug befinden.»

Wir standen im Regen und hörten dem zu. Wir standen den Offizieren gegenüber, und der Gefangene stand vor ihnen, ein bißchen zur Seite von uns aus gesehen.

«Wenn Sie mich erschießen wollen», sagte der Oberstleutnant, «erschießen Sie mich bitte gleich ohne weiteres Verhör. Das Verhör ist dämlich.» Er machte das Zeichen des Kreuzes. Die Offiziere sprachen zusammen. Einer schrieb etwas auf einen Notizblock.

«Seine Truppe im Stich gelassen, Befehl, ihn zu erschießen», sagte er.

Zwei Carabinieri führten den Oberstleutnant ans Flußufer. Er ging in dem Regen, ein alter Mann, ohne Hut, zu jeder Seite ein Carabiniere. Ich sah nicht, wie sie ihn erschossen, aber ich hörte die Schüsse. Sie verhörten jetzt einen andern. Dieser Offizier war auch von seiner Truppe getrennt. Man erlaubte ihm nicht, die Sache zu erklären. Er weinte, als sie ihm das Urteil vorlasen, und sie verhörten den nächsten, als man ihn erschoß. Sie legten Wert auf ein genaues

Verhör des nächsten, während der Mann, der vorher verhört worden war, erschossen wurde. Auf diese Weise war es ganz klar, daß sie nichts daran ändern konnten. Ich wußte nicht, ob ich auf mein Verhör warten oder gleich einen Fluchtversuch machen sollte. Ich sah, wie ihr Verstand arbeitete; vorausgesetzt, daß sie Verstand hatten, und vorausgesetzt, daß er arbeitete. Es waren alles junge Leute, und sie retteten ihr Vaterland. Die zweite Armee wurde jenseits des Tagliamento wieder neu aufgestellt. Sie exekutierten alle Offiziere vom Hauptmann aufwärts, die nicht bei ihrer Truppe waren. Sie rechneten auch summarisch mit deutschen Agenten in italienischer Uniform ab. Sie trugen Stahlhelme. Nur zwei von uns hatten Stahlhelme. Einige der Carabinieri trugen einen. Die anderen Carabinieri trugen ihre großen Hüte. Wir nannten sie «Aeroplane». Wir standen im Regen und wurden einer nach dem anderen vorgeführt, verhört und erschossen. Bis jetzt hatten sie jeden, den sie verhört hatten, erschossen. Die Verhörenden hatten die Gleichgültigkeit und wunderbare, ungehemmte Hingabe an die starre Gerechtigkeit von Männern, die mit dem Tode zu tun haben, ohne in Gefahr zu sein, ihn selbst zu erleiden. Sie verhörten jetzt den Obersten eines Linienregiments. Noch drei Offiziere hatte man gerade zu uns geführt.

«Wo war sein Regiment?»

Ich sah auf die Carabinieri. Sie sahen sich die Neuankömmlinge an. Die anderen sahen auf den Oberst. Ich duckte mich, drängelte mich zwischen zwei Männern durch und lief mit eingezogenem Kopf dem Fluß zu. Ich stolperte am Rand und plumpste mit einem Aufplanschen hinein. Das Wasser war sehr kalt, und ich blieb unter Wasser, so lange ich konnte. Ich fühlte, wie die Strömung mich herumwirbelte, und blieb unter Wasser, bis ich dachte, ich würde nie wieder hochkommen. In dem Augenblick, in dem ich auftauchte, holte ich Luft und tauchte wieder unter. Es war leicht, unter Wasser zu bleiben mit soviel an und den Stiefeln. Als ich das zweite Mal auftauchte, sah ich einen Balken vor mir, erreichte ihn und hielt mich mit einer Hand fest. Ich blieb mit dem Kopf hinter ihm und sah noch nicht einmal über ihn weg. Ich wollte das Ufer nicht sehen. Als ich lief, wurde geschossen, und als ich das erste Mal auftauchte, auch. Ich hörte es, als ich beinahe an der Oberfläche war. Jetzt wurde nicht geschossen. Der Balken schaukelte in der Strömung, und ich hielt ihn mit einer Hand fest. Ich sah nach dem Ufer. Es schien sehr schnell vorbeizuziehen. Im Fluß war viel Treibholz. Das Wasser war sehr kalt. Ich kam unter dem Buschwerk einer Insel vorbei. Ich hielt mich mit beiden Händen an dem Balken fest und ließ mich treiben. Das Ufer war jetzt außer Sicht.

7

Man weiß nicht, wie lange man sich im Wasser befindet, wenn die Strömung sehr stark ist. Es erscheint einem sehr lange, und es kann sehr kurz sein. Das Wasser war kalt und flutend und vielerlei kam vorbei, was von den Ufern fortgespült worden war, als der Fluß stieg. Ich hatte Glück, daß ich einen schweren Balken hatte, an dem ich mich festhalten konnte, und ich lag in dem eisigen Wasser mit dem Kinn auf dem Holz und hielt mich mit beiden Händen, so leicht wie ich konnte, fest. Ich hatte Angst vor einem Krampf, und ich hoffte, daß wir gegen das Ufer treiben würden. Wir kamen den Fluß in einer langen Kurve hinunter. Es fing an, so hell zu werden, daß ich die Büsche längs der Uferlinie sehen konnte. Vor mir lag eine bebuschte Insel, und die Strömung ging auf das Ufer zu. Ich überlegte, ob ich meine Stiefel und meine Sachen ausziehen sollte, um zu versuchen, an Land zu schwimmen, aber beschloß dann, es nicht zu tun. Ich hatte mir überhaupt keine Gedanken gemacht; ich würde das Ufer schon auf irgendeine Weise erreichen, und ich würde in einer üblen Lage sein, wenn ich barfuß landete. Ich mußte irgendwie nach Mestre gelangen.

Ich beobachtete, wie das Ufer näher kam, dann fortschwang, dann wieder näher kam. Wir trieben langsamer. Das Ufer war jetzt sehr nahe. Ich konnte Zweige an den Weidenbüschen sehen. Der Balken drehte langsam, so daß das Ufer hinter mir lag, und ich wußte, daß wir in einem Strudel waren. Wir trieben langsam herum. Als ich das Ufer jetzt dicht vor mir sah, versuchte ich, mich mit einem Arm festzuhalten und mit dem andern den Balken schwimmend und stoßend dem Ufer zuzutreiben, aber ich brachte ihn nicht näher. Ich hatte Angst, daß wir aus dem Strudel herauskommen würden, und mich mit einer Hand haltend, zog ich meine Füße hoch gegen die Seite des Balkens, und stieß mit aller Kraft auf das Ufer zu. Ich konnte das Gebüsch sehen, aber trotz heftigster Schwimmanstrengungen riß mich die Strömung fort. Ich dachte, daß ich wegen meiner Stiefel ertrinken würde, aber ich schlug und kämpfte mich durch das Wasser, und als ich aufsah, kam das Ufer auf mich zu, und ich schlug und schwamm in einer bleifüßigen Panik, bis ich es erreichte. Ich hielt mich an dem Weidenast und hatte nicht genug Kraft, mich hinaufzuziehen; aber ich wußte, jetzt würde ich nicht mehr ertrinken. An dem Balken hatte ich nie die Idee gehabt, daß ich ertrinken könnte. Ich fühlte mich leer und übel in Magen und Brust von der Anstrengung, und ich hielt mich an den Ästen fest und wartete. Als die Übelkeit fort war, zog ich mich in die Weidenbüsche hinein und ruhte mich wieder aus, meine Arme hatte ich um einen Busch geschlungen und klammerte mich mit den Händen fest an die Zweige. Dann kroch ich heraus, wand mich durch die Weiden hindurch und hinauf ans Ufer. Es war halbes Tageslicht, und ich sah niemand. Ich lag flach am Boden und hörte den Fluß und den Regen.

Nach einiger Zeit stand ich auf und ging das Ufer entlang. Ich wußte, daß vor Latisana keine Brücke über den Fluß führte. Ich glaubte, gegenüber von San Vito zu sein. Ich überlegte mir, was ich nun machen sollte. Vor mir lief ein Graben in den Fluß. Ich ging darauf zu. Bis jetzt hatte ich niemanden gesehen, und ich setzte mich neben einigen Büschen am Rande des Grabes hin und zog meine Schuhe aus und ließ das Wasser aus ihnen herauslaufen. Ich zog meine Jacke aus, nahm meine nasse Geldtasche mit meinen nassen Papieren und meinem nassen Geld aus der Innentasche und wrang dann die Jacke aus. Ich zog meine Hose aus und wrang sie auch aus und dann mein Hemd und Unterzeug. Ich schlug und rieb mich, und dann zog ich mich wieder an. Meine Mütze hatte ich verloren.

Bevor ich meine Jacke anzog, schnitt ich die Stoffsterne von den Ärmeln und steckte sie in die Innentasche zu meinem Geld. Mein Geld war naß, aber in Ordnung. Ich zählte es. Es waren dreitausend und einige Lire. Meine Sachen fühlten sich naß und klamm an, und ich schlug mit den Armen um mich, um die Blutzirkulation in Gang zu halten. Ich hatte wollenes Unterzeug, und ich glaubte nicht, daß ich mich erkälten würde, wenn ich in Bewegung blieb. Meine Pistole hatte man mir auf der Straße abgenommen, und ich steckte die Pistolentasche unter meinen Rock. Ich hatte kein Cape, und es war kalt im Regen. Ich begann die Böschung des Kanals zu erklimmen. Es war Tag, und das Land sah naß, flach und trübe aus. Die Felder waren kahl und naß: sehr weit konnte ich einen Campanile sehen, der aus der Ebene emporragte. Ich kam auf eine Straße hinauf. Vor mir sah ich Truppen die Straße herunterkommen. Ich hinkte am Weg entlang; sie kamen an mir vorbei und beachteten mich nicht. Es war eine Maschinengewehrabteilung, die dem Fluß zu marschierte. Ich ging weiter die Straße hinunter.

An dem Tag marschierte ich quer durch die venezianische Ebene. Es ist Flachland, und im Regen ist es noch flacher. Dem Meer zu sind Salzmarschen und sehr wenige Straßen. Die Straßen führen alle an den Flußmündungen entlang zum Meer, und um das Land zu durchqueren, muß man den Wegen an den Kanälen folgen. Ich arbeitete mich vom Norden nach Süden durchs Land und hatte zwei Eisenbahnlinien und viele Straßen bereits gekreuzt und schließlich kam ich am Ende eines Weges auf eine Eisenbahnlinie, die an einer Marsch entlanglief. Es war die Hauptstrecke Venedig–Triest auf einem hohen, massigen Damm, doppelgleisig. Die Gleise ein Stückchen abwärts war ein Depot, und ich konnte Soldaten Posten stehen sehen. Weiter aufwärts führte eine Brücke über einen Fluß, der in die Marsch einmündete. Ich konnte auch auf der Brücke einen Posten sehen. Als ich über die Felder nach Norden gegangen war, hatte ich einen Zug auf dieser Strecke vorbeikommen sehen, der in der flachen Ebene lange Zeit sichtbar war, und ich dachte, es könne ein Zug aus Portogruaro kommen. Ich beobachtete die Posten und legte mich auf dem Damm so hin, daß ich nach beiden Seiten die Gleise übersehen konnte. Der Posten auf der Brücke ging ein Stück das Gleis entlang in der Richtung, wo ich lag, drehte dann und ging zur Brücke zurück. Ich lag da und war hungrig und wartete auf den Zug. Der, den ich gesehen hatte, war so lang, daß die Lokomotive ihn nur sehr langsam vorwärts bewegte und ich sicher war, daß ich raufklettern konnte. Nachdem ich beinahe die Hoffnung aufgegeben hatte, sah ich einen Zug kommen. Die vorwärts dampfende Lokomotive wurde langsam größer. Ich beobachtete den Posten auf der Brücke. Er ging auf der mir zunächst gelegenen Brückenseite, aber auf dem anderen Gleise. Das setzte ihn außer Sicht, wenn der Zug vorbeifuhr. Ich sah die Maschine näher kommen. Sie arbeitete schwer. Ich konnte sehen, daß es viele Wagen waren. Ich wußte, daß Posten auf dem Zug sein würden, und versuchte zu sehen, wo sie waren, konnte es aber nicht, da ich selbst unsichtbar bleiben wollte. Die Lokomotive war jetzt beinahe da, wo ich lag. Als sie sogar auf dem Flachen schwer arbeitend und schnaufend auf gleicher Höhe mit mir war und der Lokomotivführer vorbei war, stand ich auf und trat dicht hinter die vorbeirollenden Wagen. Wenn die Posten aufpaßten, war ich ein weniger verdächtiges Objekt, wenn ich neben dem Gleis stand. Verschiedene geschlossene Güterwagen kamen vorbei. Dann sah ich einen niedrigen, offenen Güterwagen, von der Sorte, die man *gondola* nennt, mit Planen bedeckt heranrollen. Ich stand da, bis er beinahe vorbei war, dann sprang ich und faßte die hinteren Gestänge fest und duckte mich, die Füße auf der Kupplung. Wir waren fast der Brücke gegenüber. Ich erinnerte mich an den Posten. Als wir ihn passierten, sah er mich an. Er war ein Kind, und sein Helm war ihm zu groß. Ich starrte ihn verächtlich an, und er sah weg. Er dachte, daß ich etwas mit dem Zug zu tun hatte.

Wir waren vorbei. Ich beobachtete noch seinen unbehaglichen Gesichtsausdruck, als er die anderen Wagen vorbeikommen sah, dann bückte ich mich, um zu sehen, wie die Planen befestigt waren. Sie waren mit schweren Klammern gehalten und am Rand mit Stricken festgebunden. Ich nahm mein Messer heraus, zerschnitt die Stricke und steckte meinen Arm darunter. Es waren harte Anschwellungen unter den Planen, die sich im Regen strafften. Ich sah auf und nach vorn. Auf dem Güterwaren vor mir war ein Posten, aber er sah vorwärts. Ich ließ die Gestänge los und tauchte unter die Planen. Meine Stirn stieß an etwas, das mir eine wüste Beule verursachte, und ich fühlte Blut auf meinem Gesicht, aber ich kroch weiter und legte mich flach hin. Dann drehte ich mich um und befestigte die Plane wieder.

Ich war mit Kanonen unter der Plane. Sie rochen sauber nach Öl und Schmiere. Ich lag und hörte den Regen auf der Plane und das Knacken des Wagens auf den Schienen. Es kam ein bißchen Licht durch, und ich besah mir die Kanonen. Sie hatten Schutzhüllen. Ich dachte, daß sie von der dritten Armee vorausgeschickt worden seien. Die Beule auf meiner Stirn war geschwollen, und ich stoppte das Bluten, indem ich still lag und das Blut gerinnen ließ; dann kratzte ich das trockene Blut überall, außer auf der Wunde, ab. Es war nichts weiter. Ich hatte kein Taschentuch, aber ich tastete mit meinen Fingern und wusch mit Regenwasser, das von der Plane tropfte, die Stellen, an denen das trockene Blut festgeklebt war, weg und wischte es sauber mit dem Ärmel meiner Jacke ab. Ich wollte nicht verdächtig aussehen. Ich wußte, daß ich hier raus mußte, bevor wir nach Mestre kamen, weil sich jemand um diese Kanonen kümmern würde. Man hatte keine Kanonen, die man verlieren oder vergessen konnte. Ich war entsetzlich hungrig.

8

Als ich so auf dem Boden des flachen Güterwagens lag, neben mir die Kanonen unter der Plane, war ich naß, kalt und sehr hungrig. Schließlich rollte ich herum und lag flach auf dem Bauch, den Kopf auf den Armen. Mein Knie war steif, aber es hatte sich sehr bewährt. Valentini hatte ein Meisterstück geliefert. Ich hatte den halben Rückzug zu Fuß gemacht und war mit seinem Knie ein Stück den Tagliamento entlanggeschwommen. Es war tatsächlich sein Knie. Das andere Knie war meins. Ärzte machten was an dir, und es war nicht mehr dein eigener Körper. Der Kopf gehörte mir und das Innere des Magens auch. Dort drin war er sehr hungrig. Ich fühlte, wie er sich umdrehte. Der Kopf gehörte mir, aber nicht zur Benutzung, nicht zum Denken, nur zum Erinnern und nicht zum Viel-Erinnern.

Ich konnte mich an Catherine erinnern, aber ich wußte, ich würde verrückt werden, wenn ich an sie dachte, ohne die Gewißheit zu haben, sie zu sehen, also würde ich lieber nicht an sie denken, nur ein bißchen an sie, als der Wagen sich langsam und knackend bewegte und etwas Licht durch die Plane fiel, und ich lag mit Catherine auf dem Boden des Wagens. Hart wie der Boden des Wagens lag ich, und ich dachte nicht, sondern fühlte nur – zu lange weggewesen, die Sachen naß, und der Boden bewegte sich jedesmal nur um ein geringes, und innen einsam und allein mit den nassen Sachen und dem harten Boden als Frau.

Man liebt nicht den Boden eines flachen Güterwagens noch Kanonen in Schutzhüllen und den Geruch von eingeschmiertem Metall oder eine Plane, durch die der Regen leckt, obschon es herrlich unter einer Plane ist und höchst angenehm mit Kanonen, aber man liebt jemand anderen, von dem man sich jetzt nicht einmal einreden konnte, daß er da war – das erkannte man jetzt sehr kühl und deutlich, nicht so kühl wie deutlich und leer. Du erkanntest das, leer auf dem Magen liegend, nachdem du dabei gewesen warst, wie eine Armee zurück- und die andere vorging. Du hattest deine Sanitätswagen und deine Leute verloren, wie die Aufsicht die Waren ihrer Abteilung bei einem Feuer verliert. Es gab aber keine Versicherung. Jetzt warst du dem entgangen. Du hattest keinerlei Verpflichtungen mehr. Wenn die Aufsicht in einer Abteilung stets nach einem Feuer erschossen wurde, weil sie mit einem Akzent sprach, mit dem sie ihr Lebtag gesprochen hatte, dann konnte man gewiß nicht von der Aufsicht erwarten, daß sie zurückkam, wenn der Laden wieder für den Betrieb geöffnet wurde. Sie mochte sich eine andere Beschäftigung suchen, falls es eine andere Beschäftigung gab und die Polizei sie nicht erwischte.

Der Ärger war mit allen Verpflichtungen im Fluß fortgespült worden, obgleich diese erlosch, als der Carabiniere seine Hand auf meinen Kragen legte. Ich hätte gern die Uniform ganz ausgezogen, obschon ich mir nicht viel aus den äußeren Formen machte. Ich hatte die Sterne abgemacht, aber das war Zweckmäßigkeit. Es war kein Ehrenpunkt. Ich war nicht gegen sie. Es war für mich erledigt. Ich wünschte ihnen allen Glück. Es gab die Guten und die Tapferen und die Ruhigen und die Vernünftigen, und sie verdienten es. Aber es ging mich nichts mehr an, und ich wünschte, dieser verdammte Zug würde endlich nach Mestre kommen und ich bekäme was zu essen und könnte aufhören zu denken. Ich mußte aufhören.

Piani würde erzählen, daß ich erschossen worden sei. Sie durchsuchten die Taschen und nahmen die Papiere der Leute, die sie erschossen, an sich. Meine Papiere würden sie nicht haben. Sie konnten mich als ertrunken angeben. Ich überlegte, was sie wohl in Amerika hören würden. Tot durch Verwundung und andere Ursachen. Herrgott, war ich hungrig. Ich überlegte, was aus dem Priester in unserem Kasino geworden sein mochte. Und aus Rinaldi. Er war wahrscheinlich in Pordenone. Wenn sie nicht weiter zurückgegangen waren. Na, ich würde ihn jetzt niemals wiedersehen. Ich würde jetzt keinen von ihnen wiedersehen. Dieses Leben war zu Ende. Ich glaubte nicht, daß er Syphilis hatte. Es war sowieso keine schlimme Krankheit, wenn man sich beizeiten darum kümmerte, sagte man. Aber er würde sich Gedanken darüber machen. Ich würde mir auch Gedanken darüber machen, wenn ich sie gehabt hätte. Jeder würde sich Gedanken machen. Ich war nicht zum Denken geboren. Ich war zum Essen geboren, mein Gott ja. Essen und Trinken und mit Catherine schlafen. Vielleicht heute nacht. Nein, das war unmöglich. Aber morgen nacht und eine gute Mahlzeit und Bettücher und niemals wieder wegreisen, außer zusammen. Wahrscheinlich verdammt schnell weg müssen. Sie würde mitkommen. Ich wußte, sie würde mitkommen. Wann würden wir reisen? Das war etwas zum Nachdenken. Es wurde dunkel. Ich lag und überlegte, wo wir hinreisen würden. Es gab viele Orte.

Viertes Buch

1

Ich ließ mich in Mailand morgens früh, bevor es Tag wurde, vom Zug gleiten, als er seine Geschwindigkeit verringerte, um in den Bahnhof einzulaufen. Ich ging über das Gleis und kam zwischen einigen Gebäuden heraus und hinunter auf die Straße. Eine Weinhandlung war offen, und ich ging hinein, um Kaffee zu trinken. Es roch nach frühem Morgen, nach gefegtem Staub, Löffeln und Kaffeegläsern und den nassen Kreisen, die die Weingläser hinterlassen hatten. Der Besitzer stand hinter dem Ausschank. Zwei Soldaten saßen an einem Tisch. Ich stand an der Theke und trank ein Glas Kaffee und aß ein Stück Brot. Der Kaffee war grau durch die Milch, und ich schöpfte die Haut mit einem Stück Brot ab. Der Besitzer sah mich an.

«Ein Glas Grappa?»

«Nein, danke.»

«Ich spendiere es Ihnen», sagte er, schenkte ein kleines Glas voll und schob es mir zu. «Was ist an der Front los?»

«Woher soll ich das wissen?»

«Die sind betrunken», sagte er und bewegte den Kopf in die Richtung der beiden Soldaten. Ich konnte es ihm glauben. Sie sahen betrunken aus.

«Erzähl mir», sagte er. «Was ist an der Front los?»

«Woher soll ich was von der Front wissen?»

«Ich hab dich die Mauer runterkommen sehen. Du kamst aus dem Zug.»

«Es ist ein großer Rückmarsch.»

«Ich hab die Zeitung gelesen. Was passiert? Ist es vorbei?»

«Ich glaube nicht.»

Er füllte das Glas mit Grappa aus einer kurzen Flasche.

«Wenn du in der Klemme bist, kann ich dich unterbringen», sagte er.

«Ich bin nicht in der Klemme.»

«Wenn du in der Klemme bist, bleib hier.»

«Wo denn?»

«Hier im Haus. Es sind viele hier. Alle, die in der Klemme sitzen, bleiben hier.»

«Sind viele in der Klemme?»

«Es hängt davon ab, was man so nennt. Sind Sie Südamerikaner?»

«Nein.»
«Sprechen Sie Spanisch?»
«Ein bißchen.»
Er wischte die Theke ab.
«Heutzutage ist es schwierig, das Land zu verlassen, aber nicht etwa unmöglich.»
«Ich habe nicht den Wunsch, es zu verlassen.»
«Sie können so lange hierbleiben, wie Sie wollen. Sie werden merken, was für eine Art Mann ich bin.»
«Für heute muß ich gehen, aber ich will mir die Adresse fürs nächste Mal merken.»
Er schüttelte den Kopf. «Wenn Sie so sprechen, kommen Sie nicht wieder. Ich dachte, Sie wären in ernsten Schwulitäten.»
«Ich bin in keinerlei Schwulitäten. Aber ich weiß die Adresse eines Freundes zu schätzen.»
Ich legte eine Zehn-Lire-Note auf den Ausschank, um für meinen Kaffee zu bezahlen.
«Trinken Sie einen Grappa mit mir», sagte ich.
«Das ist nicht nötig.»
«Los, trinken Sie!»
Er goß beide Gläser voll.
«Denken Sie daran», sagte er. «Kommen Sie her. Lassen Sie sich nicht von anderen Leuten in die Falle locken. Hier sind Sie in Sicherheit.»
«Ich bin überzeugt davon.»
«Sind Sie wirklich überzeugt?»
«Ja.»
Er meinte es ernst. «Dann lassen Sie mich Ihnen eines sagen. Laufen Sie nicht in der Jacke herum.»
«Warum?»
«Auf den Ärmeln sieht man sehr deutlich, wo die Sterne abgeschnitten sind. Das Tuch hat eine andere Farbe.»
Ich sagte nichts.
«Wenn Sie keine Papiere haben, kann ich Ihnen welche geben.»
«Was für Papiere?»
«Urlaubsscheine und so.»
«Ich brauch keine Papiere. Ich habe Papiere.»
«Gut», sagte er. «Aber wenn Sie Papiere brauchen, kann ich Ihnen besorgen, was Sie wollen.»
«Was kosten solche Papiere?»
«Es kommt darauf an, was es ist. Der Preis ist mäßig.»
«Ich brauch jetzt keine.»
Er zuckte mit den Achseln.

«Bei mir ist alles in Ordnung», sagte ich.

Als ich rausging, sagte er: «Vergessen Sie nicht, daß ich Ihr Freund bin.»

«Nein.»

«Sie werden wiederkommen», sagte er.

«Gut», sagte ich.

Draußen hielt ich mich vom Bahnhof entfernt, weil sich Militärpolizei dort aufhielt, und nahm am Rand des kleinen Parks eine Droschke. Ich nannte dem Kutscher die Adresse des Lazaretts. Im Lazarett ging ich in die Loge des Pförtners. Seine Frau umarmte mich. Er schüttelte mir die Hand.

«Sie sind zurück. Sie sind in Sicherheit.»

«Ja.»

«Haben Sie schon gefrühstückt?»

«Ja.»

«Wie geht's Ihnen, Tenente? Wie geht's Ihnen?» fragte die Frau.

«Danke, gut.»

«Wollen Sie nicht mit uns frühstücken?»

«Nein, danke sehr. Sagen Sie mir, ist Miss Barkley noch hier im Lazarett?»

«Miss Barkley?»

«Die englische Dame, die hier pflegte.»

«Sein Schatz», sagte die Frau. Sie streichelte meinen Arm und lächelte.

«Nein», sagte der Pförtner. «Die ist weg.»

Mein Herz sank. «Sind Sie sicher? Ich meine die große blonde englische junge Dame.»

«Ich bin ganz sicher. Sie ist nach Stresa gefahren.»

«Wann ist sie gefahren?»

«Vor zwei Tagen. Mit der anderen englischen Dame.»

«Gut», sagte ich. «Ich bitte Sie, mir einen Gefallen zu tun. Erzählen Sie keinem, daß Sie mich gesehen haben. Das ist sehr wichtig für mich.»

«Ich werd's niemand erzählen», sagte der Pförtner. Ich gab ihm eine Zehn-Lire-Note. Er wies sie zurück.

«Ich verspreche Ihnen, daß ich es niemand sagen werde», sagte er. «Ich will kein Geld.»

«Was können wir für Sie tun, Signor Tenente?» fragte seine Frau.

«Nur das», sagte ich.

«Wir sind stumm», sagte der Pförtner. «Sie werden mich wissen lassen, sobald ich etwas für Sie tun kann?»

«Ja», sagte ich. «Bestimmt, auf Wiedersehen.»

Sie standen in der Tür und sahen mir nach.

Ich stieg in die Droschke und gab dem Kutscher die Adresse von Simmons, dem einen von meinen beiden Bekannten, die Gesang studierten.

Simmons wohnte ein ganzes Stück entfernt in der Richtung der Porta Magenta. Er lag im Bett und war noch verschlafen, als ich ihn aufsuchte.

«Du stehst schrecklich früh auf, Henry», sagte er.

«Ich bin mit dem Frühzug gekommen.»

«Was ist denn diese ganze Rückzugsgeschichte? Warst du an der Front? Willst du eine Zigarette haben? Da in der Schachtel auf dem Tisch.» Es war ein großes Zimmer; das Bett stand an der Wand, ein Klavier, eine Frisierkommode und ein Tisch am anderen Ende. Ich saß auf einem Stuhl neben dem Bett. Simmons saß gegen die Kissen gelehnt und rauchte.

«Ich bin in Schwulitäten, Sim», sagte ich.

«Ich auch», sagte er. «Ich bin immer in Schwulitäten. Rauchst du nicht?»

«Nein», sagte ich. «Wie ist das Verfahren, um in die Schweiz zu gelangen?»

«Für dich? Die Italiener würden dich nicht aus dem Land lassen.»

«Ja. Das weiß ich. Aber die Schweizer? Was werden die tun?»

«Sie werden dich internieren.»

«Ich weiß. Aber was geschieht eigentlich?»

«Nichts. Es ist sehr einfach. Du kannst überall hin. Ich glaube, du mußt dich nur melden oder so was. Warum? Fliehst du vor der Polizei? Was ist passiert?»

«Noch nichts Bestimmtes.»

«Erzähl's mir nicht, wenn du nicht willst. Aber es würde mich interessieren. Hier passiert gar nichts. Ich war ein großer Reinfall in Piacenza.»

«Tut mir schrecklich leid.»

«O ja – es ging mir sehr schlecht. Dabei habe ich gut gesungen. Ich will's hier im Lyrico noch mal versuchen.»

«Da wär ich zu gern dabei.»

«Du bist schrecklich höflich. Du bist doch nicht ernsthaft in Schwulitäten oder doch?»

«Ich weiß nicht.»

«Erzähl's mir nicht, wenn du nicht willst. Wie bist du denn von dieser Scheißfront weggekommen?»

«Ich glaube, die ist für mich erledigt.»

«Bravo, mein Junge. Ich hab immer gewußt, daß du Verstand hast. Kann ich dir irgendwie helfen?»

«Du bist schrecklich beschäftigt.»

«Aber keine Spur, mein lieber Henry, keine Spur. Ich würde mich freuen, wenn ich irgendwas für dich tun könnte.»

«Du hast ungefähr meine Größe. Würdest du ausgehen und mir eine Garnitur Zivilsachen besorgen? Ich habe alles, aber es ist in Rom.»

«Da hast du mal gelebt, nicht wahr? Ein dreckiger Ort. Wieso hast du da eigentlich gewohnt?»

«Ich wollte Architekt werden.»

«Das ist nicht der Ort dafür. Kauf keine Garderobe. Ich kann dir alles geben, was du brauchst. Ich werde dich so ausrüsten, daß du großen Erfolg haben wirst. Geh ins Ankleidezimmer. Da ist ein Schrank. Nimm, was du brauchst. Mein lieber Junge, du brauchst dir doch nichts zum Anziehen zu kaufen.»

«Ich möchte es lieber kaufen, Sim.»

«Mein lieber Junge, es ist so viel einfacher für mich, du nimmst dir von meinen Sachen, als daß ich ausgehen muß, um dir was zu kaufen. Hast du einen Paß? Ohne Paß wirst du nicht weit kommen.»

«Ja, meinen Paß hab ich noch.»

«Dann zieh dich um, mein lieber Junge, und auf ins alte Helvetien.»

«So einfach ist das nicht. Ich muß erst nach Stresa.»

«Ideal, mein lieber Junge. Du ruderst einfach im Boot rüber. Wenn nicht das mit dem Singen wäre, würde ich mitkommen. Vielleicht komm ich doch mit.»

«Du könntest ja jodeln lernen.»

«Mein lieber Junge, ich werde auch noch jodeln lernen. Aber ich kann wirklich singen. Das ist das Merkwürdige.»

«Wetten, daß du singen kannst!»

Er legte sich im Bett zurück und rauchte eine Zigarette.

«Na, wette nicht zuviel. Aber ich kann singen. Es ist verdammt komisch, aber ich kann. Ich sing gern. Hör mal.» Er grölte die *Afrikanerin*; sein Hals schwoll an, die Adern standen heraus.

«Ich kann singen», sagte er. «Ob sie's nun mögen oder nicht.»

Ich sah aus dem Fenster. «Ich will runtergehen und die Droschke bezahlen.»

«Komm aber wieder rauf, mein Junge; wir wollen frühstücken.»

Er stieg aus dem Bett, stand gerade, holte tief Atem und begann zu turnen. Ich ging hinunter und bezahlte den Droschkenkutscher.

2

In meinen Zivilkleidern fühlte ich mich wie auf einer Maskerade. Ich hatte lange Zeit eine Uniform getragen, und ich vermißte das Gefühl, von meiner Kleidung gehalten zu werden. Ich fühlte mich schlampig in meiner Hose. In Mailand hatte ich ein Billett nach Stresa gekauft. Ich hatte auch einen neuen Hut gekauft. Sims Hüte konnte ich nicht tragen, aber seine Sachen waren großartig. Sie rochen nach Tabak, und als ich im Abteil saß und aus dem Fenster sah, fühlte sich der neue Hut sehr neu an und die Kleider sehr alt. Ich selbst war so traurig wie das nasse lombardische Land, das draußen vor dem Fenster lag. Im Abteil saßen ein paar Flieger, die nicht viel von mir hielten. Sie vermieden es, mich anzusehen, und fühlten für einen Zivilisten meines Alters nichts als Verachtung. Ich fühlte mich gekränkt. Früher mal hätte ich sie beleidigt und einen Streit vom Zaun gebrochen. Sie stiegen in Gallarate aus, und ich war froh, allein zu sein.

Ich hatte eine Zeitung, aber ich las nicht, weil ich nichts vom Krieg lesen wollte. Ich wollte den Krieg vergessen. Ich hatte meinen Separatfrieden gemacht. Ich fühlte mich verdammt einsam und war froh, als der Zug nach Stresa kam.

Ich hatte erwartet, die Portiers der verschiedenen Hotels unten am Bahnhof zu sehen, aber es war niemand da. Die Saison war lange vorbei, und niemand kam zur Ankunft der Züge. Ich stieg aus dem Zug mit meiner Reisetasche, es war Sims Tasche und sie war sehr leicht, weil nur zwei Hemden darin waren, und stand unter dem Dach des Bahnhofs im Regen, während der Zug weiterfuhr. Ich fand einen Mann auf dem Bahnhof und fragte ihn, ob er wüßte, welche Hotels geöffnet wären. Das *Grand Hôtel des Îles Borromées* war geöffnet und verschiedene kleine Hotels, die das ganze Jahr über aufhatten. Ich machte mich im Regen mit meiner Reisetasche nach dem *Isles Borromées* auf. Ich sah einen Wagen die Straße herunterkommen und winkte dem Kutscher. Es machte sich besser, in einem Wagen anzukommen. Wir fuhren die Einfahrt hinauf bis zum Eingang des großen Hotels, und der Portier kam mit einem Schirm heraus und war sehr höflich.

Ich nahm ein gutes Zimmer. Es war sehr groß und hell und sah auf den See. Die Wolken hingen über dem See, aber mit Sonne mußte es herrlich sein. Ich erwartete meine Frau, sagte ich. Im Zimmer stand ein großes Doppelbett, ein *letto matrimoniale*, mit einer seidenen Decke. Das Hotel war sehr luxuriös. Ich ging die langen Gänge entlang, die breiten Treppen hinunter, durch die Gesellschaftsräume, in die Bar. Ich kannte den Barmixer und saß auf einem hohen

Hocker und aß Salzmandeln und Kartoffelchips. Der Martini schmeckte kühl und sauber.

«Was machen Sie hier in *borghese*?» fragte der Mann an der Bar, nachdem er mir einen zweiten Martini gemixt hatte.

«Ich bin auf Urlaub. Rekonvaleszentenurlaub.»

«Hier ist niemand. Ich weiß nicht, warum sie das Hotel aufhalten.»

«Haben Sie geangelt?»

«Ich hab ein paar Prachtstücke gefangen. In dieser Jahreszeit fischt man Prachttiere mit der Rundangel.»

«Haben Sie eigentlich je den Tabak bekommen, den ich Ihnen geschickt habe?»

«Ja. Haben Sie denn meine Karte nicht bekommen?»

Ich lachte. Ich hatte den Tabak nicht bekommen können. Er hatte amerikanischen Pfeifentabak haben wollen, aber meine Verwandten schickten keinen mehr, oder er wurde unterwegs zurückgehalten. Wie dem auch war, er kam nicht.

«Ich werde schon irgendwo welchen für Sie kriegen», sagte ich. «Sagen Sie, haben Sie zwei Engländerinnen im Ort gesehen? Sie sind vorgestern hier angekommen.»

«Im Hotel sind sie nicht.»

«Es sind Krankenschwestern.»

«Ich habe zwei Schwestern gesehen. Warten Sie einen Augenblick, ich will mich erkundigen, wo sie sind.»

«Die eine ist meine Frau», sagte ich. «Ich bin hergekommen, um sie zu treffen.»

«Die andere ist meine Frau.»

«Ich mache keinen Ulk.»

«Entschuldigen Sie bitte meinen dummen Witz», sagte er. «Ich verstand nicht gleich.» Er verschwand und war eine ganze Weile fort. Ich aß Oliven, Salzmandeln und Kartoffelchips und betrachtete mich in meinen Zivilkleidern in dem Spiegel hinter der Bar. Der Mixer kam zurück. «Sie wohnen in dem kleinen Hotel in der Nähe des Bahnhofs», sagte er.

«Wie ist es mit ein paar Sandwiches?»

«Ich werde klingeln. Nicht wahr, Sie verstehen, es ist nichts fertig, weil kein Mensch da ist.»

«Ist hier wirklich überhaupt niemand?»

«Doch. Ein paar Leute.»

Die Sandwiches kamen, und ich aß drei und trank noch ein paar Martinis. Ich hatte nie etwas so Kühles und Sauberes getrunken. Ich fühlte mich durch sie der Zivilisation zurückgegeben. Ich hatte zuviel Rotwein, Brot, Käse, schlechten Kaffee und Grappa hinter mir. Ich saß auf dem hohen Hocker vor dem erfreulichen Mahagoni, dem Messing und den Spiegeln und döste. Der Mann hinter der Bar fragte mich etwas.

«Sprechen Sie nicht vom Krieg», sagte ich. Der Krieg lag weit hinter mir. Möglicherweise war gar kein Krieg. Hier war kein Krieg. Dann wurde mir klar, daß er für mich vorbei war. Aber ich hatte nicht das Gefühl, daß er wirklich vorbei war. Ich hatte das Gefühl eines Jungen, der die Schule schwänzt und daran denkt, was zu einer bestimmten Stunde in der Schule los ist.

Catherine und Helen Ferguson aßen gerade Abendbrot, als ich in ihr Hotel kam. Als ich in der Halle stand, sah ich sie bei Tisch. Catherines Gesicht war mir abgewandt, und ich sah die Linie ihres Haares und ihre Backe und ihren herrlichen Hals und ihre Schultern. Ferguson sprach. Sie hörte auf, als ich hereinkam.

«Mein Gott», sagte sie.

«Hallo», sagte ich.

«Was, du bist's?» sagte Catherine. Ihr Gesicht leuchtete auf. Sie sah unglaublich glücklich aus. Ich küßte sie. Catherine errötete, und ich setzte mich.

«Sie sind mir der Rechte», sagte Ferguson. «Was machen Sie hier? Haben Sie schon gegessen?»

«Nein.» Das Mädchen, das das Essen servierte, kam herein, und ich ließ mir einen Teller geben. Catherine sah mich die ganze Zeit über mit sehr glücklichen Augen an.

«Was machen Sie in Zivil?» fragte Ferguson.

«Ich bin im Ministerium.»

«Sie sind in Schwulitäten.»

«Freuen Sie sich ein bißchen, Fergy. Nur ein bißchen.»

«Ich freu mich nicht über Ihr Hiersein. Ich kenn die Schwulitäten, in die Sie das Mädchen da gebracht haben. Sie sind für mich kein erfreulicher Anblick.»

Catherine lächelte mir zu und berührte mich mit dem Fuß unterm Tisch.

«Niemand hat mich in Schwulitäten gebracht, Fergy. Ich bring mich selbst in Schwulitäten.»

«Ich kann ihn nicht sehen», sagte Ferguson. «Er hat nichts gemacht, als dich mit seinen hinterlistigen italienischen Tricks ruiniert. Amerikaner sind schlimmer als Italiener.»

«Die Schotten sind solch ein moralisches Volk», sagte Catherine.

«Das meine ich nicht. Ich meine seine italienische Hinterlist.»

«Bin ich hinterlistig, Fergy?»

«Das sind Sie. Sie sind schlimmer als hinterlistig. Sie sind eine

Schlange. Eine Schlange in italienischer Uniform, mit einem Cape um den Hals.»

«Ich habe doch jetzt keine italienische Uniform.»

«Das ist einfach wieder nur ein Beweis Ihrer Niedertracht. Sie haben den ganzen Sommer über ein Verhältnis gehabt und dieses Mädchen schwanger gemacht und wahrscheinlich werden Sie sich jetzt aus dem Staub machen.»

Ich lächelte Catherine an und sie lächelte mir zu.

«Wir werden uns beide aus dem Staub machen», sagte sie.

«Ihr seid beide einer wie der andere», sagte Ferguson. «Ich schäme mich für dich, Catherine Barkley. Du hast kein Schamgefühl und keine Ehre im Leib; du bist genauso niederträchtig wie er.»

«Aber nicht, Fergy», sagte Catherine und streichelte ihre Hand. «Zeig mich nicht an. Du weißt, daß wir uns liebhaben.»

«Nimm deine Hand weg», sagte Ferguson. Ihr Gesicht war rot. «Wenn du das geringste Schamgefühl hättest, wär es was anderes. Aber du bist Gott weiß im wievielten Monat schwanger und du behandelst es als Ulk und bist eitel Seligkeit, weil dein Verführer zurückgekommen ist. Du hast kein Schamgefühl und kein Gefühl überhaupt.» Sie fing an zu weinen. Catherine ging zu ihr hinüber und legte ihren Arm um sie. Als sie stand und Ferguson tröstete, konnte ich an ihrer Figur keine Veränderung bemerken.

«Das ist mir ganz gleich», schluchzte Ferguson. «Ich find's furchtbar.»

«Aber, aber, Fergy», tröstete sie Catherine. «Ich werde mich ja schämen. Aber weine nicht, Fergy. Weine nicht, alte Fergy.»

«Ich weine ja nicht», schluchzte Ferguson. «Ich weine ja nicht. Bis auf die schreckliche Sache, in die er dich reingeritten hat.» Sie sah mich an.

«Ich hasse Sie», sagte sie. «Sie kann mich nicht daran hindern, Sie zu hassen. Ihr schweinischen amerikanischen Italiener.» Ihre Augen und ihre Nase waren rot vom Weinen.

Catherine lächelte mir zu.

«Lächle ihn nicht an, wenn du deinen Arm um mich hast.»

«Du bist unvernünftig, Fergy.»

«Ich weiß es», schluchzte Ferguson. «Ihr müßt euch nicht darum kümmern. Ich bin so außer mir. Ich bin nicht vernünftig. Ich weiß. Ich will ja, daß ihr beide glücklich werdet.»

«Wir sind glücklich», sagte Catherine. «Du bist eine süße Fergy.»

Ferguson fing wieder an zu weinen. «Ich will nicht, daß ihr glücklich seid, wie ihr es seid. Warum heiratet ihr nicht? Sie haben keine andere Frau, oder doch?»

«Nein», sagte ich. Catherine lachte.

«Dabei ist nichts zu lachen», sagte Ferguson. «Viele von ihnen haben andere Frauen.»

«Wir werden heiraten, Fergy», sagte Catherine, «wenn du gern möchtest.»

«Nicht, wenn ich gern möchte. Ihr solltet wollen.»

«Wir waren sehr beschäftigt.»

«Ja, ich weiß. Beschäftigt, Kinder zu machen.» Ich dachte, daß sie wieder weinen würde, aber statt dessen schlug ihre Stimmung in Bitterkeit um. «Ich nehme an, daß du heute abend mit ihm losziehen wirst.»

«Ja», sagte Catherine. «Wenn er will.»

«Und ich?»

«Hast du Angst, allein hierzubleiben?»

«Ja.»

«Dann werde ich hierbleiben.»

«Nein, geh nur mit ihm. Geh sofort mit ihm. Ich kann euch alle beide nicht mehr sehen.»

«Wir essen wohl lieber zu Ende.»

«Nein, geh sofort.»

«Fergy, sei vernünftig.»

«Ich sag euch, geht jetzt sofort. Geht sofort, aber beide.»

«Na, laß uns gehen», sagte ich. Ich hatte genug von Fergy.

«Ihr wollt doch gehen. Ihr wollt mich ja sogar zum Essen allein lassen. Ich wollte immer an die italienischen Seen und dann ist es so. Oh, oh», schluchzte sie und sah Catherine an und würgte.

«Wir werden bis nach Tisch hierbleiben», sagte Catherine. «Und ich laß dich auch nicht allein, wenn du gern willst, daß ich bei dir bleibe. Ich laß dich nicht allein, Fergy.»

«Nein. Nein. Ich will, daß du gehst. Ich will, daß du gehst.» Sie rieb sich die Augen. «Ich bin so unvernünftig. Bitte, kümmert euch nicht um mich.»

Das Mädchen, das das Essen servierte, war von all dem Weinen ganz aus der Fassung gebracht. Jetzt, als sie den nächsten Gang hereinbrachte, schien sie erleichtert, weil alles besser zu sein schien.

In der Nacht im Hotel in unserem Zimmer mit dem langen, leeren Gang draußen und unseren Schuhen vor der Tür, einem dicken Teppich auf dem Boden des Zimmers, draußen vor dem Fenster fallender Regen und im Zimmer Licht und angenehm und fröhlich, dann das Licht aus, und aufregend mit glatten Laken und bequemem Bett, mit dem Gefühl, nach Hause gekommen zu sein, mit dem Gefühl, nicht länger allein zu sein, Aufwachen in der Nacht mit dem andern neben dir und nicht verschwunden; da erschienen alle anderen Dinge unwirklich. Wir schliefen, wenn wir müde waren, und wenn der eine aufwachte, wachte der andere auch auf, so daß man nicht allein war. Oft wünscht sich ein Mann, allein zu sein, und auch eine Frau wünscht sich, allein zu sein, und wenn sie sich liebhaben, sind sie darauf in dem andern eifersüchtig; aber ich kann ehrlich sagen, daß wir das nie fühlten. Wir konnten uns für uns allein fühlen, wenn wir zusammen waren, allein gegen all die anderen. Das ist mir nur einmal in meinem Leben passiert. Ich war allein, während ich mit mancher Frau zusammen war, und das ist die Art, wie man es besonders stark spürt. Aber *wir* fühlten uns nie einsam und hatten niemals Angst, wenn wir zusammen waren. Ich weiß, daß Tag und Nacht nicht dasselbe sind; daß alles anders ist, daß die Dinge der Nacht am Tag nicht erklärt werden können, weil sie dann nicht existieren, und die Nacht kann für einsame Menschen, wenn ihre Einsamkeit einmal begonnen hat, eine schreckliche Zeit sein. Aber mit Catherine machte es kaum einen Unterschied, nur daß die Nacht vielleicht sogar schöner war. Wenn Menschen soviel Mut auf die Welt mitbringen, muß die Welt sie töten, um sie zu zerbrechen, und darum tötet sie sie natürlich. Die Welt zerbricht jeden, und nachher sind viele an den zerbrochenen Stellen stark. Aber die, die nicht zerbrechen wollen, die tötet sie. Sie tötet die sehr Guten und die sehr Feinen und die sehr Mutigen; ohne Unterschied. Wenn du nicht zu diesen gehörst, kannst du sicher sein, daß sie dich auch töten wird, aber sie wird keine besondere Eile haben.

Ich erinnere mich an das Erwachen am Morgen. Catherine schlief, und das Sonnenlicht kam durch das Fenster herein. Es hatte aufgehört zu regnen, und ich stieg aus dem Bett und ging ans Fenster. Unter mir waren die Gärten, jetzt zwar kahl, aber wunderbar regelmäßig, die Kieswege, die Bäume, die Steinmauern am See und der See im Sonnenlicht und jenseits davon die Berge. Ich stand am Fenster und sah hinaus, und als ich mich abwandte, sah ich, daß Catherine aufgewacht war und mich beobachtete.

«Wie geht's, Liebling?» sagte sie. «Ist es nicht ein herrlicher Tag?»

«Wie fühlst du dich?»

«Ich fühle mich glänzend. Wir hatten doch eine herrliche Nacht.»

«Willst du frühstücken?»

Sie wollte frühstücken. Und ich auch und wir aßen im Bett; die Novembersonne schien durchs Fenster, und das Frühstückstablett stand auf meinem Schoß.

«Willst du keine Zeitung? Im Lazarett wolltest du doch immer die Zeitung.»

«Nein», sagte ich. «Ich will jetzt keine Zeitung lesen.»

«War es so schlimm, daß du nicht einmal davon lesen willst?»
«Ich will nichts davon wissen.»
«Ich wünschte, ich wär bei dir gewesen, so daß ich es auch wüßte.»
«Ich erzähle dir davon, wenn ich's je in meinem Kopf klar kriege.»
«Aber wird man dich nicht verhaften, wenn man dich hier ohne Uniform abfängt?»
«Wahrscheinlich werden sie mich erschießen.»
«Dann bleiben wir doch nicht hier. Wir müssen über die Grenze.»
«So was Ähnliches dachte ich auch.»
«Wir müssen weg, Liebling. Du darfst nichts leichtsinnig riskieren. Erzähle mir, wie du von Mestre nach Mailand gekommen bist.»
«Mit dem Zug. Ich war noch in Uniform.»
«Warst du da nicht in Gefahr?»
«Nicht sehr. Ich hatte eine alte Marschorder. Ich hab in Mestre das Datum geändert.»
«Liebling, es ist gut möglich, daß sie dich irgendwann hier verhaften. Das erlaube ich nicht. Es ist dumm, so was zu riskieren. Wo sind wir, wenn sie dich hopsnehmen?»
«Wir wollen nicht daran denken. Ich hab's so satt, daran zu denken.»
«Was tätest du, wenn sie kämen, um dich zu verhaften?»
«Schießen.»
«Da siehst du, wie dumm du bist. Ich laß dich nicht aus dem Hotel raus, bevor wir abreisen.»
«Wo sollen wir hin?»
«Bitte, sei nicht so, Liebling. Wir reisen da hin, wo du sagst. Aber bitte, überleg dir sofort einen Ort.»
«Die Schweiz ist am Ende des Sees; wir können dorthin.»
«Das ist herrlich.»
Draußen bezog es sich und der See verdunkelte sich.
«Ich wünschte, wir brauchten nicht immer wie Verbrecher zu leben», sagte ich.
«Liebling, bitte, sei nicht so. Du hast doch nicht sehr lange wie ein Verbrecher gelebt. Und wir leben überhaupt nicht wie Verbrecher. Es wird herrlich werden.»
«Ich fühle mich wie ein Verbrecher. Ich bin desertiert.»
«Liebling, bitte, sei vernünftig. Das ist doch nicht desertieren. Es ist doch nur die italienische Armee.»
Ich lachte. «Du bist ein Prachtmädchen. Komm noch mal ins Bett. Im Bett fühl ich mich großartig.»

Etwas später sagte Catherine: «Jetzt fühlst du dich nicht wie ein Verbrecher, nicht?»

«Nein. Nicht, wenn ich mit dir bin.»

«Was für ein dummer Junge du bist», sagte sie. «Aber ich werde mich schon um dich kümmern. Ist es nicht wunderbar, Liebling, daß ich gar keine Morgenübelkeit kenne?»

«Es ist großartig.»

«Du würdigst gar nicht, was für eine großartige Frau du hast. Aber das ist mir gleich. Ich werde dich an einen Ort bringen, wo sie dich nicht verhaften können, und dann wird's herrlich werden.»

«Komm, wir wollen sofort dahin aufbrechen.»

«Ja, Liebling. Ich geh, wohin du willst und wann du willst.»

«Wir wollen mal an nichts denken.»

«Schön.»

3

Catherine ging am See entlang in das kleine Hotel, um Ferguson zu besuchen, und ich saß an der Bar und las die Zeitungen. Es gab bequeme Ledersessel in der Bar, und ich saß in einem von ihnen und las, bis der Mixer hereinkam. Die Armee hatte am Tagliamento nicht standgehalten. Man zog sich auf die Piave zurück. Ich erinnerte mich an die Piave. Die Eisenbahn kreuzte sie nahe bei San Dona, auf dem Wege an die Front. Sie floß tief und langsam dort und war ganz schmal. Weiter unten waren Moskitosümpfe und Kanäle. Es gab ein paar wunderschöne Villen dort. Einmal, vor dem Krieg auf dem Weg nach Cortina d'Ampezzo, war ich mehrere Stunden lang in den Bergen an ihr entlanggewandert. Dort oben sah sie aus wie ein Forellenstrom, mit starkem Gefälle, flachen Strecken und Vertiefungen unter dem Schatten der Felsen. Sie verließ die Straße bei Cadore. Ich überlegte, wie die Armee, die dort oben war, herunterkommen würde. Der Mixer kam herein.

«Graf Greffi hat nach Ihnen gefragt», sagte er.

«Wer?»

«Graf Greffi. Sie erinnern sich doch an den alten Herrn, der hier war, als Sie voriges Mal hier waren.»

«Ist er hier?»

«Ja, er ist mit seiner Nichte hier. Ich habe ihm erzählt, daß Sie hier sind. Er möchte mit Ihnen Billard spielen.»

«Wo ist er?»

«Er geht spazieren.»

«Wie geht's ihm?»

«Besser denn je. Gestern abend hat er vor dem Essen drei Champagnercocktails getrunken.»

«Wie spielt er Billard?»

«Gut. Er hat mich geschlagen. Als ich ihm erzählte, daß Sie hier sind, war er sehr erfreut. Er hat hier niemand zum Spielen.»

Graf Greffi war 94 Jahre alt. Er war ein Zeitgenosse Metternichs gewesen und war ein alter Mann mit weißem Haar und Schnurrbart und wundervollen Manieren. Er war Diplomat sowohl in österreichischen wie in italienischen Diensten gewesen, und seine Geburtstagsgesellschaften waren das große gesellschaftliche Ereignis Mailands. Er lebte, um hundert Jahre alt zu werden. Sein sicheres und fließendes Billardspiel kontrastierte mit seiner vierundneunzigjährigen Zerbrechlichkeit. Ich hatte ihn kennengelernt, als ich früher einmal außerhalb der Saison in Stresa gewesen war, und während wir Billard spielten, tranken wir Champagner. Ich fand, dies war eine ausgezeichnete Gewohnheit, und er gab mir bei hundert Punkten fünfzehn vor und schlug mich.

«Warum haben Sie mir nicht erzählt, daß er hier ist?»

«Ich habe nicht daran gedacht.»

«Wer ist sonst noch hier?»

«Niemand, den Sie kennen. Es sind im ganzen nur sechs Leute.»

«Was machen Sie jetzt?»

«Nichts.»

«Kommen Sie ein bißchen angeln?»

«Ich kann für eine Stunde weg.»

«Los. Bringen Sie das Angelzeug mit.»

Der Mixer zog seinen Mantel an, und wir gingen hinaus. Wir gingen hinunter und nahmen ein Boot, und ich ruderte, während der Mixer im Heck saß und die Schnur, mit einem Spinner daran und einem schweren Bleigesenke am Ende, auslaufen ließ, um Seeforellen zu angeln. Wir ruderten am Ufer entlang, der Mixer hielt die Schnur in der Hand und schnellte sie gelegentlich vorwärts. Stresa sah vom See her sehr verlassen aus, die langen Reihen kahler Bäume, die großen Hotels und die geschlossenen Villen. Ich ruderte hinüber nach der Isola Bella und dicht an die Mauern, wo das Wasser sich jäh vertiefte und man die Wand des Felsens in dem klaren Wasser abfallen sah, und dann weiter bis an die Fischerinsel. Die Sonne war hinter einer Wolke, und das Wasser war dunkel und glatt und sehr kalt. Wir fingen nichts, obschon wir ein paar Kreise von aufsteigenden Fischen im Wasser sahen.

Ich ruderte gegenüber der Fischerinsel an Land, wo einige Boote hochgezogen lagen und ein paar Leute Netze flickten.

«Wollen wir was trinken?»

«Schön.»

Ich brachte das Boot an die steinerne Pier heran, und der Mixer zog die Leine ein, indem er sie auf dem Boden des Bootes aufwand und den Spinner an dem Rand des Dollbords festhakte. Ich stieg aus und machte das Boot fest. Wir gingen in ein kleines Café, saßen an einem kahlen, hölzernen Tisch und bestellten Wermut.

«Sind Sie müde vom Rudern?»

«Nein.»

«Ich werde zurückrudern», sagte er.

«Ich rudere gerne.»

«Vielleicht haben wir mehr Glück, wenn Sie die Schnur halten.»

«Schön.»

«Sagen Sie, wie geht's eigentlich mit dem Krieg?»

«Miserabel.»

«Ich brauche nicht an die Front. Ich bin zu alt, wie Graf Greffi.»

«Vielleicht müssen Sie auch noch mit.»

«Nächstes Jahr kommt mein Jahrgang dran. Aber ich geh nicht.»

«Was werden Sie tun?»

«Mich aus dem Staube machen. Ich geh nicht in den Krieg. Ich war mal in Abessinien im Krieg. Nix für mich. Warum machen Sie denn mit?»

«Ich weiß nicht. Ich war ein Esel.»

«Noch einen Wermut?»

«Schön.»

Der Mixer ruderte zurück. Wir fischten den See ab, nach jenseits von Stresa und dann hinunter, nicht weit vom Ufer entfernt. Ich hielt die starre Schnur und fühlte das schwache Schwingen des sich wälzenden Spinners, während ich auf das dunkle Novemberwasser des Sees und den verlassenen Strand sah. Der Mixer ruderte mit langen Schlägen, und bei jedem Stoß, den das Boot vorwärts tat, erzitterte die Schnur. Einmal biß etwas an; die Leine straffte sich plötzlich und zog jäh fort. Ich zog und fühlte das lebende Gewicht der Forelle und dann zitterte die Leine noch einmal. Ich hatte sie verloren.

«Fühlte sie sich groß an?»

«Ziemlich groß.»

«Einmal, als ich allein angelte, hielt ich die Leine zwischen den Zähnen, und es biß eine an und zerfetzte mir beinahe den Mund.»

«Die beste Art ist, die Schnur über den Knien zu halten. Dann fühlt man sie und büßt doch nicht seine Zähne ein.»

Ich hielt meine Hand ins Wasser. Es war sehr kalt. Wir waren jetzt beinahe dem Hotel gegenüber.

«Ich muß hinein», sagte der Mixer, «um um elf Uhr da zu sein. *L'heure du cocktail.*»

«Schön.»

Ich zog die Schnur ein und wickelte sie auf ein Brett, das an beiden Enden Kerben hatte. Der Mixer lenkte das Boot in eine kleine Öffnung in der Steinmauer und schloß es mit einer Kette und einem Vorhängeschloß an.

«Ich gebe Ihnen den Schlüssel jederzeit, wann Sie wollen», sagte er.

«Danke.»

Wir gingen zum Hotel hinauf und in die Bar. Ich wollte so früh am Morgen nicht noch etwas trinken. Deshalb ging ich hinauf in unser Zimmer.

Das Mädchen war gerade mit Aufräumen fertig, und Catherine war noch nicht wieder zurück. Ich legte mich aufs Bett und gab mir Mühe, nicht zu denken.

Als Catherine zurückkam war alles wieder gut. Ferguson sei unten, sagte sie. Sie käme zum Essen.

«Ich wußte, daß es dir recht ist», sagte Catherine.

«Nein», sagte ich.

«Was ist denn los, Liebling?»

«Ich weiß nicht.»

«Ich weiß. Du hast nichts zu tun. Alles, was du hast, bin ich, und ich geh weg.»

«Das stimmt.»

«Es tut mir leid, Liebling. Ich weiß, es muß ein entsetzliches Gefühl sein, auf einmal nichts zu haben.»

«Mein Leben war früher voll von allem», sagte ich. «Und jetzt, wenn du nicht da bist, hab ich überhaupt nichts auf der Welt.»

«Aber ich bin bei dir. Ich war doch nur zwei Stunden weg. Kannst du denn gar nichts hier anfangen?»

«Ich war angeln mit dem Mixer.»

«War's nicht nett?»

«Doch.»

«Denk nicht an mich, wenn ich nicht da bin.»

«So hab ich's an der Front gemacht. Aber da hatte man was zu tun.»

«Othello ohne Beschäftigung», frotzelte sie mich.

«Othello war ein Neger», sagte ich. «Außerdem bin ich nicht eifersüchtig. Ich bin nur so in dich verliebt, daß es außer dir nichts für mich gibt.»

«Willst du ein guter Junge sein und dich nett zu Ferguson benehmen?»

«Ich bin immer nett zu Ferguson, sofern sie mich nicht beschimpft.»

«Sei nett zu ihr. Denk doch, was wir haben, und sie hat gar nichts.»

«Ich glaube nicht, daß sie sich das wünscht, was wir haben.»

«Für einen so klugen Jungen, wie du einer bist, Liebling, weißt du nicht viel.»

«Ich werde nett zu ihr sein.»

«Ich weiß, du wirst. Du bist so lieb.»

«Sie wird nachher doch nicht bleiben, nicht?»

«Nein. Ich werd sie schon loswerden.»

«Und dann gehen wir hinauf.»

«Natürlich. Was glaubtest du denn, was ich vorhatte?»

Wir gingen hinunter, um mit Ferguson zu essen. Sie war sehr beeindruckt von dem Hotel und der Pracht des Speisesaals. Wir bekamen ein gutes Lunch und tranken ein paar Flaschen weißen Capri dazu. Graf Greffi kam in den Speisesaal und grüßte uns. Seine Nichte, die ein bißchen Ähnlichkeit mit meiner Großmutter hatte, war bei ihm. Ich erzählte Catherine und Ferguson von ihm, und Ferguson war sehr beeindruckt. Das Hotel war sehr weitläufig und großartig und leer, aber das Essen war gut, der Wein sehr angenehm, und schließlich brachte uns der Wein alle in Stimmung. Catherine brauchte das eigentlich gar nicht. Sie war sehr glücklich. Ferguson wurde ganz vergnügt. Ich selbst fühlte mich sehr wohl. Nach dem Essen ging Ferguson wieder in ihr Hotel zurück. Sie wollte sich etwas nach dem Essen hinlegen, sagte sie.

Später am Nachmittag klopfte jemand an unsere Tür.

«Wer ist da?»

«Graf Greffi läßt fragen, ob Sie mit ihm Billard spielen würden.»

Ich sah auf die Uhr. Ich hatte sie abgenommen; sie lag unter dem Kopfkissen.

«Mußt du gehen, Liebling?» flüsterte Catherine.

«Ich glaube, es ist richtiger.» Die Uhr zeigte ein Viertel nach vier. Laut sagte ich: «Bestellen Sie Graf Greffi, daß ich um fünf Uhr im Billardzimmer sein werde.»

Um Viertel vor fünf küßte ich Catherine Lebewohl und ging ins Badezimmer, um mich anzuziehen. Als ich meinen Schlips vor dem Spiegel band, erschien ich mir in meinen Zivilsachen ganz fremd. Ich mußte daran denken, noch Hemden und Socken zu kaufen.

«Wirst du lange weg sein?» fragte Catherine. Sie sah wunderschön im Bett aus. «Willst du mir bitte die Bürste geben?»

Ich sah zu, wie sie ihr Haar bürstete. Sie hielt ihren Kopf so, daß das ganze Gewicht ihres Haares auf einer Seite war. Draußen war es dunkel, und das Licht über dem Bett schien auf ihr Haar und auf ihren Hals und ihre Schultern. Ich ging hinüber und küßte sie und hielt ihre Hand mit der Bürste fest und ihr Kopf sank auf das Kissen zurück. Ich küßte ihren Hals und ihre Schultern. Mir war schwindlig, so sehr liebte ich sie.

«Ich will nicht hinuntergehen.»

«Ich will nicht, daß du hinuntergehst.»

«Dann gehe ich nicht.»

«Doch. Geh! Es ist ja nur für kurz, und dann kommst du wieder.»

«Wir wollen hier oben essen.»

«Beeile dich und sei schnell zurück.»

Ich fand Graf Greffi im Billardzimmer. Er übte einige Stöße und sah sehr zart aus unter der Beleuchtung, die über dem Billardtisch hing. Auf einem Kartentisch etwas außerhalb des Lichtscheins stand ein silberner Eiskühler, aus dem die Korken und Hälse von zwei Champagnerflaschen herausragten. Graf Greffi richtete sich auf, als ich mich dem Tisch näherte, und kam mir entgegen. Er streckte mir die Hand entgegen. «Es ist mir eine so große Freude, daß Sie hier sind. Es ist sehr liebenswürdig von Ihnen, daß Sie heruntergekommen sind, um mit mir zu spielen.»

«Es war sehr freundlich von Ihnen, mich aufzufordern.»

«Geht es Ihnen ganz gut? Man hat mir erzählt, daß Sie am Isonzo verwundet wurden. Ich hoffe, es geht Ihnen wieder gut.»

«Mir geht's sehr gut. Und wie geht es Ihnen?»

«Ach, mir geht es immer gut. Aber ich werde alt. Ich entdecke jetzt Alterserscheinungen.»

«Das kann ich nicht glauben.»

«Doch. Wollen Sie eine wissen? Es wird mir leichter, mich auf italienisch zu unterhalten. Ich laß es mir ja nicht durchgehen, aber wenn ich müde bin, finde ich, daß es mir viel leichter fällt, Italienisch zu sprechen. Daran sehe ich, daß ich alt werde.»

«Wir könnten Italienisch sprechen. Ich bin auch ein bißchen müde.»

«Ja, aber wenn Sie müde sind, muß es doch für Sie leichter sein, Englisch zu sprechen.»

«Amerikanisch.»

«Ja, amerikanisch. Bitte, sprechen Sie Amerikanisch; es ist eine prächtige Sprache.»

«Ich sehe fast nie Amerikaner.»

«Sie müssen sie vermissen. Man vermißt seine Landsmänner und hauptsächlich seine Landsmänninnen. Ich habe diese Erfahrung gemacht. Wollen wir spielen oder sind Sie zu müde?»

«Ich bin gar nicht müde. Ich machte nur Ulk. Wieviel geben Sie mir vor?»

«Haben Sie viel gespielt?»

«Überhaupt nicht.»

«Sie spielen sehr gut. Zehn auf hundert?»

«Sie schmeicheln mir.»

«Fünfzehn?»

«Das wäre fein, aber Sie werden mich schlagen.»

«Wollen wir um einen Einsatz spielen? Sie wollten immer um einen Einsatz spielen.»

«Ich glaube, wir sollten.»

«Schön. Ich gebe Ihnen achtzehn vor, und wir spielen den Point einen Franc.»

Er spielte wunderbar, und mit der Vorgabe war ich ihm bei fünfzig nur um vier voraus. Graf Greffi drückte auf einen Knopf an der Wand, um nach dem Mixer zu klingeln.

«Bitte, machen Sie eine Flasche auf.» Dann zu mir: «Das wird uns ein bißchen anregen.» Der Wein war eiskalt und sehr trocken und gut.

«Wollen wir Italienisch sprechen? Macht es Ihnen viel aus? Das ist jetzt meine große Schwäche.»

Wir spielten weiter, nippten den Wein zwischen den einzelnen Stößen, unterhielten uns auf italienisch, sprachen aber wenig, weil wir auf das Spiel konzentriert waren. Graf Greffi machte seinen hundertsten Point und mit der Vorgabe war ich erst bei vierundneunzig. Er lächelte und klopfte mir auf die Schulter.

«Jetzt werden wir die zweite Flasche trinken, und Sie werden mir was vom Krieg erzählen.» Er wartete, bis ich mich auch setzte.

«Gern über alles andere», sagte ich.

«Sie wollen nicht darüber reden? Gut. Was haben Sie gelesen?»

«Nichts», sagte ich. «Ich fürchte, ich bin schrecklich langweilig.»

«Nein. Aber Sie sollten lesen.»

«Was ist in der Kriegszeit geschrieben worden?»

«*Le Feu* von einem Franzosen, Barbusse. Und *Mr. Britling durchschaut es.*»

«Nein, das tut er nicht.»

«Wie?»

«Er durchschaute es nicht. Diese Bücher gab es im Lazarett.»

«Dann haben Sie also doch gelesen?»

«Ja, aber nichts besonders Gutes.»

«Ich fand, *Mr. Britling* war eine sehr gute Studie über die Seele des englischen Spießbürgers.»

«Ich weiß nichts von der Seele.»

«Mein armer Junge. Wir wissen alle nichts von der Seele. Sind Sie gläubig?»

«Nachts.»

Graf Greffi lächelte und drehte sein Glas zwischen den Fingern.

«Ich hatte erwartet, bei zunehmendem Alter frömmer zu werden, aber irgendwie wurde ich es nicht», sagte er. «Es ist sehr schade.»

«Würden Sie gern nach dem Tode leben?» fragte ich und fühlte im selben Augenblick, daß es dumm von mir gewesen war, den Tod zu erwähnen. Aber das Wort machte ihm nichts aus.

«Es käme auf das Leben an. Dieses Leben ist sehr erfreulich. Ich möchte gern ewig leben», lächelte er. «Ich tu's beinahe.»

Wir saßen in den tiefen Ledersesseln, den Champagner in dem Eiskühler und unsere Gläser auf dem Tisch zwischen uns.

«Wenn Sie je so alt werden wie ich werden Ihnen viele Dinge seltsam vorkommen.»

«Sie kommen einem nie alt vor.»

«Der Körper ist alt. Manchmal habe ich Angst, daß ich mir einen Finger abbrechen könnte, wie man ein Stück Kreide abbricht. Und der Geist ist nicht älter und nicht viel weiser geworden.»

«Sie sind weise.»

«Nein, das ist der große Trugschluß; die Weisheit alter Leute. Sie werden nicht weise. Sie werden vorsichtig.»

«Vielleicht ist das Weisheit.»

«Es ist eine ziemlich reizlose Weisheit. Was ist Ihnen das Wertvollste im Leben?»

«Jemand, den ich liebhabe.»

«Mir auch. Das ist keine Weisheit. Schätzen Sie das Leben?»

«Ja.»

«Ich auch. Weil es alles ist, was ich habe. Und Geburtstagsgesellschaften geben.» Er lachte. «Sie sind wahrscheinlich weiser als ich. Sie geben keine Geburtstagsgesellschaften.»

Wir tranken beide.

«Was denken Sie wirklich über den Krieg?» fragte ich.

«Ich halte ihn für eine Dummheit.»

«Wer wird ihn gewinnen?»

«Italien.»

«Warum?»

«Es ist jünger als Nation.»

«Gewinnen immer die jüngeren Nationen?»

«Eine Zeitlang haben sie die Fähigkeit dazu.»

«Und was geschieht dann?»

«Dann werden sie ältere Nationen.»

«Sie sagten, Sie seien nicht weise.»

«Mein Lieber, das ist nicht Weisheit. Das ist Zynismus.»

«Mir klingt es sehr weise.»

«Ist es aber nicht besonders. Ich könnte Ihnen die Beispiele für das Gegenteil aufzählen. Aber es hört sich nicht schlecht an. Haben wir den Champagner ausgetrunken?»

«Beinahe.»

«Wollen wir noch etwas trinken? Ich muß mich dann umziehen.»

«Vielleicht lieber jetzt nicht.»

«Wollen Sie bestimmt nicht mehr?»

«Nein.»

Er stand auf.

«Ich hoffe, Sie werden sehr erfolgreich und sehr glücklich und sehr, sehr gesund sein.»

«Danke. Und ich hoffe, Sie werden ewig leben.»

«Danke, das tue ich. Und wenn Sie jemals fromm werden sollten, dann beten Sie für mich nach meinem Tode. Ich bitte mehrere meiner Freunde, das zu tun. Ich hatte erwartet, daß ich selbst fromm werden würde, aber es ist nicht gekommen.» Ich glaube, er lächelte traurig, ich konnte es aber nicht genau sehen. Er war so alt, und sein Gesicht hatte so viele Falten, daß ein Lächeln so viele Linien brauchte, daß alle Nuancierungen verlorengingen.

«Vielleicht werde ich sehr fromm werden», sagte ich. «Auf jeden Fall werde ich für Sie beten.»

«Ich hatte immer gedacht, daß ich mal sehr fromm werden würde. Meine ganze Familie ist sehr fromm gestorben. Aber irgendwie kommt's nicht.»

«Es ist noch zu früh.»

«Vielleicht ist es zu spät. Vielleicht habe ich meine religiösen Gefühle überlebt.»

«Meine eigenen kommen nur nachts.»

«Außerdem lieben Sie auch. Vergessen Sie nicht, das ist ein religiöses Gefühl.»

«Glauben Sie?»

«Natürlich.» Er machte einen Schritt gegen den Tisch. «Es war sehr gütig von Ihnen, mit mir zu spielen.»

«Es war mir ein großes Vergnügen.»

«Wir wollen zusammen hinaufgehen.»

4

In der Nacht stürmte es, und ich wachte auf und hörte den Regen gegen die Fensterscheiben peitschen. Er kam durch das offene Fenster herein. Jemand hatte an die Tür geklopft. Ich ging sehr vorsichtig an die Tür, um Catherine nicht zu stören, und öffnete sie. Der Barmixer stand davor. Er hatte seinen Mantel an und hielt seinen nassen Hut in der Hand.

«Kann ich mit Ihnen sprechen, Tenente?»

«Was ist denn los?»

«Etwas sehr Ernstes.»

Ich sah mich um. Das Zimmer war dunkel. Ich sah das Wasser vom Fenster auf dem Fußboden. «Kommen Sie herein», sagte ich. Ich zog ihn am Arm ins Badezimmer, riegelte die Tür zu und drehte das Licht an. Ich saß auf dem Rand der Badewanne.

«Was ist denn los, Emilio? Sind Sie in der Klemme?»

«Nein. Sie, Tenente.»

«So?»

«Man will Sie morgen früh verhaften.»

«So?»

«Ich kam, um es Ihnen zu sagen. Ich war unten in der Stadt, und ich hab's in einem Café gehört.»

«Hm.»

Er stand in seinem nassen Mantel vor mir, hielt seinen nassen Hut in der Hand und sagte nichts.

«Warum will man mich verhaften?»

«Für etwas, das mit dem Krieg zusammenhängt.»

«Wissen Sie was?»

«Nein. Aber ich weiß, daß die Leute wissen, daß Sie schon früher mal als Offizier hier waren und jetzt ohne Uniform hier sind. Nach diesem Rückzug verhaften sie jeden.»

Ich dachte eine Minute nach.

«Um wieviel Uhr kommen sie, um mich zu verhaften?»

«Am Morgen. Ich weiß nicht, um wieviel Uhr.»

«Was raten Sie mir?»

Er legte seinen Hut in das Waschbecken. Er war sehr naß, und das Wasser war auf die Erde getropft.

«Wenn Sie nichts zu fürchten haben, bedeutet eine Verhaftung nichts. Aber es ist immer unangenehm, verhaftet zu werden – hauptsächlich jetzt.»

«Ich will nicht verhaftet werden.»

«Dann gehen Sie in die Schweiz.»

«Wie?»

«In meinem Boot.»
«Es stürmt», sagte ich.
«Der Sturm ist vorbei. Es ist bewegt, aber es wird gehen.»
«Wann sollen wir aufbrechen?»
«Sofort. Man kommt vielleicht morgen ganz früh, um Sie zu verhaften.»
«Was wird aus unserem Gepäck?»
«Packen Sie alles. Sagen Sie der Gnädigen, daß sie sich anziehen soll. Ich werde mich darum kümmern.»
«Wo finde ich Sie?»
«Ich werde hier warten. Ich will nicht, daß mich irgend jemand auf dem Gang sieht.»
Ich öffnete die Tür, schloß sie und ging ins Schlafzimmer. Catherine war wach.
«Was ist los, Liebling?»
«Es ist alles in Ordnung, Cat», sagte ich. «Möchtest du dich gleich anziehen und in einem Boot in die Schweiz rudern?»
«Möchtest du?»
«Nein», sagte ich. «Ich möchte wieder ins Bett.»
«Worum handelt es sich denn?»
«Der Barmixer hat gesagt, daß sie mich morgen früh festnehmen werden.»
«Ist der Barmixer verrückt?»
«Nein.»
«Dann beeil dich bitte, Liebling, und zieh dich an, damit wir aufbrechen können.» Sie setzte sich auf die Kante des Bettes. Sie war noch verschlafen. «Ist der Barmixer im Badezimmer?»
«Ja.»
«Dann werde ich mich nicht waschen. Bitte, sieh zur Seite, Liebling. Ich bin in einer Minute angezogen.»
Ich sah ihren weißen Rücken, als sie ihr Nachthemd auszog, und dann sah ich weg, weil sie es wollte. Sie fing an, durch das Baby etwas dicker zu werden, und sie wollte nicht, daß ich sie so sah. Ich zog mich an, während ich den Regen auf den Scheiben hörte. Ich hatte nicht viel zum Einpacken.
«In meiner Tasche ist noch viel Platz, Cat, falls du welchen brauchst.»
«Ich habe beinahe fertig gepackt», sagte sie. «Liebling, ich bin schrecklich dumm, aber warum ist der Barmixer im Badezimmer?»
«St! Er wartet, um unsere Sachen hinunterzutragen.»
«Er ist furchtbar nett.»
«Es ist ein alter Freund von mir», sagte ich. «Ich habe ihm einmal beinahe Pfeifentabak geschickt.»

Ich sah durch das offene Fenster hinaus in die dunkle Nacht. Ich konnte den See nicht sehen, nur die Dunkelheit und den Regen, aber der Wind hatte sich etwas gelegt.

«Ich bin fertig, Liebling», sagte Catherine.

«Schön.» Ich ging an die Badezimmertür. «Hier sind die Reisetaschen, Emilio», sagte ich. Der Barmixer nahm die beiden Taschen.

«Es ist sehr freundlich von Ihnen, uns zu helfen», sagte Catherine.

«Das ist doch nichts, meine Gnädigste», sagte der Barmixer. «Ich helfe Ihnen gern, wenn ich selbst nicht dadurch in die Klemme komme. Hören Sie», sagte er zu mir, «ich trage die Taschen über die Hintertreppe hinunter und ins Boot. Sie gehen hinaus, so als ob Sie spazierengehen wollten.»

«Es ist eine herrliche Nacht für einen Spaziergang», sagte Catherine.

«Es ist schon eine schlimme Nacht.»

«Ich bin froh, daß ich einen Regenschirm habe», sagte Catherine.

Wir gingen den Gang entlang und die breite, mit dicken Teppichen belegte Treppe hinunter. Am Fuß der Treppe an der Tür saß der Portier an seinem Pult.

Er machte ein erstauntes Gesicht, als er uns erblickte.

«Sie gehen doch nicht aus, Sir?» sagte er.

«Doch», sagte ich. «Wir wollen uns den Sturm am Seeufer ansehen.»

«Haben Sie keinen Schirm, Sir?»

«Nein», sagte ich. «Mein Mantel läßt keinen Regen durch.»

Er sah ihn zweifelnd an. «Ich hole Ihnen einen Schirm, Sir», sagte er. Er ging weg und kam mit einem riesigen Schirm zurück. «Er ist ein wenig groß, Sir», sagte er. Ich gab ihm eine Zehn-Lire-Note. «Oh, Sie sind zu gütig, Sir. Vielen Dank», sagte er. Er hielt uns die Tür auf, und wir gingen hinaus in den Regen. Er lächelte Catherine an, und sie lächelte zurück. «Bleiben Sie nicht zu lange in dem Sturm», sagte er. «Sie werden sonst naß, Sir and Lady.» Er war zweiter Portier, und er übersetzte alles noch wörtlich aus dem Italienischen.

«Wir kommen zurück», sagte ich. Wir gingen den Weg entlang unter dem Riesenschirm und durch die großen, nassen Gärten auf die Straße und über die Straße auf den umzäunten Weg am See. Der Wind blies jetzt vom Ufer weg. Es war ein kalter, nasser Novemberwind, und ich wußte, daß es in den Bergen schneite. Wir kamen an den angeketteten Booten in den Einschnitten des Kais vorbei zu der Stelle, wo das Boot des Barmixers liegen sollte. Das Wasser schien dunkel gegen den Felsen. Der Barmixer kam hinter einer Reihe von Bäumen hervor.

«Die Taschen sind im Boot», sagte er.

«Ich möchte Ihnen das Boot bezahlen», sagte ich.

«Wieviel Geld haben Sie?»

«Nicht sehr viel.»

«Dann schicken Sie mir das Geld später. Das ist schon gut.»

«Wieviel?»

«Was Sie wollen.»

«Sagen Sie mir wieviel.»

«Wenn Sie durchkommen, schicken Sie mir 500 Franken. Wenn Sie durchkommen, wird Ihnen das egal sein, nicht?»

«Schön.»

«Hier sind Sandwiches.» Er reichte mir ein Päckchen. «Alles, was es in der Bar gab. Es ist alles hier. Hier ist eine Flasche Cognac und eine Flasche Wein.»

Ich steckte sie in meine Tasche. «Lassen Sie mich bezahlen.»

«Schön, geben Sie mir 50 Lire.»

Ich gab sie ihm. «Der Cognac ist gut», sagte er. «Sie können ihn ruhig der Gnädigen geben. Sie steigt jetzt besser ein.» Er hielt das Boot, es stieg und fiel gegen die Steinmauer, und ich half Catherine hinein. Sie saß im Heck und zog ihr Cape um sich.

«Sie wissen den Weg?»

«Den See hinauf.»

«Wissen Sie, wie weit?»

«Bis hinter Luino.»

«Bis hinter Luino, Cannero, Cannobio, Tranzano. Erst wenn Sie nach Brissago kommen, sind Sie in der Schweiz. Sie müssen den Monte Tamara hinter sich haben.»

«Wieviel Uhr ist es?» fragte Catherine.

«Es ist erst elf», sagte ich.

«Wenn Sie die ganze Zeit rudern, müßten Sie um sieben Uhr morgens da sein.»

«Ist es so weit?»

«Es sind 35 Kilometer.»

«Wie sollen wir fahren? Bei diesem Regen brauchen wir einen Kompaß.»

«Nein. Rudern Sie nach der Isola Bella, dann auf der anderen Seite von der Isola Madre mit dem Wind. Der Wind wird Sie bis Pallanza treiben, Sie werden die Lichter sehen. Dann immer den Strand hinauf.»

«Möglicherweise dreht der Wind.»

«Nein», sagte er. «Dieser Wind bläst so drei Tage lang. Er kommt geradewegs herunter vom Mottarone. Hier ist eine Blechbüchse zum Ausschöpfen.»

«Lassen Sie mich jetzt etwas für das Boot geben.»
«Nein. Ich gehe lieber das Risiko ein. Wenn Sie durchkommen, bezahlen Sie mir, soviel Sie können.»
«Schön.»
«Ich glaube nicht, daß Sie ertrinken werden.»
«Großartig.»
«Also mit dem Wind den See hinauf.»
«Gut.» Ich trat in das Boot.
«Haben Sie das Geld fürs Hotel zurückgelassen?»
«Ja. In einem Umschlag im Zimmer.»
«Schön. Viel Glück, Tenente.»
«Viel Glück, und wir danken Ihnen noch sehr.»
«Sie werden mir nicht mehr danken, wenn Sie ertrinken.»
«Was sagt er?» fragte Catherine.
«Er sagt alles Gute.»
«Alles Gute», sagte Catherine. «Vielen Dank.»
«Sind Sie soweit?»
«Ja.»
Er beugte sich hinab und schob uns ab. Ich tauchte die Ruder ins Wasser und winkte dann mit einer Hand. Der Barmixer winkte mißbilligend wieder. Ich sah die Lichter des Hotels und ruderte hinaus, ruderte geradeaus, bis sie außer Sicht waren. Die Wellen gingen ziemlich hoch, aber wir fuhren mit dem Wind.

5

Ich ruderte in der Dunkelheit, immer den Wind im Gesicht. Es hatte aufgehört zu regnen, und es kamen nur noch gelegentliche Schauer. Es war sehr dunkel und der Wind war kalt. Ich konnte Catherine im Heck sehen, aber nicht das Wasser, wo die Ruderblätter eintauchten. Die Ruder waren lang, und sie hatten kein Leder, das sie am Rausrutschen hinderte. Ich zog durch, hob sie, beugte mich nach vorn, fand das Wasser, tauchte ein und zog – ruderte, so leicht ich nur konnte. Ich federte nicht, weil wir mit dem Wind fuhren. Ich wußte, daß ich Blasen bekommen würde, und suchte dies so lange wie möglich hinauszuschieben. Das Boot war leicht und ruderte sich gut. Ich ruderte es in dem dunklen Wasser vorwärts. Ich konnte nichts sehen und hoffte, daß wir bald auf der Höhe von Pallanza sein würden.

Wir sahen Pallanza gar nicht. Der Wind blies den See entlang, und wir passierten im Dunkeln die Landungsspitze, die Pallanza verbirgt, ohne die Lichter zu sehen. Als wir schließlich Lichter viel weiter aufwärts im See und in der Nähe des Strandes sahen, war es Intra. Aber lange Zeit sahen wir gar keine Lichter und auch kein Ufer, sondern ruderten gleichmäßig im Dunkeln mit den treibenden Wellen mit. Manchmal verpaßte ich das Wasser mit den Rudern in der Dunkelheit, wenn eine Welle das Boot hochhob. Es war ziemlich stürmisch, aber ich ruderte weiter, bis wir plötzlich dicht am Ufer beinahe gegen ein Felsstück stießen, das neben uns aufragte; die Wellen schlugen dagegen, jagten hinauf und fielen dann zurück. Ich zog heftig an dem rechten Ruder und preßte mit dem andern das Wasser zurück, und wir kamen wieder hinaus in den See. Die Landzunge war außer Sicht, und wir fuhren weiter den See hinauf.

«Wir sind über den See hinüber», sagte ich zu Catherine.

«Sollten wir nicht Pallanza sehen?»

«Wir haben es verfehlt.»

«Wie geht's dir, Liebling?»

«Glänzend.»

«Ich kann doch eine Weile die Ruder nehmen.»

«Nein, es geht glänzend.»

«Die arme Ferguson», sagte Catherine, «morgen früh wird sie ins Hotel kommen und wir sind weg.»

«Darüber mach ich mir keine so große Sorge», sagte ich, «als daß wir, bevor es Tag wird und der Grenzposten uns sieht, in den schweizerischen Teil des Sees kommen.»

«Ist es noch weit?»

«Es ist einige dreißig Kilometer von hier.»

Ich ruderte die ganze Nacht. Schließlich waren meine Hände so wund, daß ich kaum die Ruder umschließen konnte. Verschiedene Male waren wir beinahe am Ufer zerschellt. Ich hielt ziemlich nah am Ufer, weil ich Angst hatte, auf dem See die Richtung und damit Zeit zu verlieren. Manchmal waren wir so dicht, daß wir eine Reihe Bäume und die Straße am Ufer mit den Bergen dahinter sehen konnten. Es hörte auf zu regnen, und der Wind trieb die Wolken so, daß der Mond durchschien, und als ich zurücksah, konnte ich die lange dunkle Landzunge von Castagnola sehen und den See mit weißen Schaumkämmen und weiter weg den Mond auf den hohen Schneebergen. Dann zogen die Wolken wieder über den Mond, und die Berge und der See waren verschwunden, aber es war viel heller als vorher, und wir konnten das Ufer sehen. Ich konnte es zu deutlich sehen und ruderte weit hinaus, wo das Boot nicht zu sehen war, falls auf der Straße von Pallanza Grenzposten waren. Als der Mond wieder herauskam, konnten wir weiße Villen am Ufer am

Berghang und die weiße Straße sehen, wo sie durch die Bäume schimmerte. Ich ruderte die ganze Zeit.

Der See weitete sich, und gegenüber am Ufer am Fuße der Berge auf der anderen Seite sahen wir ein paar Lichter. Das mußte Luino sein. Ich sah eine keilförmige Schlucht zwischen den Bergen am anderen Ufer, und ich dachte, das müsse Luino sein. Wenn das stimmte, legten wir gutes Tempo vor. Ich zog die Ruder ein und legte mich auf den Sitz zurück. Ich war sehr, sehr müde vom Rudern. Meine Arme und mein Rücken und meine Schultern taten mir weh, und meine Hände waren wund.

«Ich kann den Schirm halten», sagte Catherine. «Wir könnten mit dem Wind segeln.»

«Kannst du steuern?»

«Ich glaube.»

«Nimm das Ruder hier und halte es unter deinem Arm dicht an der Seite des Bootes und steure und ich werde den Schirm halten.» Ich ging ins Heck und zeigte ihr, wie sie das Ruder halten mußte. Ich nahm den großen Schirm, den der Portier mir gegeben hatte, und setzte mich mit dem Gesicht zum Bug und öffnete ihn. Er entfaltete sich flügelschlagend. Ich hielt ihn an beiden Seiten und saß rittlings, die Krücke über den Sitz gehakt. Der Wind blies voll hinein, und ich fühlte, wie das Boot sich vorwärtssaugte, während ich mich so sehr, wie ich nur konnte, an den beiden Enden festhielt. Es zog heftig. Das Boot bewegte sich schnell.

«Wir kommen herrlich vorwärts», sagte Catherine. Alles, was ich sehen konnte, waren Regenschirmrippen. Der Schirm dehnte sich und zog, und ich fühlte, wie wir mit ihm entlangsegelten. Ich stemmte meine Füße auf und hielt gegen ihn; plötzlich krümmte er sich; ich fühlte eine Rippe gegen meine Stirn schnappen; ich versuchte das Oberste zu packen, das sich mit dem Wind bog, und das Ganze krümmte sich und drehte sich von außen nach innen, und ich saß rittlings vor der Krücke eines umgedrehten, zerplatzten Schirms, wo ich noch eben ein windgefülltes, ziehendes Segel gehalten hatte. Ich hakte die Krücke vom Sitz los, legte den Regenschirm hin und ging nach hinten zu Catherine, um mir das Ruder zu holen. Sie lachte. Sie ergriff meine Hand und lachte weiter.

«Was ist denn los?» Ich nahm das Ruder.

«Du sahst so komisch aus, wie du das Ding hieltest.»

«Allem Anschein nach.»

«Sei nicht ärgerlich, Liebling. Es war wahnsinnig komisch. Du sahst ungefähr sechs Meter breit aus und so liebevoll, als du den Schirm an den Enden umklammert hieltest.» Sie erstickte beinahe.

«Ich werde rudern.»

«Ruh dich ein bißchen aus und trink was. Es ist eine fabelhafte Nacht, und wir sind sehr weit gekommen.»

«Ich muß das Boot aus der Brandung halten.»

«Ich hol dir was zu trinken, und dann ruh dich ein bißchen aus, Liebling.»

Ich hielt die Ruder hoch, und wir segelten mit ihnen. Catherine öffnete die Tasche. Sie reichte mir die Cognacflasche. Ich zog den Korken mit meinem Taschenmesser heraus und nahm einen langen Zug. Es war sanft und heiß, und die Hitze ging durch mich durch, und ich fühlte mich erwärmt und ermutigt. «Es ist herrlicher Cognac», sagte ich. Der Mond war wieder bedeckt, aber ich konnte das Ufer sehen. Es schien, als ob eine andere Landzunge sich weit in den See vorschob.

«Bist du warm genug, Cat?»

«Ja, ausgezeichnet. Ich bin nur ein bißchen steif.»

«Schöpf das Wasser aus, dann kannst du deine Füße unten hinstellen.»

Dann ruderte ich und hörte auf die Ruderschläge und das Eintauchen und Kratzen der ausschöpfenden Blechbüchse unter dem Sitz am Heck.

«Willst du mir bitte die Büchse geben?» sagte ich. «Ich möchte was trinken.»

«Sie ist schrecklich schmutzig.»

«Das macht nichts. Ich spül sie aus.»

Ich hörte, wie Catherine sie über dem Rand ausspülte. Dann reichte sie sie mir voll Wasser. Ich war durstig nach dem Cognac, und das Wasser war eisig kalt, so kalt, daß mir die Zähne davon weh taten. Ich sah nach dem Ufer. Wir waren jetzt der großen Landzunge näher gekommen. Vor uns in der Bucht waren Lichter.

«Danke», sagte ich und reichte die Blechbüchse zurück.

«Bitte sehr. Gern geschehen», sagte Catherine. «Davon gibt's mehr, wenn du willst.»

«Willst du nicht was essen?»

«Nein, bald werde ich hungrig sein. Wir wollen es so lange aufheben.»

«Schön.»

Was wie eine Landzunge vor uns aussah war ein langes, hohes Vorgebirge. Ich ruderte weiter in den See hinaus, um vorbeizukommen. Der See war jetzt viel schmäler. Der Mond war wieder sichtbar, und die Guardia di Finanza hätten unser Boot schwarz auf dem Wasser sehen können, wenn sie aufgepaßt hätten.

«Wie geht's dir, Cat?» fragte ich.

«Ganz gut. Wo sind wir?»

«Ich glaube nicht, daß wir noch mehr als ungefähr acht Meilen vor uns haben.»

«Das ist eine lange Strecke zum Rudern. Mein armer Liebling. Bist du nicht tot?»

«Nein. Alles in Ordnung. Meine Hände sind wund; das ist alles.»

Wir fuhren weiter den See hinauf. Am rechten Ufer war ein Einschnitt in den Bergen, eine flache, ebene Stelle mit niedriger Uferlinie, das mußte Cannobio sein, dachte ich. Ich blieb ein ganzes Stück weit draußen, weil von jetzt an die Gefahr, einen Guardia anzutreffen, besonders groß war. Am anderen Ufer, ein ganzes Stück vor uns, war ein hoher, kuppelartiger Berg. Ich war müde. Es war keine große Entfernung zum Rudern, aber wenn man aus der Übung war, war es ein langes Stück. Ich wußte, daß ich an diesem Berg vorbei und mindestens noch fünf Meilen den See weiter hinaufrudern mußte, bevor wir uns in Schweizer Gewässern befanden. Der Mond war jetzt beinahe untergegangen, aber ehe er unterging bedeckte sich der Himmel von neuem, und es wurde sehr dunkel. Ich blieb weit draußen im See, ruderte eine Weile und hielt dann die Ruder so, daß der Wind die Blätter traf.

«Laß mich ein bißchen rudern», sagte Catherine.

«Ich glaube, du solltest lieber nicht.»

«Unsinn. Es wird gut für mich sein. Ich werde dann nicht so steif.»

«Ich glaube, du solltest nicht, Cat.»

«Unsinn. Rudern mit Maß ist der schwangeren Dame sehr zuträglich.»

«Schön, also rudere ein bißchen, aber mit Maß. Ich geh nach hinten und du kommst vor. Halte dich an beiden Dollborden fest, wenn du vorwärts gehst.»

Ich saß im Heck, in meinem Mantel mit hochgeschlagenem Kragen, und sah zu, wie Catherine ruderte. Sie ruderte sehr gut, aber die Ruder waren ihr zu lang und störten sie. Ich öffnete die Tasche und aß ein paar Sandwiches und trank einen Schluck von dem Cognac. Das machte alles viel besser, und ich nahm einen zweiten Schluck.

«Sag mir, wenn du müde bist», sagte ich. Dann etwas später: «Paß auf, daß das Ruder dir nicht in dein Bäuchlein pufft.»

«Wenn's das täte», sagte Catherine zwischen zwei Schlägen, «wäre das Leben viel einfacher.»

Ich trank noch einen Schluck von dem Cognac.

«Wie geht's?»

«Gut.»

«Sag mir, wenn du genug hast.»

«Ja.»

Ich nahm noch einen Schluck von dem Cognac, erfaßte die beiden Dollborde des Bootes und bewegte mich vorwärts.

«Nein. Ich kann noch fabelhaft.»

«Geh wieder ins Heck. Ich bin wieder ganz ausgeruht.»

Eine Weile ruderte ich nach dem Cognac leicht und gleichmäßig. Dann begann ich mit den Rudern zu quirlen, und bald hackte ich nur wieder so drauf los und hatte einen dünnen braunen Geschmack von Galle im Mund, weil ich nach dem Cognac zu heftig gerudert hatte.

«Willst du mir bitte einen Schluck Wasser geben?» sagte ich.

«Nichts leichter als das», sagte Catherine.

Bevor es Tag wurde fing es an zu nieseln. Der Wind hatte sich gelegt, oder wir waren durch Berge geschützt, die den Bogen, den der See gemacht hatte, einsäumten. Als ich merkte, daß es Tag wurde, riß ich mich zusammen und begann heftig zu rudern. Ich wußte nicht, wo wir waren, und ich wollte in den Schweizer Teil des Sees kommen. Als der Tag dämmerte, befanden wir uns ganz dicht am Ufer. Ich konnte das felsige Ufer und die Bäume sehen.

«Was ist das?» sagte Catherine. Ich stützte mich auf die Ruder und lauschte. Es war ein Motorboot, das in den See hinausratterte. Ich ruderte dicht ans Ufer heran und lag still. Das Rattern kam näher, dann sahen wir das Motorboot ein Stückchen vor uns im Regen. Im Heck waren vier Guardia di Finanza, ihre Alpinihüte ins Gesicht gezogen, mit aufgeschlagenen Capekragen, die Karabiner über dem Rücken. Sie sahen alle verschlafen aus so früh am Morgen. Ich konnte das Gelbe auf ihren Hüten und die gelben Streifen auf ihren Capekragen sehen. Das Motorboot ratterte weiter im Regen und außer Sicht.

Ich ruderte wieder in den See hinaus. Wenn wir so dicht vor der Grenze waren, wollte ich nicht von einem Posten auf der Straße angerufen werden. Ich blieb so weit draußen, daß ich gerade noch das Ufer sehen konnte, und ruderte noch eine dreiviertel Stunde weiter im Regen. Wir hörten noch einmal ein Motorboot, und ich hielt mich still, bis der Lärm des Motors sich über den See hinüber entfernte.

«Ich glaube, wir sind in der Schweiz, Cat.»

«Wirklich?»

«Wir können's nicht wissen, bevor wir Schweizer Truppen gesehen haben.»

«Oder die Schweizer Marine.»

«Die Schweizer Marine ist nicht zum Lachen für uns. Dies letzte Motorboot, das wir hörten, war vielleicht die Schweizer Marine.»

«Wenn wir in der Schweiz sind, wollen wir wunderbar frühstükken. Es gibt fabelhafte Brötchen und Butter und Marmelade in der Schweiz.»

Es war jetzt heller Tag, und es fiel feiner Regen. Der Wind blies noch draußen auf dem See, und wir konnten die Spitzen der Weißkappen von uns fort und in den See hinaustreiben sehen. Jetzt war ich sicher, daß wir in der Schweiz waren. Es gab eine Menge Häuser das Ufer entlang hinter Bäumen, und ein Stück das Ufer hinauf war ein Dorf mit Steinhäusern, einigen Villen auf einem Hügel und einer Kirche. Ich hatte die Straße, die am Ufer entlanglief, auf Wachposten hin beobachtet, sah aber keine. Die Straße kam jetzt dicht an den See herunter, und ich sah einen Soldaten aus einem Café an der Straße kommen. Er trug eine graugrüne Uniform und einen Helm wie die Deutschen. Sein Gesicht sah gesund aus und hatte einen kleinen Bürstenschnurrbart. Er sah uns.

«Wink ihm zu», sagte ich zu Catherine. Sie winkte, und der Soldat lächelte verlegen und winkte ein bißchen mit der Hand. Ich verlangsamte meine Schläge. Wir kamen an der Wasserfront des Dorfs vorbei.

«Wir müssen ein ganzes Stück über der Grenze sein», sagte ich.

«Wir müssen sichergehen, Liebling. Wir wollen doch nicht, daß sie uns an der Grenze zurückweisen.»

«Die Grenze ist ein gutes Stück hinter uns. Ich glaube, dies ist die Zollstation. Ich bin ziemlich sicher, daß es Brissago ist.»

«Sind da keine Italiener? Es sind doch immer beide Parteien in einer Zollstation.»

«Nicht in Kriegszeiten. Ich glaube nicht, daß sie die Italiener die Grenze überschreiten lassen.»

Es war eine nett aussehende kleine Stadt. Am Kai lagen eine Menge Fischerboote und Netze waren auf Gestellen ausgebreitet. Es fiel ein feiner Novemberregen, aber es sah selbst bei Regen erfreulich und sauber aus.

«Wollen wir also landen und frühstücken?»

«Gut.»

Ich zog stark am linken Ruder und kam dicht heran, dann ließ ich das Boot auslaufen, als wir uns der Mole näherten, und brachte das Boot längs. Ich zog die Ruder ein, ergriff einen eiserenen Ring, trat auf den nassen Stein und war in der Schweiz. Ich machte das Boot fest und hielt Catherine die Hand hin.

«Komm herauf, Cat. Es ist ein fabelhaftes Gefühl.»

«Was wird aus unseren Taschen?»

«Laß sie im Boot.»

Catherine stieg aus, und wir waren beide in der Schweiz.

«Was für ein herrliches Land», sagte sie.
«Ist es nicht fabelhaft?»
«Komm, wir wollen frühstücken.»
«Ist es nicht ein fabelhaftes Land? Es fühlt sich so wunderbar unter meinen Füßen an.»
«Ich bin so steif, daß ich's nicht so recht fühlen kann. Aber ich hab das Gefühl von einem großartigen Land. Liebling, kannst du dir vorstellen, daß wir hier sind und aus diesem verdammten Stresa weg?»
«Und ob. Wirklich. Mir war nie vorher etwas so klar wie das.»
«Sieh dir die Häuser an. Ist dies nicht ein reizender Platz? Dort ist ein Café, wo wir Frühstück bekommen können.»
«Ist der Regen nicht schön? In Italien gibt es keinen solchen Regen. Es ist erfreulicher Regen.»
«Und wir sind hier, Liebling. Kannst du dir vorstellen, daß wir hier sind?»
Wir gingen in das Café hinein und setzten uns an einen sauberen, hölzernen Tisch. Wir waren irrsinnig aufgeregt. Eine großartige, sauber aussehende Frau mit einer Schürze kam und fragte, was wir haben wollten.
«Brötchen und Marmelade und Kaffee», sagte Catherine.
«Es tut mir leid, aber im Krieg haben wir keine Brötchen.»
«Dann Brot.»
«Ich kann Ihnen Brot rösten.»
«Gut.»
«Ich möchte Setzeier haben.»
«Wieviel Eier für den Herrn?»
«Drei.»
«Iß vier, Liebling.»
«Vier Eier.»
Die Frau ging hinaus. Ich küßte Catherine und hielt ihre Hand sehr fest. Wir sahen einander und das Café an.
«Liebling, Liebling, ist es nicht zu schön?»
«Es ist fabelhaft», sagte ich.
«Es schadet nichts, daß es keine Brötchen gibt», sagte Catherine. «Ich habe zwar die ganze Nacht daran gedacht. Aber es schadet nichts. Es ist mir ganz gleich.»
«Ich denke, daß man uns sehr bald festnehmen wird.»
«Das macht nichts, Liebling. Wir wollen erst frühstücken. Nach dem Frühstück wird dir das Verhaften auch egal sein. Und dann können sie uns ja nichts tun. Wir sind englische und amerikanische Bürger, und unsere Papiere sind in Ordnung.»
«Du hast einen Paß, nicht wahr?»

«Natürlich. Ach, wir wollen nicht darüber reden. Wir wollen glücklich sein.»

«Ich könnte nicht glücklicher sein», sagte ich. Eine dicke graue Katze mit einem Schwanz, der wie eine Feder emporstand, kam durchs Zimmer an unseren Tisch und schmiegte sich an mein Bein und schnurrte jedesmal, wenn sie sich dagegen rieb. Ich langte hinunter und streichelte sie. Catherine lächelte mir glücklich zu. «Da kommt der Kaffee», sagte sie.

Man verhaftete uns nach dem Frühstück.

Wir machten einen kleinen Spaziergang durch das Dorf und gingen zur Mole hinunter, um unser Gepäck zu holen. Ein Soldat stand am Boot Wache.

«Ist das Ihr Boot?»

«Ja.»

«Wo kommen Sie her?»

«Den See herauf.»

«Dann muß ich Sie ersuchen, mitzukommen.»

«Was wird mit dem Gepäck?»

«Sie können das Gepäck tragen.»

Ich trug die Taschen, und Catherine ging neben mir, und der Soldat ging hinter uns her zu dem alten Zollhaus. Im Zollhaus verhörte uns ein sehr dünner und militärischer Leutnant.

«Welcher Nationalität sind Sie?»

«Amerikanisch und englisch.»

«Zeigen Sie mir Ihre Pässe.»

Ich gab ihm meinen und Catherine nahm ihren aus ihrer Handtasche.

Er besah sie sich eine lange Zeit.

«Wieso kommen Sie auf diese Weise und mit einem Boot in die Schweiz?»

«Ich bin Sportler», sagte ich. «Rudern ist mein Lieblingssport. Ich rudere immer, wenn ich die Möglichkeit habe.»

«Wozu kommen Sie her?»

«Zum Wintersport. Wir sind Touristen und wollen Wintersport treiben.»

«Dies ist kein Wintersportplatz.»

«Das wissen wir. Wir wollen an einen Ort fahren, wo Wintersport getrieben wird.»

«Was haben Sie in Italien gemacht?»

«Ich habe Architektur studiert. Meine Cousine studierte Kunstgeschichte.»

«Warum sind Sie von dort fort?»

«Wir wollen Wintersport treiben. Solange Krieg ist kann man nicht Architektur studieren.»

«Bleiben Sie bitte einstweilen hier, bis ich zurück bin», sagte der Leutnant. Er ging mit unseren Pässen in das Haus hinein.

«Du bist fabelhaft, Liebling», sagte Catherine. «Bleib nur dabei, daß du Wintersport treiben willst.»

«Weißt du was über Kunst?»

«Rubens», sagte Catherine.

«Groß und fett», sagte ich.

«Tizian», sagte Catherine.

«Tizianrot», sagte ich. «Wie steht's mit Mantegna?»

«Nicht so schwer fragen», sagte Catherine. «Aber ich kenne ihn – sehr streng.»

«Sehr streng», sagte ich. «Eine Menge Nagellöcher.»

«Siehst du, ich bin eine großartige Frau für dich», sagte Catherine. «Ich werde mit deinem Zollbeamten über Kunst reden können.»

«Da kommt er», sagte ich. Der dünne Leutnant kam die Langseite des Zollhauses herunter und hielt unsere Pässe in der Hand.

«Ich muß Sie nach Locarno schicken», sagte er. «Sie können einen Wagen nehmen und ein Soldat wird Sie dorthin begleiten.»

«Schön», sagte ich. «Und was wird aus dem Boot?»

«Das Boot ist beschlagnahmt. Was haben Sie in den Taschen?»

Er kramte die beiden Taschen durch und hielt die Literflasche mit Cognac in die Höhe. «Trinken Sie vielleicht einen mit mir?» fragte ich.

«Nein, danke.» Er nahm Haltung an. «Wieviel Geld haben Sie?»

«2500 Lire.»

Er war günstig beeindruckt. «Wieviel hat Ihre Cousine?»

Catherine hatte etwas über zwölfhundert Lire. Der Leutnant war zufrieden. Seine Haltung gegen uns war jetzt weniger hochmütig.

«Wenn Sie zum Wintersport wollen», sagte er, «ist Wengen das Richtige. Mein Vater hat ein sehr gutes Hotel in Wengen. Es ist immer geöffnet.»

«Das ist großartig», sagte ich. «Können Sie mir sagen, wie er heißt?»

«Ich werde es Ihnen auf eine Karte schreiben.» Er reichte mir sehr höflich die Karte.

«Der Soldat wird Sie nach Locarno bringen. Er wird Ihre Pässe behalten. Ich bedauere dies, aber es ist notwendig. Ich hoffe aber bestimmt, daß man Ihnen in Locarno ein Visum oder einen polizeilichen Ausweis geben wird.»

Er reichte dem Soldaten die beiden Pässe. Ich trug die Taschen, und wir machten uns ins Dorf auf, um einen Wagen zu bestellen.

«Hei», rief der Leutnant dem Soldaten zu. Er sagte etwas in einem deutschen Dialekt zu ihm. Der Soldat nahm sein Gewehr über den Rücken und ergriff die Reisetaschen.

«Es ist ein fabelhaftes Land», sagte ich zu Catherine.

«Und so praktisch.»

«Danke vielmals», sagte ich zu dem Leutnant. Er winkte mit der Hand.

«Service!» sagte er. Wir folgten unserer Wache ins Dorf.

Wir fuhren in einem Wagen nach Locarno; der Soldat saß bei dem Kutscher auf dem Bock. In Locarno ging es uns nicht schlecht. Sie verhörten uns, waren aber höflich, weil wir Pässe und Geld hatten. Ich glaube nicht, daß sie ein Wort von der ganzen Geschichte für wahr hielten, und ich fand es dumm, aber es war wie vor Gericht. Man brauchte nichts Vernünftiges, sondern etwas Formelles und hielt daran ohne Erklärungen fest. Wir hatten ja Pässe und würden unser Geld ausgeben. Also gab man uns provisorische Visa. Wir sollten uns bei der Polizei melden, wo wir auch immer hinreisen würden.

Ob wir hinreisen könnten, wohin wir wollten? Ja. Wo wollten wir hinfahren?

«Wo willst du hin, Cat?»

«Nach Montreux.»

«Das ist ein sehr schöner Ort», sagte der Beamte. «Ich glaube, der Ort wird Ihnen gefallen.»

«Hier in Locarno ist ein sehr hübsches Hotel», sagte ein zweiter Beamter. «Ich bin überzeugt davon, daß es Ihnen hier in Locarno sehr gut gefallen würde. Locarno ist ein sehr reizvoller Ort.»

«Wir möchten gern an einen Ort mit Wintersport.»

«In Montreux ist kein Wintersport.»

«Entschuldigen Sie mal», sagte der andere Beamte. «Ich komme aus Montreux. Es gibt ganz gewißlich Wintersport an der Eisenbahnstrecke Montreux–Oberland–Bernois. Es wäre falsch, das zu leugnen.»

«Ich leugne es nicht. Ich habe nur gesagt, daß es in Montreux keinen Wintersport gibt.»

«Das stelle ich dahin», sagte der andere Beamte. «Ich stelle diese Behauptung dahin.»

«Ich bleibe bei dieser Behauptung.»

«Ich stelle diese Behauptung dahin. Ich selbst bin durch die Straßen von Montreux gerodelt. Nicht einmal, sondern mehrmals. Rodeln ist sicher Wintersport.»

Der andere Beamte wandte sich an mich.

«Ist Rodeln Ihre Idee von Wintersport, Sir? Ich sage Ihnen, hier in

Locarno würden Sie sich sehr behaglich fühlen. Sie würden das Klima Ihrer Gesundheit zuträglich finden, Sie würden die Umgebung reizvoll finden. Es würde Ihnen sehr gefallen.»

«Der Herr hat den Wunsch, nach Montreux zu fahren.»

«Was ist Rodeln?»

«Sehen Sie, er hat noch nie etwas von Rodeln gehört.»

Das war eine große Sache für den zweiten Beamten. Das freute ihn außerordentlich.

«Rodeln», sagte der erste Beamte, «ist *tobogganing.*»

«Da bin ich anderer Meinung.» Der andere Beamte schüttelte den Kopf. «Ich bin wieder anderer Meinung. Der Toboggan ist sehr von dem Rodel verschieden. Der Toboggan wird in Kanada aus flachen Latten konstruiert. Der Rodel ist ein gewöhnlicher Schlitten mit Kufen. Genauigkeit ist wünschenswert.»

«Könnten wir dort nicht mit dem Toboggan fahren?»

«Natürlich können Sie», sagte der erste Beamte. «Sie können sehr gut. In Montreux werden ausgezeichnete kanadische Toboggans verkauft. Die Gebrüder Ochs verkaufen Toboggans. Sie führen ihre Toboggans ein.»

Der zweite Beamte wandte sich ab. «Zum *tobogganing* braucht man eine besondere Bahn. Sie können nicht in den Straßen von Montreux mit einem Toboggan fahren. Wo wohnen Sie hier?»

«Wir wissen es noch nicht», sagte ich. «Wir sind gerade aus Brissago gekommen. Der Wagen ist draußen.»

«Sie machen keinen Fehler, wenn Sie nach Montreux fahren», sagte der erste Beamte. «Sie werden das Klima herrlich und angenehm finden. Jeder Wintersportplatz ist von dort leicht erreichbar.»

«Wenn Sie wirklich Wintersport treiben wollen», sagte der zweite Beamte, «sollten Sie ins Engadin oder nach Mürren gehen. Ich muß dagegen Protest einlegen, daß man Ihnen rät, zum Wintersport nach Montreux zu fahren.»

«In Les Avants über Montreux gibt es hervorragenden Wintersport.» Der Champion von Montreux funkelte seinen Kollegen an.

«Meine Herren», sagte ich, «ich fürchte, wir müssen aufbrechen. Meine Cousine ist sehr müde. Wir werden versuchsweise nach Montreux fahren.»

«Herzlichen Glückwunsch.» Der erste Beamte schüttelte mir die Hand.

«Ich glaube, Sie werden bereuen, daß Sie Locarno verlassen», sagte der zweite Beamte. «Auf jeden Fall werden Sie sich bei der Polizei in Montreux melden.»

«Sie werden bei der Polizei keinerlei Unannehmlichkeiten haben», versicherte mir der erste Beamte. «Sie werden alle Einwohner besonders höflich und freundlich finden.»

«Ich danke Ihnen beiden sehr», sagte ich. «Ihre Ratschläge sind uns sehr wertvoll.»

«Auf Wiedersehen», sagte Catherine. «Ihnen beiden vielen Dank.»

Sie dienerten uns zur Tür, der Champion von Locarno war ein bißchen kühl. Wir stiegen die Stufen hinunter und in den Wagen.

«Mein Gott, Liebling», sagte Catherine. «Hätten wir da nicht etwas schneller weggekonnt?» Ich nannte dem Kutscher den Namen eines Hotels, das der eine Beamte empfohlen hatte. Er nahm die Zügel auf.

«Du hast die Armee vergessen», sagte Catherine.

Der Soldat stand neben dem Wagen. Ich gab ihm einen Zehn-Lire-Schein.

«Ich habe noch kein Schweizer Geld», sagte ich. Er dankte, grüßte und ging fort. Der Wagen setzte sich in Bewegung, und wir fuhren ins Hotel.

«Wieso bist du auf Montreux gekommen?» fragte ich Catherine. «Willst du wirklich dahin?»

«Das war der erste Ort, der mir einfiel», sagte sie. «Es ist kein unrechter Platz. Wir können von da an irgendeinen Ort in den Bergen fahren.»

«Bist du schläfrig?»

«Ich schlafe jetzt beinahe schon.»

«Wir werden wunderbar schlafen. Arme Cat, das war eine lange, schreckliche Nacht für dich.»

«Es war großartig», sagte Catherine. «Hauptsächlich als du mit dem Regenschirm gesegelt bist.»

«Kannst du dir vorstellen, daß wir in der Schweiz sind?»

«Nein. Ich habe Angst, daß ich aufwache und es nicht wahr ist.»

«Ich auch.»

«Es ist wahr, nicht wahr, Liebling? Nicht wahr, ich fahre doch nicht nach der *stazione* in Mailand, um dich an die Bahn zu bringen?»

«Hoffentlich nicht.»

«Sag das nicht. Es ängstigt mich. Vielleicht fahren wir wirklich dahin?»

«Ich bin so taumelig, ich weiß nicht.»

«Zeig mir deine Hände.»

Ich streckte sie aus. Sie waren beide voller offener Blasen, ganz roh.

«Ich habe keine Wunde an meiner Seite», sagte ich.

«Das ist Gotteslästerung.»

Ich fühlte mich sehr müde und schwindlig im Kopf. Die freudige Erregung war vorüber. Der Wagen fuhr die Straße entlang.

«Arme Hände», sagte Catherine.

«Faß sie nicht an», sagte ich. «Zum Teufel, ich weiß nicht, wo wir sind. Wo fahren Sie uns denn hin, Kutscher?» Der Kutscher hielt sein Pferd an.

«Ins Hotel *Metropol.* Wollten Sie nicht dahin?»

«Doch», sagte ich. «Es ist alles in Ordnung, Cat.»

«Es ist alles in Ordnung, Liebling. Reg dich nicht auf. Wir werden schön schlafen, und morgen fühlst du dich gar nicht taumelig.»

«Ich bin ziemlich taumelig», sagte ich. «Alles ist heute wie eine komische Oper. Vielleicht bin ich nur hungrig.»

«Du bist nur müde, Liebling. Das geht vorbei.»

Der Wagen hielt vor dem Hotel. Jemand kam heraus, um unser Gepäck zu nehmen.

«Ich fühle mich ganz wohl», sagte ich. Wir standen auf dem Pflaster und gingen ins Hotel.

«Ich weiß, du bist morgen wieder in Ordnung. Du bist nur müde. Du bist zu lange auf.»

«Auf jeden Fall sind wir da.»

«Ja, wir sind wirklich da.»

Wir folgten dem Jungen mit dem Gepäck ins Hotel.

Fünftes Buch

I

In jenem Herbst fiel der Schnee sehr spät. Wir wohnten in einem braunen Holzhaus zwischen Tannenbäumen am Berghang, und nachts fror es und morgens war auf den beiden Kannen auf dem Waschtisch eine dünne Eisschicht. Frau Guttingen kam frühmorgens ins Zimmer, um die Fenster zu schließen und in dem großen Kachelofen Feuer anzumachen. Das Tannenholz krachte und sprühte Funken, und dann heulte das Feuer im Ofen, und wenn Frau Guttingen zum zweitenmal ins Zimmer kam, brachte sie große Holzscheite für das Feuer mit und eine Kanne mit heißem Wasser. Wenn das Zimmer warm war, brachte sie uns unser Frühstück. Wir konnten, wenn wir sitzend im Bett unser Frühstück aßen, den See und die Berge jenseits des Sees auf der französischen Seite sehen. Es lag Schnee auf den Bergspitzen, und der See war ein graues Stahlblau.

Draußen, vor dem Chalet, führte ein Weg den Berg hinauf. Die Räderfurchen und Rinnen waren durch den Frost eisenhart, und der Weg stieg stetig durch den Wald und den Berg hinauf und an ihm entlang, bis zu den Wiesen und Scheunen und Sennhütten auf den Wiesen am Rand der Wälder, von denen man das Tal überblickte. Das Tal war tief, und im Grund floß ein Strom, der in den See einmündete, und wenn der Wind durch das Tal blies, hörte man den Strom in den Felsen.

Manchmal gingen wir vom Weg ab und auf einem Pfad durch die Tannenwälder. Der Waldboden war weich zum Gehen; der Frost härtete ihn nicht wie die Straße. Aber uns machte die Härte der Straße nichts aus, weil wir Nägel unter den Sohlen und Absätzen unserer Stiefel hatten, und die Absatznägel griffen auf den gefrorenen Spuren, und mit genagelten Schuhen war das Gehen auf der Straße erfreulich und erfrischend. Aber das Gehen im Wald war wunderbar.

Vor dem Haus, in dem wir wohnten, fiel der Berg steil zu der kleinen Ebene am See ab, und wir saßen auf der Schwelle des Hauses in der Sonne und betrachteten die Windungen der Straße den Berghang hinab und die terrassenförmigen Weinberge am Hang des niedrigen Berges; die Weinstöcke waren jetzt tot für den Winter; die Felder waren durch Steinwälle aufgeteilt, und unter den Weinbergen lagen die Häuser der Stadt auf der schmalen Ebene am Seeufer. Im

See war eine Insel mit zwei Bäumen, und die Bäume sahen aus wie die Doppelsegel eines Fischerbootes. Die Berge waren spitz und steil auf der anderen Seite des Sees, und unten am Ende des Sees lag das Rhônetal eben zwischen zwei Bergketten; und talaufwärts, wo die Berge einschnitten, war der Dent du Midi. Es war ein hoher, schneeiger Berg, und er beherrschte das Tal, aber er war so weit weg, daß er keinen Schatten warf.

Wenn die Sonne strahlte, aßen wir unser Lunch vor der Tür, aber die übrige Zeit aßen wir oben in einem kleinen Zimmer mit einfachen hölzernen Wänden und einem großen Ofen in der einen Ecke. Wir kauften Bücher und Zeitschriften in der Stadt und ein Exemplar von *Hoyle* und lernten viele Kartenspiele zu zweit. Das kleine Zimmer mit dem Ofen war unser Wohnzimmer. Es gab zwei bequeme Stühle und einen Tisch für Bücher und Zeitschriften, und wir spielten am Eßtisch Karten, wenn er abgeräumt war. Herr und Frau Guttingen wohnten unten, und wir hörten sie manchmal abends sich unterhalten, und sie waren auch sehr glücklich zusammen. Er war Oberkellner gewesen, und sie hatte als Zimmermädchen im gleichen Hotel gearbeitet, und sie hatten ihr Geld gespart, um dieses Haus hier zu kaufen. Sie hatten einen Sohn, der Oberkellner lernte. Er war in einem Hotel in Zürich. Unten war eine Trinkstube, in der sie Wein und Bier verkauften, und an manchen Abenden hörten wir Wagen draußen auf der Straße halten und Männer die Treppe heraufkommen, in die Trinkstube gehen und Wein trinken.

Vor dem Wohnzimmer war ein Kasten voll Holz, und ich hielt das Feuer damit in Gang. Aber wir blieben abends nicht lange auf. Wir gingen im Dunkeln in dem großen Schlafzimmer ins Bett, und wenn ich ausgezogen war, öffnete ich die Fenster und sah die Nacht und die kalten Sterne und die Tannen unter dem Fenster und ging dann ins Bett, so schnell ich nur konnte. Es war herrlich im Bett mit der kalten, klaren Luft und der Nacht draußen vor dem Fenster. Wir schliefen gut, und wenn ich nachts aufwachte, wußte ich, daß es nur einen Grund haben konnte, und ich schob dann das Federbett hinüber, sehr vorsichtig, damit Catherine nicht aufwachte, und dann schlief ich wieder ein, warm und mit der neuen Leichtheit dünner Decken. Der Krieg war für mich weit weg und so fern wie die Footballspiele irgendeines fremden Colleges. Aber ich wußte durch die Zeitungen, daß man immer noch in den Bergen kämpfte, weil kein Schnee fallen wollte.

Manchmal gingen wir auch den Berg hinunter nach Montreux. Es führte ein Pfad den Berg hinab, aber er war steil, und so benutzten wir gewöhnlich die Straße und gingen die breite, harte Straße zwischen den Feldern entlang und dann unten zwischen den Steinmauern der Weingärten und weiter zwischen den Häusern der Dörfer an der Straße. Es waren drei Dörfer: Chernex, Fontanivant und das dritte habe ich vergessen. Dann kamen wir auf der Straße an einem alten, viereckig gebauten Steinchâteau auf einem Vorsprung am Bergrand vorbei mit seinen terrassierten Weinbergen, jede Rebe an einen Stock gebunden, um sie zu halten, die Reben trocken und braun und die Erde schneebereit und der See weiter unten flach und grau wie Stahl. Die Straße senkte sich langsam unter dem Château und bog dann rechts und führte sehr steil und mit Kopfsteinen gepflastert nach Montreux. Wir kannten niemanden in Montreux. Wir gingen am See entlang und sahen die Schwäne und die vielen Möwen und Seeschwalben, die, wenn man nah kam, aufflogen und schrien, während sie auf das Wasser hinabäugten. Draußen auf dem See waren Scharen von Tauchenten, klein und dunkel, die beim Schwimmen Fährten hinter sich her zogen. In der Stadt gingen wir die Hauptstraße entlang und sahen uns die Schaufenster an. Viele große Hotels waren geschlossen, aber die meisten Läden waren geöffnet, und die Leute freuten sich über unser Kommen. Es gab einen eleganten Friseur, bei dem sich Catherine die Haare machen ließ. Die Frau, der der Laden gehörte, war sehr vergnügt und der einzige Mensch, den wir in Montreux kannten. Während Catherine dort war, ging ich in ein Bierrestaurant und trank dunkles Münchener und las die Zeitungen. Ich las den *Corriere della Sera* und die englischen und amerikanischen Zeitungen aus Paris. Alle Annoncen waren geschwärzt, ich nehme an, um irgendeine Verbindung auf diese Art und Weise mit dem Feind zu verhindern. Die Zeitungen waren schlechte Lektüre. Alles ging überall sehr schlecht. Ich setzte mich in meiner Ecke zurück mit einem großen Steinkrug mit dunklem Bier und einem geöffneten Paket Brezeln und aß die Brezeln wegen ihres salzigen Geschmacks und weil sie das Bier so schmackhaft machten, und las die Unglücksfälle. Ich dachte, Catherine würde kommen, aber sie kam nicht, also hängte ich die Zeitungen wieder an das Gestell, bezahlte mein Bier und ging die Straße hinauf, um mich nach ihr umzusehen. Der Tag war kalt und dunkel und winterlich, und der Stein, aus dem die Häuser gemacht waren, sah kalt aus. Catherine war noch beim Friseur.

Die Frau ondulierte ihr Haar. Ich saß in der kleinen Kabine und sah zu. Es war aufregend, zuzusehen, und Catherine lächelte und redete mit mir, und meine Stimme war ein bißchen dick durch die Erregung. Die Zangen gaben einen angenehm klappernden Ton, und ich konnte Catherine in drei Spiegeln sehen, und es war angenehm und warm in der Kabine. Dann steckte die Frau Catherines

Haar auf, und Catherine sah in den Spiegel und änderte es ein bißchen, indem sie Nadeln herausnahm und hineinsteckte, dann stand sie auf. «Es tut mir leid, daß es so lange gedauert hat.»

«Monsieur war sehr interessiert, nicht wahr, Monsieur?» lächelte die Frau.

«Ja», sagte ich.

Wir gingen hinaus und die Straße hinauf. Es war kalt und winterlich und der Wind blies. «Liebling, ich habe dich ganz schrecklich lieb», sagte ich.

«Haben wir es nicht herrlich?» sagte Catherine. «Komm, wir wollen irgendwohin gehen und Bier statt Tee trinken. Das ist sehr gut für die kleine Catherine. Das hält sie klein.»

«Die kleine Catherine», sagte ich, «dieser Nichtstuer.»

«Sie war bisher sehr brav», sagte Catherine. «Sie macht sehr wenig Beschwerden. Der Doktor sagt, Bier wäre gut für mich und würde sie klein halten.»

«Wenn du sie klein genug hältst und sie ein Junge ist, kann sie Jockey werden.»

«Ich denke, wenn das Kind wirklich da ist, sollten wir heiraten», sagte Catherine. Wir saßen in dem Bierrestaurant an dem Ecktisch. Draußen wurde es dunkel. Es war noch früh, aber der Tag war dunkel und die Dämmerung kam früh.

«Komm, wir wollen jetzt heiraten», sagte ich.

«Nein», sagte Catherine. «Jetzt ist es zu peinlich. Man sieht's mir zu sehr an. Ich trete in diesem Zustand niemanden unter die Augen, um getraut zu werden.»

«Ich wünschte, wir hätten uns trauen lassen.»

«Es wäre vielleicht besser gewesen. Aber wann konnten wir denn, Liebling?»

«Ich weiß nicht.»

«Ich weiß eines: Ich werde mich in diesem herrlichen matronenhaften Zustand nicht trauen lassen.»

«Du bist nicht matronenhaft.»

«O doch, Liebling, das bin ich. Die Friseurin fragte mich, ob dies unser erstes sei. Ich log und sagte nein, wir hätten zwei Jungen und zwei Mädchen.»

«Wann wollen wir uns trauen lassen?»

«Jederzeit, nachdem ich wieder dünn bin. Wir wollen eine großartige Hochzeit feiern, bei der jeder denkt: was für ein gutaussehendes junges Paar!»

«Und du machst dir keine Sorgen?»

«Liebling, worüber sollte ich mir denn Sorgen machen? Das einzige Mal, daß ich mich gräßlich gefühlt habe, war in Mailand, als ich mir wie eine Nutte vorkam, und das hat nur sieben Minuten gedauert, und außerdem war es die Zimmereinrichtung. Bin ich nicht eine gute Frau?»

«Du bist eine herrliche Frau.»

«Dann sei nicht so formell, Liebling. Ich werde dich sofort heiraten, sobald ich wieder dünn bin.»

«Gut.»

«Glaubst du, ich sollte noch ein Bier trinken? Der Doktor sagte, ich sei ziemlich schmal in den Hüften und es wäre nur gut, wenn wir die junge Catherine klein halten.»

«Was hat er noch gesagt?» Ich machte mir Sorgen.

«Nichts. Ich habe einen wunderbaren Blutdruck, Liebling. Er hat meinen Blutdruck sehr bewundert.»

«Was hat er darüber gesagt, daß du zu eng in den Hüften bist?»

«Nichts. Überhaupt nichts. Er sagte, ich solle nicht Skilaufen.»

«Ganz richtig.»

«Er sagte, es sei zu spät jetzt anzufangen, wenn ich es vorher nie gemacht hätte. Er sagte, ich könnte Skilaufen, wenn ich nicht hinfallen würde.»

«Dein Doktor ist ein großartiger Spaßvogel.»

«Wirklich, er war sehr nett. Wir wollen ihn nehmen, wenn das Baby kommt.»

«Hast du ihn gefragt, ob du heiraten solltest?»

«Nein. Ich habe ihm gesagt, daß wir seit vier Jahren verheiratet wären. Siehst du, Liebling, wenn ich dich heirate, werde ich Amerikanerin, und das Kind ist jederzeit, wenn wir unter amerikanischen Gesetzen heiraten, ehelich.»

«Wo hast du denn das festgestellt?»

«In dem *New York World Almanac* in der Bibliothek.»

«Du bist eine fabelhafte Person.»

«Ich freue mich darauf, Amerikanerin zu werden, und wir fahren nach Amerika, nicht wahr, Liebling? Ich möchte die Niagara-Fälle sehen.»

«Du bist ein Prachtmädchen.»

«Es war noch irgendwas, was ich sehen wollte, aber ich kann mich nicht darauf besinnen.»

«Die Viehhöfe?»

«Nein, ich kann mich nicht darauf besinnen.»

«Das Woolworth-Gebäude?»

«Nein.»

«Den Grand Canyon?»

«Nein. Aber den möchte ich auch sehen.»

«Was war es?»

«Das Goldene Tor! Das war's, was ich sehen wollte. Wo ist das Goldene Tor?»

«In San Francisco.»

«Dann wollen wir dahin fahren. Ich will San Francisco sowieso sehen.»

«Gut. Dann fahren wir dahin.»

«Jetzt wollen wir den Berg hinaufgehen. Ja, wollen wir? Können wir den M. O. B. erreichen?»

«Etwas nach fünf geht ein Zug.»

«Den wollen wir nehmen.»

«Schön. Ich trinke vorher noch ein Bier.»

Als wir hinausgingen, um die Straße hinaufzugehen und die Stufen zur Station hinaufzuklettern, war es sehr kalt. Ein kalter Wind kam das Rhônetal herunter. In den Schaufenstern war Licht, und wir kletterten die steile Steintreppe zur oberen Straße hinauf und dann noch eine andere Treppe zur Station. Der elektrische Zug stand wartend da, alle Lichter eingeschaltet. Eine Uhr zeigte an, wann er abfuhr. Die Uhrzeiger zeigten zehn Minuten nach fünf. Ich sah auf die Bahnhofsuhr. Es war fünf Minuten nach. Als wir einstiegen, sah ich den Führer und den Mann, der den Motor bediente, aus der Weinhandlung des Bahnhofs kommen. Wir setzten uns und öffneten ein Fenster. Der Zug war elektrisch geheizt und muffig, aber durch das Fenster kam frische kalte Luft herein.

«Bist du müde, Cat?» fragte ich.

«Nein, ich fühle mich glänzend.»

«Es ist keine lange Fahrt.»

«Ich habe die Fahrt gern», sagte sie. «Mach dir keine Sorgen um mich, Liebling, ich fühle mich ausgezeichnet.»

Erst drei Tage vor Weihnachten fiel Schnee. Wir erwachten eines Morgens, und es schneite. Wir blieben im Bett, das Feuer toste im Ofen, und wir sahen zu, wie der Schnee fiel. Frau Guttingen nahm die Frühstückstabletts weg und legte Holz in den Ofen. Es war ein großer Schneesturm. Sie sagte, es habe so um Mitternacht begonnen. Ich ging ans Fenster und sah hinaus, konnte aber nicht über die Straße sehen. Es wehte und schneite heftig. Ich ging ins Bett zurück, und wir lagen und unterhielten uns.

«Ich wünschte, ich könnte Skilaufen», sagte Catherine. «Es ist gemein, wenn man nicht Skilaufen kann.»

«Wir werden uns einen Bobsleigh besorgen und damit die Straße hinunterfahren. Das ist nicht schlimmer für dich als in einem Wagen zu fahren.»

«Wird es nicht sehr holprig sein?»

«Wir wollen sehen.»
«Hoffentlich ist es nicht zu holprig.»
«Nachher können wir im Schnee spazierengehen.»
«Vor dem Essen», sagte Catherine, «dann werden wir guten Appetit haben.»
«Ich habe immer Hunger.»
«Ich auch.»
Wir gingen in den Schnee hinaus, aber er fegte nur so daher, und wir konnten nicht weit gehen. Ich ging voran und trat eine Spur bis zum Bahnhof, aber als wir dort waren, waren wir weit genug gegangen. Der Schnee blies, so daß man kaum sehen konnte, und wir gingen in das kleine Wirtshaus bei der Station und fegten einander mit einem Besen ab und saßen auf einer Bank und tranken Wermut.
«Es ist ein schrecklicher Sturm», sagte die Kellnerin.
«Ja.»
«Der Schnee ist dieses Jahr sehr spät.»
«Ja.»
«Kann ich eine Tafel Schokolade essen?» fragte Catherine. «Oder ist es zu kurz vor dem Essen? Ich habe immer Hunger.»
«Los, iß nur», sagte ich.
«Ich möchte eine mit Haselnüssen», sagte Catherine.
«Die sind sehr gut», sagte das Mädchen. «Ich eß die am liebsten.»
«Ich möchte noch einen Wermut haben», sagte ich.
Als wir herauskamen, um den Weg zurückzugehen, war unsere Spur vom Schnee zugeweht. Es waren nur schwache Vertiefungen, wo die Löcher gewesen waren. Der Schnee blies uns ins Gesicht, so daß wir kaum sehen konnten. Wir bürsteten ihn ab und gingen zum Essen. Herr Guttingen servierte uns das Essen.
«Morgen kann man Ski laufen», sagte er. «Laufen Sie Ski, Mrs. Henry?»
«Nein. Aber ich möchte es gerne lernen.»
«Sie werden's sehr leicht lernen. Mein Junge kommt zu Weihnachten her, und er wird es Ihnen beibringen.»
«Das ist fein. Wann kommt er?»
«Morgen abend.»
Als wir nach dem Essen an dem Ofen in dem kleinen Zimmer saßen und durch das Fenster den Schnee fallen sahen, sagte Catherine: «Möchtest du nicht mal eine Tour machen, Liebling, und mit Männern und Skiern zusammen sein?»
«Nein, warum sollte ich?»
«Ich denke doch, daß du manchmal außer mir noch jemand sehen möchtest.»
«Willst du außer mir jemand sehen?»

«Nein.»
«Ich auch nicht.»
«Ich weiß. Aber bei dir ist es anders. Ich bekomme ein Baby, und deshalb bin ich zufrieden mit Nichtstun. Ich weiß, daß ich jetzt furchtbar dumm bin und zuviel rede, und ich finde, du solltest ein bißchen fortgehen, damit du mich nicht über bekommst.»
«Willst du, daß ich weggehe?»
«Nein. Ich will, daß du bleibst.»
«Das werde ich auch tun.»
«Komm herüber zu mir», sagte sie. «Ich will die Beule auf deinem Kopf fühlen. Es ist eine große Beule.» Sie ließ ihren Finger darüber gleiten. «Liebling, möchtest du dir einen Bart wachsen lassen?»
«Möchtest du gern?»
«Es kann ganz komisch sein. Ich würde dich gern mal mit 'nem Bart sehen.»
«Schön. Ich werde einen wachsen lassen. Ich werde sofort anfangen. Das ist eine gute Idee. Da habe ich was zu tun.»
«Sorgst du dich, weil du nichts zu tun hast?»
«Nein. Paßt mir großartig. Ich finde es herrlich. Ist unser Leben nicht herrlich?»
«Mein Leben ist herrlich. Aber ich hatte Angst, daß ich jetzt in anderen Umständen langweilig für dich bin.»
«Ach, Cat, du weißt gar nicht, wie verrückt ich nach dir bin.»
«So?»
«Genauso wie du bist. Ich finde es herrlich. Ist unser Leben nicht herrlich?»
«Meines ja. Aber ich denke, vielleicht bist du ruhelos.»
«Nein. Manchmal denke ich an die Front und an Leute, die ich kenne, aber ich sorge mich nicht. Ich denke eigentlich an nichts.»
«An wen denkst du?»
«An Rinaldi und den Priester und eine Menge Leute, die ich kenne. Aber ich denke nicht viel an sie. Ich will nicht an den Krieg denken. Damit bin ich fertig.»
«Woran denkst du jetzt?»
«An nichts.»
«Doch, doch. Erzähl mir.»
«Ich überlegte, ob Rinaldi Syphilis hat.»
«War das alles?»
«Ja.»
«Hat er Syphilis?»
«Ich weiß nicht.»
«Ich bin froh, daß du sie nicht hast. Hast du je so was gehabt?»
«Ich hatte Tripper.»

«Ich will nichts davon wissen. War es sehr schmerzhaft, Liebling?»
«Sehr.»
«Ich wünschte, ich hätte es gehabt.»
«Nein. Das wünschst du nicht.»
«Doch, ich wünschte, ich hätte es gehabt, um wie du zu sein. Ich wünschte, ich wär bei all deinen Mädchen gewesen, dann könnten wir uns darüber unterhalten.»
«Das ist eine hübsche Vorstellung.»
«Du mit Tripper bist keine hübsche Vorstellung.»
«Ich weiß. Sieh mal, wie es schneit.»
«Ich seh lieber dich an. Liebling, warum läßt du dein Haar nicht wachsen?»
«Wie wachsen?»
«Einfach ein bißchen länger.»
«Es ist jetzt lang genug.»
«Nein, laß es ein bißchen länger werden, und ich kann meines abschneiden, und wir sind dann beide gleich, einer von uns blond und der andere dunkel.»
«Ich würde nicht zugeben, daß du dein Haar abschneidest.»
«Es wäre doch nett. Ich hab's satt. Es ist ein schreckliches Ärgernis nachts im Bett.»
«Ich hab's gern.»
«Würde es dir kurz nicht gefallen?»
«Vielleicht, aber ich mag es so, wie es ist.»
«Vielleicht ist es kurz nett. Dann wären wir beide gleich. Ach, Liebling, ich will dich so sehr, ich will du sein.»
«Das bist du. Wir sind ein und dasselbe.»
«Ich weiß es. Nachts sind wir's.»
«Die Nächte sind herrlich.»
«Ich wünschte, daß wir beide ganz ineinander verwachsen wären. Ich will nicht, daß du weggehst. Ich habe das so gesagt. Geh, wenn du willst. Aber komm sofort zurück. Liebling, ich lebe überhaupt nicht, wenn ich nicht bei dir bin.»
«Ich werde nie weggehen», sagte ich. «Ich tauge nichts, wenn du nicht da bist. Ich habe gar kein Leben mehr.»
«Ich will aber, daß du ein Leben hast. Ich will, daß du ein herrliches Leben hast. Aber wir wollen es zusammen haben, nicht wahr?»
«Und jetzt, soll ich das Wachstum meines Bartes zum Stillstand bringen, oder soll er weiterwachsen?»
«Weiterwachsen. Es wird aufregend sein. Vielleicht ist er Neujahr schon ganz ordentlich.»

Möchtest du jetzt Schach spielen?»

«Ich will lieber mit dir spielen.»

«Nein. Komm Schach spielen.»

«Aber nachher spielen wir?»

«Ja.»

«Schön.»

Ich holte das Schachbrett hervor und stellte die Figuren auf. Draußen schneite es immer noch heftig.

Einmal wachte ich in der Nacht auf und wußte, daß Catherine auch wach war. Der Mond schien ins Fenster und warf Schatten auf das Bett von den Holzstäben über der Fensterscheibe.

«Bist du wach, mein Engel?»

«Ja. Kannst du nicht schlafen?»

«Ich wachte gerade auf und dachte, daß ich beinahe verrückt war, als ich dich das erste Mal sah. Kannst du dich besinnen?»

«Du warst ein klein bißchen verrückt.»

«Jetzt bin ich nie mehr so. Jetzt bin ich fabelhaft. Du sagst so süß ‹fabelhaft›. Sag fabelhaft.»

«Fabelhaft.»

«Ach, du bist so süß. Und ich bin nicht mehr verrückt. Ich bin nur sehr, sehr glücklich.»

«Komm, schlaf ein», sagte ich.

«Schön. Komm, wir wollen im selben Moment einschlafen.»

«Schön.»

Aber wir taten es nicht. Ich war noch eine ganze Zeitlang wach und überlegte mir allerhand Dinge und betrachtete Catherine im Schlaf, Mondlicht auf ihrem Gesicht. Dann schlief auch ich ein.

2

Mitte Januar hatte ich einen Bart, und der Winter brachte eine Reihe klarer, kalter Tage und harter, kalter Nächte. Wir konnten wieder auf den Straßen gehen. Der Schnee war hart gestampft und glatt von den Heuschlitten und Holzschlitten und den Baumstämmen, die den Berg hinuntergeschleppt wurden. Der Schnee lag über dem ganzen Land, beinahe bis hinunter nach Montreux. Die Berge auf der anderen Seite des Sees waren alle weiß, und die Ebene des Rhônetals war ganz bedeckt. Wir machten lange Spaziergänge auf der anderen Seite des Berges nach den Bains d'Alliez. Catherine trug genagelte Schuhe und ein Cape und einen Stock mit einer scharfen, eisernen Spitze. Sie sah mit dem Cape nicht dick aus, und wir gingen nicht zu schnell, sondern blieben hin und wieder stehen und setzten uns auf Baumstämme am Straßenrand, wenn sie müde war.

Unter den Bäumen bei den Bains d'Alliez war ein Wirtshaus, wo die Holzfäller einkehrten, und wir saßen drinnen vom Ofen gewärmt und tranken heißen Rotwein mit Gewürzen und Zitrone darin. Sie nannten es Glühwein, und es war gut, um einen aufzuwärmen und Feste damit zu feiern. Im Wirtshaus war es dunkel und rauchig, und nachher, wenn man hinausging und die kalte Luft scharf in die Lungen eindrang, erstarrte einem die Nasenspitze beim Einatmen. Wir sahen auf das Wirtshaus zurück. Licht fiel aus den Fenstern, und die Pferde der Holzfäller stampften draußen und warfen die Köpfe, um warm zu bleiben. Frost war auf den Haaren ihrer Nasen, und ihr Atem machte Federn aus Frost in der Luft. Den Weg hinauf, nach Hause zu, war der Weg ein Stück glatt und glitschig und das Eis orangefarben von den Pferden, bis der Holzfällerweg abzweigte. Dann war der Weg sauber gestampfter Schnee und führte durch die Wälder, und zweimal sahen wir abends beim Nachhausegehen Füchse.

Es war ein schönes Land, und jedesmal, wenn wir ausgingen, hatten wir Spaß.

«Du hast jetzt einen wundervollen Bart», sagte Catherine. «Er sieht aus wie der von einem Holzfäller. Hast du den Mann mit den winzigen goldenen Ohrringen gesehen?»

«Er ist ein Gemsenjäger», sagte ich. «Die Leute tragen sie, weil sie glauben, daß sie dann besser hören.»

«Wirklich? Das glaub ich nicht. Ich glaube, sie tragen sie, um zu zeigen, daß sie Gemsjäger sind. Gibt es hier in der Nähe Gemsen?»

«Ja. Jenseits vom Dent du Jaman.»

«Es war lustig, den Fuchs zu sehen.»

«Wenn er schläft, wickelt er seinen Schwanz um sich, um warm zu bleiben.»

«Das muß ein herrliches Gefühl sein.»

«Ich wollte immer einen solchen Schwanz haben. Wäre es nicht ulkig, wenn wir solche Büschel wie die Füchse hätten?»

«Sicher wär's sehr schwer, sich anzuziehen.»

«Wir würden uns Kleider anfertigen lassen, oder in einem Land leben, wo es nicht darauf ankäme.»

«Wir leben in einem Land, wo es auf nichts ankommt. Ist es nicht fabelhaft, wie wir nie jemand sehen? Du willst doch keine Leute sehen, Liebling, nicht?»

«Nein.»

«Wollen wir uns einen Moment hier hinsetzen? Ich bin ein klein bißchen müde.»

Wir saßen dicht beieinander auf dem Baumstamm. Vor uns ging der Weg hinunter durch den Wald.

«Sie wird sich nicht zwischen uns schieben, nicht? Die kleine Göre?»

«Nein. Das werden wir ihr nicht erlauben.»

«Wie steht es mit Geld?»

«Wir haben reichlich. Der letzte Sichtwechsel ist honoriert.»

«Wird deine Familie nicht versuchen, dich zu erreichen, jetzt, wo sie wissen, daß du in der Schweiz bist?»

«Wahrscheinlich. Ich werde ihnen irgendwas schreiben.»

«Hast du ihnen nicht geschrieben?»

«Nein. Nur den Sichtwechsel.»

«Gott sei Dank bin ich nicht deine Familie.»

«Ich werde ihnen telegrafieren.»

«Machst du dir gar nichts aus ihnen?»

«Früher ja, aber wir haben uns so viel gezankt, daß sich das gegeben hat.»

«Ich glaube, mir werden sie gefallen. Wahrscheinlich werde ich sie sehr gern haben.»

«Wir wollen nicht über sie reden, sonst mache ich mir noch Gedanken um sie.»

Nach einer Weile sagte ich: «Wir wollen weitergehen, wenn du dich ausgeruht hast, ja?»

«Ich bin ausgeruht.»

Wir gingen den Weg hinab. Es war jetzt dunkel, und der Schnee knirschte unter unseren Schuhen. Die Nacht war trocken und kalt und sehr klar.

«Ich liebe deinen Bart», sagte Catherine. «Es ist ein großer Erfolg. Er sieht so steif und stolz aus und ist so weich und ein großer Spaß.»

«Magst du's lieber als ohne?»

«Ich glaube ja. Weißt du, Liebling, ich werde mein Haar nicht vor Catherine Geburt abschneiden lassen. Ich sehe jetzt zu dick und matronenhaft aus. Aber nach ihrer Geburt, und wenn ich wieder dünn bin, dann werde ich's schneiden, und dann werde ich ein neues, reizvolles und fremdes Mädchen für dich sein. Wir gehen zusammen und lassen es abschneiden, oder ich gehe allein und komme dann und überrasche dich.»

Ich sagte nichts.

«Nicht wahr, du wirst doch nicht sagen, ich soll nicht?»

«Nein. Ich glaube, es wird sehr aufregend sein.»

«Ach, du bist so lieb. Und vielleicht werde ich wunderschön

aussehen, Liebling, und so dünn und aufregend für dich sein, und du wirst dich von neuem ganz von vorn wieder in mich verlieben.»

«Zum Teufel», sagte ich. «Ich liebe dich gerade genug. Was willst du denn machen? Mich ruinieren?»

«Ja, ich will dich ruinieren.»

«Gut», sagte ich. «Das möchte ich auch.»

3

Wir führten ein herrliches Leben. Die Monate Januar und Februar vergingen, und der Winter war sehr schön, und wir waren sehr glücklich. Es hatte hin und wieder kurz getaut, wenn ein warmer Wind wehte und der Schnee weich wurde und die Luft sich nach Frühling anfühlte, aber immer war das Klare, Harte, Kalte wiedergekommen, und der Winter war zurückgekehrt. Im März spürten wir zum erstenmal das Ende des Winters. In der Nacht begann es zu regnen. Es regnete den ganzen Morgen über und wandelte den Schnee in Schlamm um und gab dem Berghang ein trübes Aussehen. Wolken lagen über dem See und über dem Tal. Es regnete hoch im Gebirge. Catherine trug schwere Überschuhe und ich trug Herrn Guttingens Gummistiefel, und wir gingen unter einem Schirm durch den Schlamm und das fließende Wasser, das das Eis auf den Straßen blank wusch, zum Bahnhof, um in dem Gasthaus einzukehren und vor dem Essen einen Wermut zu trinken. Draußen konnten wir den Regen hören.

«Glaubst du, daß wir in die Stadt ziehen sollten?»

«Was meinst du?» fragte Catherine.

«Wenn der Winter vorbei ist und es weiterregnet, ist es kein Spaß hier oben. Wie lange dauert es noch, bis Catherine kommt?»

«Ungefähr einen Monat. Vielleicht ein bißchen länger.»

«Wir könnten hinunterfahren und in Montreux bleiben.»

«Warum fahren wir nicht nach Lausanne? Dort ist die Klinik.»

«Schön. Ich dachte nur, die Stadt sei zu groß.»

«Wir können da genausogut für uns allein sein, und Lausanne ist vielleicht nett.»

«Wann wollen wir fahren?»

«Mir ist es gleich. Wann du willst, Liebling. Ich will hier nicht weg, wenn du nicht weg willst.»

«Wir wollen sehen, wie das Wetter wird.»

Es regnete drei Tage. Der Schnee war am Berghang unter dem Bahnhof jetzt ganz weg. Die Straße war ein Wildbach von schlammigem Schneewasser. Es war zu naß und matschig, um auszugehen. Am Morgen des dritten Regentages entschlossen wir uns, in die Stadt zu ziehen.

«Das ist schon recht, Mr. Henry», sagte Guttingen. «Sie brauchen mir nicht vorher zu kündigen. Ich dachte nie, daß Sie hier bleiben würden, wenn das schlechte Wetter einsetzt.»

«Wir müssen sowieso wegen Madame in der Nähe der Klinik sein», sagte ich.

«Ich verstehe», sagte er. «Werden Sie später mal wiederkommen und mit dem Kleinen hierbleiben?»

«Ja, wenn Sie Platz haben.»

«Im Frühling, wenn es schön wird, könnten Sie kommen und das schöne Wetter genießen. Wir könnten das Kleine und die Kinderfrau in das große Zimmer, das jetzt geschlossen ist, legen und Sie und Madame könnten Ihr jetziges Zimmer haben mit der Aussicht auf den See.»

«Ich werde Ihnen rechtzeitig schreiben», sagte ich. Wir packten und nahmen den Zug, der nach Tisch abfuhr. Herr und Frau Guttingen brachten uns beide zum Bahnhof hinunter, und er zog unser Gepäck auf einem Schlitten durch den Schlamm. Sie standen neben dem Bahnhof im Regen und winkten Lebewohl.

«Sie waren sehr nett», sagte Catherine.

«Sie waren fabelhaft zu uns.»

Von Montreux nahmen wir den Zug nach Lausanne. Als wir in der Richtung, in der wir gewohnt hatten, aus dem Fenster sahen, konnten wir vor Wolken die Berge nicht sehen. Der Zug hielt in Vevey und fuhr dann weiter, auf einer Seite den See, auf der anderen Seite die nassen braunen Felder und die kahlen Wälder und die nassen Häuser. Wir kamen nach Lausanne und gingen in ein mittelgroßes Hotel. Es regnete noch, als wir durch die Straßen und in die Wageneinfahrt des Hotels fuhren. Der Portier mit messingnen Schlüsseln auf seinen Aufschlägen, der Lift, die Teppiche auf dem Boden und die weißen Waschbecken mit blanken Hähnen, das Messingbett und das große, behagliche Schlafzimmer, alles erschien uns nach den Guttingens sehr luxuriös. Die Fenster des Zimmers sahen auf einen nassen Garten mit einer Mauer, die ein eisernes Gitter krönte. Jenseits der Straße, die steil abfiel, war ein zweites Hotel mit einer ähnlichen Mauer und einem ähnlichen Garten. Ich sah hinaus auf den Regen, der in den Springbrunnen im Garten fiel.

Catherine drehte alles Licht an und fing an auszupacken. Ich bestellte einen Whiskey mit Soda und lag auf dem Bett und las die Zeitungen, die ich auf dem Bahnhof gekauft hatte. Es war März 1918, und die deutsche Offensive in Frankreich hatte eingesetzt. Ich trank den Whiskey mit Soda und las, während Catherine auspackte und im Zimmer umherging.

«Weißt du, was ich besorgen muß, Liebling?» sagte sie.

«Was?»

«Babysachen. Es gibt nicht viele Leute, die soweit wie ich sind ohne Babysachen.»

«Du kannst sie kaufen.»

«Ich weiß. Das werde ich morgen machen. Ich werde mich erkundigen, was nötig ist.»

«Das solltest du wissen. Du warst doch Schwester.»

«Aber so wenige Soldaten bekamen Babies in den Lazaretten.»

«Ich doch.»

Sie schlug mich mit dem Kissen und verschüttete den Whiskey mit Soda.

«Ich bestelle dir einen neuen», sagte sie. «Es tut mir leid, daß ich ihn umgegossen habe.»

«Es war nicht mehr viel darin. Komm zu mir herüber.»

«Nein. Ich muß versuchen, etwas zu tun, damit dies Zimmer nach etwas aussieht.»

«Nach was?»

«Nach unserem zu Hause»

«Häng die Alliierten-Flaggen raus.»

«Ach, halt die Klappe.»

«Sag's noch mal.»

«Halt die Klappe.»

«Du sagst es so vorsichtig», sagte ich, «so, als ob du niemanden beleidigen wolltest.»

«Will ich auch nicht.»

«Dann komm herüber zu mir.»

«Schön.» Sie kam und setzte sich aufs Bett. «Ich weiß, ich bin kein Spaß für dich, Liebling. Ich bin wie eine große Mehltonne.»

«Nein, das bist du nicht. Du bist schön und du bist lieb.»

«Es ist etwas sehr wenig Anziehendes, was du da geheiratet hast.»

«Nein. Das stimmt nicht. Du wirst immer schöner.»

«Aber ich werde auch wieder dünn werden, Liebling.»

«Du bist dünn.»

«Du hast getrunken.»

«Nur Whiskey mit Soda.»

«Da kommt dein zweiter», sagte sie. «Und wollen wir das Essen heraufbestellen?»

«Das wäre gut.»

«Dann brauchen wir nicht auszugehen, nicht? Wir werden heute zu Hause bleiben.»

«Und spielen», sagte ich.

«Ich möchte Wein trinken», sagte Catherine. «Das schadet mir nicht. Vielleicht können wir was von unserem alten weißen Capri hier bekommen.»

«Das können wir bestimmt», sagte ich. «In einem Hotel dieser Größe gibt es italienische Weine.»

Der Kellner klopfte an die Tür. Er brachte den Whiskey in einem Glas mit Eis und neben dem Glas auf einem kleinen Tablett eine kleine Flasche Selters.

«Danke», sagte ich. «Stellen Sie es hierhin. Wollen Sie bitte zwei Essen aufs Zimmer schicken und zwei Flaschen herben weißen Capri in Eis.»

«Wollen Sie mit Suppe anfangen?»

«Willst du Suppe, Cat?»

«Bitte.»

«Bringen Sie einmal Suppe.»

«Danke, Sir.» Er ging hinaus und schloß die Tür. Ich kehrte zu meinen Zeitungen und dem Krieg in den Zeitungen zurück und goß langsam das Selterswasser über das Eis in den Whiskey. Ich würde sie bitten müssen, das Eis nicht in den Whiskey zu tun. Sie konnten das Eis extra bringen. Auf diese Weise konnte man sehen, wieviel Whiskey im Glas war, und es war dann nicht plötzlich durch das Selterswasser zu stark verdünnt. Ich würde eine Flasche Whiskey kaufen und mir nur Selterswasser und Eis bestellen. Das war das Vernünftigste. Guter Whiskey war sehr erfreulich. Er war eines der erfreulichen Dinge des Lebens.

«Woran denkst du, Liebling?»

«An Whiskey.»

«An was über Whiskey?»

«Wie angenehm er schmeckt.»

Catherine zog ein Gesicht. «Na schön», sagte sie.

Wir blieben drei Wochen in diesem Hotel. Es war nicht schlecht, der Speisesaal war meistens leer, und sehr oft saßen wir abends auf unserem Zimmer. Wir gingen durch die Stadt und nahmen die Zahnradbahn hinunter nach Ouchy und gingen am See entlang. Das Wetter wurde ganz warm und es war wie Frühling. Wir wünschten uns in die Berge zurück, aber das Frühlingswetter dauerte nur ein paar Tage, und dann kam von neuem die rauhe Kälte des aufbrechenden Winters.

Catherine kaufte in der Stadt die Sachen, die sie für das Baby brauchte. Ich ging in eine Sportschule in den Arkaden, um zu boxen. Ich ging meistens morgens dorthin, wenn Catherine lange liegen blieb. An den Tagen des falschen Frühlings war es sehr angenehm, nachdem ich geboxt und geduscht hatte, durch die Straßen zu gehen und den Frühling in der Luft zu riechen und mich in einem Café hinzusetzen und die Leute zu beobachten und die Zeitungen zu lesen und einen Wermut zu trinken, dann ins Hotel zurückzugehen und mit Catherine zu Mittag zu essen. Der Lehrer in der Boxschule trug einen Schnurrbart und war sehr genau und nervös und geriet ganz außer sich, wenn man ihm zu Leibe rückte. Aber es war nett dort. Luft und Licht waren gut, und ich arbeitete ganz tüchtig. Seilspringen, Scheinboxen, Bauchübungen, auf einem Fleckchen Erde liegend, wo die Sonne durch das offene Fenster fiel, und hin und wieder jagte ich dem Lehrer Angst ein beim Boxen. Ich konnte zuerst nicht vor dem langen Spiegel scheinboxen, weil es so seltsam aussah, einen Mann mit einem Bart boxen zu sehen. Aber schließlich fand ich es nur noch komisch. Ich wollte mir den Bart abnehmen lassen, sobald ich zu boxen anfing, aber Catherine wollte es nicht.

Manchmal fuhren Catherine und ich mit einem Wagen über Land. Es fuhr sich angenehm, wenn die Tage schön waren, und wir fanden zwei nette Lokale, zu denen wir zum Essen hinausfahren konnten. Catherine konnte jetzt nicht sehr weit gehen, und ich war glücklich, mit ihr zusammen auf den Landstraßen zu fahren. Wenn der Tag schön war, verlebten wir wunderbare Stunden; und wir hatten nie unerfreuliche Augenblicke. Wir wußten, daß das Baby jetzt sehr dicht bevorstand, und es gab uns beiden das Gefühl, als ob etwas uns drängte und wir keine Zeit zusammen verlieren durften.

4

Eines Morgens wachte ich ungefähr um drei Uhr auf, weil sich Catherine im Bett bewegte.

«Ist etwas, Cat?»

«Ich habe Schmerzen gehabt, Liebling.»

«Regelmäßig?»

«Nein, nicht sehr.»

«Wenn du sie auch nur einigermaßen regelmäßig hast, gehen wir in die Klinik.»

Ich war sehr schläfrig und schlief wieder ein. Ein bißchen später wachte ich wieder auf.

«Es ist vielleicht besser, du rufst den Doktor an», sagte Catherine. «Ich denke, es beginnt.»

Ich ging ans Telefon und rief den Doktor an. «Wie oft kommen die Schmerzen?» fragte er.

«Wie oft kommen sie, Cat?»

«Ich sollte denken, alle Viertelstunden.»

«Dann gehen Sie besser in die Klinik», sagte der Doktor. «Ich ziehe mich an und komme auch sofort hin.»

Ich hängte auf und rief die Garage neben dem Bahnhof an, sie sollten ein Taxi schicken. Lange Zeit über kam niemand ans Telefon. Schließlich meldete sich ein Mann, der versprach, sofort ein Taxi zu schicken. Catherine zog sich an. Ihre Reisetasche mit all den Sachen, die sie in der Klinik brauchen würde und den Babysachen war fix und fertig gepackt. Draußen in der Halle klingelte ich nach dem Lift. Niemand antwortete. Ich ging hinunter. Es war niemand unten bis auf den Nachtwächter. Ich fuhr den Lift selbst hinauf, stellte Catherines Tasche hinein, sie stieg ein und wir fuhren hinunter. Der Nachtwächter öffnete uns die Tür, und wir saßen draußen neben den Stufen, die zur Anfahrt führten, auf den Steinplatten und warteten auf das Taxi. Die Nacht war hell und sternklar. Catherine war sehr erregt.

«Ich bin so froh, daß es angefangen hat», sagte sie. «Jetzt ist bald alles vorbei.»

«Du bist ein braves, tapferes Mädchen.»

«Ich habe keine Angst. Aber ich wünschte, das Auto würde kommen.»

Wir hörten es die Straße heraufkommen und sahen seine Scheinwerfer. Es bog in die Einfahrt, und ich half Catherine einsteigen, und der Chauffeur stellte die Tasche vorn zu sich.

«Fahren Sie zum Krankenhaus», sagte ich.

Wir fuhren aus der Einfahrt und den Berg hinan.

Wir gingen ins Krankenhaus hinein, und ich trug die Tasche. Eine Frau saß an einem Pult, die Catherines Namen, Alter, Adresse, Verwandte und Religion in ein Buch notierte. Sie sagte, sie sei religionslos, und die Frau machte einen Strich nach dem Wort. Sie gab ihren Namen als Catherine Henry an.

«Ich bringe Sie in Ihr Zimmer», sagte sie. Wir fuhren im Fahrstuhl hinauf. Die Frau hielt ihn an, und wir stiegen aus und folgten ihr einen Gang hinunter. Catherine hielt sich an meinem Arm.

«Dies ist das Zimmer», sagte die Frau. «Wollen Sie sich bitte ausziehen und ins Bett gehen? Hier ist ein Nachthemd, das Sie anziehen können.»

«Ich habe ein Nachthemd mit», sagte Catherine.

«Es ist besser für Sie, wenn Sie dies Nachthemd anziehen», sagte die Frau.

Ich ging hinaus und setzte mich auf einen Stuhl im Gang.

«Sie können jetzt hereinkommen», sagte die Frau auf der Türschwelle. Catherine lag in dem schmalen Bett in einem einfachen, viereckig geschnittenen Nachthemd, das aussah, als ob es aus grober Baumwolle gemacht war. Sie lächelte mir zu.

«Ich habe jetzt die richtigen Wehen», sagte sie. Die Frau hielt ihr Handgelenk und stellte die Häufigkeit der Wehen nach der Uhr fest.

«Das war eine große», sagte Catherine. Ich sah es ihrem Gesicht an.

«Wo ist der Doktor?» fragte ich die Frau.

«Er hat sich hingelegt und schläft. Er kommt, sobald es notwendig ist.»

«Ich muß jetzt etwas für Madame machen», sagte die Schwester. «Würden Sie bitte noch einmal hinausgehen?»

Ich ging auf den Gang hinaus. Es war ein kahler Gang mit zwei Fenstern, und den ganzen Korridor entlang waren verschlossene Türen. Es roch nach Klinik. Ich saß auf einem Stuhl und sah auf die Erde und betete für Catherine.

«Sie können hereinkommen», sagte die Schwester.

Ich ging hinein.

«Nun, Liebling», sagte Catherine.

«Wie ist es?»

«Sie kommen jetzt ziemlich häufig.» Ihr Gesicht verzog sich. Dann lächelte sie.

«Das war eine richtige. Wollen Sie bitte Ihre Hand gegen meinen Rücken halten, Schwester?»

«Wenn es Ihnen hilft», sagte die Schwester.

«Geh raus, Liebling», sagte Catherine. «Geh raus und iß etwas. Die Schwester sagt, daß es noch lange so gehen kann.»

«Die erste Entbindung zieht sich meistens in die Länge», sagte die Schwester.

«Bitte geh und iß etwas», sagte Catherine. «Es geht mir wirklich glänzend.»

«Ich bleibe noch ein bißchen», sagte ich.

Die Wehen kamen ganz regelmäßig, dann nahmen sie ab. Catherine war sehr aufgeregt. Wenn die Wehen heftig waren, nannte sie sie gut. Als sie anfingen abzuflauen war sie enttäuscht und schämte sich.

«Bitte, geh hinaus, Liebling», sagte sie. «Ich glaube, du machst mich nur befangen.» Ihr Gesicht zog sich zusammen. «So, die war besser. Ich möchte so gern eine tapfere Frau sein und dies Kind ohne Gehabe bekommen. Bitte, geh und frühstücke, Liebling, und komm dann wieder. Ich werde dich nicht vermissen, die Schwester ist großartig zu mir.»

«Sie haben reichlich Zeit zum Frühstücken», sagte die Schwester.

«Also dann geh ich. Auf Wiedersehen, meine Süße.»

«Auf Wiedersehen», sagte Catherine, «und iß ein gutes Frühstück für mich mit.»

«Wo kann ich frühstücken?» fragte ich die Schwester.

«Die Straße hinunter am Platz ist ein Café», sagte sie. «Es wird wohl auf sein.»

Draußen wurde es hell. Ich ging die leere Straße hinunter zum Café. Im Fenster war Licht. Ich ging hinein und stand an der verzinkten Theke, und ein alter Mann servierte mir ein Glas Weißwein und eine Brioche. Die Brioche war von gestern. Ich tauchte sie in den Wein und trank dann ein Glas Kaffee.

«Was machen Sie denn hier um diese Zeit?» fragte der alte Mann.

«Meine Frau ist zur Entbindung im Krankenhaus.»

«So. Na, da wünsche ich alles Gute.»

«Geben Sie mir noch ein Glas Wein.»

Er schenkte es aus der Flasche ein, verschüttete etwas, so daß etwas auf die Theke lief. Ich trank das Glas aus, bezahlte und ging auf die Straße. Draußen, die Straße entlang, warteten die Müllkästen der Häuser auf die Müllabfuhr. Ein Hund schnüffelte an einem der Kästen.

«Was willst du denn?» fragte ich und sah in den Kasten, um zu sehen, ob es was gäbe, was ich für ihn herausfischen könnte; aber obenauf war nichts als Kaffeesatz, Staub und verwelkte Blumen. «Da ist nichts, Hund», sagte ich. Der Hund ging über die Straße. Ich ging die Treppen in der Klinik hinauf bis zu der Etage, auf der Catherine lag, und den Gang entlang bis zu ihrem Zimmer. Ich klopfte an die Tür. Niemand antwortete. Ich öffnete die Tür; das Zimmer war leer bis auf Catherines Handtasche auf dem Stuhl und ihren Schlafrock, der an einem Haken an der Wand hing. Ich ging hinaus und auf den Gang und suchte nach jemanden. Ich fand eine Schwester.

«Wo ist Madame Henry?»

«Eine Dame ist gerade eben in den Kreißsaal gebracht worden.»

«Wo ist das?»

«Ich werde es Ihnen zeigen.»

Sie führte mich bis zum Ende des Ganges. Die Tür des Zimmers war halb offen. Ich konnte Catherine auf einem Tisch, von einem Laken bedeckt, liegen sehen. Die Schwester war auf der einen Seite und der Doktor stand auf der anderen Seite des Tischs neben einigen

Apparaten. Der Doktor hielt eine Gummimaske, die mit einem Schlauch verbunden war, in der Hand.

«Ich gebe Ihnen einen Mantel und dann können Sie hereinkommen», sagte die Schwester. «Kommen Sie bitte hier herein.»

Sie zog mir einen weißen Kittel an und steckte ihn hinten am Hals mit einer Sicherheitsnadel zu.

«Jetzt können Sie hineingehen», sagte sie. Ich ging in das Zimmer.

«Tag, Liebling», sagte Catherine mit einer zerquälten Stimme. «Mit mir ist nicht viel los.»

«Sind Sie Mr. Henry?» fragte der Doktor.

«Ja. Wie geht es, Doktor?»

«Es geht alles sehr gut», sagte der Doktor. «Wir sind hier hereingegangen, weil ich hier schnell gegen die Schmerzen Äther geben kann.»

«Ich brauche es jetzt», sagte Catherine. Der Doktor legte die Gummimaske über ihr Gesicht und drehte eine Scheibe, und ich beobachtete, wie Catherine tief und schnell atmete. Dann schob sie die Maske weg. Der Doktor schloß den Hahn.

«Das war keine sehr große. Ich hatte eine sehr große vor kurzem. Der Doktor hat mich ganz bewußtlos gemacht, nicht wahr, Doktor?» Ihre Stimme war merkwürdig. Sie hob sich bei dem Wort «Doktor».

Der Doktor lächelte.

«Jetzt wieder», sagte Catherine. Sie hielt den Gummi fest ans Gesicht und atmete schnell. Ich hörte sie ein bißchen stöhnen. Dann zog sie die Maske fort und lächelte.

«Das war eine große», sagte sie. «Das war eine sehr große. Mach dir keine Sorgen, Liebling. Geh weg, weg und frühstücke noch mal.»

«Ich bleibe hier», sagte ich.

Wir waren ungefähr um drei Uhr morgens in die Klinik gekommen. Mittags war Catherine immer noch im Kreißsaal. Die Schmerzen hatten wieder nachgelassen. Sie sah sehr müde und verbraucht aus, aber sie war noch vergnügt.

«Ich tauge nicht dazu, Liebling», sagte sie. «Es tut mir so leid. Ich dachte, es würde ganz leicht gehen. So, da ist eine.» Sie langte mit der Hand nach der Maske und hielt sie übers Gesicht. Der Doktor drehte die Scheibe und beobachtete sie. Nach kurzer Zeit war es vorbei.

«Das war nicht viel», sagte Catherine. Sie lächelte: «Ich bin verrückt mit dem Äther. Es ist herrlich.»

«Wir besorgen welchen für zu Hause», sagte ich.

«Da kommt eine», sagte Catherine schnell. Der Doktor drehte die Scheibe und sah auf die Uhr.

«Wie sind jetzt die Abstände?» fragte ich.

«Ungefähr eine Minute.»

«Wollen Sie nicht essen gehen?»

«Ich werde bald was essen», sagte er.

«Sie müssen was essen, Doktor», sagte Catherine. «Es tut mir so leid, daß ich so lange mache. Könnte mein Mann mir nicht den Äther geben?»

«Wenn Sie wollen», sagte der Doktor. «Sie drehen auf Nummer zwei.»

«Ich verstehe», sagte ich. Die Scheibe, die man mit einem Griff drehen konnte, hatte Markierungen.

«Jetzt bitte», sagte Catherine. Sie hielt die Maske fest an ihr Gesicht. Ich drehte die Scheibe auf Nummer zwei, und als Catherine die Maske hinlegte, drehte ich ab. Es war sehr gut von dem Doktor, daß er mich etwas tun ließ.

«Hast du es gemacht, Liebling?» fragte Catherine. Sie streichelte mein Handgelenk.

«Natürlich.»

«Du bist so wunderbar.» Sie war ein bißchen vom Äther benebelt.

«Ich laß mir das Essen auf einem Tablett ins Nebenzimmer bringen», sagte der Doktor. «Sie können mich jeden Augenblick rufen.» Während die Zeit verging, beobachtete ich ihn beim Essen, dann nach einer Weile sah ich, daß er sich hingelegt hatte und eine Zigarette rauchte. Catherine wurde sehr müde.

«Glaubst du, daß ich das Baby jemals bekommen werde?» fragte sie.

«Aber natürlich wirst du.»

«Ich gebe mir so große Mühe, wie ich kann. Ich presse herunter, aber es geht immer wieder fort. Da kommt's. Gib's mir.»

Um zwei Uhr ging ich aus und aß zu Mittag. Im Café saßen ein paar Männer an den Tischen, vor ihnen Kaffee und Gläser voll Kirsch oder Marc. Ich setzte mich an einen Tisch. «Kann ich was zu essen bekommen?» fragte ich den Kellner.

«Die Essenszeit ist schon vorbei.»

«Gibt es nicht etwas, was Sie fertig haben?»

«Sie können Choucroute bekommen.»

«Geben Sie mir Choucroute und Bier.»

«Ein Kleines oder ein Großes?»

«Ein kleines Helles.»

Der Kellner brachte eine Schüssel mit Sauerkraut mit einer Scheibe Schinken darauf und einer Wurst, die in dem heißen, weindurchsaugten Kohl begraben lag. Ich aß es und trank das Bier. Ich war sehr hungrig. Ich beobachtete die Leute an den Tischen im Café. An einem Tisch wurde Karten gespielt. Zwei Männer an dem Tisch neben mir unterhielten sich und rauchten. Das Café war voller Rauch. Hinter der verzinkten Theke, an der ich gefrühstückt hatte, befanden sich jetzt drei Leute; der alte Mann, eine plumpe Frau in einem schwarzen Kleid, die hinter der Kasse saß und über alles, was an den Tischen serviert wurde, Buch führte, und ein Junge in einer Schürze. Ich überlegte, wieviel Kinder die Frau wohl gehabt hatte und wie es gewesen war.

Als ich mit der Choucroute fertig war, ging ich in die Klinik zurück. Die Straße war jetzt ganz sauber. Es standen keine Müllkästen mehr draußen. Der Tag war wolkig, aber die Sonne versuchte durchzubrechen. Ich fuhr mit dem Fahrstuhl hinauf, stieg aus und ging den Korridor entlang nach Catherines Zimmer, wo ich meinen weißen Kittel gelassen hatte. Ich zog ihn an und steckte ihn hinten am Hals zu. Ich sah in den Spiegel und fand, daß ich mit meinem Bart wie ein verkleideter Arzt aussah. Ich ging den Gang entlang zum Kreißsaal. Die Tür war zu, und ich klopfte. Niemand antwortete: ich klinkte auf und ging hinein. Der Doktor saß neben Catherine. Die Schwester machte irgend etwas am anderen Ende des Zimmers.

«Hier ist Ihr Mann», sagte der Doktor.

«Ach, Liebling, ich habe den wunderbarsten Doktor, den's gibt», sagte Catherine mit einer sonderbaren Stimme. «Er hat mir eine wunderbare Geschichte erzählt, und als die Wehen zu schlimm wurden, hat er mich bewußtlos gemacht. Er ist wunderbar. Sie sind wunderbar, Doktor.»

«Du bist betrunken», sagte ich.

«Ich weiß», sagte Catherine. «Aber du solltest es nicht sagen.» Dann: *«Gib's mir. Gib's mir.»*

Sie umklammerte die Maske und atmete kurz und tief. Keuchend, so daß der Respirator knackte. Dann gab sie einen langen Seufzer von sich, und der Doktor ergriff mit der linken Hand die Maske und nahm sie ab.

«Das war eine sehr große», sagte Catherine. Ihre Stimme war seltsam. «Jetzt werde ich nicht mehr sterben, Liebling. Ich bin darüber hinweg. Bist du nicht froh?»

«Daß du mir nicht wieder dahinkommst.»

«Ich werde nicht. Obschon ich keine Angst davor habe. Ich werde nicht sterben, Liebling.»

«Sie werden nichts derart Dummes machen», sagte der Doktor. «Sie werden doch nicht sterben und Ihren Mann verlassen.»

«O nein. Ich werde nicht sterben. Ich möchte nicht sterben. Es ist dumm zu sterben. Jetzt kommt's. *Gib's mir.*»

Nach einer Weile sagte der Doktor: «Mr. Henry, bitte, gehen Sie einen Augenblick hinaus; ich will eine Untersuchung machen.»

«Er will sehen, wie weit ich bin», sagte Catherine. «Du kannst nachher wiederkommen, Liebling, nicht wahr, Doktor?»

«Ja», sagte der Doktor. «Ich lasse ihm sagen, wann er wieder hereinkommen kann.»

Ich ging zur Tür hinaus und den Gang entlang zu dem Zimmer, in dem Catherine liegen sollte, wenn das Baby da war. Ich saß in einem Stuhl und besah mir das Zimmer. Ich hatte die Zeitung, die ich auf dem Weg zum Café gekauft hatte, in meinem Mantel, zog sie heraus und las sie. Es fing an, draußen dunkel zu werden, und ich drehte das Licht zum Lesen an. Nach einer Weile hörte ich auf zu lesen und drehte das Licht aus und beobachtete, wie es draußen dunkel wurde. Warum der Doktor mich nicht holen ließ? Vielleicht war es besser, ich war weg. Wahrscheinlich wünschte er für einige Zeit meine Abwesenheit. Ich sah auf meine Uhr. Wenn er mich nicht in zehn Minuten holen ließ, würde ich so gehen.

Arme, arme, liebe Cat. Und dies war der Preis, den du für unser Zusammenschlafen bezahlen mußtest. So sah die Falle zum Schluß aus. Das kriegten Menschen, wenn sie einander liebten. Gott sei Dank gab es wenigstens Äther. Wie mußte es, ehe es Betäubungsmittel gab, gewesen sein? Wenn es einmal begonnen hatte, war man in der Mühlenströmung. Catherine war es in der Zeit der Schwangerschaft gutgegangen. Es war nicht schlimm gewesen. Ihr war kaum je übel. Sie hatte sich nicht besonders unbehaglich gefühlt, bis auf ganz zuletzt: Aber jetzt zum Schluß kriegte es sie. Man kam nie mit etwas einfach davon. Davonkommen zum Teufel! Es wäre dasselbe gewesen, auch wenn wir fünfzigmal verheiratet gewesen wären. Und was, wenn sie starb? Sie wird nicht sterben. Menschen sterben heutzutage nicht mehr im Kindbett. Das dachten alle Männer. Ja, aber wenn sie starb? Sie wird nicht sterben. Sie hat nur viel auszuhalten. Die erste Entbindung zieht sich meistens in die Länge. Sie hat nur viel auszuhalten. Später würden wir dann sagen: soviel auszuhalten, und Catherine würde sagen, daß es eigentlich gar nicht so schlimm gewesen sei. Aber was, wenn sie doch starb? Sie kann nicht sterben. Ja, aber wenn sie doch starb? Sie kann nicht, sag ich dir doch. Sei nicht so dumm. Es ist nur schlimm. Die Natur läßt es sie gemein spüren. Es ist eben die erste Entbindung, die sich fast immer hinzieht. Ja, aber was, wenn sie doch stirbt? Sie kann nicht sterben. Warum sollte sie sterben? Welchen Grund gibt es, daß sie sterben sollte? Es ist doch nur ein Kind, das geboren werden muß, das Beiprodukt glücklicher Nächte in Mailand. Es macht Umstände und wird dann geboren, und dann kümmert man sich darum und gewinnt es möglicherweise lieb. Aber wenn sie sterben muß? Sie wird nicht sterben. Aber was, wenn sie doch stirbt? Sie wird nicht. Es geht alles seinen Gang. Aber was, wenn sie doch stirbt? Sie kann nicht sterben. Aber was, wenn sie doch stirbt? Ja, wie ist es damit? Was, wenn sie doch stirbt?

Der Doktor kam ins Zimmer.

«Wie geht es, Doktor?»

«Es geht nicht», sagte er.

«Was meinen Sie?»

«Genau das. Ich habe sie untersucht.» Er beschrieb genau das Resultat seiner Untersuchung. «Seitdem habe ich abgewartet. Aber es geht nicht.»

«Wozu raten Sie?»

«Es gibt zwei Dinge. Entweder eine hohe Zangengeburt, die reißen und ziemlich gefährlich sein kann, außerdem möglicherweise schlecht für das Kind ist, und einen Kaiserschnitt.»

«Was ist die Gefahr bei einem Kaiserschnitt?» Wenn sie sterben würde!

«Die ist gewöhnlich nicht größer als bei einer normalen Geburt.»

«Machen Sie es selbst?»

«Ja. Ich werde vielleicht eine Stunde brauchen, um alles vorzubereiten und die Leute, die ich benötige, herzubekommen. Vielleicht ein bißchen weniger.»

«Was meinen Sie?»

«Ich würde zu einem Kaiserschnitt raten. Wenn es meine Frau wäre, würde ich einen Kaiserschnitt machen.»

«Was sind die Folgen?»

«Gar keine. Es bleibt nur eine Narbe.»

«Wie ist es mit der Infektionsgefahr?»

«Die Gefahr ist nicht so groß wie bei einer hohen Zangengeburt.»

«Und was geschieht, wenn Sie es weitergehen lassen und gar nichts tun?»

«Schließlich müßte man ja etwas tun; Mrs. Henry verliert bereits stark an Kräften. Je eher wir jetzt operieren, desto sicherer.»

«Operieren Sie, sobald es geht», sagte ich.

«Ich werde gehen und die Anordnungen treffen.»

Ich ging in den Kreißsaal. Die Schwester war bei Catherine, die auf dem Tisch lag und dick unter dem Laken und sehr blaß und müde aussah.

«Hast du ihm gesagt, daß er es machen kann?» fragte sie.

«Ja.»

«Das ist großartig. Jetzt wird das Ganze in einer Stunde vorbei sein. Ich bin fast erledigt, Liebling. Ich geh ganz kaputt. *Bitte, gib mir das. Es wirkt nicht. Oh, es wirkt nicht.*»

«Atme tief.»

«Das tu ich ja. Oh, es wirkt nicht mehr. Es wirkt nicht.»

«Holen Sie einen neuen Zylinder», sagte ich zu der Schwester.

«Das ist ein neuer Zylinder.»

«Ich bin ein Esel, Liebling», sagte Catherine. «Aber es wirkt nicht mehr.» Sie fing an zu weinen. «Ach, und ich wollte das Baby so gern haben und keine Schwierigkeiten machen, und jetzt bin ich ganz erledigt und ganz kaputt, und es geht nicht. Ach, Liebling, es wirkt überhaupt nicht. Mir ist es gleich, ob ich sterbe, wenn es nur aufhört. Ach bitte, Liebling, bitte, laß es aufhören. *Jetzt kommt es. Oh, oh, oh.*» Sie atmete schluchzend in die Maske. «Es wirkt nicht. Es wirkt nicht. Es wirkt nicht. Hör nicht auf mich, Liebling. Bitte, wein nicht. Hör nicht auf mich. Ich bin nur ganz kaputt. Du armer Süßer. Ich liebe dich so und ich werde wieder tapfer sein. Ich werde diesmal tapfer sein. *Kann man mir denn nichts geben?* Wenn man mir nur etwas geben könnte.»

«Paß auf, jetzt wird's wirken. Ich dreh es ganz auf.»

«Gib es mir jetzt.»

Ich drehte die Scheibe ganz herum, und als sie schwer und tief atmete, entspannte sich ihre Hand auf der Maske. Ich drehte das Gas ab und hob die Maske. Sie kam von weit her.

«Das war herrlich, Liebling. Ach, du bist so gut zu mir.»

«Du mußt tapfer sein, ich kann das nicht immer machen, es kann dich töten.»

«Ich bin nicht mehr tapfer, Liebling. Ich bin ganz kaputt. Man hat mich kaputtgemacht. Ich weiß es jetzt.»

«Das geht allen so.»

«Aber es ist schrecklich. Es dauert so lange, bis man kaputt ist.»

«In einer Stunde ist alles vorbei.»

«Ist das nicht herrlich? Liebling, ich werde doch nicht sterben, nicht wahr?»

«Nein, ich versprech's dir.»

«Weil ich nicht sterben will und dich nicht verlassen will, aber ich werde so müde davon und ich fühle, daß ich sterben werde.»

«Unsinn. Alle fühlen es so.»

«Manchmal weiß ich, daß ich sterben werde.»

«Du wirst nicht. Du kannst nicht.»

«Aber wenn ich sterben würde?»

«Ich lasse dich nicht.»

«Gib's mir schnell. *Gib's mir.*»

Dann später: «Ich werde nicht sterben, ich werde mich nicht sterben lassen.»

«Natürlich wirst du nicht.»

«Bleibst du bei mir?»

«Nicht um zuzusehen.»

«Nein, nur um da zu sein.»

«Natürlich. Ich werde die ganze Zeit über da sein.»

«Du bist so gut zu mir. So, gib's mir. Gib mir mehr. *Es wirkt nicht.*»

Ich drehte die Scheibe auf drei und auf vier. Ich wünschte, der Doktor würde zurückkommen. Ich hatte Angst vor den Zahlen über zwei.

Endlich kam ein anderer Doktor mit zwei Schwestern herein und man hob Catherine auf eine mit Rädern versehene Bahre, und wir bewegten uns den Gang hinunter. Die Bahre bewegte sich sehr schnell den Gang entlang und in den Lift, wo sich alle an die Wand drücken mußten, um Platz zu machen; dann hinauf, dann durch eine offene Tür und aus dem Lift heraus und den Gang hinunter auf Gummirädern in den Operationssaal. Ich erkannte den Doktor mit seiner Kappe und Maske nicht. Außer ihm waren noch ein Doktor und ein paar Schwestern da.

«Man muß mir was geben», sagte Catherine. *«Man muß mir was geben.* Ach, bitte, Doktor, geben Sie mir genug, damit es hilft.»

Einer der Ärzte legte eine Maske über ihr Gesicht, und ich sah durch die Tür und sah das kleine, helle Amphitheater des Operationssaales.

«Sie können durch die andere Tür hineingehen und sich dort hinsetzen», sagte eine Schwester zu mir. Hinter einer Schranke waren Bänke, die auf den weißen Tisch und die Lichter herabsahen. Ich sah auf Catherine. Die Maske war über ihrem Gesicht, und sie war ruhig. Man rollte die Bahre vorwärts. Ich wandte mich ab und ging den Gang zurück. Zwei Schwestern eilten dem Eingang der Galerie zu.

«Es ist ein Kaiserschnitt», sagte die eine. «Sie machen einen Kaiserschnitt.»

Die andere lachte. «Wir kommen gerade zur Zeit. Was wir für Glück haben!» Sie gingen durch die Tür, die auf die Galerie führte.

Eine dritte Schwester kam vorbei. Sie hatte es auch eilig.

«Gehen Sie nur da hinein. Gehen Sie nur», sagte sie.

«Ich bleibe draußen.»

Sie eilte hinein. Ich ging auf dem Korridor auf und ab. Ich hatte Angst, hineinzugehen. Ich sah aus dem Fenster. Es war dunkel, aber im Licht des Fensters sah ich, daß es regnete. Ich ging in ein Zimmer am Ende des Korridors und besah die Etiketten auf den Fläschchen in einem Glasschrank. Dann kam ich heraus und stand in dem leeren Gang und betrachtete die Tür zum Operationssaal. Ein Doktor kam, von einer Schwester gefolgt, heraus. Er hielt etwas in den Händen, das wie ein frisch gehäutetes Kaninchen aussah, und eilte damit über den Korridor und durch eine andere Tür. Ich ging zu der Tür, hinter der er verschwunden war, und fand beide in dem Zimmer um ein neugeborenes Kind bemüht. Der Doktor hielt es hoch, um es mir zu zeigen. Er hielt es an den Hacken und schlug es.

«Ist er in Ordnung?»

«Er ist wunderbar. Der wiegt sicher fünf Kilo.»

Ich hatte kein Gefühl für ihn. Er schien nichts mit mir zu tun zu haben. Ich fühlte kein Gefühl von Vaterschaft.

«Sind Sie nicht stolz auf Ihren Sohn?» fragte die Schwester. Sie wuschen ihn und wickelten ihn in irgendwas. Ich sah das kleine dunkle Gesicht und die dunkle Hand, aber ich sah weder, daß er sich bewegte, noch hörte ich, daß er weinte. Der Doktor machte wieder etwas an ihm. Er sah beunruhigt aus.

«Nein», sagte ich. «Er hat beinahe seine Mutter getötet.»

«Dafür kann der kleine Liebling nichts. Wollten Sie denn keinen Jungen?»

«Nein», sagte ich. Der Doktor war mit ihm beschäftigt. Er hielt ihn an den Füßen hoch und schlug ihn. Ich wartete nicht weiter, um zuzusehen. Ich ging auf den Gang hinaus. Jetzt konnte ich hineingehen und zusehen. Ich ging durch die Tür und ein kleines Stück die Galerie entlang. Die Schwestern, die an der Schranke saßen, winkten mir zu, ich solle zu ihnen hinunterkommen. Ich schüttelte den Kopf. Ich konnte von meinem Platz aus genug sehen.

Ich glaubte, Catherine sei tot. Sie sah tot aus. Ihr Gesicht war grau, der Teil, den ich sehen konnte. Tief unten unter dem Licht nähte der Doktor die große lange, zangengeweitete dickrandige Wunde. Ein zweiter Doktor in einer Maske gab das Betäubungsmittel. Zwei Schwestern in Masken reichten Dinge. Es sah aus wie eine Zeichnung von der Inquisition. Ich wußte, als ich zusah, daß ich das Ganze hätte mitansehen können, aber ich war froh, daß ich's nicht getan hatte. Ich glaube nicht, daß ich beim Schneiden hätte zusehen können, aber ich sah zu, wie die Wunde sich mit hochwölbendem Kamm durch schnelle, kunstfertig aussehende Stiche schloß, Stiche wie die eines Schusters, und ich war froh darüber. Als die Wunde geschlossen war, ging ich hinaus auf den Gang und ging wieder auf und ab. Nach einer Weile kam der Doktor heraus.

«Wie geht's ihr?»

«Es geht ganz gut. Haben Sie zugesehen?»

Er sah müde aus.

«Ich habe gesehen, wie Sie es zunähten. Der Einschnitt sah sehr lang aus.»

«Fanden Sie?»

«Ja. Wird die Narbe wieder flach werden?»

«O ja.»

Nach einiger Zeit brachten sie die mit Rädern versehene Bahre heraus und rollten sie sehr schnell den Gang entlang in den Fahrstuhl. Ich ging nebenher. Catherine stöhnte. Unten legte man sie in ihr Bett in ihrem Zimmer. Ich saß auf einem Stuhl am Fußende des Bettes. Eine Schwester war im Zimmer. Ich stand auf und stand neben dem Bett. Im Zimmer war es dunkel. Catherine streckte ihre Hand aus. «Tag, Liebling», sagte sie. Ihre Stimme war sehr schwach und müde.

«Tag, du Süße.»

«Was für ein Baby war es?»

«Pst! Nicht sprechen», sagte die Schwester.

«Ein Junge. Er ist groß und dick und dunkel.»

«Ist er in Ordnung?»

«Ja», sagte ich. «Er ist großartig.»

Ich sah, wie die Schwester mich seltsam anblickte.

«Ich bin schrecklich müde», sagte Catherine. «Und es tut so verdammt weh. Geht's dir gut, Liebling?»

«Mir geht's tadellos. Sprich nicht.»

«Du warst wunderbar zu mir. Ach, Liebling, es tut so verdammt weh. Wie sieht er aus?»

«Er sieht wie ein gehäutetes Kaninchen aus mit einem verrunzelten Altmännergesicht.»

«Sie müssen hinausgehen», sagte die Schwester. «Madame Henry darf nicht sprechen.»

«Ich bin vor der Tür.»

«Geh was essen.»

«Nein. Ich bin vor der Tür.» Ich küßte Catherine. Sie war sehr grau und schwach und müde.

«Darf ich Sie einen Augenblick sprechen?» fragte ich die Schwester. Sie kam mit mir auf den Gang. Ich ging ein Stückchen den Gang hinauf.

«Was ist denn mit dem Baby los?» fragte ich.

«Wissen Sie es nicht?»

«Nein.»

«Er lebte nicht.»

«Er war tot?»

«Man konnte ihn nicht zum Atmen bringen. Die Nabelschnur war um seinen Hals verheddert oder so ähnlich.»

«Also ist er tot.»

«Ja. Es ist eine Schande. Er war so ein prächtiger großer Junge. Ich dachte, Sie wüßten es.»

«Nein», sagte ich. «Sie gehen besser wieder zu Madame.»

Ich setzte mich auf einen Stuhl vor einem Tisch, über dem Schwestern-Berichte in Rahmen aufgehängt waren, und sah aus dem Fenster. Ich konnte nichts als die Dunkelheit sehen und den Regen, der über das Licht, das aus dem Fenster schien, fiel. Also das war es. Das Baby war tot. Darum hatte der Doktor so müde ausgesehen. Aber warum hatte man in dem Zimmer so viel mit ihm angestellt? Sie hatten wahrscheinlich angenommen, daß es wieder zu sich kommen und atmen würde. Ich war religionslos, aber ich wußte, man hätte ihn taufen müssen. Aber wenn er vielleicht überhaupt nicht geatmet hatte? Er hatte nicht. Er hatte nie gelebt. Außer in Catherine. Ich hatte ihn oft genug in ihr stoßen gefühlt. Aber seit einer Woche nicht mehr. Vielleicht war er die ganze Zeit erwürgt gewesen. Armes kleines Kerlchen. Ich wünschte, ich wäre so erwürgt worden. Nein, das wünschte ich mir nicht. Und doch, dann hätte man nicht all das Sterben durchzumachen. Jetzt würde Catherine sterben. Das tat man eben. Man starb. Man wußte nicht, worum es sich handelte. Man hatte nicht Zeit, es zu erfahren. Man stieß einen herein und sagte einem die Regeln, und beim erstenmal, wenn man von der Grundlinie fort war, töteten sie einen. Oder sie töteten einen auch für nichts und wieder nichts, wie Aymo. Oder gaben einem die Syphilis wie Rinaldi. Aber zum Schluß töteten sie einen. Darauf konnte man rechnen. Nur in Reichweite bleiben, und sie würden einen schon töten.

Einmal, im Lager, legte ich einen Balken ins Feuer, der voller Ameisen war. Als er zu brennen begann, schwärmten die Ameisen aus und liefen zuerst nach der Mitte, wo das Feuer war; dann wandten sie sich zurück und rannten dem Ende zu. Als genug am Ende waren, fielen sie ab und ins Feuer. Manche kamen heraus mit verbrannten, abgeplatteten Körpern und liefen los und wußten nicht, wohin sie liefen. Aber die meisten liefen ins Feuer und dann zurück zu den Enden und schwärmten auf dem kühlen Ende und fielen schließlich hinunter ins Feuer. Ich erinnere mich, daß ich damals dachte, daß es das Ende der Welt sei und eine hervorragende Gelegenheit, den Messias zu spielen und den Balken aus dem Feuer zu heben und ihn dorthin zu werfen, wo die Ameisen den Boden erreichen konnten. Aber ich tat nichts dergleichen, sondern goß eine Blechkanne mit Wasser auf den Balken, um die Tasse leer zu haben, um Whiskey hineinzutun, bevor ich Wasser dazu goß. Ich glaube, daß die Tasse Wasser auf dem brennenden Balken nun die Ameisen dämpfte.

So saß ich jetzt auf dem Gang und wartete auf Bescheid, wie es Catherine ging. Die Schwester kam nicht heraus, darum ging ich nach einer Weile an die Tür und öffnete sie sehr sanft und sah hinein. Ich konnte zuerst nichts sehen, weil es auf dem Gang strahlend hell und im Zimmer dunkel war. Dann sah ich die Schwester neben dem Bett sitzen und Catherines Kopf auf einem Kissen und sie ganz flach unter dem Laken. Die Schwester legte ihren Finger an den Mund, stand dann auf und kam an die Tür.

«Wie geht es ihr?» fragte ich.

«Ganz gut», sagte die Schwester. «Sie sollten gehen und zu Abend essen und dann, wenn Sie wollen, wiederkommen.»

Ich ging den Gang entlang und dann die Treppe hinunter und aus der Tür des Krankenhauses und die dunkle Straße im Regen bis zum Café. Innen war es hell erleuchtet, und es saßen viele Leute an den Tischen. Ich sah keinen Platz, um mich hinzusetzen, und ein Kellner kam auf mich zu und nahm meinen nassen Mantel und Hut und zeigte mir einen Platz an einem Tisch gegenüber von einem älteren Mann, der Bier trank und die Abendzeitung las. Ich setzte mich und fragte den Kellner nach dem Tagesgericht.

«Kalbsgulasch, aber es ist alle.»

«Was kann ich zu essen bekommen?»

«Schinken und Setzeier, Eier mit Käse oder Choucroute.»

«Choucroute habe ich heute mittag gegessen.»

«Das stimmt», sagte er. «Das stimmt. Sie haben heute mittag Choucroute gegessen.» Er war ein Mann mittleren Alters mit einer kahlen Stelle auf dem Kopf. Das Haar hatte er darübergelegt. Er hatte ein freundliches Gesicht.

«Was wünschen Sie? Schinken und Eier oder Eier mit Käse?»

«Schinken und Setzeier», sagte ich, «und Bier.»

«Ein kleines Helles?»

«Ja», sagte ich.

«Ich erinnere mich daran», sagte er. «Heute mittag haben Sie ein kleines Helles bestellt.»

Ich aß den Schinken und die Eier und trank das Bier. Schinken und Eier waren in einer runden Schüssel, der Schinken zuunterst, die Eier drüber. Es war sehr heiß, und bei dem ersten Mundvoll mußte ich einen Schluck Bier trinken, um meinen Mund zu kühlen. Ich war hungrig und bestellte bei dem Kellner noch eine Portion. Ich trank mehrere Glas Bier. Ich dachte an nichts, sondern las die Zeitung von dem Mann mir gegenüber. Es war über den Durchbruch an der englischen Front. Als er bemerkte, daß ich seine Zeitung von hinten las, faltete er die Zeitung zusammen. Ich wollte erst den Kellner um eine Zeitung bitten, aber ich konnte mich nicht konzentrieren. Im Café war es heiß, und die Luft war schlecht. Viele von den Leuten an den Tischen kannten sich untereinander. An einigen Tischen wurde gespielt. Die Kellner waren beschäftigt, Getränke von der Theke an die Tische zu bringen. Zwei Männer kamen herein und konnten keinen Platz zum Sitzen finden. Sie standen dem Tisch, an dem ich saß, gegenüber. Ich bestellte noch ein Bier. Ich war noch nicht zum Aufbruch bereit. Es war zu früh, um ins Krankenhaus zurückzugehen. Ich versuchte, nicht zu denken und vollkommen ruhig zu sein. Die Männer standen umher, aber da niemand aufbrach, gingen sie hinaus. Ich trank noch ein Bier. Vor mir auf dem Tisch stapelte sich jetzt ein ganzer Berg von Untersätzen; der Mann mir gegenüber hatte seine Brille abgenommen, steckte sie in ein Etui, faltete die Zeitung zusammen, steckte sie in die Tasche, hielt sein Schnapsglas in der Hand und blickte in den Raum. Plötzlich wußte ich, daß ich zurück mußte. Ich rief den Kellner, bezahlte die Rechnung, zog meinen Mantel an, setzte meinen Hut auf und ging hinaus. Ich ging durch den Regen zum Krankenhaus.

Oben begegnete ich der Schwester auf dem Gang.

«Ich hatte schon im Hotel angerufen», sagte sie. Etwas in mir sank.

«Was ist passiert?»

«Mrs. Henry hat eine Blutung gehabt.»

«Kann ich hineingehen?»

«Nein, noch nicht. Der Doktor ist bei ihr.»

«Ist es gefährlich?»

«Es ist sehr gefährlich.» Die Schwester ging ins Zimmer und schloß die Tür. Ich saß draußen auf dem Gang. Alles in mir war weg. Ich dachte nicht. Ich konnte nicht denken. Ich wußte, daß sie sterben würde, und ich betete, daß sie nicht sterben würde. Laß sie nicht sterben. O Gott, bitte, laß sie nicht sterben. Ich werde alles für dich tun, aber laß sie nicht sterben. Bitte, bitte, bitte, lieber Gott, laß sie nicht sterben. Lieber Gott, laß sie nicht sterben. Lieber Gott, laß sie nicht sterben. Bitte, bitte, bitte, lieber Gott, laß sie nicht sterben. Gott, bitte, mach daß sie nicht stirbt. Ich werd alles tun, was du willst, aber laß sie nicht sterben. Du hast das Baby genommen, aber laß sie nicht sterben. Das war gut, aber laß sie nicht sterben. Bitte, bitte, lieber Gott, laß sie nicht sterben.

Die Schwester öffnete die Tür und winkte mir hereinzukommen. Ich folgte ihr in das Zimmer. Catherine sah nicht auf, als ich hereinkam. Ich ging hinüber an ihr Bett. Der Doktor stand an der anderen

Seite des Bettes. Catherine sah mich an und lächelte. Ich beugte mich über das Bett und begann zu weinen.

«Mein armer Liebling», sagte Catherine sehr leise. Sie sah grau aus.

«Du bist ganz in Ordnung, Cat», sagte ich. «Du kommst schon wieder in Ordnung.»

«Ich sterbe», sagte sie; dann nach einer Pause sagte sie: «Ich will nicht.»

Ich nahm ihre Hand.

«Faß mich nicht an», sagte sie. Ich ließ ihre Hand los. Sie lächelte. «Mein armer Liebling. Faß mich nur an, so viel du willst.»

«Du wirst schon wieder gesund, Cat. Ich weiß, daß du wieder gesund wirst.»

«Ich wollte dir einen Brief schreiben, für dich, falls irgend etwas geschehen würde, aber ich hab's nicht getan.»

«Willst du, daß ich dir einen Pfarrer oder sonst jemand hole?»

«Nein, nur dich», sagte sie. Dann etwas später: «Ich hab keine Angst. Aber ich hasse es.»

«Sie dürfen nicht soviel sprechen», sagte der Doktor.

«Schön», sagte Catherine.

«Kann ich irgend etwas für dich tun, Cat? Kann ich dir was besorgen?»

Catherine lächelte. «Nein.» Dann ein bißchen später: «Du wirst unsere Sachen nicht mit einem anderen Mädchen machen und auch nicht dieselben Sachen sagen, nicht wahr?»

«Niemals.»

«Aber ich will, daß du Mädchen hast.»

«Ich will keine.»

«Sie sprechen zuviel», sagte der Doktor. «Mr. Henry muß hinausgehen. Er kann später wieder hereinkommen. Sie werden nicht sterben. Sie müssen nicht so dumm sein.»

«Schön», sagte Catherine. «Ich werde zu dir kommen und nachts bei dir sein», sagte sie. Sprechen strengte sie sehr an.

«Bitte, gehen Sie aus dem Zimmer», sagte der Doktor. «Sie dürfen nicht sprechen.» Catherine zwinkerte mir zu, mit grauem Gesicht. «Ich bin direkt vor der Tür», sagte ich.

«Mach dir keine Sorgen, Liebling», sagte Catherine. «Ich hab auch nicht die geringste Angst. Es ist nur einfach eine Niedertracht.»

«Du Liebe, Tapfere, Süße.»

Ich wartete draußen auf dem Korridor. Ich wartete eine lange Zeit. Die Schwester kam an die Tür und auf mich zu. «Ich fürchte, Mrs. Henry ist sehr krank», sagte sie. «Ich fürchte für sie.»

«Ist sie tot?»

«Nein, aber sie ist bewußtlos.»

Scheinbar hat sie eine Blutung nach der andern gehabt. Man konnte nichts dagegen machen. Ich ging ins Zimmer und blieb bei Catherine, bis sie starb. Sie war die ganze Zeit über bewußtlos, und sie brauchte nicht sehr lange zum Sterben.

Draußen vor dem Zimmer im Gang sprach ich mit dem Doktor. «Kann ich heute abend noch irgend etwas erledigen?»

«Nein. Nichts. Kann ich Sie in Ihr Hotel bringen?»

«Nein, danke. Ich bleibe noch eine Weile hier.»

«Ich weiß, man kann nichts sagen. Ich kann Ihnen nichts sagen . . .»

«Nein», sagte ich. «Man kann nichts sagen.»

«Gute Nacht», sagte er. «Ich kann Sie nicht in Ihr Hotel bringen?»

«Nein, danke.»

«Es war das einzige, was man machen konnte», sagte er. «Die Operation bewies . . .»

«Ich möchte nicht darüber sprechen», sagte ich.

«Ich möchte Sie gern in Ihr Hotel bringen.»

«Nein, danke.»

Er ging den Gang hinunter. Ich ging an die Tür des Zimmers.

«Sie können jetzt nicht hereinkommen», sagte eine der Schwestern.

«Doch, ich kann.»

«Sie können noch nicht herein.»

«Gehen Sie heraus», sagte ich, «die andere auch.»

Aber nachdem ich sie draußen hatte und die Tür geschlossen und das Licht ausgedreht war, schien es sinnlos. Es war, als ob man einer Statue Lebewohl sagt. Nach einer Weile ging ich hinaus und verließ das Krankenhaus und ging im Regen ins Hotel zurück.

Ernest Hemingway

Fiesta
rororo 5

In einem anderen Land
rororo 216

In unserer Zeit
15 stories
rororo 278

Männer ohne Frauen
14 stories
rororo 279

Der Sieger geht leer aus
14 stories
rororo 280

Der alte Mann und das Meer
rororo 328

Schnee auf dem Kilimandscharo
6 stories
rororo 413

Über den Fluß in die Wälder
rororo 458

Haben und Nichthaben
rororo 605

Die grünen Hügel Afrikas
rororo 647

Tod am Nachmittag
rororo 920

Paris – ein Fest fürs Leben
rororo 1438

49 Depeschen
rororo 1533

Die Sturmflut des Frühlings
rororo 1716

Insel im Strom
rororo 4080

Die Nick Adams Stories
rororo 5091

Der Abend vor der Schlacht
Stories aus dem spanischen Bürgerkrieg
rororo 5173 (August '83)

Ernest Hemingway
dargestellt von Georges-Albert Astre
bildmonographie 73

rororo

1085/2

915/1